山东省社会科学规划研究项目
文丛·重大（重点或青年）项目

理性与革命

中国左翼文学的文化阐释

贾振勇 著

人民出版社

序 一

　　20世纪文学的发展无疑是中国现代化过程中的精神风向标,从"文学革命"到"革命文学"的转变,乃至左翼文学一直延续至今仍然具有强大的生命力,这就不得不使我们思考其中的奥秘,努力去探寻它的发展轨迹,从学术和学理上给出一个很准确的定性和定位。无疑,自上世纪80年代始,许多学者都进行了有益的尝试,但是,由于种种思想言论条件的限制,我们似乎在遮遮掩掩中很难廓清它的真貌。更重要的是,我们即使有了这种学术的力量,也未必有这种胆识来直陈这体制禁锢所造成的学术茧壳。作为一个年轻的学者,贾振勇以其辨证唯物主义的历史眼光和敏锐的思想发现为此做结,不但以客观的、历史的严谨立场清晰地梳理了左翼文学的发展理路,同时,也以犀利的、具有强烈人文批判意识的态度,对其进行穿透性的历史剖析,其中不乏可圈可点的精彩纷呈之处。

　　用贾振勇对左翼文学的基本定性和定位来说就是:"在光明与黑暗、文明与野蛮的搏斗中,深刻展现了人性在自我超越进程中的自豪与无奈,演示了人类理性精神在塑造历史和自我形象进程中的力量与局限。"换言之,"自豪与无奈"、"力量与局限"正是左翼文学在历史的使然和必然中呈现出来的两重性,它作为20世纪中国文学的主流思潮,曾经不可一世地左右着文学史的进程,制约着人的思想的发展;但是,历史也一次次无情地宣告了它在文学中的不合法性,尽管它有时披着激情的美丽外衣。于是,这才有了一个年轻学者的慨叹:"当我们'横站'在21世纪的历史支点上,回眸左翼文学运动时代那风云激荡的历史版图,总是生发出无尽的感慨与叹息。历史精神资源从来就不是一个纯粹和澄明的体系,总是充斥着真与假、美与丑、善与恶的历史辩证内涵。情绪化的赞美或拒斥、接受或反抗,都有悖于历史摧枯拉朽的气魄和人性兼容并包的品格。学术乃天下之公器,以学术为天职的学者,首要的责任并非为当下的价值选择,提供历史资源的支撑和合理性论证,而是遵从真理和正义的召唤,将历史事件的是是非非、风风雨雨,置放在真理和思想的天平上,衡量它真实的历史重量,接受后来者发自灵魂深处的不断拷问。当我们缅想着文人知识分子的精神传统,重构着它的价值谱系和知识源流的时候,必须真诚和勇敢地面对那些无法回避和拒绝的精神遗产。"是的,面对真理和谬误,敢于拷问他人与自己灵魂的人,才有资格进入学术评判的领地,才握有正义之剑。我欣赏贾振勇的治学态度,就在于他用不卑不亢的真诚去建构自己的学术体系:"由于个人价值观的矛盾及影响,我无法保持价值中立和零度情感式的所谓纯粹学术立场。就个人的学术趣味而言,我不欣赏'躲进小楼成一统'式的文学观,更愿意将文学首先定位于一种精神现象,将文学置放于广阔的社会背景中理解,将文学视为文化、历史和社会研究的鲜活标本。面对汹涌澎湃的历史激流,我总是压抑不住个人的爱憎与好恶,尽管我知道这并不'客观'和'公正'。我试图在行文中缓和学术与思想判断中的那些矛盾,但是可能造成自我言说的进退失据。当面对两种或多种合理权利和价值理想的相互冲突时,我提醒自己选择那些位阶更高、更基本的权利与理想。我希望自己的学术研究能够遵循这一基本原则的要求,尽管也需要做出痛苦和矛盾的选择。"多少年来,我们的治学丢掉的恰恰是"尊严和自由"!我们希望和年轻一代学者在新世纪的治学道路上共同找回本就属于学术的"尊严和自由"。

毋庸置疑,围绕于20世纪文学史的重要命题就是现代性的启蒙和左翼文学之间的矛盾与冲突,在这一冲突过程中,针对左翼文学一系列的文化批判,如革命文学论争、对鲁迅和茅盾等人的批判、对新月派的批判、对民族主义文学的批判、对"自由人"和"第三种人"的批判、关于大众化和拉丁化的论争,以及"两个口号"之争等等。这些论争和批判在作者的笔下不仅成为一种历史的描述,而且是一种全新的价值判断:"由此可以看出,左翼文学运动实践者们所遵循的哲学认识论基础,已不再是启蒙主义、个人主义等价值目标,而是政治启蒙、历史理性、集体主义等价值规则与价值律令。在左翼文学运动实践者们的视野中,一切都被视为阶级斗争、阶级解放和创造新型政治社会的工具,所谓的这种历史必然规律也'必然应该'内化为个体的自觉追求。由于当时社会的关注焦点在于政治平等和社会的公正,政治言行成为社会构成诸领域中最具煽动性和蛊惑力的社会表达方式,政治及其诸样式的实践,成为最易引爆各种欲望与意志的领地。"1930年代的文学史证明了阶级斗争的政治条律对文学的致命戕害。"当左翼文人以高亢的历史主体姿态,投入到救世的历史想象和历史创造实践中时,他们高昂的道德理想主义姿态,将他们定义在历史浪漫英雄的位置上,定义在历史桂冠诗人的位置上。当后人缅想那慷慨激昂、热血沸腾的历史场景时,无法不为之动容。然而,历史并非依照主体的想象演进,当历史想象与历史创造出现演变时,人们不免向它的历史渊源投去怀疑的目光。历史资源并非可以简单地肯定或否定、赞成或反对,它需要我们勘测它之所以然的理由,在是也非也的感叹中,寻觅历史及历史精神的可能的本真状态。因为我们及后来人还要更加完美完善地活着。"这种极具爆破力的文化批判指向,才是这本著作最有学术价值的地方。

此书在体例结构上不仅是从文学现象和社团流派上对左翼文学史进行钩沉与梳理,而且,还注重对典型的大作家进行了个案解剖,其中,尤为深刻的是对郭沫若的分析,可谓鞭辟入里、入木三分。更为可贵的是,作者对郭沫若史学研究的反思发人深省。历史的经验值得注意。我们今天的治学是否还在重蹈覆辙呢?这是我们每一个人文知识分子都应该反思和警惕的问题。

这部著作的学术观点暂且不论,我始终坚信的是,这本书的价值更在于它的文化批判价值,它的作用是远远大于对左翼文学本身的学术探讨的,这一点可能在不久的将来就会呈现出来。

丁 帆

2004 年 12 月 3 日

于紫金山南麓

序 二

古人云："广积未必皆当，而思之自得者真。"(明代王廷相《慎言·潜心篇》)意谓博览群书未必都能有所得，只有善于思考才能体会其要旨，把握其精华。贾振勇在读"硕"攻"博"期间，阅览了大量中外古今的文论经典和文学名著，但他的可贵之处并不仅仅在于"博览"而更在于敢想勤思，并能联系现代文学研究的历史与现状发现问题，以形成"问题意识"及破译"问题密码"的阐释思路与逻辑框架。也许你会从他的敏思求新、孜孜探寻中剔出这样那样的疏漏，而对他的这种博览而思之、思之则求真的勤奋治学精神，却不能不投以赞赏与激励的关爱。正因为有了这种精神，继《重叠的镜像：文学史理论与实践》学术专著于 2002 年问世后，他又将获得山东省优秀博士论文奖的《超越幻想的锁链：意识形态视野中的左翼文学思潮》精心修改、扩写为目前的《理性与革命：中国左翼文学的文化阐释》。它是重新解读中国左翼文学现象的探索之作，也是还原左翼文学本真面目的求新之作。

纵观人类文化与文学流变史，虽然在 20 世纪出现诸多文化文学思潮，但是真正形成完整运动形态、理论形态和文学形态并在一个民族的文学构成中成为主导性潮流的，恐怕独有中国左翼文化与文学。当年强烈影响中国的日本左翼文化文学早已销声匿迹，为吾之师的苏俄左翼文化文学也改弦更辙了；而中国左翼文化文学不仅在 20 世纪 30 年代以强劲的势头改变了"五四"以来我国新文化与新文学的历史走向，并且它所形成的文学传统直至 21 世纪的当今仍对中国文学的运演起着或隐或显的支配作用，成为目前文学发展乃至文化建设的最重要的历史资源之一。与近百年现代中国文化文学其他历史区段研究相比,如果说晚清至"五四"的启蒙文化文学、新时期以来多元样态的文化文学已从宏观的学术理念、思维范式到微观的文学史描述、文本阐释,都达到了相当层次的学术高度和理论深度;那么左翼文学的探讨却在较长时间受到冷落,见不到"拨乱反正"后的新突破、新成果。尽管近几年学术界一些中青年学者对左翼文学发生了浓厚兴趣,也发表或出版了一批使人眼前一亮的论著,但总体上难觅有反思力度、阐释深度的真正把左翼文学研究纳入学理规范的理论成果,且有不少难点或疑点需要新的理论模式作出令人诚服的阐述。中国左翼文化文学在研究上之所以从整体上进行突破难度较大,原因较多,但主要缘由却是存在于研究主体思维的诸多障碍尚未解除:首先难以摆脱价值判断的政治惯性思维束缚,难以将历史上的政治命题转化为当今的学术命题来研究;其次,对审美评价尺度加以狭隘化理解与运用,忽视作为文学本质特征之一的"审美"概念的丰富内涵和多元性;再次,思维范式和研究方法的单一化、简单化,"非此即彼"、"二元对立"的研究范式,依然是主要的学术分析和价值判断的思维主轴。凡此种种,易造成中国新文学阐释系统出现两套评判尺度,比较典型的如:对大多数左翼作家作品,认为缺乏审美资质和艺术品位,往往强调其文学史价值;而对非左翼的、尤其是那些政治上有所谓"问题"而艺术水准较高的作家作品,则强调其审美价值。这种"历史与审美"处于分裂状态的评述秩序,既折射着二十多年来我国的社会思想文化境遇,又表明多维的开放的中国左翼文学研究视野尚未形成,更遑论具有重大创新价值的学术成果的出现。

本书作者既然从研究主体思维中摸清了突破左翼文学已有格局和成规的症结所在,那么他就以更新了的学术视野、调整了的思维范式与价值观念,在改革开放带来的日益宽松自由的社会语境下,充分地利用学术积累日趋成熟的有利条件,立足于人文学科研究的学术前沿,大胆而审慎地借鉴国际上的先进理论与前人的学术资源,尽量贴近历史本身,走进历史深处,持有文化批判的反思姿态,对中国左翼文学进行系统全面地勘探与论析,希冀以客观、公正、科学、原创的研究成果推动左翼文化和文学的研究有较大的创新和突破,致使现代中国文学研究的总体格局有所变动、现代中国文学史观念更新及其文本重写有所裨益、现代文人知识分子自身价位重新估定有所增值。也许这就是本书值得肯定的学术追求和价值理想。

基于此,《理性与革命:中国左翼文学的文化阐释》显示出的总体学术风貌和理论特征应是:运用历史诗学,坚持文化批判,从文学、哲学、政治、历史、美学、宗教、传播学、社会学、文化人类学等跨学科的多维"文化研究"视野切入,紧扣"现代性→理性→革命→文学"的历史精神演绎逻辑线索,围绕文学运动、思潮理论和作家作品三大文学史构成形态,宏观纵论与微观分析相结合,考释和阐说左翼文学真实的历史内涵、价值追求和美学特征,辩证分析和判断其历史合理性与历史阙失,阐述其历史作用和精神影响。而本书的切实具体的理论创新点与学术增值点,则表现于概念范畴的重新界说、原则原理的重新阐释、文本内涵的重新发掘、研究思路的重新建构以及思维范式的重新拓展上。这里择其要者简论之:

其一,通过分析"元典马克思主义→苏俄、日本→中国→文化、文学"的层递传播与转换接受的复繁进程,探讨了中国左翼文学理论架构、价值取向的现实合理性,原创性地揭示出中国化马克思主义意识形态观念在形成和建构过程中的权威虚构性,这是马克思主义在理论东移过程中发生的变异,亦是中西文化的一次激烈碰撞与强度交融。尤其是该书循此思路关于意识形态部分的研究与考释,对中国左翼文学意识形态文学观的形成过程、逻辑脉络和精神特质,进行了全面、系统、带有创造性的梳理和总结,具有重要理论创新意义。这是迄今为止卓有成效地运用意识形态理论、视角和方法,对中国左翼文学运动和文化现象进行的较为全面的也是富有成果的探讨。

其二,自觉把中国左翼文化与文学的研究置于特定的历史范畴,深入地探察了"现代性→理性→革命→文学的"普遍性精神发展的逻辑取向及其与区域性中国现代民族国家的未来社会憧憬相遇合,并对其所产生的以"理性与革命"为精神指南的中国左翼文学的先锋性、试验性、叛逆性和批判性特质,以及自身范畴的整合性、自足性、封闭性和压抑性特征,作出了切合历史理性逻辑的深刻辩析和富有创意的概述。虽然我们站在今天的价值平台上,已经非常清楚地认识到中国左翼文学自身发展的那些弊端,且作为现代中国文学史的重大教训被记取;但我们往往忽略它在产生之初、处于半自发状态时那种天然合理性,以及相伴而生的文学思潮、文学创作方面的先锋性特质,以及道德精神上颇具崇高色彩的叛逆性和批判性内核。而这些,恰恰是它当年熠熠生辉的最主要的因素,亦是今人当为之感慨之处。这正显示本书出色地运用了辩证逻辑思维,既忠于历史本质真实又重视批判性的文化反思。

其三,本书以深刻的洞察力与辩证思维,不仅发现了左翼文学历史精神发展线索的"同一性",而且有新意地揭示出左翼文学在"非法"语境中建构话语权力的"差异性"和"创造性"。这如同马克思主义本身是资本主义社会中一种非法精神力量,中国左翼文学运动作为一支非法的力量,在争夺文坛话语霸权的过程中,之所以能够所向披靡,很重要的一个原因在于它对"正统"的藐视和颠覆,此正是中国左翼文学最富创造性的部分。显然,左翼文学本身的这种曾经有过的真实状态,在它自身成为"正统"后,却转向了自己的对立面,历史精神发生了逆转,当年所批判、所颠覆的精神现象变为合法,那种真正的创造性变成了保守的精神限制。本书的这种有深度、有力度的文化反思精神颇具历史的沉重感,也有现实的警示意义。

其四,"辩证唯物主义历来是联系艺术与社会的最精妙的方法,而戈法曼的贡献,确切说来,正是继承了这种最精妙的传统,并且还创立了允许人们能在这两种互不相同的层次之间左右驰骋的典型范畴";而这些范畴则"铸成了一个系统、辩证的模式"。① 振勇正是依靠一系列辩证的范畴,出色地运用了系统的关系思维模式,通过"政治与文学"和"理性与审美"两大核心命题的辨析与考释,特别是"政治激情与文学想象的互为主体性"、"文艺自律性与意识形态总体性"、"文人知识分子与政党政治"、"审美内涵的重新阐释和左翼文学的政治移情"、"理性、经验、激情等相生相克情境中的创作"、"意识形态冲动、实用主义和理想想象的氤氲互生"等子命题的分析阐释,创构性地弥补了价值评判和文学史书写中"历史与审美"的分裂状态;尤其对"文艺自律性和意识形态总体性"的分析与阐释,以准确、清晰和辩证的理论思维与视野,掘发和说明了政治与文学这两种不同精神形式的关系和界限;而文人知识分子与政党政治关系的研究,则冷静、细致地考察和辨析了双方在历史激流中的相互抉择和相互依托。特别该书从审美再理解的角度切入历史,更是一大理论和学术亮点。上述理论视野和学术方式的运用,不但较为圆满地阐释了过去左翼文学研究中许多难以解决的问题和困惑,而且对现代中国文学和文化研究具有抛砖引玉的作用,不仅是学术研究内涵的扩大,同时也是研究范式的拓展。

长期困扰着中国左翼文化与文学研究难以有重大的突破的,还有个体与集体、人性与阶级性、个体主体与集体主体等范畴,而这些范畴原本就是辩证的范畴,不论是寓于作家主体的精神结构或者是蕴含于文学创作的审美世界中,它们都不是绝然对立的而是辩证地融为一体;但由于机械主义思

---

① 吕西安·戈法曼:《文学社会学方法论》,工人出版社1989年版,第2～3页。

维方式的主宰,总是在探究左翼文化与文学过程中把这些"辩证的范畴"推向异质相对的两极,这不仅人为地切断了左翼文化与文学同"五四"新文化新文学的有机联系,而且也严重影响对左翼文化与文学的科学总结与合理承传。本书有关这些范畴的把握与阐释虽触及到了,但给人的感觉却是总未达到上述几对范畴所阐释的深刻度与准确度,如果这些范畴也能像上述几对范畴那样进行正本清源的梳理和辩证系统的论析,并且与创作文本的解读紧密结合起来,那就能增多理论创新点与学术增长点,也能为深化现代中国文学研究拓展更多的具体的新思路。

《理性与革命:中国左翼文学的文化阐释》之所以具有强烈的理论感与浓重的学理味,也许与贾振勇博士酷爱理论的浓厚兴趣有关。他热衷于阅读中西方各种哲学人文社会科学的论著,并结合现代中国文学不同研究对象的阐释需求加以融会贯通,或者内化为多元的的理论模式,或者整合为宏观的理论视野,或者强化为理论思维统摄力与穿透力;尤为感兴趣的则是对西方的带有前卫色彩的方法论的探索与借鉴,"方法尽管说是客观的程序,但即使把信息化罗列出来,也仍然看不到真理,而必须有把它变为自己的东西的主体化的意志和活用它忍耐痛苦、不断思考的意志。"①振勇既有锲而不舍追询新方法论且转化为自己思维方式的"主体化的意志",又有坚持不懈活用新方法的韧性探索精神。固然理论"思维能产生思想,而且能产生它所需要的特定思想";②但是没有相应的方法论与之有机结合,也难以深入事物实质而产生"真思想"。所以研究新理论、探讨新方法是开创现代文学研究新局面的关键。不过,"将一种方法运用于研究对象,必须以实践为中介,调整方法与对象适应度,找出一系列的中间环节,这个任务不完成,最好的方法也是一句空话";如果通过对材料的潜心研究而"不能上升到理性的理论框架的建构,也就是还没有找到材料中的生命,还没有寻求到客观固有的结构的密码。"③振勇正是在左翼文化与文学研究的实践中把选取的新理论、新思维、新方法以错综复杂的中间环节联为一体,生发出惊人的创造力与阐释功能,故而写出了这部有相当理论深度和学术创意的专著。

---

① 今道友信:《美学方法叙说》,《美学文艺学方法论续集》,文化艺术出版社1987年版,第378页。
② 黑格尔:《小逻辑》,商务印书馆1982年版,第67页。
③ 陈鸣树:《文艺学方法概论》,上海文艺出版社1991年版,第3页。

"为人第一谦虚好，学问茫茫无尽期"，愿振勇博士以虚怀若谷的精神迎对学术征程上的得与失、喜与忧，走自己的治学之路，建自己的学术园地，用青春的激情与充盈的智慧去探索"茫茫无尽期"的学问。

　　是为序。

朱德发

草于 2005 年元旦

CONTENTS 目录

中　篇

意识形态:左翼文学思潮的价值航标

下 篇

理性与审美：左翼文学创作的优劣得失

引言　历史的激情与惆怅

　　2001 年的深秋,我曾专程到沪上拜谒、参观了鲁迅墓和中国左翼作家联盟成立大会会址纪念馆。当我在多伦路那曲曲折折的里弄中徜徉,寻觅着当年那些叱咤文坛风云的左翼文人知识分子(鲁迅、茅盾、柔石、周扬、冯雪峰……)旧踪,在景云里、创造社发行部、太阳社旧址以及国民党达官贵人的白公馆、孔公馆、汤公馆前徘徊,缅想半个多世纪前那场轰轰烈烈的左翼文化(学)运动,思潮澎湃、感慨万千。"昔人已乘黄鹤去,此地空余黄鹤楼",面对那些尘封已久的历史遗迹,恍惚间时光仿佛倒流,半个多世纪以前的历史似乎就发生在昨天,发生在身边。仔细谛听,历史深处仿佛依然能够遥遥传来不灭的回声。

一、革命摧毁旧的幻象,又创造新的幻象

　　那是一个"忍看朋辈成新鬼,怒向刀丛觅小诗"的时代。那个时代既有"风生白下千林暗,雾塞苍天百卉殚"的如晦风雨,又有"心事浩茫连广宇,于无声处听惊雷"的动地豪情。左翼文人知识分子以激进、高亢的歌哭与吟唱,为人类理性精神的张扬与膨胀谱写了一曲真挚、沉痛的篇章。它的理想主义的光焰、救世主义的道德热忱、急功近利的盲动倾向、鱼龙混杂的人事纠纷……都在 20 世纪的中国历史上投下了长长的背影,让后人在历史的激情与惆怅中,回味那无尽的甘苦与悲欢。

　　毫无疑问,中国的左翼文学运动,是当时一批最为优秀的文人知识分子以自觉推动历史进步的豪迈姿态,掀起的一场历史性的思想文化革命的巨澜。同时,它也是全球性共产主义运动的一个重要组成部分,表达了人类理

性精神在高热状态下,寻求塑造历史进程和自我形象的可歌可泣的努力。对于中国本土而言,它主要以精神的力量直接参与了中国现代革命进程,是现代中国人思想和精神革命的一面镜子;从世界性视角来说,作为马列主义革命的东方中国版本,它以区域性形象,体现了人类在全球化进程中超越自我的追求。它在光明与黑暗、文明与野蛮的搏斗中,深刻展现了人性在自我超越进程中的自豪与无奈,演示了人类理性精神在塑造历史和自我形象进程中的力量与局限。

"革命在人类社会的命运中是一桩永在的现象",①一切遭受压迫、剥削和奴役的劳苦大众,不是在沉默中灭亡,就是在沉默中爆发。为了追求平等、正义和公理,不愿做奴隶的人们,不得不起来将自己的渴望付诸革命实践。目睹底层人民艰辛和痛苦的挣扎,直面底层人民无法摆脱的非人道的生存境遇,良知和理想决不允许左翼文人知识分子为既得利益者唱赞歌、美化和苟安于"暂时坐稳了奴隶"的时代。否则,就不但是抛弃了最基本的正义感和良知感,而且是背叛了人性的崇高和尊严。站在底层人民的立场上,不能不承认革命风起云涌的历史必然性和社会合理性。

但是人类历史的二律背反,就在于革命从来就不是纯洁无邪的神圣事件,革命者也并不比被革命者更具有圆满、完善的人性。人们总是发现,当革命的激情冷却之后,历经革命颠峰体验的人们,并没有如期升入天国。当人们以为丧钟为旧时代而鸣的时候,在革命发生的第二天,却看到"太阳"照常升起。革命总是在摧毁旧的幻象的同时,又创造出新的幻象。真理哪怕再向前一步,也往往意味着谬误。人世间最大的悲哀,或许莫过于目睹和体验"咸于革命"的光荣与卑劣,莫过于看清新的幻象终究还是幻象。

幸运的是,人类历史并非过去时光的重演。但是,这并不意味着回首历史是一件轻松惬意的事情。人们寻求对历史内在结构和发展脉络的理解,为的是从中取得衡量自己行为选择和价值取向的准绳。当我们"横站"在21世纪的历史支点上,回眸左翼文学运动时代那风云激荡的历史版图,总是生发出无尽的感慨与叹息。历史精神资源从来就不是一个纯粹和澄明的体系,总是充斥着真与假、美与丑、善与恶的历史辩证内涵。情绪化的赞美或拒斥、接受或反抗,都有悖于历史摧枯拉朽的气魄和人性兼容并包的品格。学术乃天下之公器,以学术为天职的学者,首要的责任并非为当下的价值选

---

① 别尔嘉耶夫:《人的奴役与自由》,贵州人民出版社1994年版,第166页。

择提供历史资源的支撑和合理性论证，而是遵从真理和正义的召唤，将历史事件的是是非非、风风雨雨，置放在真理和思想的天平上，衡量它真实的历史重量，接受后来者发自灵魂深处的不断拷问。当我们缅想着文人知识分子的精神传统，重构着它的价值谱系和知识源流的时候，必须真诚和勇敢地面对那些无法回避和拒绝的精神遗产。

二、岂有豪情似旧时，敢遣春温上笔端

托克维尔在谈到撰写《旧制度与大革命》的动机时曾经说过："我希望写这本书时不带有偏见，但是我不敢说我写作时未怀激情。一个法国人在谈起他的祖国，想到他的时代时，竟然无动于衷，这简直是不能容许的。我承认在研究旧社会的每个部分时，从未将新社会完全置之不顾。我不仅要搞清病人死于何病，而且要看看他当初如何可以免于一死。我像医生一样，试图在每个坏死的器官内发现生命的规律。我的目的是要绘制一幅极其精确、同时又能起教育作用的图画。因此，每当我在先辈身上看到某些我们几乎已经丧失然而又极为必要的刚强品德——真正的独立精神、对伟大事物的爱好、对我们自身和事业的信仰——时，我便把它们突出出来；同样，当我在那个时代的法律、思想、风尚中碰到吞噬过旧社会，如今仍在折磨我们的某些弊病的痕迹时，我也特别将它们揭露出来，以便人们看清楚这些东西在我们身上产生的恶果，从而深深懂得它们还可能在我们身上作恶。"①托克维尔的动机和理想堪称典范与楷模。面对中国左翼文学运动这一历史精神现象，我无法遏制憧憬伟大理想的激情，同样我也无法忍受革命长河中的浊流、污秽与血腥。我无法掩饰自己面对复杂历史现象时的矛盾心情，更无法消解价值选择上的进退两难。

由于个人价值观的矛盾及影响，我无法保持价值中立和零度情感式的所谓纯粹学术立场。就个人的学术趣味而言，我不欣赏"躲进小楼成一统"式的文学观，更愿意将文学首先定位于一种精神现象，将文学置放于广阔的社会背景中理解，将文学视为文化、历史和社会研究的鲜活标本。面对汹涌澎湃的历史激流，我总是压抑不住个人的爱憎与好恶，尽管我知道这并不"客观"和"公正"。我试图在行文中缓和学术与思想判断中的那些矛盾，但

---

① 托克维尔：《旧制度与大革命》，商务印书馆 1992 年版，第 33～34 页。

是可能造成自我言说的进退失据。当面对两种或多种合理权利和价值理想的相互冲突时，我提醒自己选择那些位阶更高、更基本的权利与理想。我希望自己的学术研究能够遵循这一基本原则的要求，尽管也需要做出痛苦和矛盾的选择。我期冀着自己的学术研究和价值选择，能够达到托克维尔所描述的那种境界。即使身不能至，也心向往之。我知道自己的学术追求不一定能在行文中全部实现，更何况我是在矛盾的状态中投入到左翼文学研究领域。但是我一直希望：行行重行行，努力加餐饭，在艰辛和清贫的学术探索中见贤思齐。

马克思在《评普鲁士最近的书报检查令》这一光辉文献的篇末，引用了塔西佗的一句名言："当你能够感觉你愿意感觉的东西，能够说出你所感觉到的东西的时候，这是非常幸福的时候。"愿意感觉自己愿意感觉的东西，并非难事。但是能够自由说出自己感觉到的东西，却需要审慎和斟酌。在这一点上真是羡慕马克思可以直言不讳。不过，带着镣铐跳舞，既是必然和无奈之事，又似乎更能体现舞者之创新欲望和舞姿之原创性。

半个多世纪前，一生都在深深体味旧时代之无尽悲哀的鲁迅，在《亥年残秋偶作》一诗的结尾，发出深深的长叹："耸听荒鸡偏阒寂，起看星斗正阑干。"在那个"风雨如晦，鸡鸣不已"的年代，有那么多仁人志士闻鸡起舞，在革命理想的召唤下，为反抗专制和黑暗前仆后继、死而后已；有那么多柔弱的文人知识分子吟唱着国际歌走向刑场，倒在专制主义者的枪口下。然而这种为"生民立命"的承担精神，在物欲张着血盆大口哈哈大笑的时代却愈发弥足珍贵，可谓是"羚羊挂角，无迹可循"。尽管人们在梦醒时分发现，革命理想的实现与当初舍身取义时的历史想象大相径庭，但是那股豪情、那腔热血，却足以令人扼腕长叹、唏嘘不已。那些为反抗专制和黑暗、为谋求社会底层人民幸福奉献出青春、热诚乃至生命的人，永远值得后人尊敬。当然今天我们也没有必要隐恶扬善，讳言他们身上那些人性的弱点，讳言历史抉择中那些人为的惨痛教训。我们必须真诚、理智地对待历史的阙失，避免那些灾难在我们以后的生存中重新上演。

流年似水，光阴荏苒，弹指间，那场轰轰烈烈的左翼洪流已经过去了七十多年。正如当年鲁迅对殷夫《孩儿塔》的评价，左翼文学运动同样是"东方的微光，是林中的响箭，是冬末的萌芽，是进军的第一步，是对于前驱者的爱的大纛，也是对于摧残者憎的丰碑。"然而这"第一步"迈的是何等艰辛、何等坎坷！以至于"别一世界"在今天成为空谷幽兰、明日黄花。我希望在学术研究中,与当年那些血气方刚的左翼文人知识分子们,作一次跨越时空的对话,就他们遗留下来的、依然影响我们精神世界的那些观念,表达自己的同情和理解、抗辩和批判。历史长河惊涛拍岸、大浪淘沙,"红色的 30 年代"是人们无法回避的精神矿藏,我希望自己的学术研究,能够掀起哪怕是历史厚重帷幕的小小一角,去追索灵魂深处那些被革命的刀光剑影掩映的历史之丰厚底蕴。

上 篇

理性与革命：
　　左翼文学运动的精神指向

第一章　现代性平台上的理性与革命

费希特有名言曰："无物常存，无论是在我之外，还是在我之内，所有的只是永不停息的变化。……世间唯有想象：它们是唯一的存在，它们以想象的方式认识自己。"现代中国文学史在某种程度上，就可以视为是创造主体和研究主体的"想象"的产物，即以"想象"的话语生产方式，以"想象"作为动力和激情，以现代性为认同基础，进行着关于自身现代性命题的文学系统的建构，推动着仍处于现在进行时态的文学现代性梦想及价值的实现。

一、现代性：文学史视野与方法

关于文学的现代性问题，德曼在《文学史与文学现代性》一文的开篇就提出质疑："如果提笔对现代性作一回顾就会发现，这一用语到底有没有用处还是一个问题，特别是它是否适用于文学的时候。"① 适用与否暂且不论，问题的关键在于"现代性"与"文学"作为最基本的理论概念，并非是澄明而可靠的存在。同时作为原始的、不证自明的话语表达体系，又往往被运用于协调二者的阐释行为和评判活动中。在现代性一语的使用日益频繁、语义日益驳杂的当下语境，尤其是被人们戏言现代性争论最为激烈的当代中国，它不仅成为一种泛理论形态，成为一种意识形态色彩浓重的强势话语，而且作为一种话语权力，日益成为重新规划和构造文学理论、文学史、文学批评和文学创作实践的某种先验的思维框架和理念图式。

倘若对现代性及其现象进行概念性的理论界定，尤其是从文学角度入

---

① 德曼：《解构之图》，中国社会科学出版社 1998 年版，第 165 页。

手,等待我们的往往是引起更多混乱的诸多困境和悖论。对于 20 世纪中国文学研究,现代性问题所导致的意义和功能,或许我们不得不同意德曼的观点:"我所关注的,与其说是对自己现代性的描述,毋宁是对于方法或者这一概念所蕴涵的文学史的可能性提出的那种挑战。"①

什么是现代性?这是一个至今尚未得到完整、统一、清晰和严格界说的理论术语,"由于这样或那样的具体原因,在整个社会科学中,人们对现代性的理解仍然极为肤浅"。②人们对现代性诸多言说的共识性出发点,往往滞留于常识性、印象式的认知基础上,认为它不过是指不同于以往传统社会的现代社会的一种性质,更有人坚持认为这种性质属于一项西方的工程,是西方现代社会形成过程中产生的系统质。至于现代性所指涉的方方面面,则众说纷纭、莫衷一是。或许,对于"现代性"的定义化和概念化理解,本身就是出于一种历史宏大叙事的思维方式和惯性。

事实上,我们通常所说的现代性概念具有极大的包容性,涵纳了现代性所指涉的现象与本质的所有关联域,比如现代化现象与事件,现代性的特征与本质,现代性的效应与后果,以及现代学建构等问题。由于知识归纳和逻辑分类的差异,人们对现代性的言说往往依照不同的层面和理路展开,从而形成了对现代性不同的理解系统和阐释视野。刘小枫从现代学角度对这一问题进行的梳理是颇富启发性的:"从形态面观之,现代现象是人类有'史'以来在社会的政治—经济制度、知识理念体系和个体—群体心性结构及其相应的文化制度方面发生的全方位秩序转型。它体现为一个极富偶在性的历史过程,迄今还不能说已经终止。从现代现象的结构层面看,现代事件发生于上述三个相互关联又有所区别的结构性位置。我用三个不同的述语来指称它们:现代化题域——政治经济制度的转型;现代主义题域——知识和感受之理念体系的变调和重构;现代性题域——个体—群体心性结构及其文化制度之质态和形态变化。"③这种分类是从知识学的视野对现代性事实及话语进行理论观照的结果,为我们理解现代性问题及其涉及的方方面面廓清了基本的学术逻辑基础。同时也启发我们从理论层面对现代性问题进行一种常规性的区分:作为历史事实的现代性,这是我们的研究内容和对

---

① 德曼:《解构之图》,中国社会科学出版社 1998 年版,第 167 页。
② 吉登斯:《现代性的后果》,译林出版社 2000 年版,第 2 页。
③ 刘小枫:《现代性社会理论绪论》,上海三联书店 1998 年版,第 3 页。

象;作为话语言说的现代性,这是人们针对现代现象和内容所做的描述、分析、评判与阐释;作为现代学之研讨中心的现代性,这是对上述对象和上述话语之间可能关系的研究。

现代学视野中的现代性问题暂且不论。问题在于:我们一般意识中的现代性,总是藏身于我们难以直接体验的历史真实和我们对这种历史真实的想象与言说之中,我们对作为历史真实的现代性的认识与理解,基本上是通过对它的话语言说来表达和获得的。正如詹明信所强调的:"历史本身在任何意义上不是一个本文,也不是主导本文或主导叙事,但我们只能了解以本文形式或叙事模式体现出来的历史,换句话说,我们只能通过预先的本文或叙事建构才能接触历史。"①因此,我们有关现代性的理论期待视野,奠基于作为历史真实的现代性和作为话语言说的现代性之上,既融铸着事实和经验情境,又涵纳了当下意识和问题情境。

对人自身而言,历史是一个可理解的、有意义的过程和整体。但是,历史的意义不可能以直接的方式呈现给人类。历史是一个由各个相对自律的异质断层构成的结构统一体,历史的意义乃是人们通过对断层的勘探形成共同的意义指向而形成。对于人类的存在和需要而言,历史并非是支离破碎的现象和杂乱无章的事件,而是作为总体现象而展示自身,有着一种内在的统一性和整体性。福柯说过:"我知道现代性常常被说成是一个时代,或者,至少被说成是构成一个时代特征的一组特征;从它在日历上的位置看,在它之前,是多少有些幼稚或古旧的前现代性,在它之后,是莫测高深的和引起麻烦的'后现代性'。"②对于历史进程中的现代性,现代性这一理论述语,正是围绕着关于"现代"的本质和特征,对一个特定历史时代进行总体化描述过程中形成的概念,并赋予现代性所指涉的历史时代以总体化的历史形象和历史意识。

毫无疑问,现代性是产生于西方社会的一个概念。正如吉登斯所强调的:"现代性指社会生活或组织模式,大约17世纪出现在欧洲,并且在后来的岁月里,程度不同地在世界范围内产生着影响。"③随着西方社会的政治、经济、军事和文化在全球体系中处于中心和支配地位,其文化观念、价值取向

---

① 詹明信:《晚期资本主义的文化逻辑》,三联书店、牛津大学出版社 1997 年版,第 148 页。
② 福柯:《什么是启蒙》,《文化与公共性》,三联书店 1997 版。
③ 吉登斯:《现代性的后果》,译林出版社 2000 年版,第 1 页。

和意识形态等,在扩张的过程中也随之具有了普遍主义的色彩。尤其是在 20 世纪,从传统社会向现代社会的大变迁,成为全球性的社会衍化和发展趋势。那些后发型、被动式的现代化国家的文化取向与价值系统,都程度不同地在追随、模仿着西方现代性的内在要求和发展理路。因为全球化现代性语境已经不可避免地形成了。

自西方文艺复兴和启蒙运动以来,几乎所有关于现代性的理论话语都推崇理性,把它视为知识与社会进步以及人类进化的源泉,视为真理之所在和知识与科学之基础。人们深信人类依靠理性,就有能力发现适当的理论与实践规范,依据这些理论和规范,思想体系和行动体系就会建立,社会就会得到重建与发展。因此,理性是现代性生产一整套规戒性制度、实践和话语的源头,并使它的统治和控制模式合法化的理论基石。理性成为现代性得以建构的坐标原点,同时也成为文明的核心和象征。

正是在理性这一具有先验色彩的思想坐标的指引下,现代性生产出了科学、民主、自由、平等等一系列衡量一个社会文明与否的价值指标。这些,随着工业革命和资本主义体系向全球的扩张,成为一种具有普遍主义性质的权力话语。正如人们不得不经常看到的那样,对于那些处于边缘地区的民族与国家,由于在政治、经济和军事上都处于弱势,因而对于世界体系轴心地区所创造的强势文明,很难做出平等的回应,而是往往陷入一种两难境地:拒绝接受将是一个损失,接受也是一个损失。如果拒绝接受,边缘地区就很难享受这种文明给世界带来的益处。如果接受,那就意味着不得不放弃自己、至少要改变以前所具有的文明①。

中国社会由传统向现代的变迁,就是在这样一个全球性的历史情境中发生的。日益恶化的社会状况和迫在眉睫的民族危机,使中国社会生发了追慕现代性的冲动,它的可见的和可能的益处,激发了中国人自觉的学习意识。于是,无论是阐释历史还是创造历史,都笼罩在现代性叙事的话语权力阴影下,科学、民主、自由、平等、个人、社会、国家和民族等现代性主题,都被置放于传统/现代、中国/西方的阐释框架中。

现代性之所以成为 20 世纪中国的主流叙事话语,一方面是因为现代性产生的改变社会的巨大实践效果,正如吉登斯所说:"现代性以前所未有的

---

① 这种悖论现象,20 世纪 70 年代以来的现代化研究专家们屡屡论及,比较有代表性的有华勒斯坦等人。

方式,把我们抛离了所有类型的社会秩序的轨道,从而形成了其生活形态。在外延和内涵两方面,现代性卷入的变革比过往时代的绝大多数变迁特性都更加意义深远。在外延方面,它们确立了跨越全球的社会联系方式;在内涵方面,它们正在改变我们日常生活中最熟悉的最带个人色彩的领域。"①另一方面,是因为现代性所具有的普遍主义性质,"普遍主义的实质是什么?在理论上它的含义是人类在道义上都是平等的。它不仅认为所有的人都享有相同的天赋人权,而且认为人类的行为存在着我们能够查明并进行分析的普遍原则"。②以理性为精神和思维核心的现代性实践和话语,因为它本身所宣扬的全人类道义平等原则和信奉历史发展遵循普遍的规律与原则的叙事想象,赋予了自身超越国家、民族和个人的全人类色彩,因此就成为一种既是认识论又是信仰的历史总体化意识形态。它所具有的实践效果和理论统摄力,促使中国人积极而自觉地将现代性工程的诸种形态引介到国内,进行大规模的社会实践。同时,中国的大批知识分子和文化人,更是积极而自觉地将之运用于阐释历史动向、分析社会现状和指导未来走势的文化创造行为中。

文学与现代性固然没有绝对的、必然的内在逻辑对应联系,但中国社会长期以来对现代性孜孜不倦的追求,却构成了文学发展的显在历史语境。现代性经过全球化过程中的"理论旅行",经过20世纪中国文学的主动选择,构成了一种外源性动力。一方面,现代性促成了20世纪中国文学由古典形态到现代形态的转变,实现了文学形式的现代化;另一方面,现代性又成为20世纪中国文学所表达的历史内容和价值追求。现代性既为20世纪中国文学的发展提供了广阔场域和历史资质,也为文学史研究提供了广阔的论域和学术增长点。所以,现代性既构成了20世纪中国文学的重要历史内涵,又成为我们观测、考察其历史的视野与方法。

正是因为从内容到形式、从本体到客体,现代性与文学在历史运作过程中发生了联系,20世纪中国文学的现代性问题可以归结为三个方面:第一,文学自身的现代性,主要是指中国文学为适应时代需求,以世界现代文学样式为模本所进行的文学形式的变革,这可称之为文学形式的现代性;第二,文学内涵的现代性,主要是指中国文学在追慕西方现代文明的过程中,从表

---

① 吉登斯:《现代性的后果》,译林出版社2000年版,第4页。
② 华勒斯坦:《历史资本主义》,社会科学文献出版社1999年版,第100页。

现内容、审美趣味到价值理想,表达出对现代性实体状态和精神心理的渴望与企求;第三,历史语境的现代性,现代性作为一种整体历史内涵和历史意识,毫无疑问从内外两个层面构成了文学发展流变的历史背景和话语中心。

从另一个角度来说,20世纪中国文学的现代性已成为挥之不去的文学事实,同时又成为理解作为文学事实的现代性的文学史期待视野;另外它们又共同促成了文学史研究的现代性模式的形成,如果抛却文学史研究话语各个时代的色彩,从理论内涵到方法论,中国20世纪文学史研究也展现出对现代性的追求与探索。尽管对现代性的体认各不相同,但追求现代性的总体趋势,却是20世纪中国文学及研究的一个重要历史目标。所以,谈论20世纪中国文学的现代性问题,并不在于将它预设为文学的本质和标准,或者去追寻和发掘现代性与文学之间的必然逻辑联系,而是在于将"现代性"视为一种理论导向和方法论导向的思考工具,在一定程度和范围阐明20世纪中国文学的基本历史风貌、基本历史内涵和具体展现形式,勘探文学历史断层中那些渐渐湮灭的信息,在文学的历史演绎中把握我们曾经经历的和将要经历的"存在的本真"。

二、理性:革命文学的价值平台

康德在《世界公民观点之下的普遍历史观念》中强调,人是"作为大地之上唯一有理性的创造物",因此"一个被创造物的身上的理性,乃是一种要把它的全部力量的使用规律和目标都远远突出到自然的本能之外的能力,并且它不知道自己的规划有任何的界限"。他进一步引申说:"既然她把理性和以理性为基础的意志自由赋予了人类,这就已经是对她所布置的目标的最明显不过的宣示了。这就是说,人类并不是由本能所引导着的,或者是由天生的知识所哺育、所教诲着;人类倒不如说是要由自己本身来创造一切的。"[①]康德哲学思想是现代历史观和世界观的智慧基石,其推崇理性至上的原则,也构筑了现代性工程和现代性言说的哲学认识论基础与文化心理底色,并且作为一种思维常识影响和左右着后人的思想和行为,直至今天仍发挥着广泛而潜在的影响。如果可以简单归纳的话,一言以蔽之就是"人为万物自然立法"。

---

① 康德:《历史理性批判文集》,商务印书馆1990年版,第3~5页。

这种历史观或世界观,将上帝或神的统治权让渡给人自身,认为人自身的实存或本质属性是所有社会制度与精神秩序的先天合理性根据,强调人的本性和实存作为一切事物的中心和原点,强调源自理性的人类要求的合目的性和正当性。它认为理性是人之为人的最内在的本质和属性,理性是合乎自然社会规律的人的本体化表现形式。凭此,人能够再现或表现世界和历史的本质,从而发现真理和创造真理。正是这种信奉人是自然、社会和历史之中心的理性原则,赋予人自由运用自己理性的权力,人可以凭借理性的无边法力,去解释、规划和变革世界。人的现代性王国也在此基础上开始建立。

鲍曼在阐述以理性为基石的现代性世界观时认为:"典型的现代性世界观认为,世界在本质上是一有序的总体,表现为一种可能性的非均衡性分布的模式,这就导致了对事件的解释,解释如果正确,便会成为预见(若能提供必需的资源)和控制事件的手段。控制('征服自然','规划'或'设计'社会)几乎总是与命令性行为相关联,或与其同义,这种命令性行为被理解为一种对于可能性的操纵(增大或减小事件发生的可能性)。控制的有效性依赖于对'自然'秩序的充分了解。"[1]这种世界观,或者说人生观与社会观的形成,正是人对自身理性能力顶礼膜拜的必然逻辑结果。人依据理性能够正确认识与解释自然秩序、社会秩序,能够在正确认识的基础上,凭借理性合乎目的和发展规律的能力去征服自然、改造社会。这样,人就可以凭借理性赋予的自由意志去创造新的天地,"在它的理论化的形态中,现代首先把自己界定为理智与理性的王国,相应地,把其他的生活方式看作是这两种东西的缺乏",[2]从而使理性和理性所激发的自由意志向一切领域扩张和膨胀。

凭此,自诩为理性代言人和规律揭示者的个体,就站到了掌握历史杠杆的地位上,成为历史变革和社会发展的最有权威的发言人,成为人类整体发展方向的促进者、指导者,成为人类全体利益的代表和化身,"现代人最深刻的本质,它那为现代思辨所揭示的灵魂深处的奥秘,是那种超越自身,无限发展的精神",[3]现代人这种自我精神的无限发展,正是缘自于对理性无比崇

---

① 鲍曼:《立法者与阐释者——论现代性、后现代性与知识分子》,上海人民出版社 2000 年版,第 4 页。

② 同上,第 150 页。

③ 贝尔:《资本主义文化矛盾》,三联书店 1989 年版,第 96 页。

尚的后果。

人为自身和万物立法的雄心壮志,使理性成为最高评判标尺。这成为自文艺复兴和启蒙运动以来全球性的主流性共识和常识,恰如恩格斯所强调的:"一切都必须在理性的法庭面前为自己的存在作辩护或者放弃存在的权利。"①从知识源流来说,马克思主义理论就是建构在这种理性观基础之上,是自笛卡尔、康德和黑格尔以来最具道义责任和伦理意图的理性主义集大成者。作为社会批判理论的马克思主义理性观,其着眼点在于人类的理想与未来(理想色彩),在于人的自由本质的自由实现,在于社会理想模式的和规律的动态发展,在于人自身的发展必须建立在理性要求的基础上。它强调理性作为人类意识的能动性,能够改造或否定现存社会中不合理性的现实,能够废黜非理性及违反人类自由意志的反人道的专制者。它强调世界、国家、社会和个人的行动,应该服从于理性的指引,只有以理性指导人类的实践,才能改变现实社会中不合理、不合法的一切,从而创造出符合理性想象的美好公正和至善的新型社会。

在马克思主义视野中,真善美的东西应该在社会现实生活中成为真实的存在,理性正是实现这种追求的思想和意识指南。理性以主体的自由为先决条件,自由也以理性为指南,依靠理性能力获得。理性与自由是互为因果、互为条件、互相依赖、互相促进的相辅相成的辩证关系,二者统一于实践主体之中,理性的目的是实现自由,而自由又依赖于主体在理性指引下的解放。但是在现实社会中,就社会构成因素而言,由于私有制恶性膨胀和专制独裁泛滥,人的本质遭到扭曲和变形,人的存在和自由遭到异化,人的理性变成了斤斤计较的精明的利益换算,理性指引下的自由意志被侵蚀殆尽。这种社会异化必然导致人们要求变革不符合真实理性要求的社会现实和社会结构,以达到社会现实和理性要求相符合,与人的自由本质的实现合为一体。这可以视为理性与革命的关系的潜在内涵。

理性在自由意志和生命意志的支撑下,本着自身逻辑发展的趋向不断地否定不合理的现实,进而逐渐实现现实和理性的同一性。人类追求意志自由的内在生命冲动在理性的指引下,促使自身投入到合乎理性的、合乎规律的改造现实的实践行为中。革命就是这种自由主体的改造现实的最激烈的生命实践行为。在资本主义体系中,由于资产阶级对无产阶级这一历史

---

① 《马克思恩格斯论艺术》第二卷,中国社会科学出版社 1983 年版,第 130 页。

主体进行剥削和奴役，无产阶级在理性精神的推动下，必然按合规律、合目的的社会理想要求，揭竿而起，奋起革命，砸碎资产阶级的镣铐和桎梏。因此，在马克思主义的理性与革命关系的视野中，无产阶级就是按照人类理性要求而被历史实践创造出来的建构新社会的历史主体。这样，理性与革命的现实联系，就聚焦于无产阶级这一马克思主义设想的变革主体上。这是理性与革命的关系的显在内涵。

总之，理性在人类自由意志的内在驱动下，按自身的要求不断地否定不合理的现实，进而实现历史、现实和未来的合乎规律、合乎目的的发展，革命就是它实现这些要求的最激进的、最高级形式的手段。理性给予革命行为以精神指导，革命行为使理性要求获得现实内容，二者统一在无产阶级实现历史要求的实践中。这样，无产阶级作为历史主体就成为重新构造社会的中心和焦点。无怪乎有的社会学家认为："对于马克思及其社会主义、共产主义信仰者来说，工人阶级是个应该从思想上真正给予崇敬的对象。他们把改变世界、实现后资本主义理想国（理想）即地球上的天国的希望寄托在工人阶级身上。他们相信，不管怎么说，由于世界开始衰退，无产阶级将很快成为活动和批评的源泉。它将逐渐拥有自身的意识，通过意志的力量改变生产关系——私有财产法，并创造一个新的世界。"[①]

马克思主义思潮在"五四"时代就已传入中国并产生了一定影响。正如毛泽东所说的，十月革命一声炮响，给中国送来了马列主义。马列主义及其现实样板——苏俄社会主义制度——的建立，在政治领域直接促成了中国共产党的建立。然而对于广大知识分子而言，对马克思主义的认同和接受，则是 20 年代中后期以后的事情，有的学者指出："1924 和 1927 年这几年的特点，最重要的是作为知识分子一种主要观点的马克思主义的某些看法在城市知识分子当中引人注意的传播。"[②]这个特点在从事文学活动的知识分子中尤为显著。生活于水深火热中的底层民众，动荡不安、急剧恶化的社会黑暗现实，以及弱肉强食的国际形势、列强纷争的国际秩序，促使心灵极为敏感、特别是出身于社会中下阶层的大批文人和知识分子，转向激进的马克思主义的接受和实践，以期从中寻找到国家、社会和个人的出路。

积极探索和实践马克思主义学说，成为当时激进文人知识分子的流行

---

① 亚历山大：《社会学二十讲：二战以来的理论发展》，华夏出版社 2000 年版，第 251～252 页。

② 《剑桥中华民国史》上卷，中国社会科学出版社 1994 年版，第 499 页。

文化时尚。我们今天称为"左翼十年"的那段历史时期,正是左翼文学作为叛逆力量和批判力量最为风光的时代,"左翼革命文学之所以受欢迎,就是由于它们较多地表达了'公众所珍视的政治思想',在最大程度上顺应了公众的政治取向以及由此形成的社会心理"。①更为重要的是,在马克思主义的启迪下,对于文学自身而言,中国文学的格局和发展趋势发生了重大变动,它所引发的文学的重新定义、文学队伍的重新划分,创作形式和内容的重新厘定,对"五四"及以往时代文化的评价,等等,都改变了中国文学的前进航向并影响至今。

左翼文人通过一系列论战和批判,逐步确立了马克思主义在当时文坛的最具强势的话语权力地位,主要有革命文学论争,对鲁迅和茅盾等人的批判、对新月派的批判、对民族主义文学的批判、对"自由人"和"第三种人"的批判,关于大众化和拉丁化的论争以及"两个口号"之争等等。这些论争和批判今天固然仍须进一步厘清,但是通过这些论争和批判,马克思主义的话语权威树立了起来。左翼文人都自觉不自觉地遵循着一些基本规则。透过当年那些歧义纷呈、厚可盈尺的文献,我们至少可以归纳出以下四点:第一,根据马克思主义的社会历史发展五阶段学说,未来的社会主义社会和共产主义社会远远优越于现存社会状态,提供了一个理想主义的目标和承诺;第二,按照马克思主义对阶级结构和阶级力量的分析,实现这一理想社会状态的历史主体是无产阶级,未来必将是无产阶级的未来;第三,未来的美妙前景无法坐享其成,只有通过革命才能获得,革命是实现理想的最快捷的手段;第四,根据马克思主义关于经济基础和上层建筑关系的原理,属于上层建筑和意识形态领域的文学具有强大的能动性,必将促成革命的成功,必将帮助无产阶级实现创建新社会的理想。

这样就形成了一个坚实的逻辑认识基础:文学能够帮助无产阶级以革命的手段实现社会主义、共产主义社会。这种认识构成了当时左翼文学场形成的话语基础。尽管对于文学如何实现阶级使命、文学促成革命的手段、文学的内容和技巧如何体现革命要求等问题,尽管左翼文人知识分子们众口难调,但是上述四条却成为话语言说的必要前提,成为左翼文人知识分子的一种言说标志和资格。今天翻阅当年的批判和论争文献,不必一一引述,上述逻辑认识基础清晰可见,其中较为典型的是李初梨的观点:"无产阶级

---

① 朱晓进:《政治文化心理与三十年代文学》,载《文学评论》2000年第1期。

文学是：为完成他主体阶级的历史的使命，不是以观照的——表现的态度，而以无产阶级的阶级意识，产生出来的一种斗争的文学。"①当然，最集中体现左翼文人这种共识的，还是"左联"的行动纲领和理论纲领。

"我们今日所需要的文艺，便是本着人类社会活动的'不断的反抗'的精神，准着适合现代的思想而产生的具有革命性的文艺"。②当左翼文人知识分子沸腾着热血将文艺纳入到革命的行列中时，他们实际上是在文艺领域实验一场历史超越，将自近代以来中国人追求现代性的实践，锚定在一个更具理想色彩的至善至美的目标上。刚刚脱离传统封建社会专制主义束缚的中国人，尚未充分咀嚼启蒙精神和人道主义，就在短短不到10年的时间里跃上当代人类最高价值追求的理想峰尖，憧憬着塑造完美人性的社会的降临。

自文艺复兴和启蒙运动以来"人成为自身存在和一切行动的理由"的理性主义想象，经过跨越历史和国家的旅行，在20世纪二三十年代乃至以后时代的中国版图上，酝酿了一场追求被视为最高级、最先进现代性的实践。"从理智的层面上，重新规划社会秩序，是人类约定活动的一个结果，不是'绝对的'，也没有超出人类所能控制的范围，它是在通向现代性道路上的迄今为止最重要的里程碑。然而，为了使这一重新规划得以展开，在通往重建社会秩序之路上，一场革命在所难免"，③在重建社会秩序的革命旅途上，马克思主义预设的完美社会理想成为最高价值坐标，革命成为唯一合法合理的手段，文学成为文人知识分子们献身这一行动的战场。

三、革命与文学：时代精神的现实演绎

自鸦片战争以来的几代中国人，都是在亡国灭种的历史危机中睁开眼睛看世界的。他们在全球版图中重新审定自我的位置，在拯救国家、民族和个人的过程中，无不苦苦寻觅"师夷长技以制夷"的救世良方。从洋务运动的信奉西方列强坚船利炮的科技文明，到维新变法和辛亥革命崇尚西方的制度文明，再到"五四"时代新文化运动对西方精神文明的羡慕，问题的症结

---

① 李初梨：《怎样地建设革命文学》，载1928年2月15日《文化批判》第2号。
② 芳孤：《革命的人生观与文艺》，载1927年9月1日《泰东月刊》创刊号。
③ 鲍曼：《立法者与阐释者——论现代性、后现代性与知识分子》，上海人民出版社2000年版，第69页。

归根到了人的现代化和文化的现代化,正如李大钊所宣称的:"一切解决的基础,都在精神解放。"①用了将近半个世纪的光阴,中国人对现代性的认识完成了从物质到精神、从外部社会到内在灵魂的认识,形成了对现代性工程系统性和整体性的认识。军事救国、实业救国、教育救国、科技救国、文化救国等等,一浪高过一浪的现代性实践在中国大地全面展开。回望这段历史,这些先辈慷慨激昂、热血沸腾的民族主义献身精神,依然令后世人钦佩和感动。至于他们的失误及后果,都遮蔽在人们对历史的谅解情绪中。

在这一历史时段中,对我们当下社会、尤其是对文学影响最大并依然发挥作用的,当首选"五四"新文化运动。新文化运动是一次全面的、系统的和整体的在人的精神世界进行现代性实践的集体性文化再造行为,是对西方自文艺复兴以来现代性文化、尤其是启蒙理性精神的大规模模仿与接受。

鉴于以往半个世纪的现代性实践方案并没有起到揭竿而起一定乾坤的功效,新文化运动的首倡者们将新一轮现代性实践的突破口锚定在文化和文学上。正如陈独秀阐述的,今日欧洲的繁荣,是由政治、宗教、伦理革命、文学艺术方面的革命振兴而达成,而中国"政治界虽经三次革命,而黑暗未尝稍减。其原因之小部分,则为三次革命皆虎头蛇尾,未能充分以鲜血洗净旧污;其大部分,则为盘踞吾人精神界根深蒂固之伦理、道德、文学、艺术诸端,莫不黑幕层张,垢污深积",文学革命的重要目的之一,就是要革除与旧文学互为因果的"吾阿谀、夸张、虚伪、迂阔之国民性。"②强调"文学者,国民最高精神之表现也"的陈独秀认为:"旧文学、旧政治、旧伦理、本是一家眷属,固不得去此而取彼;欲谋改革,乃畏阻力而牵就之,此东方人之思想,此改革数十年而毫无进步之最大原因也。"③李大钊更是坚信:"由来新文明之诞生,必有新文艺为之先声。"④由此可以看出,新文化运动的倡导者们将文学作为他们的现代性实践框架的基本和首选策略,在促进文学由古典向现代的转换过程中,是将社会整体的现代性内容实践赋予了文学,文学承担了现代性社会意识形态的功能。

如果说新文化(学)运动偏重于以启蒙理性为核心的现代性方案的选

① 李大钊:《精神解放》,载 1920 年 2 月 8 日《新生活》第 25 期。
② 陈独秀:《文学革命论》,载《新青年》第 2 卷第 6 号。
③ 陈独秀:《论〈新青年〉之主张》,载《新青年》第 5 卷第 4 号。
④ 李大钊:《"晨钟"之使命》,载 1916 年 8 月 15 日《晨钟》。

择,那么左翼文学运动则热衷于当时处于前卫范畴的现代政治理性精神的引进与实验,将政治现代性或者说革命理性置于文学实践的中心位置。众所周知,左翼文学实践的活跃时期,正值马克思主义思潮风靡全球之时,"赤化"既寓意着它的批判性和颠覆性,也象征着它的威慑力与革命能量。马克思主义是现代资本主义体系派生出来的一股异己力量,它提出了一整套有别于原有资本主义现代性形态和质态的现代性重构方案。它关注大多数人、尤其是下层人民的幸福问题,追求更加合理的社会秩序和社会模式,承诺未来社会面向大众及所有人的福祉。它提出了社会主义社会和共产主义社会较之于资本主义社会的全面超越性理想,提出了无产阶级是资产阶级掘墓人,是社会变革的主要历史力量的观点。这些在革命的名义下形成的理性言说,对当时寻求救国、救民、救个人之道的中国人来说,无异于救世福音。况且,苏俄社会主义形态的建立,更是树立了楷模。且不说当时中国人对马克思主义的接受是否全面系统,是否来自马克思主义原典,仅仅是这些辗转相传的朦胧而美妙的社会人生理想,足以激发自古就向往大同理想的中国人的心灵冲动与渴望。易于敏感与激动的文化人走在了全社会接受的前沿,或许正如郭沫若所说:"因为他的感受性锐敏,所以一个社会临到快要变革的时候,在别种气质的人尚未十分感受到压迫阶级的凌虐,而他已感受到十二分,经他一呼唤出来,那别种气质的人也就不能不继起响应了。文学能为革命的前驱的,我想怕就在这儿。"①

革命文学和左翼文学历史叙事话语的中心是政治革命和阶级斗争,崇尚当时被视为最先进的社会政治模式,表现和促进阶级斗争和阶级解放,追求公正、合理和平等的社会秩序。如果说"五四"时代强调个性解放、强调人的启蒙,那么,左翼文学时代更强调社会政治启蒙、强调社会和阶级解放。从文学革命到革命文学的转变,实际上是从启蒙理性到革命理性的转变,是从崇尚欧美现代性到崇尚苏俄现代性的转变,是从"五四"时代多元启蒙现代性到一元政治现代性的转变。现代性追求的焦点,由抽象的人转向了具体的社会,由个人主义转向了集体主义,"现代革命的倾向,就是要打破以个人主义为中心的社会制度,而创造一个比较光明的,平等的,以集体为中心的社会制度"。②

---

① 郭沫若:《革命与文学》,载 1926 年 5 月 16 日《创造月刊》第 1 卷第 3 期。
② 蒋光慈:《关于革命文学》,载 1928 年 2 月 1 日《太阳月刊》2 月号。

　　左翼文学运动的提倡者和实验者们,将文学现代性追求与政治现代性追求合二为一,"文学是社会上的一种产物,她的生存不能违背社会的基本而生存,她的发展也不能违背社会的进化而发展,所以我们可以说一句,凡是合乎社会的基本的文学方能有存在的价值,而合乎社会进化的文学方能为活的文学,进步的文学。……真正的文学是只有革命文学的一种"。①左翼文学运动将政治意识形态的功能赋予文学,是五四新文化运动乃至晚清以来将追求社会现代性使命赋予文学的必然历史逻辑结果。从此,政治现代性追求制约着文学的发展与流变长达半个世纪。革命理性精神成为从上世纪 20 年代末到 70 年代末中国文学发展的重要文化哲学基础和主要价值坐标。

　　冯乃超在革命文学论争中发表文章强调:"我们的艺术是阶级解放的一种武器,又是新人生观新宇宙观的具体的立法者及司法官。革命的整个的成功,要求组织新社会的感情的我们的艺术的完成。"②彭康也强调:"在阶级立场及阶级意识之下,思想的组织化使读者得到旧社会的认识及新社会的预图,感情的组织化使读者引起对于敌人的厌恶,对于同志的团结,激发斗争的意志,提起努力的精神,这是革命文艺的根本精神,也是它的根本任务。"③在革命文学的倡导和左翼文学运动的实践过程中,冯、彭二人的这些言论是具有典型性的。且不说他们及其代表的言论"并没忏悔以往的表示,而是一种'先驱'的,'灼见'的态度;这使得不健忘的人们颇觉忍俊不禁",④也不说他们及其代表的言论"未必像有些人的不客气的猜度所说的竟是投机,是出风头",⑤也不说"不要脑子里存着许多旧的残滓,却故意瞒了起来,演戏似的指着自己的鼻子道,'惟我是无产阶级!'"⑥之类的指责全无道理。而是说左翼文学实践家们的言论与行为,恰如茅盾在《谈〈倪焕之〉》中以"以子之矛攻子之盾"的方式反证出来的"时代性"所体现的"必然律":"所谓时代性,我以为,在表现了时代空气之外,还应该有两个意义:一是时代给予人们以怎样的影响;二是人们的集团的活力又怎样地将时代推进了新方向,换言之,即是怎样地催促历史进入了必然的新时代,再换一句说,即是怎样地

---

① 郭沫若:《革命与文学》,载 1926 年 5 月 16 日《创造月刊》第 1 卷第 3 期。
② 冯乃超:《怎样地克服艺术的危机》,载 1928 年 9 月 10 日《创造月刊》第 2 卷第 2 期。
③ 彭康:《革命文艺与大众文艺》,载 1928 年 11 月 10 日《创造月刊》第 2 卷第 4 期。
④⑤ 茅盾:《读〈倪焕之〉》,载 1929 年 5 月《文学周报》第 8 卷第 20 号。
⑥ 鲁迅:《现今的新文学的概观》,载 1929 年 4 月 26 日《未名》半月刊第 2 卷第 8 期。

由于人们的集团的活动而及早实现了历史的必然。"①这种时代性对社会发展的推动是铺天盖地的,不管你激进与否。

所谓文艺是阶级解放的武器,是新人生观、宇宙观的立法者及司法官,所谓以无产阶级立场组织思想和情感来痛诋旧社会、预图新社会,无不透露出革命意识形态中所具的历史理性、必然规律、终极目的对文学观念的支撑与整合。这一方面固然是时代性作为外力的影响,另一方面更是左翼文学实践家们刻意以历史主体姿态进行主观历史想象和塑造的结果。"我们的任务是要如何领导现代的潮流,使向更高的阶段发展",②左翼文学实践家们面对"历史必然"的这种创造历史的主体自信心,正体现和宣告了启蒙理性已被政治理性及其实践所替代,政治现代性的追求已跃居历史舞台的中心。

由此可以看出,左翼文学运动实践者们所遵循的哲学认识论基础,已不再是启蒙主义、个人主义等价值目标,而是政治启蒙、历史理性、集体主义等价值规则与价值律令。在左翼文学运动实践者们的视野中,一切都被视为阶级斗争、阶级解放和创造新型政治社会的工具,所谓的这种历史必然规律也"必然应该"内化为个体的自觉追求。由于当时社会的关注焦点在于政治平等和社会的公正,政治言行成为社会构成诸领域中最具煽动性和蛊惑力的社会表达方式,政治及其诸样式的实践,成为最易引爆各种欲望与意志的领地。

因此,左翼文学运动的倡导者们以掌握历史规律、洞悉未来趋势的先知先觉姿态,将文艺创造行为纳入到实现阶级解放、创造未来新型社会政治秩序的行为中。所以沈起予宣称:"艺术运动底结论,是应当与政治合流——即是应当作为政治运动底补助——我们给它一个'副次的工作'底名词。"③林伯修认为沈起予的见解固然是对的,但降低了文艺的主观能量,他进一步补充道:"普罗文艺运动是普罗斗争中的一种方式,它和政治运动一样地是阶级解放所必要的东西。它与政治运动是有着内面的必然的联络,所以它必须与政治运动合流。但不应该因此把它看做'副次',把它看做政治运行的补助。在这里只有工作上分配的问题,而不是性质上轻重的问题。

---

① 茅盾:《读〈倪焕之〉》,载 1929 年 5 月《文学周报》第 8 卷第 20 号。
② 克兴:《评驳甘人的〈拉杂一篇〉——革命文学底根本问题底考察》,载 1928 年 9 月 10 日《创造月刊》第 2 卷第 2 期。
③ 沈起予:《艺术运动底根本概念》,载 1928 年 10 月 10 日《创造月刊》第 2 卷第 3 期。

如果把它看做副次的东西,结果必不能获得艺术运动的正确的理论。"①沈起予强调文艺是政治斗争的补助,而林柏修固然强调文艺与政治的平等地位与作用,但他们的大前提却是一致的,即文艺是阶级斗争和阶级解放的工具。

这里所隐藏的问题的关键在于:文学与政治都是人类意识与精神的总体化表现形态之一种,二者在人类精神、意识的版图中都是独立、自足的平等系统,在唯阶级斗争、阶级解放马首是瞻的视野中,强调补助也好,强调平等也罢,根本就没有本质区别,所获得的关于"艺术运动的正确的理论"不过是五十步笑百步,在这样的前提下获得的"正确的理论"未必就那么正确。想象固然是创造历史的一种力量,但历史规律并不一定符合想象中所掌握的历史规律,历史也不总是必然按照想象中的历史必然轨道前行。

"我们知道帝国主义的资本主义制度已经变成人类进化的桎梏,而其'掘墓人'的无产阶级负起历史的使命,在这'必然的王国'中作人类最后的同胞战争——阶级斗争,以求人类彻底的解放。"②当左翼文人以高亢的历史主体姿态,投入到救世的历史想象和历史创造实践中时,他们高昂的道德理想主义姿态,将他们定义在历史浪漫英雄的位置上,定义在历史桂冠诗人的位置上,定义在煽动家和狂热分子的位置上。当后人缅想那慷慨激昂、热血沸腾的历史场景时,无法不为之动容。然而,历史并非依照主体的想象演进,当历史想象与历史创造出现演变时,人们不免向它的历史渊源投去怀疑的目光。历史资源并非可以简单地肯定或否定、赞成或反对,它需要我们勘测它之所以然的理由,在是也非也的感叹中,寻觅历史及历史精神的可能的本真状态。因为,我们及后来人还要更加完美完善地活着。

---

① 林伯修:《1929 年急待解决的几个关于文艺的问题》,载 1929 年 3 月 23 日《海风周报》第 12 期。

② 《中国左翼作家联盟的成立》,1930 年 3 月 10 日《拓荒者》第 1 卷第 3 期。

第二章　政治文化语境与左翼文学创生

对于左翼文学运动的兴起,鲁迅有一个著名的看法:"这革命文学的旺盛起来,在表面上和别国不同,并非由于革命的高扬,而是因为革命的挫折。"①鲁迅的判断,为我们理解左翼文学发生和发展的历史背景和社会文化语境,提供了一条准确的理解线索、开拓了广阔的阐释空间。众所周知,革命文学在中国的勃兴,有着深刻的国际和国内的社会政治、文化原因,以及中国现代文学自身发展寻求突破的内在需要,这就需要我们回溯到历史的深处,去探寻中国左翼文学运动产生与发展的历史隐秘。

一、马克思主义文艺观的理论旅行

中国左翼文学主潮的形成和高涨,适值 20 世纪的二三十年代,亦即人们常说的"红色的 30 年代"。在世界范围内,这一时段最令人瞩目的精神和文化现象,是全球化语境中马克思主义话语权威的崛起,特别是在东方(苏联、日本、中国等)的辗转传播和接受。

在苏俄,随着社会主义制度和形态的建立,新兴的掌权阶级不但在政治、经济和军事领域掌握着社会的命脉,而且寻求思想文化和文学领域的领导权,在这些领域传播新兴掌权阶级的价值观念和意识形态诉求。无产阶级文化派和稍后出现的"拉普"成为最具代表性的文学思潮流派。无产阶级文化派出现于 1917 年,是一个在工人群众中从事无产阶级文化普及的群众性组织,其鼎盛时期参加活动的人数达到四十多万,出版刊物近 20 种。这个

---

① 　鲁迅:《上海文艺之一瞥》,载《鲁迅全集》第 4 卷,人民文学出版社 1981 年版。

组织最有影响的领导人是臭名昭著的波格丹诺夫,他所代表的"唯我独革"的极左倾向和他的文学艺术能"组织社会经验"、是"组织阶级力量的工具"的观点,产生了极为恶劣的流弊,对中国左翼文学运动影响颇深,至今流毒未绝。虽然它在 1932 年才宣布解散,但在 20 年代初即开始解体。因为思想观念的分歧、组织的频繁更替和宗派主义泛滥,先后出现过"锻冶场"、"青年近卫军"、"工人之春"、"十月"、"列夫"、"莫普"(莫斯科无产阶级作家联合会)、"瓦普"(全苏无产阶级作家联合会)、"拉普"(俄罗斯无产阶级作家联合会)、"伏阿普"(全苏无产阶级作家联合会联盟)、"文学阵线"、"构成派"等文学团体和流派,其中"拉普"是它们的核心。参加这些组织的既有一般的工人和文学青年,更有杰米扬、别德内、马雅可夫斯基、法捷耶夫、绥拉菲莫维奇、富曼诺夫、肖洛霍夫等文学名流,他们的作品对中国左翼文学的创作产生了示范性影响。"拉普"对文学理论问题进行了广泛的探讨,诸如文艺与现实的关系、文艺与政治的关系、真实性、典型性、现实主义和浪漫主义、世界观与创作方法的关系、形式与内容的关系等命题,都在中国左翼文学产生和发展过程中产生过回响。特别是它的理论核心"辩证唯物主义创作方法",更是成为中国左翼文学思潮和创作的重要理念和价值框架。有的专家评价说:"'拉普'最主要的错误是组织上的宗派主义(特别表现在对待'同路人'作家的问题上)、思想上的教条主义(把文学与政治混同起来,用行政命令的方法去解决复杂的文艺问题)和理论上的庸俗社会学倾向(提倡辩证唯物主义创作方法等)。"①考诸中国左翼文学运动的是是非非,这些"最主要的错误"不但屡见不鲜,而且大有青出于蓝之势。

在日本,左翼文学运动始于 20 世纪 20 年代初《播种人》杂志的创刊。1928 年,日本成立了左翼作家总同盟,继而组成全日本无产者艺术联盟,简称"纳普",其纲领的核心是"建立为无产阶级解放服务的阶级文学"。1931 年"纳普"解散,又成立了日本无产阶级文化联盟,简称"克普"。他们接受共产国际和日共的政治领导,文学活动具有鲜明的政治色彩,是日共的外围组织和政党活动的一个分支。日本左翼文学的产生和发展过程,是马列主义及其文艺理论在日本传播和产生影响的过程。对日本无产阶级文学运动冲击和影响最大的政治思潮是福本主义。福本主义是在当时共产国际内部和日共批判右倾机会主义斗争中产生的,其根本特点是追求纯粹的阶级意识,

---

① 李辉凡:《"拉普"初探》,载《苏联文学史论文集》,外语教学与研究出版社 1982 年版。

带有浓厚的"宁左勿右"特色。福本主义和"纳普"在中国左翼文人知识分子中产生了重大影响,特别是在后期创造社成员的理论架构中,可以清晰看出福本主义的思想脉络,像"意识斗争"、"分离结合"等术语就直接来源于福本和夫的理论。文学理论领域的代表人物是青野季吉和藏原惟人,他们分别成为前后期日本无产阶级运动的理论高峰,像青野季吉的"自然生长"、"目的意识",藏原惟人的"无产阶级写实主义"等理论和概念,直接为中国左翼文学运动的激进派提供了文学理论资源。在创作方面,代表人物有创作了《蟹工船》的小林多喜二和创作了《没有太阳的街》的德永直。

在 20 世纪二三十年代世界范围的左翼文学思潮中,声势最大的运动出现在苏联、日本和中国。但是在德国、法国、匈牙利、波兰、美国以及东南亚等国家,也都出现了程度不等的左翼文学运动,纷纷建立无产阶级文学组织、创办无产阶级文学刊物。在这样一个世界范围的无产阶级文学运动兴起的基础上,由苏联"拉普"提议,在 1925 年建立了国际革命文学联络机构,日后又成立了国际革命作家联盟,各国的革命文学组织是它的一个支部,接受它的领导。因为所执行的路线、方针和政策全都来自"拉普",因此各国无产阶级运动在组织形式、指导思想、理论建设和创作得失等诸多方面,都存在声气相通的相似性。它对中国的影响正如后世学者所看到的:"中国对国际的亦步亦趋,既表现为政治的,更表现为组织的,尤其表现在思想、理论上。"[①]全球范围内马克思主义话语权威的崛起,为中国左翼文学的兴起和发展提供了可供借鉴与模仿的思想平台与价值参考系。文学成为马克思主义由理念转化为现实的重要实践领域。中国左翼文学运动构成了全球性左翼文学运动的重要一环。

二、政治遇挫与激情反弹

1928 年对于现代中国文学的生长而言,是一个"血沃中原肥劲草,寒凝大地发春华"的时节,中国左翼文人知识分子提倡革命文学的热诚,在这一年的血腥政治压抑氛围中愈加高涨。"旧历和新历的今年似乎于上海的文

---

① 张大明:《左翼文学与国际左翼文学思潮》,载《纪念中国左翼作家联盟成立 70 周年文集》,上海文艺出版社 2000 年版。

第二章 政治文化语境与左翼文学创生 ≫≫≫ 27

艺家们特别有着刺激力,接连两个新正一过,期刊便纷纷而出了",①鲁迅着意所指的,是以后期创造社和太阳社成员为主创办的《文化批判》、《太阳月刊》等左翼文学和思想文化刊物的问世。这些刊物的出现,标志着中国左翼文学运动的历史帷幕正式拉开。

以后期创造社和太阳社成员为主的左翼激进派,以批判国民党政权的政治和文化专制主义为基本价值平台,运用当时最为先进的马克思主义思想文化话语,向"五四"以来以民主、科学、个性解放等理念为核心精神象征符号的知识和思想话语权力体系,发动了措辞激烈、声势浩大的"文化批判",决意促成中国文坛的"转换方向"。左翼激进派以崭新的马克思主义知识谱系和价值取向,以新锐、前卫的锋芒横扫当时的思想、文化和文学界,从作家构成、创作潮流和具体的文本建构诸多方面,促使当时中国文坛发生了天翻地覆的变化。它的影响,正如后世研究者所看到的:"20年代末和30年代在中国产生和发展起来的左翼文学运动,是决定着此后至今的中国新文学发展的整体面貌的一个关键性运动,没有这个运动和如果这个运动当时不是那样一种面貌,其后的整个中国文学也不会是现有的面貌。"②

当然,1928年只是一场疾风暴雨般文学运动的临界点。

正如鲁迅所明确指出的那样,中国革命文学运动的兴起与其他国家不一样之处,在于其他国家的革命文学是伴随着无产阶级革命运动的高涨而产生的,中国革命文学却是在革命遭受严重挫折之后,政治欲望和追求在文学和思想精神文化领域的应激式反弹。大革命失败之后,国共两党由合作转向你死我活的全面政治、军事和经济角逐,进入了所谓的第二次国内革命战争时期。众所周知,南京国民党政权的建立主要是依靠政治暴力,易劳逸在论及南京政权的意识形态、结构和职能时认为:"所有强大的现代民族国家的一个特点是,人口相当大的部分被动员起来支持政府的政治目标。而国民党人在重视政治控制和社会秩序的同时,不信任民众运动和个人的首创精神;所以他们不能创造出那类基础广泛的民众拥护,在20世纪,民众拥护才能导致真正的政治权力。"③虽然国家暴力在社会危机和动乱时刻是必

---

① 鲁迅:《"醉眼"中的朦胧》,载《鲁迅全集》第4卷,人民文学出版社1981年版。

② 杨占升:《〈中国左翼文学思潮探源〉序》,载艾晓明《中国左翼文学思潮探源》,湖南文艺出版社1991年版。

③ 《剑桥中华民国史》下卷,中国社会科学出版社1994年版,第157～158页。

须的，但是没有任何一个统治阶级能够永远依靠暴力来维持其统治，还必须在思想和精神文化领域建立意识形态领导权，来说服人们承认社会现状、赞成现政权的合理性与合法性。但是，国民党政权显然缺乏这样一套行之有效的思想文化说服体系。非但如此，国民党政权在国共分裂后，加强了专制独裁统治，强化对社会民众和文人知识分子的政治控制，加剧了社会整体的紧张心理。

国民党政权在思想文化性质上，是一个政治民族主义和文化保守主义相结合的党治体系，无论是三民主义理念还是后来新生活运动的价值观，重视的是以中国传统价值观念的复活来支持其统治的合理性。这种思想文化趋向与"五四"以来倡导现代民主、自由理念的文人知识分子本来就存在思想隔阂。胡适就指出过："国民党对于新文化运动的态度，国民党对于中国旧文化的态度，都有历史的背景和理论根据。根本上国民党的运动是一种极端的民族主义的运动，自始便含有这保守的性质，故起来了一些保守的理论。这种理论便是后来当国时种种反动行为和反动思想的根据了。"①国民党政权在思想文化领域连续出台了一系列反动措施，查禁书刊、封闭书店、颁布扼杀言论自由的"出版法"和"图书杂志审查办法"，借助政治高压手段推行思想文化专制主义。人们往往用"白色恐怖"来形容当时的社会状况，无非表达了人们对社会政治环境的压抑和恐惧心理，使人们郁积起了不满社会现状的政治焦虑情绪。人们对国家社会政治进程的怀疑、对政治前景的苦闷和焦虑，得不到国家政治意识形态的合理解释与说明时，势必要寻求其他的渠道进行释放和排解。

20世纪20年代末30年代初，国民党深感意识形态领域的失控，开动宣传机器，提出了"三民主义文学"和"民族主义文学"口号，企图在文艺领域建立意识形态领导权，但遭到了绝大多数文人知识分子的反对。这既包括左翼文人知识分子，也包括右翼和独立的文人知识分子。在当时的思想文化和文学界，除了左翼文人知识分子集团外，最具影响力的当属以新月派为代表的文人知识分子群体。这一派别大多信奉英美模式的社会政治架构，基本认同和支持国民党政权，对苏俄模式的社会政治架构嗤之以鼻。但是，由于他们是体制内的文人知识分子，由于他们思想文化批判方式的"小骂大帮忙"，尽管其存在丰富了现代中国思想文化和文学体系的整体构成，却使他

---

① 胡适：《新文化运动与国民党》，载1929年9月《新月》第2卷第6、7期合刊。

们难以形成一套相对独立、完整系统、具有说服力和行之有效的解释系统，也就难以满足民众尤其是青年学生排解政治焦虑和政治想象的需要。

马克思主义的传播，恰恰适应了当时社会民众缓释政治焦虑心理的需要。作为被压抑者代言人形象出现的马克思主义，在国民党政权和其他思想文化派别的意识形态不能为社会政治进程提供恰当的形象和意义指导时，以一套完整的、能够激发人们想象力的说服体系，以作为社会状态的科学认识论的先进形象，对社会发展前景做出了崭新的说明和构想，唤起了饱受压抑的人们对社会人生的希望之火。"左联"的一个盟员就回忆说："那年头，青年为解脱思想苦闷，到处找文艺书读。对于无关痛痒的作品，厌弃不顾，专门找鲁迅、郭沫若、蒋光慈作品来读，从中寻求启示和刺激。只要有进步的名教授、名作家讲演，不管路程远近总要去聆听一通。我说这片闲话，在说明青年为政治上苦闷而追求文学，又从文学中找寻政治出路。"①

文学是社会心理、情绪、欲望和意志宣泄与展现的精神中介和渠道，左翼文学文本之所以受到民众尤其是青年人的普遍关注，在很大程度上在于马克思主义学说对未来世界的美好憧憬，在于通过文学想象建构了一个虽然粗糙、幼稚但是充满诱惑的艺术想象空间，从中生发出对于社会人生的浪漫理想和行动指南。由于大众的政治关怀成为指导文学内容与形式的重要价值力量，由于左翼革命文学实践在最大程度上适应了公众的政治取向和社会心理，使政治焦虑情结在文学领域寻找到新的置换途径，文学自身在某种程度上转换为大众政治行为艺术，因此它在当时成为思想文化和文学界的主潮，就是大势所趋了。

三、创生：全球性想象与本土目标在文学领域汇流

政治文化语境给中国现代文学的流变提供了现实土壤，左翼文学主潮的产生、发展与壮大，还有赖于文学内部诸多构成要件的变革。

其实，早在 1923 至 1926 年间就有了革命文学的初步倡导。早期的共产党人瞿秋白、邓中夏、恽代英、萧楚女、沈泽民等人，利用《新青年》季刊、《中国青年》周刊、《民国日报》副刊《觉悟》等传媒，宣传革命文学的主张。如瞿秋白的《告研究文学的青年》、邓中夏的《贡献于新诗人之前》、恽代英的《文

---

① 杨纤如：《寿南北两"左联"六秩》，载《"左联"纪念集》，百家出版社 1990 年版。

学与革命》、萧楚女的《艺术与生活》、沈泽民的《文学与革命的文学》等文章，已经开始初步运用马克思主义理论，对文学的上层建筑性质、文学的阶级性、文学与社会生活的关系等命题进行解说，有意将新文学的发展方向与政治革命的走势结合起来。但由于他们大多不从事文学实践，其言论自然难以在文学领域产生重要的回应。

走在左翼文学理论和实践前沿的文学界代表人物是蒋光慈、沈雁冰、郭沫若等人。经过这些文学界名人们的提倡，左翼文学理论和创作开始勃兴。

蒋光慈是较早系统介绍和评价十月革命和无产阶级文学、并进行革命文学创作的文学家。他在《无产阶级革命与文化》[①]一文中强调，无产阶级革命一方面要建立无产阶级政权，一方面还要建立无产阶级文化，创造出无产阶级诗人，这些"不但是可能的，而且是必然的"；他的《现代中国社会与革命文学》[②]一文，呼吁反抗的、伟大的、革命文学家的出现，呼唤鼓动、提高和兴奋社会情绪的革命文学的出现。蒋光慈的诗作《新梦》、《哀中国》和小说《少年漂泊者》、《鸭绿江上》、《短裤党》等作品，更是中国革命文学早期最重要的艺术成果之一，甚至可以说蒋光慈是中国革命文学创作的开山。蒋光慈的名字在近二十多年的文学史评价机制中快要被遗忘和消除了，但是蒋光慈在当时产生了广泛而深远的影响，他不但使带有先锋性质的革命文学作品成为畅销书和大众读物，更激励和鼓舞了一代青年的人生选择，许多热血青年是读着蒋光慈的作品开始走向憧憬革命的人生追求之路的。

沈雁冰的《论无产阶级艺术》[③]是现代文学史上较早地系统阐述无产阶级文学主张的理论文章。这篇文章从理论到实践各个方面，分别论述了无产阶级艺术产生的条件、无产阶级艺术的范畴、内容和形式等命题。该文提出了艺术产生的条件的方程式："新而活的意象＋自己的批评（即个人选择）＋社会选择＝艺术"，指出写无产阶级生活的作品并不等于无产阶级艺术，仅有反抗意识的革命文学也不是无产阶级文学，无产阶级艺术必须"把无产阶级所受的痛苦真切地写出来"，"把无产阶级所负的巨大的使命明白的指出来给全世界人看"，无产阶级艺术的内容绝不仅仅是破坏资本主义制度，而是建设全新的人类生活，"指示人生向善美的将来"。该文不但列举苏联、

---

① 载 1924 年 8 月《新青年》季刊第 8 期。
② 载 1925 年 1 月《民国日报》副刊《觉悟》。
③ 载 1925 年 5 月 2 日、17 日、31 日和 10 月 24 日《文学周报》第 172、173、175、196 期。

德国、美国的无产阶级文学创作的事实来说明无产阶级艺术的产生,还指出了无产阶级艺术还处于萌芽和幼稚阶段,更指出了当时人们对无产阶级文艺的内容与形式的偏狭理解。这是一篇有理论深度和警醒作用的无产阶级革命文学理论文献,茅盾以后回忆说:"半个多世纪过去了,这篇文章的内容,在今天已是文艺工作者普遍的常识,但在当时却成了旷野的呼声。"①

郭沫若是创造社的精神领袖,是自觉追逐时代精神潮头的文坛风云人物。他在新文化运动落潮不久,就号召"反抗资本主义的毒龙","要在文学之中爆发出无产阶级的精神"。②他在北伐出征前夕写的《革命与文学》③,更是以排山倒海之势呼喊"文学是革命的先驱"。这篇文章主要探讨"文学对于时代有何种关系,时代对于我们有何种要求,我们对于时代当取何种态度",认为"真正的文学是只有革命文学的一种","革命的时期中总会有一个文学的黄金时代出现",号召"你们应该到兵间去,民间去,工厂间去,革命的漩涡中去,你们要晓得我们所要求的文学是表同情于无产阶级的社会主义的写实主义的文学"。

如果说"五四"新文化运动落潮和政治环境冲击着文人知识分子的情感,使他们逐渐"左"倾,那么大革命的失败则为这种转变提供了政治导火索,中国现代文学从"文学革命"阶段走向了"革命文学"时期,1928年成为无产阶级文学运动正式开始的标志性年份,上海成为这场运动的策源地,激进的左翼文人知识分子如后期创造社的李初梨、彭康、冯乃超、朱镜我和太阳社的蒋光慈、钱杏邨、洪灵菲等人成为呐喊"革命文学"的急先锋。正如成仿吾在1928年1月《文化批判》创刊号上发表的《祝词》中所宣称的:"它将从事资本主义社会的合理的批判,它将描绘出近代帝国主义的行乐图,它将解答我们'干什么'的问题,指导我们从哪里干起。

"政治,经济,社会,哲学,科学,文艺及其余个个的分野皆将从《文化批判》明了自己的意义,获得自己的方略。《文化批判》将贡献全部的革命的理论,将给予革命的全战线以朗朗的光火。这是一种伟大的启蒙。"

太阳社成员也在1928年1月《太阳月刊》创刊号上表达了雄心壮志:"倘若我们是勇敢的,那我们也要如太阳一样,将我们的光辉照遍全宇宙。太阳

---

① 茅盾:《我走过的路》,载《茅盾全集》第19卷,人民文学出版社1991年版。
② 郭沫若:《我们的新文学运动》,载1923年5月《创造周报》第3号。
③ 载1926年5月《创造月刊》第1卷第3期。

是我们的希望,太阳是我们的象征——让我们在太阳的光辉下,高张着胜利的歌吼:我们要战胜一切,我们要征服一切,我们要开辟新的园土,我们要栽种新的花木。"他们对五四新文化运动和文学革命进行批判和清算,强烈批判资产阶级意识形态对文学的影响,号召将当前的文学发展同无产阶级革命运动结合起来,掀起了一场轰轰烈烈的普罗文学运动,大张旗鼓地开始了现代文学领域的马克思主义政治启蒙运动。蒋光慈的《关于革命文学》、冯乃超的《艺术与社会生活》、成仿吾的《从文学革命到革命文学》、李初梨的《怎样地建设革命文学》、钱杏邨的《死去了的阿 Q 时代》等文章,在当时都产生了重大影响。

以后期创造社和太阳社成员为主的左翼激进派,首先对"五四"以来的新文学成就进行否定和批判,并在这个基础上,初步探讨了无产阶级文学的理论建设问题,诸如文学的阶级性、文学的意识形态性质、无产阶级文学的内容与形式、作家的思想转变等等命题,都成为当时思想文化和文学论争的中心内容。1928 年无产阶级文学的揭竿而起,既是对"五四"时代刚刚建立起来的带有资产阶级意识形态性质的文学知识和观念体系的颠覆,也是无产阶级意识形态诉求在文学领域的扩张,以唯物辩证法、奥伏赫变、意德沃罗基、普罗列塔利亚等时尚名词所代表的思想理念和艺术表达形式,为中国现代文学带来了新的话语实践方式和新的生长空间。

在这种思想观念背景下,为了团结思想文化和文学界的力量,共同反抗国民党的政治和文化专制主义,在中国共产党的斡旋和指示下,1930 年 3 月 2 日下午,以创造社、太阳社为代表的左翼激进文人知识分子和以鲁迅为代表的左倾文人知识分子,在上海成立了中国左翼作家联盟,这是中国左翼文学蔚然大观的标志。据刊登在 1930 年 3 月 10 日《拓荒者》第 1 卷第 3 期上的《中国左翼作家联盟的成立》报道,参加"左联"成立大会的有 50 余人,"宣告开会以后,推定了鲁迅、沈端先、钱杏邨三人成立主席团。先由冯乃超、郑伯奇报告筹备经过。接着就是中国自由运动大同盟代表的讲演。往下由鲁迅、彭康、田汉等相继演说。然后通过筹备委员会拟定的纲领,至四时,开始选举,当选定沈端先、冯乃超、钱杏邨、鲁迅、田汉、郑伯奇、洪灵菲为常务委员,周全平、蒋光慈为候补委员。往后为提案,共计约十七件之多,主要是:组织自由大同盟的分会,发生左翼文艺的国际关系,组织各种研究会,与各革命团体发生密切的关系,发动左翼艺术大同盟的组织,确定各左翼杂志的计划,参加工农教育事业等"。"左联"的"行动总纲领的主要点是:(一)我们文学运动的目的在求新兴阶级的解放。（二）反对一切对我们的运动的压迫"。其纲领强调："社会变革期中的艺术，不是极端凝结为保守的要素，变成拥护顽固的统治之工具，便向进步的方向勇敢迈进，作为解放斗争的武器。也只有和历史的进行取同样的步伐的艺术，才能够唤喊它的明耀的光芒。

"诗人如果是预言者，艺术家如果是人类的导师，他们不能不站在历史的前线，为人类社会的进化，清除愚昧顽固的保守势力，负起解放斗争的使命。"鲁迅在大会上也发表了《对于左翼作家联盟的意见》的讲演。今天许多文学史著作和研究文章认为，鲁迅是站在辩证唯物主义和历史唯物主义的高度总结革命文学的经验教训，指明了中国左翼文学的发展方向，其实细读之后，不难发现鲁迅主要目的是表达革命文学运动参与者的警惕和怀疑情绪。这也是许多"左联"成员纷纷表达对鲁迅及其演讲不满的原因，也是以后鲁迅与"左联"领导层的矛盾冲突埋下的伏笔。

"左联"设有党团、执行委员会（又称常务委员会）、秘书处、组织部和宣传部。开展文学实践活动的组织有大众文艺委员会、创作批评委员会、马克思主义文艺理论研究会、国际联络委员会、小说研究委员会和诗歌研究委员会（后发展为中国诗歌会）等，在北平、天津、保定、青岛、广州和日本东京以及南洋等地都有分盟。"左联"是国际革命作家联盟所属的支部之一。据统计，先后参加"左联"组织的约有400人，"左联"出版的刊物主要有《萌芽月刊》、《前哨》、《拓荒者》、《十字街头》、《北斗》等，仅"左联"研究专家姚辛在《左联画史》中的搜集，"左联"及其成员出版的刊物就有88种。"左联"在当时被视为共产党的外围组织，是"第二党"。"左联"在探索无产阶级文学的理论和创作的同时，还积极参加政治活动，遭到了国民党政权的镇压，一大批作家被捕被杀，许多刊物遭禁。1936初，在日寇入侵的政治形势和共产国际的指示下解散。"左联"是中国左翼文学运动最为核心的组织，是左翼文人知识分子和政党政治双向选择的产物。

左翼十年间，正是由于左翼文人知识分子及其组织的推动，中国文学追求现代化的发展航向发生了改变。它将近代乃至"五四"以来人们对欧美资产阶级现代性的模仿与建构，变更为对苏俄无产阶级现代性的仰慕与渴望，以巨大的道德理想主义热诚，将文学纳入到实现共产主义理想想象的历史实践洪流中，自觉的、有效的和系统地将文学塑造成实现社会政治目标和政治理想的重要工具和有力武器。从左翼文学运动的目的性、价值倾向性和政治效果来看,革命文学的倡导和发展是相当成功的,毛泽东在论及十年内战期间的左翼文化运动时,视之为第二条革命战线,感叹说:"其中最奇怪的,是共产党在国民党统治区的一切文化机关中处于毫无抵抗力的地位,为什么文化'围剿'也一败涂地了? 这还不可以深长思之么?"[①]

---

① 《毛泽东论文艺》,人民文学出版社 1983 年版,第 16 页。

第三章　理论斗争:文坛的奇特景观

　　掌握不同文学知识和价值资源的诸种势力之间频繁和激烈的理论论争,是左翼十年间中国文坛最为突出的现象之一。从 1928 年开始无产阶级革命文学的倡导以来,大大小小的论战贯穿了左翼文学发展的整个历史,甚至可以说,正是这些论战决定了左翼十年间中国现代文学的基本历史风貌和发展框架。

　　有的学者就这样叙述这段历史:

　　"'左联'十分活跃,但不是在提拔新的无产阶级人才上,而是在挑起意识形态的论战上。'左联'十年的历史,充满了针对各种各样'敌人'的连续不断的论争。从鲁迅与自由派新月社的论战开始,'左联'接连与'民族主义文学'的保守派倡导者们,与倾向左派的'第三种人'作家们,最后又在关于'大众语'的争论以及与 1936 年'左联'突然解散有关的'两个口号'的争论中,与自己的某些成员展开了斗争。"①

　　其实,这些论战不但构成了中国左翼文学运动的基本历史事实,而且许多论争话题在今天也有着深远的现实意义。更为重要的是,深刻了解和理解这些论战的前因后果以及纠葛背后的那些更为本质性的因素,对现代中国文学史述秩序和阐释系统的更新与完善,具有重要作用。当然,因篇幅所限,我们尚不可能将这 10 年间的大大小小的论战完整地描述出来,只能择其要者而述之。

---

　　① 《剑桥中华民国史》下卷,中国社会科学出版社 1994 年版,第 488 页。

一、革命文学论争及左翼激进派对鲁迅、茅盾等人的批判

这场论战的发生是颇富戏剧性的。

大革命失败和国共合作分裂之后，倾向革命的文人知识分子陆续汇集到上海。当时左翼激进派认为必须与鲁迅等人联合起来，共同创办刊物，提倡新的文学运动。在郑伯奇、蒋光慈等人的协调下，双方联合署名，在1927年12月3日的《时事新报》上刊登《〈创造周报〉复活宣言》。但是成仿吾和从日本归国的创造社新锐冯乃超、李初梨、彭康、朱镜我等人，认为《创造周报》复刊不足以代表时代精神，反对与鲁迅联合，创刊《文化批判》，并发动了对以鲁迅为代表的"五四"时代权威作家的批判。与此同时，太阳社成员蒋光慈、钱杏邨等人也提倡革命文学，将斗争的矛头指向鲁迅。他们的共同特点在于，在宣称革命文学是符合历史和文学发展规律的最进步的文学的同时，将鲁迅看作是最大的障碍。

这时，茅盾也与创造社、太阳社成员发生了冲突。茅盾于1928年1月《文学周报》第5卷第23期上发表了《欢迎〈太阳〉!》，表示"敬祝《太阳》时时上升，四射它的光辉"的同时，对蒋光慈的革命文学观点提出了商榷意见。又于同年10月《小说月报》上发表《从牯岭到东京》，解释《蚀》的写作境况的同时，对当时的"革命文学"提出批评。这引起了创造社和太阳社成员的强烈不满，克兴、李初梨、钱杏邨分别发表了《小资产阶级文艺理论之谬误——评茅盾君的〈从牯岭到东京〉》、《对于所谓小资产阶级革命文学底抬头》和《从东京回到武汉——读了茅盾〈从牯岭到东京〉以后》，将茅盾视为"小资产阶级文学的代言人"。双方相互诘难，展开了论战。

以后期创造社和太阳社为代表的左翼激进分子，自居为正统的无产阶级文学的主体，向"五四"以来的文坛发动了全面批判。他们认为，为了建立真正的无产阶级革命文学，就必须对"五四"文坛进行理论斗争和清算，推动文学上的方向转换。他们将鲁迅、茅盾、叶圣陶、郁达夫等在当时文坛上最具影响力的一批作家作为清算对象和批判目标，要求重新划分作家队伍、重新定义文学观念，建立起无产阶级作家主宰文坛的文学战线。其中，鲁迅遭到了最为猛烈的批判，以冯乃超的《艺术与生活》、《人道主义者怎样地防卫着自己》、钱杏邨的《死去了的阿Q时代》、《朦胧以后》、李初梨的《请看我们中国的 Don Quixote 乱舞》、彭康的《"除掉"鲁迅的"除掉"!》、石厚生的《毕竟

是"醉眼陶然"罢了》、杜荃的《文艺战线上的封建余孽》为代表的一大批文章,都集中火力将鲁迅作为首要清算对象。《1913—1983 鲁迅研究学术论著资料汇编》所辑录的 1928 年有关鲁迅的文章共 45 篇,有三十多篇对鲁迅大加鞭挞,其中绝大多数出自创造社、太阳社成员之手。这一年,鲁迅真的是"运交华盖"。

在自居正统的左翼激进派眼中,以鲁迅为代表的文坛卓有成就者,已经成为历史人物、时代的落伍者和革命文学运动的绊脚石:"无论鲁迅著作的量增加到任何地步,无论一部分读者对鲁迅是怎样的崇拜,无论《阿 Q 正传》中的造句是如何俏皮刻毒,在事实上看来,鲁迅终竟不是这个时代的表现者,他的著作内含的思想,也不足以代表十年来的中国文艺思潮!……在几个老作家看来,中国文坛似乎仍然是他们'幽默'的势力,'趣味'的势力,'个人主义'的势力,实际上,中心的力量早已暗暗地转移了方向,走上了革命文学的路了",[①]"对于布鲁乔亚氾是一个最良的代言人,对于普罗列塔利亚是一个最恶的煽动家",[②]是文艺战线上的"封建余孽"、"二重的反革命的人物"、"不得志的 Fascist(法西斯蒂)",[③]"鲁迅对于革命文学的冷嘲热讽,是举不胜举"。[④]

别尔嘉耶夫认为,"一切浩大的革命无不宣称创造新人"。[⑤]革命需要用新旧范畴来划分彼此对立的两个阵营,对旧人的否定意味着对新人的肯定,新人需要打倒旧权威确立自己历史英雄的地位。鲁迅和茅盾等人是当时文坛最有权威的"旧人",符合新人们除旧布新的革命心理和对敌对者的择取标准,自然被新人们推上了革命的祭坛。在左翼激进派攻势凌厉的意识形态批判面前,鲁迅无奈地慨叹"似乎要将我挤进'资产阶级'去",[⑥]"在革命文学的战场上,是落伍者";[⑦]茅盾也反复申诉自己的小说悲观颓废,"说他们是革命小说,那我就觉得很惭愧,因为我不能积极的指引一些什么——姑且说是出路吧"。[⑧] 在左翼激进派批判鲁迅、茅盾等人的过程中,双方的论争涉及

---

① 钱杏邨:《死去了的阿 Q 时代》,载 1928 年 3 月《创造月刊》3 月号。
② 李初梨:《请看我们中国的 Don Quixote 的乱舞》,载 1928 年 4 月《文化批判》第 4 号。
③ 杜荃:《文艺战线上的封建余孽》,载 1928 年 8 月《创造月刊》第 2 卷第 1 期。
④ 钱杏邨:《朦胧以后——三论鲁迅》,载 1928 年 5 月《我们月刊》创刊号。
⑤ 别尔嘉耶夫:《人的奴役与自由》,贵州人民出版社 1994 年版,第 173 页。
⑥ 鲁迅:《"醉眼"中的朦胧》,载 1928 年 3 月《语丝》第 4 卷第 11 期。
⑦ 鲁迅:《文坛的掌故》,载 1928 年 8 月《语丝》第 4 卷第 34 期。
⑧ 茅盾:《从牯岭到东京》,载 1928 年 10 月《小说月报》第 19 卷第 10 期。

了革命文学的形式与性质、作家的世界观和态度、文学与革命的关系、文学与时代的关系、文学的功能与特性、"标语口号"等诸多问题。但是对左翼激进派而言,最根本的目的在于通过对文坛旧权威的批判,获得左右当时文坛的强势话语权力,形成一支强大的社会精神文化力量,自我确证推动文学和历史前行的主体地位。

这场论争的最大成果,是初步确立了马克思主义意识形态文学观的话语领导权,为各种类型的左翼文人知识分子集结为共产党所代表的阶级的知识分子集团,奠定了理论基础和价值坐标。虽然论争的各种具体问题依然没有得以解决,但在"革命"这一最高价值尺度下,论争的各方在共产党的斡旋下达成妥协,顺利组建了中国左翼作家联盟。通过文学领域内的这种基本上属于政治意识形态斗争性质的论争,鼓吹和提倡革命文学、乃至同情革命文学的各类文人知识分子,渐渐围绕着共产党的政治革命集结起来,具有了引领文学潮流的价值资本和文化心理优势,左翼文学运动也渐成时代主潮。

二、鲁迅等左翼文人和新月派文人的较量

在创造社、太阳社与鲁迅论战的同时,双方还有一个共同的对手,这就是当时文坛上可与左翼阵营分庭抗礼的新月派。新月派是一个兼容政治、思想、文化和文艺、崇尚英美社会政治模式的右翼文人知识分子团体,主要代表人物有胡适、徐志摩、梁实秋、罗隆基、闻一多等人。

1928年3月《新月》创刊号上,发表了徐志摩执笔、体现新月派共同思想文化观点的《〈新月〉的态度》,这篇文章将当时文坛上与其文艺理念相悖的诸多文学现象概括为13派:感伤派、颓废派、唯美派、功利派、训世派、攻击派、偏激派、纤巧派、淫秽派、狂热派、稗贩派、标语派、主义派,并标榜"尊严"与"健康"两大原则:"尊严,它的声音可以唤回在歧路上彷徨的人生。健康,它的力量可以消灭一切侵蚀思想与生活的病菌。"梁实秋在1928年6月《新月》第1卷第4号上发表《文学与革命》,以人性论为理论基础,从根本上否定革命文学:"在文学上讲,'革命的文学'这个名词根本的就不能成立。……并且伟大的文学乃是基于固定的普通的人性,从人心深处流出来的情思才是好的文学,文学难得是忠实,——忠于人性。……因为人性是测量文学的唯一标准。所以'革命的文学'这个名词,纵然不必说是革命者的

巧立名目,至少在文学上的了解上是徒滋纷扰。"显然,新月派将主要批判矛头指向了左翼文人知识分子。

对于新月派文人知识分子集团的挑战,左翼激进文人知识分子早就跃跃欲试了。彭康于同年7月《创造月刊》第1卷第12期上发表了《什么是健康与尊严》,指斥徐志摩为"小丑"、胡适为"妥协的唯心论者",指出"在这个年头,我们可以看到新兴阶级的出现;在这市场上,我们可以看到新兴阶级的理论的确立。这更使得支配阶级的走狗这班小丑们不得不叹气,更不得不自告奋勇,卖力气,替支配阶级图挽既倒的狂澜"。冯乃超在8月《创造月刊》第2卷第1期上发表《冷静的头脑》,就"革命与人性"、"天才是什么"、"文学的阶级性"、"浪漫主义与革命的文学"和"革命文学"等几大问题,批驳梁实秋的《文学与革命》,指出"民众正在'水深火热'的压逼里面挣扎着的当今,又得了多次的革命行动的实际的经验。他们有反抗的感情,求解放的欲念,如荼如火的革命的思想。把这些感情,欲念,思想以具体的形象表现出来的就是艺术——文学——的任务,也是主张革命文学家的任务。……无产阶级文学是依据于无产阶级的艺术的憧憬,同时,无产阶级若没有自身的文学,也不能算是完成阶级的革命"。

对新月派批判最为深刻、最为犀利的是鲁迅。鲁迅对新月派的嫌恶自有历史渊源。新月派的梁实秋是鲁迅的主要理论和论战对手。在1928年之前,二人就有过交锋,诸如"小谣言"问题、文学批评标准问题、卢梭女子教育问题等。在1928年之后的几年中,二人的论争达到白热化程度,论争除了个人积怨外,更因为涉及了文学的诸多深刻命题、上升到政治意识形态高度而影响深远。梁实秋1929年9月在《新月》第2卷第6、7号合刊上发表的《文学是有阶级性的?》是一篇有分量的文章。他在文章中嘲讽说:"现在还没有一个中国人,用中国人所能看懂的文字,写一篇文章告诉我们无产阶级文学的理论究竟是怎样一回事。"他批评左翼文人知识分子:"错误在把阶级的束缚加在文学上面,错误在把文学当作阶级斗争的工具而否认其本身的价值。"他认为:"文学的国土是最宽泛的,在根本上和理论上没有国界,更没有阶级的界限","文学就是表现这最基本的人性的艺术",而"无产阶级文学理论家时常告诉我们,文艺是他们的斗争的'武器',把文学当作'武器'!这意思很明白,就是说把文艺当作宣传品,当作一种阶级斗争的工具","但是,我们能承认这是文学吗?"他挑战说,"无产文学的声浪很高,艰涩难通的理论书也出了不少,但是我们要求给我们几部无产文学的作品读读。我们不要看广告,我们要看货色。"

　　鲁迅 1930 年 3 月发表在《萌芽月刊》第 1 卷第 3 期的《"硬译"与"文学的阶级性"》,是一篇有代表性的反驳文章。鲁迅辩驳说:"文学不借人,也无以表示'性',一用人,而且还在阶级社会里,即断不能免掉所属的阶级性,无需加以'束缚',实乃出于必然。自然,'喜怒哀乐,人之情也,'然而穷人绝无开交易所折本的懊恼,煤油大王那会知道北京检煤渣老婆子身受的酸辛,饥区的灾民,大约总不去种兰花,像阔人的老太爷一样,贾府上的焦大,也不爱林妹妹的。'汽笛呀!''列宁呀!'固然并不是无产文学,然而'一切东西呀!''一切人呀!''可喜的是来了,人喜了呀!'也不是表现'人性'的'本身的文学'。……倘说,因为我们是人,所以以表现人性为限,那么无产者就因为是无产阶级,所以要做无产文学。"针对梁实秋的"要看货色",鲁迅强调说:"但钱杏邨先生也曾辩护,说新兴阶级,语文学的本领当然幼稚而简单,向他们立刻要求好作品,是'布尔乔亚'的恶意。这话为农工而说,是极不错的。这样的无理要求,恰如使他们冻饿了好久,到怪他们为什么没有富翁那么肥胖一样。"

　　尽管个人恩怨在双方的论争中起了火上浇油的作用,但根本不同的政治价值取向以及由此带来的对文学的不同认识,是鲁迅等左翼文人知识分子与梁实秋等新月派的"楚河汉界"。众所周知,左翼文人知识分子所信奉的文学观念,是建构在马克思主义阶级斗争学说基础上,强调文学的阶级性等文学的意识形态内涵和性质,倾向于文学作为阶级斗争和政治斗争工具的取向。而梁实秋等新月派所提出的恰恰是一套几乎与之完全对立的文学观念和理论,正如有的学者总结的那样:"这一理论提出了人们熟悉的英美的文学自律的观念——文学刻画的是'固定的普遍的人性',有创造性的作品总是个体(用梁的话来说,是'贵族式的士绅')的产物,并且只能以自身的内在价值对它做出评判,而无需考虑历史时期、环境或者阶级。"① 如果可以一言以蔽之的话,就是文学的"人性论"和文学的"阶级论"的对峙。显然,鲁迅等左翼文人知识分子与梁实秋等新月派的论争,既是建构在不同政治意识形态追求之上的文学观念的碰撞,同时也是对文坛话语领导权和文化象征资本的争夺。

　　值得注意的是:尽管鲁迅与创造社、太阳社等激进派在基本政治价值观

---

① 《剑桥中华民国史》下卷,中国社会科学出版社 1994 年版,第 489 页。

念上存在趋同性和相似性,但并不说明他们是同一的,左翼激进派在实行"文化批判"时,是将新月派与鲁迅一视同仁的,鲁迅在批驳梁实秋等新月派时,也是时时想起他的那些同一阵营的宿敌,比如在《"硬译"与"文学的阶级性"》中就讥讽说:"假如在'人性'的'艺术之宫'(这须从成仿吾先生处租来暂用)里,向南面摆两把虎皮交椅,请梁实秋钱杏邨两位先生并排坐下,一个右执'新月',一个左执'太阳',那情形可真是'劳资'媲美了。"当然,鲁迅在"新月"和"太阳"异曲同工的夹击下,采取"横站"的姿态,也就是情理之中的事情了。

三、从批判三民主义、民族主义文艺到文艺自由论辩

随着政局逐渐稳定,国民党政权企图在意识形态领域建立话语霸权,在文坛出现了"三民主义文艺"与"民族主义文艺"的叫嚣。1929 年国民党中宣部召开全国宣传会议,确立"三民主义文艺"为"本党之文艺政策",1930 年在南京出现的《文艺月刊》是它的机关刊物。必须指出,三民主义文艺是一个糠心大萝卜,"作为口号,它没有站得住脚的理论;作为政策,它没有具体可行的措施;作为文学流派,它无根无枝,没有一篇称得上是文学的创作"。[①]相比而言,"民族主义文艺"则显得颇有声势。发表在 1930 年 6 月《前锋周报》上的《民族主义文艺运动宣言》宣告了它的诞生,鼓吹民族主义应为文艺的"中心意识"、"最高意义"和"伟大的使命"。代表人物主要有潘公展、朱应鹏、范争波、傅彦长等人。创办的刊物主要有《前锋周报》、《前锋月刊》和《现代文学评论》。黄震遐的《陇海线上》、《黄人之血》、《大上海的毁灭》,万国安的《刹那的革命》、《国门之战》、《准备》等,是民族主义文艺的代表作品。

但是国民党政权这种企图在文艺领域建立意识形态霸权的做法,遭到了大多数文人知识分子的强烈反对。不但左翼阵营(主要有茅盾、鲁迅、瞿秋白等人)猛烈抨击,斥之为"屠夫文学"、"僵尸文学","自由人"胡秋原说它是"法西斯蒂文学",新月派的梁实秋也批评国民党进行"思想统一"的图谋。很显然,"三民主义文艺"和"民族主义文艺"作为国民党的文艺政策和党治手段,一开始就注定了它不可能对现代中国文学的发展产生影响,正如有的学者所看到的,在"30 年代早期,一个有良心的文人去作政府的传声筒,几乎

---

① 张大明:《不灭的火种——左翼文学论》,四川文艺出版社 1992 年版,第 277 页。

是不可想象的"。① 但是,在大批文人知识分子对"三民主义文艺"和"民族主义文艺"群起而攻之之时,却触发了现代中国文学史上一场极为重要的论争——文艺自由论辩。

在 1931 年 12 月《文化评论》创刊号上,发刊词《真理之檄》就声称:"我们是自由的知识阶层,完全站在客观的立场,说明一切批评一切。我们没有一定的党见,如果有,那便是爱护真理的信心。"同时,胡秋原还发表了《阿狗文艺论——民族文艺理论之谬误》。这是一篇有着相当理论深度、才识卓具的文章,在相当深的层次上涉及了现代中国文学史上一个极为重要的命题——文艺与政治的关系。他在猛烈批判民族主义文艺的同时,更为深刻地指出:"文学与艺术,至死也是自由的,民主的。……艺术虽然不是'至上',然而决不是'至下'的东西。将艺术堕落到一种政治的留声机,那是艺术的叛徒。……用一种中心意识独裁文坛,结果,只有奴才奉命执笔而已。"对"民族主义"文艺而言,这不啻为一记响亮的耳光,可是也触到了左翼阵营的痛处,并被认为是对左翼文坛的进攻。1932 年 1 月,左翼阵营发表文章,呼吁胡秋原和《文化评论》"脱弃'五四'的衣衫"②,指出并批评胡秋原"想在严阵激战之中,找第三个'安身地',结果是'为虎作伥'!"③

以当时中国最了解马克思主义第一人自居的胡秋原自然不甘示弱,在 1932 年 4 月的《文化评论》第 4 期上同时发表了 3 篇文章,凭借坚实、广博的马列主义理论和知识为自己辩解,批评左翼阵营"对于 Marxism Leninism 文化观念认识之不足"。④同年 5 月,又在《读书杂志》第 2 卷第 1 期发表《钱杏邨理论之清算与民族文学理论之批评——马克思主义文艺理论之拥护》,批评以钱杏邨为代表的左翼激进批评"和马克思主义毫不相干",所谓的"文艺目的意识论","就是作品上露骨的政治口号及政论的结论之意","是列宁之政治理论在文艺上的机械底适用","遂之抹杀艺术之条件及其机能,事实上达到艺术之否定"。面对胡秋原的批评,瞿秋白在同月的《文艺新闻》发表《"自由人"的文化运动》,质问胡秋原"究竟是谁领导着这新的文化革命,是资产阶级,还是无产阶级?"批评他"客观上是帮助统治阶级——用'大家不

---

① 《剑桥中华民国史》下卷,中国社会科学出版社 1994 年版,第 493 页。

② 瞿秋白:《请脱弃"五四"的衣衫》,载 1932 年 1 月《文艺新闻》。

③ 谭四海:《"自由智识阶级"的"文化"理论》,载《文艺自由论辩集》,现代书局 1933 年 4 月版。

④ 胡秋原:《文化运动问题》,载 1932 年 4 月《文化评论》第 4 期。另两篇是《勿侵略文艺》、《是谁为虎作伥?》。

准侵略文艺'的假面具,来实行攻击无产阶级的阶级文艺"。6月,冯雪峰在《文艺新闻》发表《"阿狗文艺"论者的丑脸谱》,指出胡秋原"不是为了正确的马克思主义批评而批判了钱杏邨,却是为了反普洛革命文学而攻击了钱杏邨;他不是攻击钱杏邨个人,而是进攻普罗文学运动"。就在双方愈争愈烈之时,苏汶在1932年7月《现代》第1卷第3期发表《关于〈文新〉与胡秋原的文艺论辩》,竖起了"第三种人"的旗帜,表面上是各打五十大板,实则偏袒胡秋原,讽刺和攻击左翼阵营。在以后的岁月里,左翼阵营方面瞿秋白、冯雪峰、鲁迅、周扬、胡风等人,和胡秋原、苏汶展开了大范围的论争。这场论争主要集中在1932年,但是直到1936年才似乎尘埃落定。

这是整个左翼文艺运动中最有理论深度的一场论争。它是双方在基本认同马克思主义的大前提下,在马克思主义、列宁主义话语范畴内展开的对文艺与政治关系的大论战。用苏汶的话来说,双方的分歧在于"一方面重实践,另一方面只要书本;一方面负着政治的使命,另一方面却背着真理的招牌"。①左翼阵营主要是从政治革命和阶级斗争的角度出发,认为文艺是政治革命和意识形态斗争的重要工具,认为强调文艺自由,势必损害自身及所属党派在文坛的话语领导权。周扬的表述在左翼阵营中具有代表性:"文学的真理和政治的真理是一个,其差别,只是前者是通过形象去反映真理的。所以,政治的正确就是文学的正确。……作为理论斗争之一部的文学斗争,就非从属于政治斗争的目的,服务于政治斗争的任务之解决不可。"②而胡秋原、苏汶等人则是站在学术和纯粹文艺的立场要求"文艺自由",强调的是文艺的独立性和自律性,苏汶对左翼阵营一针见血地反驳说:"我当然不反对文学作品有政治目的,但我反对因这政治目的而牺牲真实。更重要的是,这政治目的要出于作者自身的对生活的认识和体验,而不是出于指导大纲。"③

必须说明的是,这是一次双方同时运用和依据马克思主义话语所进行的一次关于文艺自由问题的论辩。同时,这次论战实际上也是文艺的党派性要求和反对文艺党派性要求之间的一次碰撞。或者可以说,在马克思主义话语的不同资源支撑下,这次论战是有党派归属的马克思主义知识分子和自由的马克思主义知识分子之间的一次文学观念的交锋。在"以文艺创

① 苏汶:《关于〈文新〉与胡秋原的文艺论辩》,载1932年7月《现代》第1卷第3期。
② 周起应:《文学的真实性》,载1933年5月《现代》第3卷第1期。
③ 苏汶:《论文学上的干涉主义》,载1932年11月《现代》第2卷第1期。

作的自由为问题中心的"这场论争前期,左派将胡、苏的看法视为"对于无产阶级文学的不满","甚至竟把它扩大为一种政治的阴谋,并且从而加以猛烈的抨击"。①后期,由于中共党的领导人张闻天发表《文艺战线上的关门主义》进行干涉,出于扩大统一战线的需要,左派向胡、苏摇起橄榄枝,但是两人似乎不领情。这次论战所讨论的文艺与政治的关系问题,是长期以来难以得到恰当处理的历史与现实问题,也是难以彻底清理的文艺理论禁区。

四、"两个口号"论争及左翼文学主潮的终结

"两个口号"论争,是1936年以周扬和鲁迅为首的两派左翼作家围绕"国防文学"和"民族革命战争的大众文学"两个口号发生的一次激烈论争,是在日寇入侵、面临新的政治抉择的危亡环境下,左翼文学阵营发生的一次宗派色彩浓厚的论争,也是中国左翼文学主潮终结的一个重要标志性事件。

在过去的文学史叙事中,人们往往奉鲁迅为左翼文学领袖、"左联"盟主,事实上鲁迅并不掌握着左翼阵营的领导权,曹聚仁就说过,"他自己并不愿处于领导地位,同时'左联'也不让他去领导,直到他死后才奉他为神明,好似他是那时期的领导者。"②王宏志也认为:"'左联'内还有共产党的党团书记,它的实际领导权便是掌握在党团的书记手中,这点鲁迅也很清楚。……无论是在'名'或'实'上面,鲁迅都不是在操纵着'左联'。"③由于前期'左联'的两位重要领导人瞿秋白、冯雪峰与鲁迅私交甚好,鲁迅与'左联'领导层的关系是比较融洽的。但是1933年瞿、冯二人离开上海,特别是1934年红军长征、上海的地下组织与中共中央失去联系后,"左联"的政治生存环境恶化,鲁迅与"左联"新领导层尤其是周扬的矛盾也日益加深。"两个口号"论争是双方积怨甚久的一次矛盾总爆发。

其实早在1934年,具有高度政治敏感的周扬就以笔名企,在1934年10月2日《大晚报·火炬》发表《"国防文学"》,提出过"国防文学"的口号。1935年,周扬等人从莫斯科出版的《国际通讯》了解到共产国际关于建立反帝统一战线的方针,从巴黎出版的《救国报》看到了《八一宣言》,了解到中共中央

---

① 苏汶:《〈文艺自由论辩集〉编者序》,载《文艺自由论辩集》,现代书局1933年版。
② 曹聚仁:《鲁迅评传》,东方出版中心1999年版,第128页。
③ 王宏志:《鲁迅与"左联"》,风云时代出版公司1991年版,第41页。

停止内战、一致抗日、组织"国防政府"的主张。年底又收到"左联"驻莫斯科代表萧三的来信,传达王明的指示,建议解散"左联",另行组织一个体现反帝抗日统一战线的文学团体,于是决定解散"左联"并提出"国防文学"的口号。1936 年 2 月,周扬等人在《生活知识》第 1 卷第 11 期,正式将"国防文学"作为建立文艺界抗日统一战线的口号提出来并加以讨论。应该说,"国防文学"口号因为适应了急剧变化的社会政治形势和社会政治心理选择,在经过讨论后产生了广泛的影响,并相继出现了"国防戏剧"、"国防诗歌"、"国防音乐"、"国防电影"等口号,形成了强大的"国防文学"运动,并于 1936 年 6 月 7 日成立了有 112 人参加的"中国文艺家协会"。

但是在"左联"解散和"国防文学"口号等问题上,鲁迅并没有得到应有的尊重,他拒绝参加。1936 年 4 月,冯雪峰作为中共中央特派员到上海后并没有直接见周扬,而是首先会见了鲁迅,并与鲁迅、茅盾、胡风等人讨论上海文艺界的情况。5 月底,与周扬素有矛盾的胡风发表了《人民大众向文学要求什么?》①,提出了"民族革命战争的大众文学"的口号。龙贡公、聂绀弩、张天翼等作家纷纷发表文章表示赞同。此外,鲁迅等 63 人在 6 月末共同发表《中国文艺工作者宣言》。"民族革命战争的大众文学"口号提出后,很快遭到了周扬等人的反对和指责,比如徐懋庸在 6 月 10 日《光明》第 1 期发表《"人民群众向文学要求什么"》,指出胡风的口号"故意标新立异,要混淆大众的视听,分化整个新文艺运动的路线"。在胡风遭到非难后,鲁迅发表了《论我们现在的文学运动》②,指出:"'左翼作家联盟'五六年来领导和战斗过的,是无产阶级革命文学的运动。……民族革命战争的大众文学,是无产阶级革命文学的一发展,是无产阶级革命文学在现在时候的真实的更广大的内容。……新的口号的提出,不能看作革命文学活动的停止,或者说'此路不通'了。……绝非革命文学要放弃它的阶级的领导责任,而是将它的责任更加重,更放大,重到和大到要使全民族,不分阶级和党派,一致去对外。这个民族的立场,才真是阶级的立场。"

鲁迅的意见非但没有引起周扬等人的重视,反而招致了更多的批评。"两个口号"的论争愈加激烈。更为严重的是,徐懋庸在 8 月 1 日写信给鲁迅,贬斥与鲁迅关系较密的胡风、黄源、巴金等人,并指责鲁迅"半年来的言

---

① 载 1936 年 5 月《文学丛报》第 3 期。
② 载 1936 年 7 月《文学界》第 1 卷第 2 号。

行,是无意地助长着恶劣倾向的","对于现在的基本的政策没有了解","不看事只看人,是最近半年来先生的错误的根由"。这彻底激怒了鲁迅。他抱病写了《答徐懋庸并关于抗日统一战线问题》①,在阐述自己对抗日统一战线、文艺界统一战线态度的同时,明确指出"民族革命战争的大众文学"口号"不是胡风提的,胡风做过一篇文章是事实,但那是我请他做的",更为重要的是,鲁迅在严厉驳斥徐懋庸的同时,还批判了"四条汉子"——田汉、周扬、夏衍、阳翰笙。鲁迅的震怒使周扬派措手不及,纷纷指责徐懋庸莽撞,而徐懋庸则非常不满周扬等人推卸责任②。就在鲁迅发表这篇文章公开了左联领导层的矛盾之后,引起了中共领导层的重视并出面干预,"两个口号"论争也就基本平息了。

这场论争在理论层面主要围绕 3 个问题:1. 两个口号孰优孰劣;2. 要不要公开提出无产阶级领导权问题;3."国防文学"是作为联合的标志还是文艺创作的标志。参加这场论争的人数、刊物和文章之多,在现代文学史上是较为罕见的。③其实就理论表述而言,双方的分歧没有本质差别,只不过侧重点不同。如果双方能够进行良好的沟通和协调,这场论争是可以避免的。但是左翼阵营内部严重的宗派主义和私人矛盾却激化了论争。双方都犯了不可推卸的错误。

这场论争对双方的伤害是巨大的,给文艺界留下了长期难以泯灭的阴影。对鲁迅而言,这场论争不但是他与"左联"领导层矛盾的激化和公开展示,而且使他的权威遭遇到来自"内部"的强烈挑战。更为重要的是,"左联"的突然解散和"两个口号"论争引发了鲁迅一生中最后一场可怕的精神危机,他不仅被迫要重新阐述自己的立场,而且他多年来精神生活中的支柱马克思主义也岌岌可危了④。显然,鲁迅遭遇到了来自现实领域和精神领域的双重危机,这仿佛为他一生"横站"的命运画上一个浓重的感叹号。他不久就去世了,争论虽然结束了,但矛盾并没有消解,建国后绝大多数参与者,都

---

① 载 1936 年 8 月《作家》第 1 卷第 5 号。这篇文章由冯雪峰代笔起草,鲁迅审阅后执意加上了批判"四条汉子"的内容。

② 他在《徐懋庸回忆录》里较为详细地记载了与鲁迅的交往,称周扬多次派他与鲁迅交涉,事后又不认账,反而严厉批评他,将他置于两面受气的尴尬地位。

③ 据人民文学出版社 1982 年出版的《两个口号论争资料选编》统计,仅在能够查阅到的 300 余种刊物上,就发现了有关的文章 485 篇。

④ 参见《剑桥中华民国史》(下)第 502 页的有关转述(中国社会科学出版社 1994 年版),亦可参见夏济安:《黑暗之门:中国左翼文学运动研究》鲁迅部分(华盛顿大学出版社 1968 年英文版)。

或多或少因为这一问题在载浮载沉的政治斗争中付出了惨重代价。被称作"鲁迅大弟子"的胡风,在建国后不久就因"胡风反革命集团"案锒铛入狱。周扬在"文革"中被敕封为"30年代文艺黑线的祖师爷"。

值得我们今天要十分注意的是,这场论争和"左联"悄无声息的解散,标志着左右中国文坛近10年之久的左翼文学主潮落潮了。在新的政治情势下,中国左翼文学结束了自己先锋性、反叛性、颠覆性、前卫性、批判性、战斗性和革命性的历史使命,中国左翼文学所表达的那种强大的社会批判和社会叛逆精神从此消失了,支撑中国左翼文学精神不屈不挠、顽强抗争的生命力在此时已经"死亡"和"衰竭"了。整个左翼文学的传统,在新的体制下得到了"有选择"、"有甄别"的继承,左翼激进派的那些理论观念,经过重新的嫁接与改造,为新制度下的文学政策奠定了思想观念上的基础。

第四章 左翼文人知识分子与政党政治

　　近年来,由于社会政治经济形势的悄然变动,学术界对左翼文学研究又表现出浓厚的兴趣。因为人们都清楚,左翼文学研究的突破,将导致中国现代文学研究格局的重大变动,导致中国现代文学史的重新书写,导致文学观念的重构和知识分子自身的价值重估。然而,现实政治对人们实际生存状况的制约和对人们精神心理的影响,仍然是首先需要突破的学术研究瓶颈。在精神文化心理和价值判断上,学人们尚受政治惯性思维的支配,不能摆脱政治价值选择的左右。政治立场、政治方向的择取,成为制约人们学术研究的先在命题和前理解视野。左翼文学运动的肯定者歌功颂德早已司空见惯,否定者欲问政治之罪往往图穷匕见其政治意图。政治是否正确,成为人们进行正常学术研究的关隘。

　　当然,这并不意味着否定政治介入、排斥政治影响。问题的关键在于,是以学术研究为中心还是以政治判断为中心,是学术研究视野中的政治判断还是政治取向下的学术研究。急于对左翼文学运动做出政治评判,很可能都达不到当年左翼文学运动参与者和批判者的水平。把历史上的政治命题转化为当下的政治命题,本身就是一种政治行为而非学术行为。只有将政治命题转换为学术命题,才有可能真正窥见中国左翼文学运动的历史奥秘,将中国左翼文学研究推向更深更广的境地。

一、"理性的狡黠"及作为殊相的文学

　　在马克思主义诞生并产生实践力量之前,近现代哲学和思想就达到了它可能达到的认识颠峰,即不再把世界和社会视为独立于认识主体而产生

的,例如是由上帝或神创造的,而是将之主要把握为人类自身的产物。从苏格拉底、柏拉图以降,中经笛卡尔、霍布斯、斯宾诺沙、莱布尼兹等,再到康德、黑格尔,虽然论题和论域变化多端,在认识论意义上却造就了集大成的理性主义精神产品:理性主义作为一种思想视野和思维体系,自认为具有洞察自然和社会万象的能力,自认为发现了或必将可能发现人在自然和社会生存中所面对的全部现象相互联系、相互斗争的根本原则,全部自然和社会事实是理性可以控制、预见和计算的,社会是可以规划、设计和重建的。

　　然而,当人们高奏理性主义凯歌进军人类所面对的诸领域,并试图建构理性主义王国时,矛盾与危机开始显现,被康德称为"二律背反"的历史和社会机制开始发挥作用:人们一方面日益打碎、摆脱和抛弃了纯自然的、非理性的和实际存在的桎梏;另一方面又同时在自己建立的、自己创造的现实中,建立了一个观念中的自然和社会,并且它们以同样无情的规律性展现和人们相对立,如同以前非理性的和自然的力量一样向人类的理想蓝图挑战。"理性的狡黠"本是黑格尔的哲学用语。在对黑格尔哲学的批判过程中,卢卡奇从"理性的狡黠"所指涉的历史真实的缝隙中,看到了近现代理性主义无法克服的根本矛盾:"这种宏大的观念在力求把世界的总体把握为自己创造的东西时撞上了既定性,即自在之物这一不可逾越的界限。"[1]作为卓越的马克思主义思想家,卢卡奇深刻揭示了理性主义想象王国的虚妄性:"不能抽象地和形式地看待理性主义,把它变成为一种人的思想本质中固有的超历史原则。……如果理性主义要求成为认识整个存在的普遍方法,那么问题就完全不同了。在这种情况下,非理性原则的必然相对性的问题就取得了一种决定性的、融化瓦解整个体系的意义。"[2]当理性主义驱使历史战车向前狂奔,人类既充分享受了它创造的累累硕果、体验了人的尊严,又充分饱尝了它携带的酸涩苦果、体验了人的狂妄和无能。因为理性主义并未超越自然和社会的实际运行规律,尽管它试图解释这些规律、超越这些规律。

　　作为精神现象的理性主义发挥能量、显现局限的场所,是现实实践领域。尽管哲学家、思想家发现或者预设了它的运行机制和规律,但人们的实践及后果并不一定依照理性的想象运作,反而往往以非理性的力量作用于人。即是说作为自在之物存在于实践领域的理性,与人类主体的意志与欲

----

①　卢卡奇:《历史与阶级意识》,商务印书馆1992年版,第192页。
②　同上,第181页。

望并非一致，人们自以为凭借理性的要求和原则行事，可能并不符合理性的真实存在状态和真实运行规则。更为重要的是，马克思主义的杰出理论家或其他学派卓越的思想家、哲学家对理性的认识和反思，只是表明人类认识在时代要求的制约下所达到的认识的高峰，并不意味着其接受者、信仰者和追随者持有同样的水平和深度，并不意味着这种认识和反思成为普世的实践观念。

这意味着在历史实践领域，在人们潜在的期待视野中，理性既可以依据人们的预期想象发挥作用，也可以以原始的、自然的自在之物状态发挥影响；也就是说理性的运作和效应既可以符合理性想象，也可以脱离理性想象的轨道，以非理性的方式存在。正是在这个意义上，"理性的狡黠"在历史和现实的实践领域寻找到了展现自身所拥有的历史和现实内容的丰富多彩性。正如抽象的理性本身所展现的悖论结构一样，这些具象的方式可以是直接以理性的名义行事，也可以是以自在之物的原始状态运行。换句话说，无论实践主体对理性有多少自觉性，处于历史运行状态中的理性都依据自身的客观规律产生效力，并不以人们主观意志中的理性想象为转移。如果人们的理性想象符合理性指涉的历史本真和实践真相，那么它就产生积极的正面的效应；如果人们的理性想象脱离了历史和实践领域的真实状况，仅仅以人的主观意志和愿望为出发点，就易产生消极的负面的效应。面对理性主义的功能和局限，我们应当像卢卡奇那样发出深深的疑问："人的理智为什么恰恰把这样一些形式体系把握为它自己的本质（并和这些形式的内容的'既定的'、异在的、不可认识的特点相对立），以及这样的把握有多大的正确性，这个问题还没有人提出来，人们把它作为天经地义的东西接受了。"①

"理性的狡黠"作为一种共相悖论形式，广泛存在于人类的思想精神世界。作为一种殊相，文学就是一个以具象的和感性的方式展现"理性的狡黠"的场所。在这样一个"理性的狡黠"的藏匿之处，上述的理性作为一个抽象指称，与文学研究范畴中的术语如感性、形象、具象等等，或者还包括它对理性这一术语的运用，都不是同级的对称性概念。作为自在之物和精神现象意义上的理性，是事物和现象所具有的共相，具有本体论指涉功能。而在文学领域中，理性本体、理性精神和理性思维往往是以常识性的认知状态存

---

① 卢卡奇：《历史与阶级意识》，商务印书馆 1992 年版，第 179 页。

在、发生作用,以殊相方式展现自身。它往往不以思想家、哲学家们归纳总结的理性模式运作,而是在具体的文学日常形态中包孕着理性的认知标准和价值取向。也就是说理性作为自在之物,往往以原始的日常生活状态存在于文学领域,并不一定打着理性的旗号、运用理性的话语,而且它不依赖于人的主观意志。通俗一些说,就是宣称理性并不一定符合理性的真实状况,反对理性也并不意味着不具有理性的内涵,而且不管理性自觉程度的高低,都不妨碍理性在文学实践中的实际功能的发挥,理性作为人的一种精神能力,即可以以理性的名义存在,也可以不具备这种名分,在文学领域它总能以适当的形式发挥作用、展示能量。

　　文人知识分子往往是理性主义和理念世界的守护者,是意识形态的启蒙者,是革命与梦想的鼓吹者。美国著名社会学家刘易斯·科塞在《理念人:一项社会学的考察》中,曾描述过 20 世纪 30 年代秉持共产主义理念的西方文人知识分子们在展望未来狂潮中的理性主义梦想:年轻的共产党作家鲁思·肯尼热情洋溢地认为,今天的共产主义者是人类长河中被遗忘了的语言发明者的兄弟,是发现了新形式的希腊建筑家的同行,……他们发现了生产方式由资本主义的无政府状态转向社会主义的方向。共产主义者能够创造历史。由于知道了人类所能达到的唯一不朽性——为明天打上印记,从而超越了他们自己的生命;科学家、共产党员海曼·莱维宣称,社会实践要求对现状进行变革,所以科学家应把自己与共产主义运动结合起来,只有这样才能建立起科学的统治,以社会作大实验室,以人类作为试验材料;社会思想家爱德华·林德曼强调,人类本性完全有可能发生足够迅速而深刻的变化,以达到构成共产主义纲领本质的革命目标,从而塑造出理性化的新人;诗人戴·刘易斯则以诗歌的形式加以形象化概括:

　　　　"革命,革命
　　　　是唯一正确的答案——
　　　　我们已经找到了它,我们深信它会胜利。
　　　　不管你遇到什么打击,
　　　　这些信念将会给你注入活力。"①

----

　　① 刘易斯·科塞:《理念人:一项社会学的考察》,中央编译出版社 2001 年版,第 258~265 页。

科塞所分析的社会各界人士对共产主义的理性主义想象狂潮,并非是区域性和偶然性时段的现象,而是当时一种全球性的认知模式和价值取向。如果说在西方更多的是坐而论道的咖啡馆式革命家,那么在 20 世纪 20 年代末以来的东方中国,文人知识分子则在日益困窘的社会和政治状态中投入到实践者的行列,追逐理性想象中的共产主义梦想。

对于以文学为志业的中国现代文人知识分子而言,当共产主义这种充满巨大诱惑的理性主义梦想具有实践可能性时,这个系统中的大部分人,自觉地为之奉献青春、热情、意志、知识乃至生命,将自己的志业开辟为实现梦想的领地。20 世纪中国的左翼文学运动,是不甘与现状妥协的文人知识分子运用手中掌握的文学和文化资源,反抗政治专制主义和文化专制主义,憧憬新的精神文化体制的浪漫的理性主义创新行为。和世界各地信仰共产主义的兄弟们一样,中国的左翼文人知识分子的理性主义畅想目标,是更加合理化、秩序化,更加正义和平等的社会状态。然而,正如理性主义想象不等同于理性的实际运行状况,文学从业者的希望与政治实践者的目的也往往大相径庭。左翼文学运动的发起者和参与者们在遵循理性想象行事的时候,就遭遇了"理性的狡黠"的悖论。

比如左翼文学运动的革命资格与话语权力、文人知识分子与政党政治关系问题,就充分展现了这种理性与实践的悖论。其反对者和批评者梁实秋当年就说过:"在革命期中,实际的运动家也许要把文学当作工具用,当作宣传的工具已达到它的目的。对于这种的文学的利用,我们没有理由与愿望去表示反对。没有一种东西不被人利用的。岂但革命家要利用文学?商业中人也许利用文学作广告。牧师也许利用文学作宣讲。真的革命家用文学的武器以为达到理想之一助。对于这种手段我们不但是应该不反对。并且我们还要承认,真的革命家的炽烧的热情渗入于文学里面,往往无意的形成极能感人的作品。不过,纯粹以文学为革命的工具,革命终结的时候,工具的效用也就截止。"① 历史不幸被梁实秋言中了。历史实践不但没有为文学从业者的理性想象提供更广阔的发展空间,反而以历史理性的铁血运行碾碎了他们的梦想。人们以热血和生命去追逐至善至美的理想,最终却只能眼睁睁目睹历史的铁血战车碾着横飞的血肉前行,弥漫的历史硝烟遮蔽了人性的光晕。历史以悖论方式发出了深深的疑问。

---

① 梁实秋:《文学与革命》,载 1928 年 6 月 10 日《新月》月刊第 1 卷第 4 期。

二、革命资格与话语权力

将问题聚焦于左翼文学运动中的革命资格和话语权力问题,也就是文人知识分子和政党政治的关系问题,是在阅读当年大量的原始文献,尤其是1928年革命文学论争的大量文章基础上,产生了对这一话题的阐释冲动和求知欲望。因为这既是一个理性主义、也是一个实用主义色彩浓厚的领域。

透过当年聚讼不已的论争,可以看到革命资格和话语权力问题作为左翼文学运动初期的中心话题之一,不但关系到左翼文学运动的方向和命运,更体现了历史理性在这场文学实践中的精神演习。正如当年左翼文学运动的一个参与者所说:"倘若没有大革命失败后革命文学的呼声,'五四'以后的新文学就如此安定平稳地走下去,可能产生一批艺术水平较高的作品,致使国民党反动统治得以短期的无忧无虑。事情是左翼作家不允许这样办!青年文艺爱好者不允许这样办!于是谁来主宰文学的问题就提出来了。"①当时革命实践在文学领域所提出的问题是:依靠谁、凭什么力量、运用什么样的手段,使文学成为实现政治革命宏伟理想远景的有力武器;谁是这场文学实践运动的主体,谁有资格成为它的代言人,谁具有强势话语权力成为它的领袖?这些成为当时文人知识分子系统内部亟待解决的问题。

其实,革命资格和话语权力问题在革命文学论争初期还只是一个不证自明的问题。对革命文学的最初倡导者太阳社和创造社而言,革命文学的主体毫无疑问是他们,而且肩负倡导者、领导者、引路者和实践者的历史重任。以这两派成员创办的刊物的创刊号为例,《太阳月刊》在《卷头语》中宣称:"倘若我们是勇敢的,那我们也要如太阳一样,将我们的光辉照遍全宇宙。太阳是我们的希望,太阳是我们的象征——让我们在太阳的光辉下,高张着胜利的歌吼:我们要战胜一切,我们要征服一切,我们要开辟新的园土,我们要栽种新的花木。"②再结合同期发表的蒋光慈的《现代中国文学与社会生活》一文来看,"我们"一词并非是泛指的代名词,而是代表历史和文学正确发展方向的"中国文坛的新力量"的太阳社同仁。创造社成员在《文化批判》的《祝词》中更是摆出一副革命文学舍我其谁的姿态:"它将从事资本主

---

① 杨纤如:《寿南北两"左联"六秩》,载《"左联"纪念集》,百家出版社1990年版。
② 载1928年1月1日《太阳月刊》创刊号。

义社会的合理的批判,它将描绘出近代帝国主义的行乐图,它将解答我们
'干什么'的问题,指导我们从哪里干起。

政治、经济、社会、哲学、科学、文艺及其余个的分野皆将从《文化批
判》明了自己的意义,获得自己的方略。《文化批判》将贡献全部的革命的理
论,将给与革命的全战线以朗朗的星火。

这是一种伟大的启蒙。"①

如果说"太阳"和"他们"等词汇在太阳社成员那儿尚具有几分隐喻色彩
的话,那么创造社同仁则明明白白、清清楚楚地将革命文学运动的领导责任
赋与了《文化批判》,也就是创造社自己。

事实上,革命资格和话语权力问题渐渐浮出历史水面,成为当时的中心
话题,是在左翼文人知识分子进行的对外和对内的批判与论争中展现的。
在 20 世纪 20 年代末 30 年代初的中国文坛上,主要有三种文学势力左右文
学思潮和创作。一派是以新月派为代表的仰仗当时国家体制支撑的文人知
识分子,一派是以鲁迅茅盾等人为代表的同情共产党的革命、认同马克思主
义学说、又不直接受其支配的左翼独立文人知识分子,另一派则是以创造
社、太阳社成员为主要代表的、在组织人事上受党管辖的左翼激进文人知识
分子。由于以梁实秋、徐志摩为代表的新月派反对马克思主义、反对共产党
的政治革命,遭到了后两派文人知识分子的一致抨击。布迪厄曾说过:"在
更普遍的意义上,内部斗争尽管在原则上是充分独立的,但在根源上总是能
与外部斗争——无论是在权力场内部还是从总体上来讲的社会内部的斗
争——保持着联系。"②在当时知识分子系统内部产生的斗争,既是根源于文
学认识的分歧,又根源于知识分子在社会存在意义上的政治态度和政治
倾向。

包括鲁迅等人在内的左翼文人知识分子与梁实秋、徐志摩为代表的右
翼自由主义文人知识分子的对立,尽管是围绕着文学问题构筑了论争空间,
但是文学自身的问题在很大程度上成为意识形态斗争和社会政治斗争的话
语言说载体,斗争的焦点在于文人知识分子对待国民党专制主义、对待社会
革命的态度。以梁实秋及新月派为代表的右翼自由主义文人知识分子,依
靠当时国家政权体制庇护,是社会既得利益的获得者,尽管这派文人知识分

---

① 载 1928 年 1 月 15 日《文化批判》创刊号。
② 布迪厄:《艺术的法则:文学场的生成和结构》,中央编译出版社 2001 年版,第 158 页。

子在 20 年代末由胡适带头发起了批评国民党"党治"的"人权运动",但是由于其态度和最终目的在于"善意的期望与善意的批评","批评的目的是希望他自身改善",因此他们自"五四"时代以来所秉持的自由民主的启蒙理性主义立场,已经沦落为政治和文化专制主义、保守主义的同道。他们对国民党政治和文化专制主义的抗议往往流于"小骂大帮忙"的实际社会效果,他们不但不能领导不甘向专制主义妥协的文人知识分子的社会斗争,其言行反而从实践效果上维护与巩固了国民党的政治文化专制,在思想精神领域为国民党提供合法性支持。因此这派文人知识分子不情愿也没有资格去领导作为时代潮流的革命文学,也就失去了左右文坛发展的主流话语权力。

对左翼文人知识分子而言,通过对右翼自由主义文人知识分子的批判,获得了左右当时文坛的强势话语权力,形成了一支强大的社会精神文化力量,自我确证了推动文学和历史前行的主体地位,以及对当时文学发展潮流当仁不让的领导权。葛兰西曾经说过:"并不存在任何独立的知识分子阶层,但每个社会集团都有它自己的知识分子阶层,或者往往会形成一个这样的阶层;然而,历史上(确实的)进步阶级的知识分子在特定的环境下具有一种吸引力,致使他们归根结底要以制服其他社会集团的知识分子而告终。"①通过对国民党体制内的文人知识分子的批判,排除了他们对文学潮流的合法领导权,从而为各种类型的左翼文人知识分子生成为共产党所代表的社会阶级的知识分子集团,奠定了价值坐标和价值基础。通过文学领域内的这种基本上属于政治意识形态斗争性质的争论和批判,鼓吹和提倡革命文学、乃至同情革命文学的各类文人知识分子,具有了引领文学潮流的价值资本优势和文化心理优势,在最大程度上掌握了当时的文坛领导权,从而也使左翼文学运动的诸种实践成为最具吸引力的时代风气和文学主潮。蒋光慈曾得意洋洋地宣称:"时至今日,所谓革命文学的声浪,日渐高涨起来了。革命文学成了一个时髦的名词,不但一般急进的文学青年,口口声声地呼喊革命文学,就是一般旧式的作家,无论在思想方面,他们是否是革命的同情者,也没有一个敢起来公然反对。……虽然有许多真正的投机的人们,一方面表示赞成革命文学! 似乎比谁都激烈些,然而在别一方面却极力诋毁从事革命文学的创作的人为浅薄,为幼稚,为投机,为鲁莽……虽然这是很可恨的事情,虽然这些人们的心理难以猜测,虽然在实际上他们是革命文学的障

---

① 葛兰西:《狱中札记》,中国社会科学出版社 2000 年版,第 40 页。

碍,然而他们无论如何,不敢公然地反对革命文学,这可见得革命文学比不革命的文学神圣些,有威权些;这可见得革命文学在现代中国的文坛上,已经战胜一切反革命的倾向了。"①尽管蒋光慈有些夸大其词和一厢情愿,但是革命话语资源所具有的巨大能量却非同一般,它赋予了左翼文人知识分子以强势心理,使之可以心安理得地雄视文坛,自诩为文学潮流和历史发展的领路人。

然而,尽管各种类型的左翼文人知识分子反对国民党专制主义的目标一致,但是在革命与文学的一系列问题上分歧远远大于共识。关于革命资格和话语权力的争夺,在左翼文人知识分子内部尤为激烈。以创造社、太阳社成员为代表的左翼激进派文人知识分子,自居为正统的无产阶级文学运动的主体,向"五四"以来的文坛发动了全面批判。他们认为,为了建立真正的无产阶级革命文学,就必须对旧文坛进行理论斗争和全部批判,推动文学上的方向转换。他们将鲁迅、茅盾、叶圣陶、郁达夫等在当时文坛上最具影响力的一批作家作为清算的对象和批判的目标,要求重新划分作家队伍,建立无产阶级作家主宰文坛的文学战线。鲁迅遭到了最为猛烈的批判,以冯乃超的《艺术与社会生活》、《人道主义者怎样地防卫着自己?》,钱杏邨的《死去了的阿Q时代》、《"朦胧"以后》,李初梨的《请看我们中国的Don Quixote的乱舞》,彭康的《"除掉"鲁迅的"除掉"!》,石厚生的《毕竟是"醉眼陶然"罢了》,杜荃的《文艺战线上的封建余孽》等为代表的一大批文章,都集中火力将鲁迅作为首要清算对象。《1913—1983鲁迅研究学术论著资料汇编》所辑录的1928年有关鲁迅的文章共45篇,有三十多篇对鲁迅大加鞭挞,其中绝大多数出自创造社、太阳社成员之手。

在自居正统的左翼激进派眼中,以鲁迅为代表的文坛卓有成就者,已经成为历史人物、时代的落伍者和革命文学运动的绊脚石:"在几个老作家看来,中国文坛似乎仍然是他们的'幽默'的势力,'趣味'的势力,'个人主义'的势力,实际上,中心的力量早已暗暗的转移了方向,走上了革命文学的路了。……所以鲁迅的创作,我们老实的说,没有现代的意味,不是能代表现代的,他的大部分创作的时代是早已过去了,而且遥远了。他的创作的时代背景,时代地位,把他和李伯元,刘铁云并论倒是很相宜的",②"对于布鲁乔

---

① 蒋光慈:《关于革命文学》,载1928年2月1日《太阳月刊》二月号。
② 钱杏邨:《死去了的阿Q时代》,载1928年3月1日《太阳月刊》三月号。

亚氾是一个最良的代言人,对于普罗列塔利亚是一个最恶的煽动家!"①是文艺战线上的"封建余孽"、"二重的反革命的人物"、"不得志的 Fascist(法西斯蒂)!"②别尔嘉耶夫说过,"一切浩大的革命无不宣称创造新人",③革命需要把新旧划分为彼此敌对的两个营垒,对新人的肯定意味着对旧人的否定,新人需要打到旧权威确立自己的历史英雄地位。鲁迅是当时文坛最有权威的"旧人",符合新人们"除旧布新"的革命心理和对敌对者的择取标准,自然就被作为首选目标被新人们推上了革命的祭坛。

鲁迅面对这种批判,一面感叹自己"在'革命文学'战场上,是落伍者"④,一面愤起反击,"我并不希望做文章的人去直接行动,我知道做文章的人是大概只能做文章的。……我们的批判者才将创造社的功业写出,加以'否定的否定',要去'获得大众'的时候,便已梦想'十万两无烟火药',并且似乎要将我挤进'资产阶级'去(因为'有闲就是有钱'云),我倒颇也觉得危险了。……不远总有一个大时代要到来。现在创造派的革命文学家和无产阶级作家虽然不得已而玩着'艺术的武器',而有着'武器的艺术'的非革命武学家也玩起这玩意儿来了,有几种笑眯眯的期刊便是这。他们自己也不大相信手里的'武器的艺术'了罢。那么,这一种最高的艺术——'武器的艺术'现在究竟落在谁的手里了呢? 只要寻得到,便知道中国的最近的将来",⑤"但立意怎样,于事实是无干的。我疑心吃苦的人们中,或不免有看了我的文章,受了刺戟,于是挺身出而革命的青年,所以实在很苦痛。但这也因为我天生的不是革命家的缘故,倘是革命巨子,看这一点牺牲,是不算一回事的。第一是自己活着,能永远做指导,因为没有指导,革命便不成功了。你看革命文学家,就都在上海租界左近,一有风吹草动,就有洋鬼子造成的铁丝网,将反革命文学的华界隔离,于是从那里面掷出无烟火药——约十万两——来,轰然一声,一切有闲阶级便都'奥伏赫变'了"。⑥在这一时期,鲁迅以自己独特的思想和话语方式,向左翼激进派的革命资格和话语权力发出了深刻质疑:"在我自己,是以为若据性格感情等,都受'支配于经济'(也可以说根

---

① 李初梨:《请看我们中国的 Don Quixote 的乱舞》,载 1928 年 4 月 15 日《文化批判》第 4 号。

② 杜荃:《文艺战线上的封建余孽》,载 1928 年 8 月 10 日《创造月刊》第 2 卷第 1 期。

③ 别尔嘉耶夫:《人的奴役与自由》,贵州人民出版社 1994 年版,第 173 页。

④ 鲁迅:《文坛的掌故》,载 1928 年 8 月 20 日《语丝》周刊第 4 卷第 34 期。

⑤ 鲁迅:《"醉眼"中的朦胧》,载 1928 年 3 月 12 日《语丝》周刊第 4 卷第 11 期。

⑥ 鲁迅:《通信》,载 1928 年 4 月 23 日《语丝》周刊第 4 卷第 17 期。

据于经济组织或依存于经济组织)之说,则这些就一定都带着阶级性。但是'都带',而非'只有'。所以不相信有一切超乎阶级,文章如日月的永久的大文豪,也不相信住洋房,喝咖啡,却道'唯我把握住了无产阶级意识,所以我是真的无产者'的革命文学者。"①

若按照左翼激进派的理论逻辑,他们自己都是小资产阶级知识分子出身,也不应该具有领导无产阶级文学运动的资格。那么,他们如何确立自身在无产阶级文学运动中的革命资格和话语权力呢?蒋光慈认为:"倘若我们要断定某个作家及其作品是不是革命的,那我们首先就要问他站在什么地位上说话,为着谁个说话。这个作家是不是具有反抗旧势力的精神?是不是以被压迫的群众作出发点?是不是全心灵地渴望着劳苦阶级的解放?……倘若答案是肯定的,那么这个作家就是革命的作家,他的作品就是革命的文学。……革命的作家不但要表现时代,并且能够在茫乱的斗争的生活中,寻出创造新生活的元素,而向这种元素表示着充分的同情,并对之有深切的希望和信赖"。②郭沫若认为:"只要你有倾向社会主义的热忱,你有真实的革命情趣,你都可以来参加这个新的文艺战线。"③李初梨认为:"我以为一个作家,不管他是第一第二……第百第千阶级的人,他都可以参加无产阶级文学运动;不过我们先要审察他的动机。看他是'为文学而革命',还是'为革命而文学'",④"对于普罗列塔利亚文学底作家的批评,只能以他的意识为问题,不能以他的出身阶级为标准。"⑤从利己心理出发,左翼激进派通过对革命热情、革命动机和革命意识的强调,又加之对自身方向转换历史的重新阐释,以循环论证的方式证明了自己的合法地位:因为具有强烈的革命热情、动机和意识,所以能够很快转换方向、提倡革命文学;因为是革命文学的首倡者,具有强烈的革命热情、动机和意识,所以具有领导无产阶级文学运动的革命资格和话语权力。然而,这种近乎自封的资格和权力,是经不住事实和理论推敲的。发生在创造社和太阳社之间的革命文学首倡权的争夺,更显示了其理论和事实的脆弱性。

弱水(潘梓年)在总结这场关于革命资格和话语权力的论争时强调:"蒋

①　鲁迅:《文学的阶级性》,载 1928 年 8 月 20 日《语丝》周刊第 4 卷第 34 期。
②　蒋光慈:《关于革命文学》,载 1928 年 2 月 1 日《太阳月刊》2 月号。
③　麦克昂:《英雄树》,载 1928 年 1 月 1 日《创造月刊》第 1 卷第 8 期。
④　李初梨:《怎样地建设革命文学》,载 1928 年 2 月 15 日《文化批判》第 2 号。
⑤　李初梨:《自然生长性与目的意识性》,载 1928 年 9 月 15 日《思想》月刊第 2 期。

光慈的两篇和麦克昂的一篇,我以为太为文学家的地位顾虑了。……至于谁是向前者谁是落后者自有时代在那里批判;志同者来,不同者去,谁有前进的志愿和勇气自己自然会得来。说什么太快太慢,说什么劝勉的话。难道我们为要维持文学者的地位才来做新文学运动的吗?……钱杏邨那封通信,未免太小气了。谁是革命文学的首创者这个问题也值得争辩的吗?事实俱在,无容自白。况且斤斤于首创者的名义也太未脱去英雄思想。革命者只知劳力,只知事业,难道还希望有人来论功行赏吗?"①革命者的目的固然不一定是地位和论功行赏,但是却需要政治权威的评定。很快,传来了党的领导人的指示:停止论争,将太阳社、创造社和鲁迅等人联合起来,成立"左联"。发生在左翼文人知识分子内部的论争,因为政党政治利益的需要而终止。但是作为实质问题,仍然以不同的形式存在于左翼文学运动中,像对"自由人"、"第三种人"的批判、鲁迅与周扬等人的矛盾、关于"两个口号"和解散"左联"的论争,在某种程度上都是革命资格和话语权力之争的变异形式。

三、文人知识分子与政党政治的双向选择

客观地看,左翼文学运动既是一场政党政治力量参与推动的文学和文化运动,又是一场知识分子和文人自发提倡与形成的文学和文化自治运动。它具有政治文化与人文文化相生相克、相辅相成的交融特色和双重特征,在运动形态上表现为政党政治力量的介入与文人知识分子自主性之间的统一和对立,表现为文学资本掌握者和政治资本掌握者之间的统一和对立、相互倚重和转换。

在左翼文学运动的历史实践中,政党政治力量的介入,是通过争取文人知识分子实现的;文人知识分子对共产党政治取向的同情与支持,并非被动式的,也反映了其借助政治力量获取更多文学和文化领导权的实际意图。换个角度看,政党力量想获得这场运动的支持与响应,首先必须掌握一定的文化和文学资本;文人知识分子想获得更多的文学权力,择取政治力量的支持又是一条捷径。当然,最为重要的是,共产党的政治取向与知识分子文人的价值取向,也就是说在反抗专制、畅望未来社会前景方面达到了空前的一

---

① 弱水:《谈现在中国的文学界》,载 1928 年 4 月 1 日《战线》周刊创刊号。

致。目标一致，并不意味着文学的生产和实践等同于政党政治的运行与实践。

从 1928 年革命文学论争到 1936 年两个口号之争的左翼文学斗争史，主要包括对鲁迅、茅盾、叶圣陶、郁达夫等人的批判，革命文学发明权的争夺，文艺大众化的讨论，对新月派的猛烈批判，对"自由人"和"第三种人"的抨击，两个口号孰优孰劣。可以非常清楚地看到，问题的实质之一就是谁有资格成为这场运动的领导者，谁是中国文坛话语权力的执掌者。正是在这场运动中，中国现代知识分子和文人第一次大规模将自身的命运和政党政治运动挂上钩，开始了将自身的价值追求与政党政治取向联姻的悲欢史。对于中国现代文人知识分子而言，这是一次大规模的、自发性和集体性的文化选择行为。

从 1928 年革命文学论争到"左联"解散时"两个口号"的论争所展现的革命资格和话语权力问题，实质上反映了 20 世纪中国文学史的一个重大命题，即文人知识分子和政党政治的关系问题。政党政治力量为了实现其政治理想，不仅要依赖政治经济和军事斗争，进行反对统治阶级的社会革命，而且要依赖思想文化领域的斗争，在思想文化领域寻找其代理人，通过他们向大众宣传其世界观、社会观、伦理观和政治理想，以获取社会大多数人的支持从而获得革命成功。共产党宣称其阶级基础是处于社会底层的工人和农民，而他们在整个社会体系中处于被剥削被压抑的地位，根本不可能全面系统地享受人类历史积淀下来的思想文化和科学成果，根本不可能对其政治先锋队的意识形态和政治理想进行理论概括、总结和阐发。这一任务只能由党内和党外的知识分子来承担。列宁对此在《怎么办？》这部重要著作中引证考茨基的观点论述说：社会主义作为一种学说根源于现代经济关系，社会主义学说并不能从工人队伍中自发产生出来，它是在深刻的科学知识的基础上形成起来的，现代社会主义学说是在个别的资产阶级知识分子的头脑中产生出来的，然后传给才智出众的无产者，并进而灌输到无产阶级的革命斗争中去；必须把社会主义的意识形态从外部灌输到无产阶级队伍中去，因为社会主义的意识形态是从有产阶级的有教养的人，即知识分子创造的哲学、历史和经济理论中成长起来的。[1]列宁的理论，为左翼文人知识分子、尤其是激进派确立自身作为无产阶级文学运动主体地位，提供了经典的理

---

① 参见列宁：《怎么办？》，载《列宁全集》第 1 卷，人民出版社 1972 年版。

论来源和合法化支持。于是,在思想文化领域开辟斗争场所、集结为自己的政治革命服务的文人知识分子力量,也成为共产党参与和支持左翼文学文化运动的最终目的。

对文人知识分子来说,他们往往自诩为是真理、道德价值和审美理想的体现者和实践者,是正义、公正、自由、民主等诸价值理念的捍卫者,能够将利益的冲突转化为理念的冲突。然而,他们的诸种价值理念总是依托利益的平台。文人知识分子往往渴望社会组织的理性化,并铸造一个理想社会的图景,他们评价现存社会形态的标准在于,它与理性想象王国的标准社会模式存在多大程度的相似,它为这一标准社会模式的实现提供了多大的自主空间,它为文人知识分子实现自己的价值理念提供了多大的自由度和可能性。当时的国民党政权不但没有为文人知识分子提供实现理想的渠道,反而维护独裁统治、压制文人知识分子的思想和行动自由,这就势必导致文人知识分子的分裂。在当时文人知识分子的分裂与重新组合过程中,利益与价值理念的冲突成为最根本的原因。

国民党政权体制内的文人知识分子不可能放弃已获得的利益和社会地位,从事反对和推翻现政权的思想文化斗争。而反对国民党专制主义的文人知识分子就要寻找能够实现其价值理想的社会力量。共产党的政治革命和提出的社会理想,为文人知识分子理性想象的现实化提供了可能性。因此大多数反对国民党专制统治的文人知识分子倾向于共产党,在很大程度上是因为满足了自身寻求实现价值理念的欲望。这就导致了当时文人知识分子因依托不同政治力量而造成的分裂和重组。文人知识分子对不同政党政治力量的选择,在当时的历史境遇中显然是一种自主行为。鲍曼强调:"在一切足以导致他们之间分裂的众多因素中,最根本的一点就是知识分子阶层的不同部分提出不同的方略来推进他们的社会的理性化程度;他们谋求不同的权力以实现其使命。"[①]正如右翼自由主义文人知识分子相信通过体制内的批评可以使政府改良从而实现其价值理想一样,左翼文人知识分子相信新的政党政治力量能够帮助自己实现自身的历史使命。因此左翼文学和文化运动对共产党政治革命的赞同与支持,符合这一运动的主体的理念想象。这就意味着左翼文学运动的基础是建立在共产党和文人知识分子

---

① 鲍曼:《立法者与阐释者——论现代型、后现代性与知识分子》,上海人民出版社2000年版,第228页。

双向选择的联合上。通过它,共产党集结和生产了自己的知识分子队伍,而文人知识分子则希望走向想象中的理性王国。

事实上,谋求不同的方略和权力实现自己的使命,不仅导致左翼文人知识分子与右翼文人知识分子的决裂,而且也导致了其内部的激烈斗争。关于革命资格和话语权力问题的论争,实际上发生在掌握革命政治话语权力的文人知识分子和掌握社会文化话语权力的文人知识分子之间,发生在以革命话语为主要价值资源的文人知识分子和以文学话语为主要价值资源的文人知识分子之间,发生在代表先进革命性目标的文人知识分子和代表雄厚文学性目标的文人知识分子之间。以创造社和太阳社为代表的左翼激进派,最终所仰仗的是政党政治的价值评判标准,是以政党政治的现实斗争需要为晴雨表。当时就有许多人看到了问题的要害,比如高长虹认为:"创造社诸君自从加入政治的活动之后,做成了政治的理论,又把这理论套在文艺上。因为那种政治的理论是革命理论,所以便叫这种文艺是革命文艺。又因为政治的缘故,想叫一切文艺都做成革命文艺,而且都合于自己的革命理论。这便不能没有垄断的嫌疑。"①李作宾更是一针见血:"一班先从事于政治运动的朋友们,在没有准确的认识文艺之前,就想把'文艺'整个推翻,将他们的政治理想代替了。……中国的革命文学家对于他们所攻击的目标,——据我最近的想见,不特是无意的冤屈对方,而且是有意的。无意的是:他们不了解对方,同样的不了解文艺;有意的是:他们想把目前文坛的偶像打倒了,将自己来代替一班人的信仰。"②左翼激进派提倡革命文学、发动决裂和批判,是由于政治革命的需要。同样是因为政党政治斗争的现实要求,左翼激进派很快放弃了原有的主张,由冯雪峰、夏衍、冯乃超为代表,向鲁迅解释过去的不愉快,以"诚恳"的态度取得了鲁迅的谅解。"左联"的成立,实际上标志着共产党政治力量和左翼文人知识分子,为反对国民党专制统治达成了妥协,共产党政治力量将左翼文人知识分子纳入到了实现政治理想的革命斗争航道中。

但是,这种双向选择和相互认同并不意味着可以合二为一。文学和政治是两种完全不同的精神意识形式,二者的运行规则、思维模式、价值目的存在极大的差异。文学行为,是一个在社会内部(作为母系统)运作的、发生

---

① 高长虹:《大众文艺与革命文艺》,载 1928 年 12 月 1 日《长虹周刊》第 8 期。
② 李作宾:《革命文学运动的观察》,载 1928 年 9 月 2 日《文学周报》第 332 期。

在历史和文化变迁的动态过程中的虚构文本的生产、接受、分配和评价的系统(作为子系统),是一种不断自我创造、自我调节、自我评价着的社会意识形式,既具有自律性的内在特殊范畴,又具有开放性的外在社会目的。从发生学的角度来看,文学的生产和实践,更需要个体化的想象与创造,更需要自由独立的生成空间,只有当自律性的内在特殊范畴和开放性的外在社会目的达成一致的时候,它才能最大范围、最大程度地实现自身所具有的各种功能。而政治的价值原则在于现实的实际效用,在于调动各种社会力量为自己价值目标的实现服务。

有的专家认为:"'左联'是党所直接领导的第一个革命文学团体,它当时所处的政治环境虽然在李立三和王明两次'左'倾路线的影响之下,但是正是党内一些坚持正确路线的同志,批评了 1928 年革命文学论争中所出现的极'左'的思想,作出停止争论,团结鲁迅,一致对敌,成立'左联'的决定。……'左联'本来应该是党所领导的一个统一战线的文学团体,团结革命的、进步的乃至中间的更广大的作家,可以更扩大它的影响,形成更广泛的统一战线。但是,由于'左'倾关门主义的思想作祟,使'左联'一度成为'半政党'式的团体,处于自我孤立、封闭的地位。"① 表面看来,"左联"存在的上述问题是由于党的决策者的错误造成的,而深层的原因在于政党政治的现实实践要求,在于政党为了实现自己的政治目标随时调整斗争策略。"半政党"式的组织形式,不仅是"左"倾关门主义作祟,而且更是政党政治对所属力量的必然要求。

"左联"的最高领导层,虽然是由包括鲁迅在内的执委会和常委会组成,但是"左联"实际上的领导核心是"党团",它直接决定了"左联"的实际运行和命运,据曾被编入"党团"过组织生活的刘芳松回忆:"'左联'党团每次集会,都是讨论'左联'的工作,……所有党团会及扩大会所讨论问题的主要内容,有对敌斗争,包括对民族主义文学、新月派的斗争,有关于文艺大众化以及号召深入工人群众,培养工人通讯员等工作。在党团会上,也屡屡论及团结鲁迅的问题,向鲁迅直接联系的是冯雪峰。"② 由此来看,"左联"的所有文学社团行为,都体现了政党政治的意志和要求。比如对"自由人"和"第三种人"的批判,就不仅缘于对文学和政治关系、对马克思主义文艺观的不同理

---

① 陈鸣树:《论"左联"文学运动的历史意义》,载《"左联"论文集》,百家出版社 1991 年版。
② 刘芳松:《"左联"回忆片断》,载《"左联"纪念集 1930—1990》,百家出版社 1990 年版。

解,更在于政党政治对文坛领导权的要求。从开始气势汹汹的对敌式批判,到"要反对那种以为现在没有第三种人,'第三种人'就是反革命的见解",①这种态度转变,与其说是通过论争观点上达成某些一致,不如说是体现了党的统一战线要求。包括后来周扬以极强的政治敏感,在与中共中央失去联系的情况下,根据《八一宣言》和萧三来信,授意周立波发表《关于国防文学》,正式提出"国防文学"口号、并解散"左联",与鲁迅为代表的左翼人士发生大争论,也是政治意志在文学领域的必然要求和体现。政党政治固然有理性目标,但政治的实际运行不一定符合理性的想象,人类的政治实践史已经证明,政治的实际运行在很多情况下往往处于非理性的状态,政治的理性主义想象不等同于政治理性的实际运行状况。不过政党政治的理性主义想象会依据自己的目标,不断调整政治实际运行中的非理性状态。左翼文学运动中的对外斗争和对内批判,在很大程度上以文学的话语方式展现了政治意志的运行规律。

葛兰西强调:"任何在争取统治地位的集团所具有的最重要的特征之一,就是它为同化和'在意识形态上'征服传统知识分子在作斗争,该集团越是同时成功地构造其有机的知识分子,这种同化和征服便越快捷、越有效。"②的确,政党政治通过介入左翼文学运动、通过对外斗争和对内批判,迅速而有效地塑造了为自己的政治理想服务的文人知识分子队伍,将文学纳入到政治斗争的战野,用当时一个革命的反动派的话说:"所谓无产阶级文学,完全是列宁党之政争的工具。"③同时,在反对国民党政治专制主义和文化专制主义、争取自由、民主、公正、合理的社会理想的斗争中,通过革命与文学的一系列批判和论争,左翼文人知识分子确立了自身作为革命主体和历史主体的合法性价值,看到了实现理性梦想的前景,最大限度地实现了文学在当时的社会价值功能。

然而这是以放弃文学自身的自律性和内在性价值要求为代价的。对此,当年的茅盾就忧心忡忡:"我们的新作品即使不是有意的走入了'标语口号文学'的绝路,至少也是无意的撞了上去了。有革命热情而忽略于文艺的本质,或把文艺也视为宣传工具——狭义的,——或虽无此忽略与成见而缺

---

① 洛阳:《"第三种人"的问题》,载 1933 年 1 月 15 日《世界文化》第 2 期。
② 葛兰西:《狱中札记》,中国社会科学出版社 2000 年出版,第 5~6 页。
③ 毛一波:《关于现代的中国文学》,载 1928 年 8 月 1 日《现代文化》创刊号。

乏了文艺素养的人们,是会不知不觉走上这条路的。然而我们的革命文艺批评家似乎始终不曾预防到这一著。因此也就发生了可痛心的现象:被许为最有革命性的作品却正是并不反对革命文艺的人们所叹息摇头了。"①事实上,一个文人知识分子得以存在的最充足理由,在于运用独具的文学和文化资源,创造出只有他们才能创造出的影响社会的作品,从而达到间接改造社会的目的。只有将文学的自律性、内在价值要求和外在社会目的充分地结合起来,才能实现其社会存在价值。这才是其安身立命的根基。然而历史实践并没有为这种结合提供从容的发展空间。历史的风风雨雨、悲欢离合已经昭示我们,人类理性的实际运行规律和它的实践主体及其理性想象开了一个莫大的玩笑。无论是政治的理性想象还是文学的理性想象,都遭遇到了非理性状态的困扰。

左翼文学运动的是是非非、成败得失,以鲜活的文学的历史形态展现了"理性的狡黠"。理性的真实存在从来不是抽象的,不完全依赖于人对理性的预设、规划和建构。还是革命导师说得好,"思辨终止的地方,即在现实生活面前,正是描述人们的实践活动和实际发展过程的真正实证的科学开始的地方"。②对左翼文学运动革命资格和话语权力的旧话重提,对文人知识分子与政党政治关系问题的分析,既是对尘封历史的回顾与梳理,又是探讨知识分子作为一种社会存在类型的价值功能。

在这一历史进程中,我们能够看到文人知识分子如何赋予自身革命资格和话语权力,如何将文学纳入政治轨道中从而抱有救世主和立法者的幻觉,如何以理性主义的社会重建梦想换来日后非理性的改造后果,如何让信仰的狂热压倒理性的冷静。当年周作人在批评左翼文学运动时说过:"现代的社会运动当然是有科学根基的,但许多运动家还是浪漫派,往往把民众等字太理想化了,凭了民众之名发挥他的气焰,与凭了神的名没有多大不同,或者这在有点宗教性质的事业上也是不可免的罢?"③梁实秋也说过:"但是人性不是尽善的,处于政治团体或社会组织之领袖地位的人,常常不尽是有领袖资格的人,更不尽是能有创造的天才,往往只有平庸甚至恶劣的分子,

---

① 茅盾:《从牯岭到东京》,载 1928 年 10 月 10 日《小说月报》第 19 卷第 10 期。
② 《马克思恩格斯选集》第 1 卷,人民出版社 1972 年版,第 31 页。
③ 岂明:《随感九七·爆竹》,载 1928 年 2 月 27 日《语丝》周刊第 4 卷第 9 期。

遂强据了统治者与领袖者的地位。"①这些处于左翼文学运动对立面人物的言论固然是一面之辞，但是能够从中提醒人们，政治意志的权威和文人知识分子中的权力迷恋者，往往自以为是真理的发现者而一意孤行。一旦具有权力欲望的文人知识分子和政治力量结合起来，他们就可能将其思想作为终极真理强加于人、制造舆论潮流和流行的正统思想。然而他们会认为不是引导人们走上歧途，而是领导人们走上正路与坦途，并将持不同见解者视为异教徒和另类。

---

① 梁实秋：《文学与革命》，载 1928 年 6 月 10 日《新月》月刊第 1 卷第 4 期。

中　篇

ZHONGPIAN

ZHONGPIAN

意识形态：
　　左翼文学思潮的价值航标

第五章　中国马克思主义意识
形态文学观的建构

　　1928 年的早春,正是"血沃中原肥劲草,寒凝大地发春华"的时节。以创造社、太阳社为主的左翼激进派,运用当时最为先进的马克思主义理论话语,向"五四"以来以民主、科学、个性解放等概念为核心精神象征符号的知识－权力和思想话语体系,发动了措辞激烈、声势浩大的"文化批判",决意促成中国文坛的"转换方向"。《文化批判》及《思想》月刊及时开辟"新辞源"和"新术语"专栏,介绍宣传唯物辩证法、奥伏赫变、布尔乔亚、普罗列塔利亚、意德沃罗基、阶级意识、阶级斗争、理论斗争、革命等等新术语、新名词。左翼激进派以崭新的马克思主义知识谱系与价值取向,以新锐、前卫的锋芒横扫当时的思想、文化和文学界,从作家构成、创作潮流、价值取向到具体的文本建构等诸多方面,促使当时中国文坛发生了天翻地覆的变化。

　　新词汇、新概念的出现与含义的崭新界定,是人们新的精神与思想的表现和拓展,反映了人们通过新的话语形式告别过去生存方式、塑造未来的欲望。新词语及其含义,展示了新的现实内容的集合和新的社会历史发展趋向。整个历史和精神系统的最细致、最微妙的变化,都可以反馈到新的词语及其含义的变迁上。词语既表达着人们的历史和现实,同时又反映出走向未来的整体价值取向和追求。我们可以通过对词语的考察、分析和理解,探测文化、历史生成过程中新增加的成分(即词语增殖),窥视人们经验尺度上那些新增添的知识和价值因素。在左翼文人知识分子的精神世界和理论体系中,意识形态是最为核心的关键词之一。

　　或许出于时尚和前卫的眼光,当时人们大多采用音译,称之为"意德沃罗基"。左翼激进派对它做了如下解释:"意德沃罗基为 Ideologie 的译音,普通译作意识形态或观念体。大意是离了现实的事物而独自存续的观念的总体。我们生活于一定的社会之中,关于社会上的种种现象,当然有一定的共通的精神表象,譬如说政治生活、经济生活、道德生活以及艺术生活等等都有一定的意识,有一定的支配人们的思维的力量。以前的人,对此意识形态,不曾有过明了的解释,他们以为这是人的精神的内在底发展;到了现在,这意识形态的发生及变化,都有明白的说明,就是它是随着生产关系——社会的经济结构——的变革而变化,所以在革命的时代,对于以前的意识形态都不得不把它奥伏赫变,而且事实上,各时代的革命,都是把它奥伏赫变过的。所以意识形态的批判,实为一种革命的助产生者。"① 客观地分析这个定义的内涵和外延,抛开具体的历史事实,从理论和思维框架以及作为观念力量产生的现实功能来看,我们今天对意识形态概念的理解和界定,显然并没有比左翼文人知识分子前进多远。伊格尔顿曾经说过:"马克思主义批评是一个更大的理论分析体系中的一部分,这个体系旨在理解意识形态——即人们在各个时代借以体验他们的社会的观念、价值和情感。而某些观念、价值和情感,我们只能从文学中获得。理解意识形态就是更深刻地理解过去和现在;这种理解有助于我们的解放。"② 由于(中国)马克思主义意识形态在我们今天的观念世界中依然发挥着不可低估的作用,因此考察、辨析和阐释这一概念产生的历史能量,就不仅是指向过去,而且也针对现在与未来。

事实上,在中国马克思主义意识形态文学观发轫的"五四"时期,李大钊、瞿秋白等人就提出了文学艺术是"观念的形态"③和"社会生活之映影"④的观点,这已经有了一点意识形态话语方式的味道。特别是 20 世纪 20 年代中期,一批早期的共产党人,出于理论敏感和现实忧患,已经开始初步移用马、恩《共产党宣言》和《〈政治经济学批判〉序言》等有关文献的有关思想,将马克思主义意识形态观与文艺联系起来,说明和阐发文学的上层建筑性质、文学是社会生活的反映、文学的阶级性等意识形态文学观问题,比如秋士的

---

① 《意德沃罗基》,载 1928 年 1 月 15 日《文化批判》创刊号。
② 伊格尔顿:《马克思主义与文学批评》,人民文学出版社 1980 年版,第 2~3 页。
③ 李大钊:《什么是新文学》,载《李大钊文集》,人民文学出版社 1959 年版。
④ 《瞿秋白文集》文学编第 1 卷,人民文学出版社 1985 年版,第 255 页。

《告研究文学的青年》、邓中夏的《贡献于新诗人之前》、恽代英的《文学与革命》、萧楚女的《艺术与生活》、沈泽民的《文学与革命的文学》、蒋光慈的《无产阶级革命与文化》和《现代中国社会与革命文学》、沈雁冰的《文学者的新使命》和《论无产阶级艺术》、郭沫若的《革命与文学》等文章。

但是,中国马克思主义意识形态文学观领导权的初步确立,是从上世纪20年代末期革命文学论争到30年代中期,也就是人们通常所说的"左翼十年"。套用左翼激进人士的话来说,此前的意识形态观念是自然生长的产物,此后则是目的意识性的产物。在马克思主义文艺理论和观念大传播的左翼十年,"由于意识形态论是马克思主义文艺观的核心,故而可以说这也正是马克思主义的意识形态观念和意识形态论文艺观从引进、传播到得到认同、获得发展趋于完善的历史"。①其中,中国左翼文人知识分子为中国马克思主义意识形态文学观念的形成,起了主要的理论推动作用。从显在社会行为层面来看,左翼文人知识分子主要通过三个逻辑层面,建构和确立了中国马克思主义意识形态文学观。

一、创造主体的重新塑造

通过对当时文坛的思想和文化批判,划分作家队伍、建立统一阵线,完成了文学生产者革命资格的确认,为中国马克思主义意识形态文学观的确立,奠定了既是主体的也是客体的、既是物质的也是精神的基本生产基础。

中国现代革命的思想精神资源,从显在意识层面来看,主要受惠于以理性、科学、普遍的启蒙原理和现代革命思想为精神平台的西方思想文化体系。在理性的指导下,人们自觉认识到先进观念与历史进步之间的关系,相信理性能够指导人类跨入通向解放的必由之路。由于文人知识分子是这些思想精神资源的布道者,因此在以"党治"为主要政治形式的国家,文人知识分子与现代革命的互动关系,对现代中国文化体系的形成有着重要的意义。现代革命和政党政治离不开文人知识分子的支持。文人知识分子与革命者作为现代社会的觉醒者,因为首先自觉而具有了将革命理念传授给别人的权威,以及确保民众在自己的指导下觉醒的责任。宣传是现代革命和政党政治的一种极为重要的实践形式,在宣传过程中文人知识分子和革命者的

① 谭好哲:《文艺与意识形态》,山东大学出版社 1997 年版,第 395 页。

社会角色往往合二为一。在左翼文学运动中,这种身份和角色特征十分显著,作用之大也是罕见的,毛泽东将之与农村革命相提并论,称之为"文化革命的深入",并说:"这个文化新军的锋芒所向,从思想到形式(文字等),无不起了极大的革命。其声势之浩大,威力之猛烈,简直是所向无敌的。其动员之广大,超过中国任何历史时代。"①

文人知识分子是一个没有社会阶级本质属性的依附阶层,非附属性的主体特征使他们不可能成为统一的思想和利益整体。文人知识分子加入他们本来不从属的阶级之所以成为可能,是因为他们能在建构和宣传该阶级的意识形态追求上发挥重大作用。依附不同的、特别是相互对抗的阶级,势必使文人知识分子在努力成为所从属阶级代言人的过程中发生分化和对抗,从而确证为从属阶级服务的社会身份和角色。以批判社会的压迫机制及其产生的根源、唤起底层人民革命自觉性为突破口,首先是激进派左翼文人知识分子将政治和文学汇合到一起。他们借马克思主义话语体系,理解和解释那些塑造社会和历史的力量,争取获得人民利益代言人的资格和权力。

马克思主义意识形态理论是左翼激进文人知识分子立论和自我确证的理论基础,也因为左翼激进文人知识分子的宣传而羽翼丰满。左翼激进派成仿吾在纵论从文学革命到革命文学的理由时,认为当前文学运动的主体是智识阶级,文学运动的内容是小资产阶级的意识形态,激烈抨击"五四"以来的文坛:"我们在以一个将被'奥伏赫变'的阶级为主体,以它的'意德沃罗基'为内容,创制一种非驴非马的'中间的'语体,发挥小资产阶级的恶劣根性。"②他同时塑造了应当占据文坛中心位置的革命的"印贴利更追亚"形象:"以明了的意识努力你的工作,驱逐资产阶级的'意德沃罗基'在大众中的流毒与影响,获得大众,不断地给他们以勇气,维持他们的自信!莫忘记了,你是站在全战线的一个分野!"③而且,赋予这一形象以相当重要的历史职能:"农工大众已经开始了自己的解放运动,已经就了各自的阵地的时候,我们不能不把一切的活动尖锐化起来,尤不能不把一切意德沃罗基的工作紧张起来——这是知识阶级的革命分子应该担负起来的历史的任务。"④左翼激

---

① 毛泽东:《新民主主义论》,载《毛泽东论文艺》,人民文学出版社1958年版。
②③ 成仿吾:《从文学革命到革命文学》,载1928年2月1日《创造月刊》第1卷第9期。
④ 厚生:《知识阶级的革命知识分子团结起来》,载1928年4月15日《文化批判》第4号。

进派以党同伐异、非我族类的架势,把理论斗争和文化批判的矛头指向所谓"市侩派"的文学研究会、"趣味文学"的语丝派、"醉眼"的"封建余孽"鲁迅、"小丑"徐志摩、"妥协的唯心论者"胡适、"丧家的资本家的乏走狗"梁实秋、"厌世家"叶圣陶、"悲哀"的郁达夫、专写"小资产阶级的无聊的叹息的和虚伪的两性生活"的张资平……,将当时文坛上几乎所有的重量级作家一网打尽,判定他们代表了资产阶级的意识形态,"一般地,在意识形态上,把一切封建思想,布尔乔亚的根性与它们的代言者清查出来,给他们一个正确的评价,替他们打包,打发他们去。特殊地,在文艺的分野,把一切麻醉我们的社会意识的迷药与赞扬我们的敌人的歌辞清查出来,给还它们的作家,打发他们一道去"。①

当然,左翼激进派的意识形态批判和作家队伍划分,尚保留了一定的理论回旋余地。正如李初梨所一再申明的:"我以为一个作家,不管他是第一第二……第百第千阶级的人,他都可以参加无产阶级文学运动;不过我们先要审查他的动机。看他是'为文学而革命',还是'为革命而文学'。……假若他真是'为革命而文学'的一个,他就应该干干净净地把从来他所有的一切布尔乔亚意德沃罗基完全地克服,牢牢地把握无产阶级的世界观——战斗的唯物论,唯物的辩证法。"②也就是说,只要一个作家的世界观、社会观和人生观,由资产阶级意识形态转化为无产阶级意识形态,就可以成为革命作家,就有资格代表社会和历史发展潮流。这一有意无意预留的理论阐释空间,不但为左翼激进派确保自身革命资格、自诩为革命文学的领导者和颐指气使的"唯我独革"大开了方便之门,而且为"左联"的建立奠定了思想认识基础和作家甄别标准。

在筹备"左联"成立的上海新文学运动者讨论会上,沈端先、鲁迅等12人一致认为目前文学运动重点在于"(一)旧社会及其一切思想的表现底严厉的破坏,(二)新社会底理想宣传及促进新社会底产生,(三)新文艺理论底建立"③。"左联"成立大会上确立了五条工作方针,具有实质文学理论意义的是"(三)确立马克思主义的艺术理论及批评理论"和"(五)从事产生新兴阶级文学作品",其纲领强调:"诗人如果是预言者,艺术家如果是人类的导师,

---

① 成仿吾:《打发他们去!》,载1928年2月15日《文化批判》第2号。
② 李初梨:《怎样地建设革命文学》,载1928年2月15日《文化批判》第2号。
③ 《上海新文学运动者底讨论会》,载1930年3月1日《萌芽月刊》第1卷第3期。

他们不能不站在历史的前线,为人类社会的进化,清除愚昧顽固的保守势力,负起解放斗争的使命"。①不久之后"左联"执委会通过的《无产阶级文学运动新的情势及我们的任务》又强调:"'左联'这个文学的组织在领导中国无产阶级文学运动上,不允许它是单纯的作家同业组合,而应该是领导文学斗争的广大群众的组织。"②作为左翼文人知识分子的共识,这些观点不单明确了文人知识分子所肩负的社会历史使命,赋予文人知识分子以"预言者"、"导师"的桂冠,使文人知识分子的社会角色具有了明显的政党政治色彩,更明确了马克思主义意识形态文艺观指导文学发展的中心理论位置。冯乃超在《中国无产阶级文学运动及"左联"产生之历史的意义》中指出:"马克思主义虽然是现代资本主义的产物,虽然是资产阶级和无产阶级的尖锐的对立中的产物,然而,不是工人的本能的斗争,自然生长的产物。它却是整个人类社会变革的科学,也是人生观世界观,也是理论,也就是实践的方略。它是无产阶级解放斗争的目的意识性的产物。……我们谁都不能保证那一个人的过去与未来。谁能够在'左联'的旗帜下面,他就是'左联'的同志。过去,即使他是做过富国强兵的国家主义的梦的人也好,过过浪漫生活也好,高唱艺术至上主义也好,只要他现在能够理解革命,理解社会变革的必然,而且积极地能替革命做工作,他就是革命的文学团体'左联'的同志。"③很明显,对马克思主义的认同与否,成为左翼文人知识分子甄别和认同同道的基础和标准,无论出身还是血统、过去是否反动,只要承认并团结在马克思主义世界观、人生观和实践方略下,就是革命的、进步的作家、文人和知识分子。

在"左联"和"自由人"、"第三种人"的论辩中,意识形态的辩驳是一个核心命题。从学理和理论深度来看,胡秋原、苏汶等人对意识形态与文艺关系的理解比"左联"人士要全面深刻。但论辩的要害显然不在于论题的科学性、真理性。"左联"批判"自由人"和"第三种人"的目的,在于将马克思主义意识形态观念普泛化,成为全社会认同的中心价值理念,'左联'的任务,是执行无产阶级文学的使命,随着政治斗争经济斗争的发展,坚决地作为阶级的武器,去推动和帮助政治斗争的发展。同时,并是意识形态斗争的一部

---

① 《中国左翼作家联盟的成立》,载 1930 年 3 月 10 日《拓荒者》第 1 卷第 3 期。
② 载 1930 年 8 月 15 日《文化斗争》第 1 卷第 1 期。
③ 载 1930 年 6 月 1 日《萌芽月刊》[《新地》]第 1 卷第 6 期。

门,建树工农大众文学的领导权……'左联'主要的工作,应该是(一)严密自己队伍去肃清敌人的进攻,(二)须循循善诱的领导周围的群众,建树意识形态的领导权"①。尽管胡秋原、苏汶在学理上得理不饶人,喋喋不休,但由于他们是"在马克思主义的话语内部为文艺创作的自由辩护"②,也就不能不首先在承认马克思主义意识形态理论正当性的前提下,捍卫文学的独立性和自律性。张闻天作为政党领导人批评"左联"存在"左"的关门主义,实质上看到了论争双方对马克思主义意识形态理论的认同。这也是"左联"后来向胡、苏做出妥协姿态的重要原因。

统观"左翼十年"的一系列论战和批判,是否认同马克思主义,成为左翼文人知识分子衡量一个作家是同志还是敌人的最重要的价值坐标之一。对鲁迅、茅盾等人的先批判后联合,"左联"的成立,对胡秋原、苏汶等人的先批判后妥协,"两个口号"中周扬派的失势,等等,都说明了马克思主义意识形态文艺观在建构过程中的旗帜性和方向性作用。左翼激进派的意识形态批评达到了预期目的:为马克思主义意识形态文艺观寻找到了实践主体和再生产的基础,是否认同马克思主义理论,成为"左联"重构文坛和作家队伍的最高价值尺度与理论核心。这当然不是空穴来风、无源之水。五卅事件、大革命失败以及社会现状的日益恶化,对中国现代文人知识分子的政治感情、价值关怀和社会理想影响和冲击是非常巨大的,简直可以说轰毁了"五四"时代以"人的发现"为基础建构的价值理念世界。有的学者认为:"蒋介石领导的南京新政府,不是通过适应或劝说去争取文艺界的知识分子,它只表示出不信任,随后是 30 年代初期的检查制度与迫害。同情国民党的自由派人士蒋梦麟后来说,政府已经'同广大的群众失去了联系,它对于社会上的不满情绪没有一个深刻或者清楚的认识'。另一方面,共产党利用了这种不断增长的情绪,并以高超的组织才能,努力将这些浮躁的城市作家集合到它的旗帜之下;这就为 30 年代主宰文坛的左派统一战线提供了舞台。"③利用不满情绪和高超的组织才能只是其一,这种看法显然忽略了将左派作家集结起来的更为内在的精神动力——作为意识形态的马克思主义学说,正是依

---

① 首甲:《关于胡秋原苏汶与"左联"的文艺论战》,载 1933 年 1 月 1 日《现代文化》第 1 卷第 1 期。

② 余虹:《革命与文学》,载 2000 年《文学评论丛刊》第 3 卷第 2 期。

③ 《剑桥中华民国史》下卷,中国社会科学出版社 1994 年版,第 485~486 页。

靠它的启迪,文人知识分子重新点燃了梦想之火。

二、文学观念的重新建制

对文学重新定义即文学观念的重新建制,完成了文学资本的重新配置,为文学的发展划定了新的思想和精神领域,坚实的理论导向为中国马克思主义意识形态文学观的确立,开辟了充足的生存空间。

什么是文学?这是一个众说纷纭的命题,中外古今概莫能外。对于文学的定义和文学观念的建构,依赖于定义者所处时代的主流价值判断标准、知识构成、思想意识状况以及所接受的常识和惯例。卡勒认为:"文学就是一个特定的社会认为是文学的任何作品,也就是说由文化来裁定,认为可以算作文学作品的任何文本","文学是意识形态的手段,同时又是使其崩溃的工具","文学既是文化的声音,又是文化的信息。它既是一种强大的促进力量,又是一种文化资本。它是一种既要求读者理解,又可以把读者引入关于意义的问题中去的作品。"① 伊格尔顿认为:"我们迄今所揭示的,不仅是在众说纷纭的意义上说文学并不存在,也不仅是它赖以构成的价值判断可以历史地发生变化,而且是这种价值判断本身与社会思想意识有一种密切的关系。他们最终所指的不仅是个人的趣味,而且是某些社会集团借以对其他人运用和保持权力的假设。"② 显然,文学的定义之所以重要,在某种意义上说并不在于以这个定义作为鉴别文学与非文学的根本标准,也不在于给定一个无论是在共时状态还是历时状态始终确定如一的关于文学自身定义的内涵,而是将文学的定义作为一种理论导向和方法论导向的思考工具,去揭示和阐明文学的基本历史风貌、基本历史内涵及其展现形式,进而理解、阐释、指导、规范和影响当前乃至未来文学的生产与发展。

"五四"时代文学观念建构的基础,是西方启蒙运动以来以资产阶级为历史主体创制的现代性精神和理念体系。这是一个以资产阶级的创世纪为主要历史实践内容建构起来的现代知识—文化系统。尽管从晚明到"五四"这一历史时段,中国文学系统在从古典向现代转换过程中萌生了人文主义曙光,但不足以导致系统的整体变迁,正是在资产阶级现代性理念世界的外

---

① 卡勒:《文学理论》,辽宁教育出版社、牛津大学出版社 1998 年版,第 23、41、43 页。
② 伊格尔顿:《当代西方文学理论》,中国社会科学出版社 1988 年版,第 34 页。

源性强势话语影响下,"五四"文学有了"人的发现",人本主义、人道主义、平民主义、个性主义等理念构成了"五四"时代"人的文学"观念的价值平台,正如有的学者强调的:"五四文学现代化的关键在于文学革命先驱深受人学思潮的影响而确立了真正现代型'人的文学'观念。"①这种文学观念否定了传统的"文以载道"观,破除了文学对道德、功利和政治等价值体系的依附性,把文学理解和塑造为自主的审美和精神领域,塑造了文学独立自足的现代形象。但是,这种观念不过是资产阶级意识形态和理想化"理性王国"在文学领域的折射,其根本弱点用冯乃超的话来说就是:"他们把问题拘束在艺术的分野内,不在文艺的根本的性质与川流不息地变化的社会生活的关系分析起来,求他们的解答。"②

　　恩格斯在谈及现代社会主义思潮时,说它是资产阶级启蒙家所提出的各种原则的进一步的、似乎更彻底的发展。③同理,左翼文人知识分子的文学观也正是"五四"以来资产阶级现代性文学观念的进一步的、更彻底的发展。左翼文人知识分子不满"五四"时代精神视野中文学与社会实践的疏离,将"人的文学"的价值追求从自然的、纯粹的人,转换为社会的、群体的人,将个人的、独立的文学拓展为社会的、集团的文学,其目的就在于建设无产阶级文学观,也就是我们所说的马克思主义意识形态文学观。李初梨在《怎样地建设革命文学》中提出:"在我们,从新来定义'文学',不惟是可能,而且是必要。"他将当时文坛对于"什么是文学"的回答概括为两派:"文学是自我的表现"和"文学的任务在描写社会生活",并斥之为"观念论的幽灵,个人主义者的呓语"、"小有产者意识的把戏,机会主义者的念佛"④。且不论他的概括与批判是否准确,关键在于他代表了一种新型文学认识论思潮:将文学的本质属性指向历史实践、阶级性、意识形态和社会变革等马克思主义范畴。

　　正是借助于对马克思主义的中国化解读,左翼文人知识分子首先是激进派,解释和阐明了文学的意识形态和上层建筑性质:"那么艺术是一种什么东西呢?'它不但是一种产业底特殊种类而且是一种意识形态'。意识形态又是一种什么东西呢?'它是成了体系的实在反映到人类底意识底东西,

---

① 朱德发:《跨进新世纪的历程》,明天出版社 2000 年版,第 51 页。

② 冯乃超:《艺术与社会生活》,载 1928 年 1 月 15 日《文化批判》创刊号。

③ 《马克思恩格斯论艺术》第 2 卷,中国社会科学出版社 1983 年版,第 130 页。

④ 李初梨:《怎样地建设革命文学》,载 1928 年 2 月 15 日《文化批判》第 2 号。

它是由现实社会发达出来，而带有一种现实社会底特征的'。所以，'意识形态者不能离去一定底社会的兴味，因之意识形态者，常是一种倾向的。即是他用一定底目的，来努力着，组织他底材料'。普罗列塔利亚艺术，自然是普罗列塔利亚特底意识之表现，我们只要获得普罗列塔利亚特底意识，而成为一个普罗阶级底意识形态者，即可制作普罗艺术了。"①"普洛文学，第一就是意特渥洛奇的艺术。所以，在制作大众化文学之前，我们先该把握明确的普洛列塔利亚观念形态。这种观念形态，就是一切宣传鼓动和暴露文学的动力。……作品的鼓动和宣传的力量，能够有效地变成他们自身的血肉，——换句话说，这种意特渥洛奇的被摄取百分比，也就是这种大众文学的价值的 Scale。"②显然，将文学定义为意识形态之一种，成为左翼文人知识分子建构新型文学认识论的理论核心和根本出发点。通过马克思主义文学理论的引进和传播，左翼文人知识分子高度重视文学和社会生活、社会政治的关系，揭示了文学的意识形态与上层建筑性质，以此为核心建构了认识文学的新的知识－思想空间。

在左翼文人知识分子以文学是一种意识形态为认识论起点建构马克思主义意识形态文学观的过程中，有两次大规模的论争起了举足轻重的作用，这就是革命文学论争和批判"自由人"、"第三种人"。这当然不是说对新月派梁实秋等人的批判、对"三民主义"、"民族主义"的批判、文艺大众化的论争、乃至"两个口号"的论争等是细枝末节、无关痛痒、无碍大局，而是说这两次论争以论题的集中性和鲜明性，突出体现了左翼十年建构马克思主义意识形态文艺观过程中的两个主要理论逻辑阶段，能够代表和体现当时人们对文学与意识形态问题的认识高度和理解深度。可以这样认为，通过革命文学论争，建构了马克思主义意识形态文学观的基本理论框架；通过文艺自由辩，以文学与意识形态之间的中介及关系为重心，丰富了马克思主义意识形态文学观的理论内涵。

在革命文学论争阶段，左翼文人知识分子尤其是激进派，从文学是意识形态这一理论前提出发，提出和阐发了中国马克思主义意识形态文学观的框架性基本理论问题：首先，依据马克思主义唯物史观的基本原理，明确了文学的上层建筑地位和意识形态性质，论证了无产阶级革命文学兴起的历

---

① 沈起予:《艺术运动底根本概念》,载 1928 年 10 月 10 日《创造月刊》第 2 卷第 3 期。
② 沈端先:《文学运动的几个重要问题》,载 1930 年 3 月《拓荒者》第 1 卷第 3 期。

史必然性和左翼文学运动开展的历史合理性,为中国马克思主义意识形态文学观奠定了社会历史根基。如成仿吾所强调的:"文学在社会全部的组织上为上部建筑之一";①"我们要究明文艺发展的过程,阐明它的历史的关联,对于一定的时代的必然性,与它的必然没落的所以然,也要知道革命的民众现在趋向什么地方,对于我们的要求是什么——这是我们的批判要求的内容。"②现阶段的文学运动应当从文学革命转换到革命文学,才符合历史发展的必然性,这也就是李初梨所谓的"文学为意德沃罗基的一种,……革命文学,不是谁的主张,更不是谁的独断,有历史的内在的发展——连络,它应当而且必然地是无产阶级文学。"③其次,依据马克思主义阶级斗争学说,强调文学作为意识形态所具有的阶级性内涵,将阶级意识视为文学的本质属性。克兴强调:"在社会的阶级制度没有奥伏赫变以前,无论什么文学都是反映支配阶级底意识形态底文学。任凭作家是什么阶级底人,在他没有用科学的方法,去具体地分析历史的社会的一般的现象,解释社会的现实的运动以前,必然地他不能把一切支配阶级的意识形态克服,他的作品一定要反映支配阶级底意识,为支配阶级作巩固他的统治底工作。"④阳翰笙认为:"文艺是社会的一切意识形态中的一种,它不是凭空而生的,它有产生它的社会背景,它有它所反映的阶级,同时也有它的阶级的实践任务。"⑤他们对文学的阶级性的认识,可以说是当时左翼人士的一种共识,连对"革命"持谨慎态度的鲁迅都认为:"文学不藉人,也无以表示'性',一用人,而且还在阶级社会里,即断不能免掉所属的阶级性,无需加以'束缚',实乃出于必然。"⑥再次,依据马克思主义经济基础与上层建筑相互作用的辩证唯物主义基本原理,强调了文学作为意识形态之一种,对于经济基础与社会现实能够产生反作用,从而突出了文学作为社会革命的政治宣传工具的作用。彭康认为:"生产力发达到与生产关系矛盾,社会底下部构造便起动摇,这种动摇反映到人底意识里,意德沃罗基也起动摇,于是对于社会的全部的批判,必然地发生出来。这种批判一方面奥伏赫变旧的意德沃罗基,一方面同时确立新兴阶

---

① 成仿吾:《从文学革命到革命文学》,载 1928 年 2 月 1 日《创造月刊》第 1 卷第 9 期。
② 成仿吾:《全部批判之必要》,载 1928 年 3 月 1 日《创造月刊》第 1 卷第 10 期。
③ 李初梨:《怎样地建设革命文学》,载 1928 年 2 月 15 日《文化批判》第 2 号。
④ 克兴:《评驳甘人的〈拉杂一篇〉》,载 1928 年 9 月 10 日《创造月刊》第 2 卷第 2 期。
⑤ 阳翰笙:《文艺思潮的社会背景》,载《创造社丛书(1)》,学苑出版社 1992 年版。
⑥ 鲁迅:《"硬译"与"文学的阶级性"》,载《鲁迅全集》第 4 卷,人民文学出版社 1981 年版。

级的革命理论。这种工作做到了，即使旧社会起了部分的崩坏。意德沃罗基上的工作之实践的意义就在这里。"①文学作为意识形态的反作用，用成仿吾的话来说就是："文艺决不能与社会的关系分离，也决不应止于是社会生活的反映，它应积极地成为变革社会的手段。"②最后，从文学自身（即内容与形式）角度，在马克思主义意识形态文学观的框架中，突出强调了无产阶级意识形态对文学创作的内容和形式的决定性意义。冯乃超表示："文学，它若是新兴阶级所需要的文学，必然地是革命阶级的思想，感情，意欢（志）的代言人"，又说"他们有反抗的感情，求解放的欲念，如火如荼的革命思想。把这些感情，欲念，思想以具体的形象表现出来就是艺术——文学——的任务，也是主张革命文学家的任务。"③文学的内容和形式的重大变化，往往是社会整体意识形态发生变化的时候。深谙文学与革命关系的托洛茨基说过："形式与内容之间的关系取决于这个事实：在一种内在需要，即集体心理要求的压力下，才有新形式的发现，明确和发展，这种需要，像其他东西一样，有其社会根源。"④马克思主义意识形态文学观的崛起，使左翼文学创作的内容更多地瞄准下层社会、革命者，诸如诗歌大众化的要求、报告文学的兴起等等，都表达了用新形式、新载体表达新的集体心理需要的渴望。

围绕着文学与社会历史、文学的阶级属性、文学的意识形态功能和文学创作的内容与形式这四个方面，马克思主义意识形态文学观的基本骨架建构起来。尽管革命文学论争阶段还探讨了真实性、倾向性、典型化、世界观与创作方法等诸多命题，但与上述四个框架性问题一样，存在着简单化、庸俗化认识倾向，而且大有步苏联"拉普"后尘的味道。

到了1930年代初期的文艺自由辩阶段，人们开始重视文学与意识形态之间的中介关系及作用。这次论战以文学与政治关系为论域，"左联"方面强调的是文艺作为意识形态在社会革命中的积极作用和功利性，"自由人"、"第三种人"则强调了文艺的自律性、文艺作为意识形态工具的限度。分歧固然巨大，但双方在承认文学的意识形态性质前提下，都认识到了文学与意识形态的复杂曲折关系。胡秋原强调："艺术家不是超人，他是社会阶级之

---

① 彭康：《"除掉"鲁迅的"除掉"!》，载1928年4月15日《文化批判》第4号。
② 成仿吾：《全部的批判之必要》，载1928年3月1日《创造月刊》第1卷第10期。
③ 冯乃超：《冷静的头脑》，载1928年8月10日《创造月刊》第2卷第1期。
④ 转引自伊格尔顿：《马克思主义与文学批评》，人民文学出版社1980年版，第28页。

子,他生长熏陶于其阶级意识形态之中,是必然的事实——即令他有时反抗他的阶级,他依然是阶级之子,在文明社会,直接影响于艺术者,不是社会经济,而是社会=阶级心理。……研究意识形态固不可忽略阶级性,然而亦不可将阶级性之反映看成简单之公式,不可忽略阶级性因种种复杂阶级心理之错综的推动,由社会传统及他国他阶级文化传统之影响,通过种种三棱镜和媒体而发生曲折。"[①]周扬也认为:"虽然艺术的创造是和作家的世界观不能分开的,但假如忽视了艺术的特殊性,把艺术对于政治,对于意识形态的复杂而曲折的依存关系看成直线的、单纯的,换句话说,就是把创作方法的问题直线地还原为全部世界观的问题,却是一个决定的错误。"[②]这次论争的是非暂且不论,对文艺与意识形态复杂关系的认识,对二者关系之中介的强调,提升了马克思主义意识形态文学观的理论水平。

左翼十年论战频繁,左翼文人知识分子从认识论高度重新规划、建构文学概念的内涵外延,使马克思主义意识形态文学观蔚然大观,成为时代主潮,为现代中国文学开辟了新的生长空间。

三、接受传播领域的开拓

在传播和接受领域,强调文学是推动社会变革的强大精神力量,适应了社会整体的政治文化心理需求,广泛的群众接受基础,为中国马克思主义意识形态观的确立建构了发挥作用、产生能量的舞台。

易劳逸在论及南京政权的意识形态、结构和职能的行使时这样写道:"所有强大的现代民族国家的一个特点是,人口相当大的部分被动员起来支持政府的政治目标。而国民党人在重视政治控制和社会秩序的同时,不信任民众运动和个人的首创精神;所以他们不能创造出那类基础广泛的民众拥护,在 20 世纪,民众拥护才能导致真正的政治权力。"[③]考究国民党政权失去民众广泛支持的原因,在精神和思想文化领域缺乏意识形态统治权,是一个不亚于政治、军事和经济作用的因素。虽然暴力在社会危机和动乱时刻

---

① 胡秋原:《关于文艺之阶级性》,载 1932 年《读书月刊》第 3 卷第 5 期。
② 周起应:《关于"社会主义的现实主义与革命的浪漫主义"》,载 1933 年 1 月《现代》第 4 卷第 1 期。
③ 《剑桥中华民国史》下卷,中国社会科学出版社 1994 年版,第 157~158 页。

完全是必须的,但是没有任何一个统治阶级能够永远依靠暴力来维持其统治,统治阶级意识形态的基本功能就是说服人们承认社会现状,这必须依靠人们某种形式的赞同,起码是某种形式的被动接受,承认现政权的合法性与合理性。这对主要以精神劳作为志业的文人知识分子来说,尤为重要。显然,国民党政权缺乏这样一套行之有效的思想文化说服体系,或者说没能在思想精神领域建立起意识形态霸权。非但如此,国民党的专制独裁加剧了社会整体、尤其是文人知识分子的紧张心理,其存在的合理性、合法性的意义说明受到了这一阶层的广泛质疑。

格尔茨认为:"只有当一个社会的最普遍的文化导向和最切实可行的'实用'导向都不足以为政治进程提供一个恰当的形象时,作为社会政治意义及态度来源的意识形态才开始变得分外重要。……正是意识形态努力要赋予一个不能理解的社会形势以意义,将其解释为可能在其中进行有目的的活动,既说明了意识形态的高度象征性,又说明为什么它一旦被接受后,就抓住接受它的人不放。"①作为相对抗的社会想象形象出现的马克思主义意识形态,就是在国民党政权意识形态不能为社会政治进程提供恰当的形象和意义指导时,以一套完整的、能够激发人们想象力的说服体系向它提出挑战,解构和颠覆了其意识形态霸权的合法性与合理性,以作为社会状态的科学认识论的先进形象,对社会发展前景做出了崭新的说明和构想,重新唤起了人们对社会人生的希望之火,因此在社会各阶层、尤其是文人知识分子阶层广为传播、得到认同,在思想文化领域取得初步统治权,是顺理成章的事情。

毛泽东在论及十年内战期间的左翼文化运动时曾经感叹:"其中最奇怪的,是共产党在国民党统治区域内的一切文化机关中处于毫无抵抗力的地位,为什么文化'围剿'也一败涂地了? 这还不可以深长思之么?"②国民党政权在思想文化性质上是一个文化保守主义和政治保守主义相结合的党治体系,无论是三民主义理念还是新生活运动的价值观,重视的是以中国传统价值观念的现代复活来支持统治的合法性,与"五四"以来倡导现代民主、自由理念的文人知识分子产生了巨大思想隔阂。对此胡适就指出过:"国民党对于新文化运动的态度,国民党对于中国旧文化的态度,都有历史的背景和理

---

① 格尔茨:《文化的解释》,译林出版社1999年版,第262~263页。
② 毛泽东:《新民主主义论》,载《毛泽东论文艺》,人民文学出版社1958年版。

论的根据。根本上国民党的运动是一种极端的民族主义的运动,自始便含有这保守的性质,故起来了一些保守的理论。这种理论便是后来当国时种种反动行为和反动思想的根据了。"①正如施瓦支所说,"蒋介石是一个对作为现代五四理想来源的外国思想表示怀疑的彻头彻尾的民族主义领袖",他关心的是"个人服从国家复兴的目标",而"复兴意味着恢复传统道德和要求服从权力的儒家价值观"。②这样,国民党政权的意识形态理念不但与受"五四"理想洗礼的大批现代文人知识分子的价值观背道而驰,无法形成共同的精神资源和话语协商空间,而且其对国家社会发展走向的意义指导和形象说明具有浓厚的独裁、封建和保守色彩,将大批现代文人知识分子推向了对立面。马克思主义的兴起,恰恰填补了国民党政治空间的意识形态领域的真空状态。

大革命失败后,国民党政权加强了对社会民众尤其是文人知识分子的政治控制,许多人用白色恐怖来形容当时的社会状况,无非表达了人们对政治环境的一种压抑和恐惧心理(并非仅仅是共产党的政治宣传),正是恶化的政治现状,迫使人们郁积起了不满社会现状的政治焦虑情绪。白色恐怖成为一种社会症候,"白色恐怖使得那包容所有人的革命的'我们'烟消云散,知识分子们被迫以新的眼光观察革命。革命不再是全民族的共同斗争,它只是阶级战争的一个方面而已。经过白色恐怖和他们自己的信心危机之后,思想家们开始对自己有了新的认识"。③人们对国家社会政治进程的怀疑、对政治前景的苦闷与焦虑,得不到国家政治意识形态的合理解释时,势必要寻求其他的渠道进行释放和排解,马克思主义的传播恰恰适应了这种社会政治焦虑心理的需要。马克思主义意识形态理论在文艺领域取得胜利,就表明在当时的思想文化领域,还没有一种思想学说或者文化体系能够比马克思主义理论更具有吸引力和说服力,能够缓解人们的政治焦虑,并提供对社会恰当和正确的意义说明与发展指导。

1930年代初,国民党深感意识形态领域的失控,开动宣传机器,提出"三民主义文学"和"民族主义文学"的口号,企图建立文艺领域的意识形态霸权,但遭到了绝大多数文人知识分子的反对。不但左翼阵营斥之为"屠夫文

---

① 胡适:《新文化运动与国民党》,载 1929 年《新月》第 2 卷第 6 期。
② 施瓦支:《中国的启蒙运动》,山西人民出版社 1989 年版,第 266 页。
③ 同上,第 222 页。

学"、"流尸文学",自诩为马克思主义者的"自由人"胡秋原称之为"法西斯蒂文学",连真正的右翼自由主义文人梁实秋也在《新月》发表文章,抨击国民党企图建立"思想统一"的政治意识形态霸权。在当时的思想文化和文学界,具有影响力、同时又认同和支持国民党政权的是新月派、现代评论派等文人知识分子群体。这一派别的文人知识分子大多信奉英美模式的社会政治架构,对苏俄模式的社会政治架构嗤之以鼻。尽管他们的存在丰富了现代中国思想文化体系的整体构成,但是却难以形成一套完整、系统、具有说服力和行之有效的意识形态学说,难以满足民众、尤其是青年学生排解政治焦虑和政治想象的需要。

马克思主义学说由于关注社会下层民众的疾苦,追求建立平等、合理的社会政治秩序,强调社会的有目的、进化式发展,自然更能激起有着几千年大同梦想心理积淀的民众的兴趣和渴望。"左联"的一个盟员曾经回忆说:"那年头,青年为解脱思想苦闷,到处找文艺书读。对于无关痛痒的作品,厌弃不顾,专门找鲁迅、郭沫若、蒋光慈作品来读,从中寻求启示和刺激。只要有进步的名教授、名作家讲演,不管路程远近总要去聆听一通。我说这片闲话,在说明青年为政治上苦闷而追求文学,又从文学中找寻政治出路。"①一位左翼文学研究者也记载了这样一个事例:"阳翰笙曾不止一次地讲起一个例子。说张治中说过,他是读了蒋光慈的《少年飘泊者》、《鸭绿江上》,才参加革命的。"②尽管张治中参加的是"国民革命",但是左翼文学文本对革命理想的塑造,却起到了当时其他派别文学文本无法起到的现实实践功能。

左翼文学文本之所以受到民众、尤其是青年学生的普遍关注,很大程度上在于展示着马克思主义学说所倡导的价值理念,在于通过文学想象建构了一个虽然粗糙、幼稚但是充满诱惑力的艺术空间,从中生发对于社会人生的浪漫理想和行动指南。这种政治焦虑情结在文学领域找到置换途径,大众政治关怀成为制导文学内容与形式的重要价值力量,文学自身也在一定程度上转换成为一种政治行为艺术。从某种意义上说,左翼文人知识分子宣扬马克思主义意识形态文学观,在文学与政治的结合中起了相当重要的引领作用。当时国民党政权的一个御用文人发表文章说:"共产党利用知识分子的具体计划,我们还不能完全知道,只就现在的情形来观察,大约有

---

① 杨纤如:《寿南北两"左联"六秩》,载《"左联"纪念集》,百家出版社1990年版。
② 张大明:《不灭的火种——左翼文学论》,四川文艺出版社1992年版,第194页。

下面几个方法：一、实行扰乱思想之集中，让共产理论取而代之；二、极力宣扬无产文人的痛苦，引起他们对于共产主义的信仰；三、关于学校的任何制度之增减，均以为不利于学生教员而极力反对。"①应当说他的眼光是相当敏锐的。共产党政治革命在文化思想战线的策略，就是以共产主义学说唤起民众对于社会人生的崭新憧憬，以对社会现状的猛烈批判获得文人知识分子、青年学生的广泛支持。政治革命成功的关键在于民心向背，一个政党、一个阶级不可能依靠暴力获得社会各阶层的广泛支持，必须有一套宣传、说服机制向社会各阶层言说政治革命的合理性、合法性，获得社会各阶层的理解与赞成。文人知识分子是实现宣传、说服功能的一支极为重要的力量，可以说谁获得了文人知识分子的同情与支持，谁就获得了获取民心支持的重要手段。共产党政治革命依据列宁社会主义意识只能依靠知识分子从外部灌输进去的理论，高度重视文人知识分子宣传马克思主义的作用，用当时左派的话说就是："这种意识形态虽不是可以随便在无产阶级里面自然发生的，都是革命的智识分子反映无产阶级意识化底客观条件、对于有产者意识形态所下的总结算，而不可不是无产阶级底意识形态。因为在资本制度下无产阶级缺乏意识的训练，所以这种意识形态不可不从外部注入。"②人们常说"红色的 30 年代"，在很大程度上可以说是文人知识分子的激进政治渴望将社会整体价值理念追求描绘成"红色"。

　　文人知识分子支持社会政治革命，也就意味着他们会在自己熟悉和擅长的领域实践宣传、教育和说服功能，将他们所接受的信仰学说和价值理念向社会各阶层广泛传播和推广。20 世纪的中国文艺向来是社会动荡、变革之先声，"五四"新文化运动往往首先被视为新文学运动，接踵而至的左翼文化运动更是以文学领军。左翼文人知识分子以罕见的历史主体姿态，推广、传播马克思主义意识形态文学观："艺术是人类意识的发达，社会构成的变革的手段"，③"社会变革期中的艺术，不是极端凝结为保守的要素，变成拥护顽固的统治之工具，便向进步的方向勇敢迈进，作为解放斗争的武器。也只有和历史的进行取同样的步伐的艺术，才能够唤喊它的明耀的光芒"，④"新

---

① 鸣秋：《最近共产党的文艺暴动计划》，载 1928 年 9 月 2 日《再造》旬刊第 18 期。

② 克兴：《评驳甘人〈拉杂一篇〉》，载 1928 年 9 月 10 日《创造月刊》第 2 卷第 2 期。

③ 冯乃超：《艺术与社会生活》，载 1928 年 1 月 15 日《文化批判》创刊号。

④ 《中国左翼作家联盟的成立》，载 1930 年 3 月 10 日《拓荒者》第 1 卷第 3 期。

兴阶级为着自己的解放而斗争,为着解放劳动者的广大群众而斗争;他们要改造这个世界,还要改造自己、改造广大的群众。他们要肃清统治阶级的思想上的影响,肃清统治阶级的意识上的影响。现在剥削制度之下的一定的阶级关系,规定着群众的宇宙观和人生观;然而群众之中的一些守旧的落后的宇宙观和人生观,并不是群众自己所'固有'的,而是统治阶级用了种种方法和工具所锢定的,所灌输进去的。这些工具之中的一个,而且是很有力量的一个——就是文艺。所以新兴阶级要革命,——同时也就要用文艺来帮助革命。这是要用文艺来做改造群众的宇宙观人生观的武器"。①

在整个"左翼十年"期间,用文艺来帮助革命之成功,用文艺来树立马克思主义宇宙观、社会观和人生观,就成为响彻 1930 年代云霄的时代最强音。连鲁迅这位主要在"文学与革命的理论问题以及在政治承担的框架以内确定自己生命'存在'的意义的问题,而不是革命的策略问题。"②的最有影响力的文人知识分子都说:"现在,在中国,无产阶级的革命的文艺运动,其实就是唯一的文艺运动。……左翼文艺有革命的读者大众支持,'将来'正属于这一面。"③

左翼文人知识分子建构意识形态文学观是相当成功的。当时国民党在查禁普罗文艺密令中就颇为烦恼:"其最难审查者,即第二种之普罗文艺刊物,盖此辈普罗作家,能本无产阶级之情绪,运用新写实派之技术,虽煽动无产阶级斗争,非难现在经济制度,攻击本党主义,然含意深刻,笔致轻纤,绝不以露骨之名词,嵌入文句;且注重体裁的积极性,不仅描写阶级斗争,尤为渗入无产阶级胜利之暗示。故一方煽动力甚强,危险性甚大;而一方又是闪避政府之注意。苏俄十月革命之成功多得力于文字宣传,迄今苏俄共党且有决议,定文艺为革命手段之一种,其重要可知也。"④显然,马克思主义以其巨大的思想精神魅力,关注社会底层民众的福祉,描述社会发展的光明前景,适应了多数社会阶层群众的政治文化心理需求,满足了人们对社会政治意识形态说明的渴望。文学是社会心理、情绪、欲望和意志宣泄与展现的精神中介渠道,左翼意识形态文学观以有效的说服力、对未来的浪漫畅想,自然成为主导文学自身发展的核心理念。

---

① 易嘉:《文艺的自由和文学家的不自由》,载 1932 年 10 月《现代》第 1 卷第 6 期。

② 李欧梵:《铁屋的呐喊》,岳麓书社 1999 年版,第 156 页。

③ 鲁迅:《黑暗中国的文艺界现状》,载《鲁迅全集》第 4 卷,人民文学出版社 1981 年版。

④ 《文学运动史料》第 2 册,上海教育出版社 1979 年版,第 361 页。

第六章　意识形态的肯定性
用法与政治坐标

　　左翼文学运动之所以被视为 20 世纪中国文学史的关键性转折点,在于它改变了中国文学从古典到现代转换过程中追求现代性的航向;在于它在文学领域,将近代乃至"五四"以来对欧美资产阶级现代性的摹仿与建构,变更为对苏俄无产阶级现代性的仰慕与渴望;在于它以巨大的道德理想主义热忱,将文学纳入到实现共产主义理想的历史实践洪流中;在于它有效地、自觉地、系统性地将文学建构成为实现社会政治目标和政治理想的重要工具和有力手段。左翼文人知识分子以自己的理解和阐释方式,使马克思主义意识形态文学观成为塑造中国现代文学史发展风貌的最重要的精神力量之一。作为一种重要的文学精神构成要素,它至今仍然在人们的文学和社会观念中发挥着不可低估的巨大影响。

　　然而理想的观念形态总是与现实形态存在巨大差异,里夫希茨在阐释马、恩对这一问题的看法时说过:"凡是在人以私有主、即 homo economicus [经济人]的姿态出现的地方,在道德方面他就会被看成是天生的利己主义者、霍布斯的'人对人的战争'的可能参加者,而社会因素在他面前就会作为一种人为的、虚幻的、遥远的、像影子一样抽象的理想出现,——这种理想要求于个人的是公民的禁欲主义和自我克制。在这一意义来说,马克思所讲的'资产阶级社会的现实的形态和观念的形态'之间的差别,在历史上是必然的。"①应该补充的是，在阶级仍然存在的社会状态中，或者说得玄一点，在消灭了私有制、"人以一种全面的方式，也就是说，作为一个完整的人，占有自己的全面的本质"②的共产主义社会实现之前，观念形态和现实形态之间的鸿沟难以填平。因此，检测理想的观念形态与现实形态存在的巨大差异，检测理想的观念形态对现实实践造成的利弊得失，应该理所当然地成为我们一项自觉的学术使命。

一、从否定性概念到肯定性概念

格尔茨从知识社会学的视角论述作为文化体系的意识形态时，曾经这样说过："'意识形态'这个词本身彻底被意识形态化了，这是现代知识史上的一个小讽刺。一个原来只是指一套政治建议的概念，也许有点迂腐和不实际，但至少是理想主义的——某人，或许是拿破仑，称之为'社会浪漫曲'——现在已经成了很吓人的命题：《韦伯斯特辞典》把它定义成'一整套构成政治—社会纲领的判断、理论及目标，经常伴随着人为宣传的含义；例如，法西斯主义在德国被改变以适应纳粹的意识形态'。"③其实，"意识形态"含义的意识形态化，是这一概念从理论走向实践之后的必然逻辑结果。一般来说，对事物的评价无非存在左、中、右三种价值倾向，对意识形态这一概念的理解也是如此。在意识形态概念发展史上，对这一概念大致有三种不同的理解和应用方式：一是"描述意义上的意识形态"，即在分析某一社会总体结构时，只限于指出意识形态是这一总体结构的一部分，不引入某种价值观来批评或赞扬这种意识形态，只作客观描述，不作带有主观意向的评论；二是"贬义的意识形态"或"否定性的意识形态"，即承认意识形态的存在，但对它的内容和价值取否定的态度，认定它不可能正确地反映社会存在，只能曲解社会存在，掩蔽社会存在的本质，因此对意识形态取批判的态度；三是"肯定意义的意识形态"，即不仅承认意识形态的存在，而且对它的内容和价值取肯定的态度，认定它能客观、准确地反映社会存在的本质。

---

① 里夫希茨：《〈马克思恩格斯论艺术〉序》，载《马克思恩格斯论艺术》第1卷，中国社会科学出版社1982年版。

② 马克思：《1844年经济学哲学手稿》，载《马克思恩格斯全集》第42卷，人民出版社1979年版。

③ 格尔茨：《文化的解释》，译林出版社1999年版，第231页。

众所周知,在"意识形态"这一概念的创始人特拉西眼中,意识形态是观念学的意思,"它是一种负有使命的科学;它的目标在于为人类服务,甚至拯救人类,使人们摆脱偏见,而为理性的统治服务。"①如果说在特拉西那里,意识形态从整体上看还是一门观念科学的话,到了黑格尔和马克思那里,意识形态则成了"虚假意识"的代名词,成为否定意义上的概念。在《精神现象学》中,黑格尔深入讨论了精神的异化问题,认为意识的"诸形态"本身就是异化,因而具有虚假和不真实的色彩。马克思继承和发展了黑格尔对意识形态的否定式理解和运用。马克思从否定意义上理解和运用意识形态这一概念主要体现在《德意志意识形态》之中,在序言中马克思强调:"人们迄今总是为自己造出关于自己本身、关于自己是何物或应当成为何物的种种虚假的观念。他们按照自己关于神、关于模范人等等观念来建立自己的关系。他们头脑的产物就统治他们。他们这些创造者就屈从于自己的创造物。我们要把他们从幻想、观念、教条和想象的存在物中解放出来,使他们不再在这些东西的枷锁下呻吟喘息。我们要起来反抗这种思想的统治。"②这种思想统治就是指意识形态作为一种虚假意识对人的精神的异化和束缚。

列宁对于意识形态的论述,在现代意识形态学说发展史、尤其是意识形态实践史上具有举足轻重的作用。甚至可以说列宁对意识形态概念的运用方式,基本奠定了迄今为止人们运用这一概念的逻辑思路和理论模式。列宁的意识形态学说主要集中体现在《怎么办?》、《唯物主义和经验批判主义》等著作中:比如社会主义意识形态是从有产阶级的有教养的人即知识分子创造的文化知识中成长起来的,必须从外部灌输进无产阶级的头脑和斗争中;比如马克思主义作为无产阶级争取解放的学说,因为科学地阐明了社会发展的必然规律,因而是"科学的意识形态"或"共产主义科学";比如强调物质和社会存在决定思想意识的历史唯物主义理论,认为物质和社会存在是一切意识形态的来源,合理解释了意识形态在整个社会结构中的地位和作用;比如强调意识形态的阶级属性,强调无产阶级意识形态与资产阶级意识形态的对立,从无产阶级的根本利益来思考意识形态的诸种问题等等。列宁在一般意义上论述意识形态时,认为意识形态是整个社会结构的一部分,不同的阶级有不同的意识形态,资产阶级有资产阶级的意识形态,无产阶级

---

① 《简明不列颠百科全书》第9卷,中国大百科全书出版社1981年版,第101页。

② 马克思:《德意志意识形态》序言,载《马克思恩格斯全集》第3卷,人民出版社1960年版。

有无产阶级的意识形态,一般地谈论意识形态时只采取描述性的态度和方法。

列宁的目的在于阐释资产阶级意识形态和无产阶级意识形态之间的对立,在于强调资产阶级及一切剥削阶级的意识形态都是虚假的,而无产阶级意识形态是"科学的意识形态",是科学性与阶级性的辩证统一,是无产阶级根本利益的体现,又是对社会发展规律的正确表达。只有运用"科学的意识形态"——马克思主义来指导革命斗争,才能推动社会的进步与发展,实现社会主义、共产主义的宏伟理想。显然,对于列宁来说,意识形态成了关系到不同阶级的利益的政治意识,正是在资产阶级意识形态和无产阶级意识形态的对立这一关节点上,意识形态涵义的变化过程达到了顶点:意识形态在指涉资产阶级时是"虚假意识"的代名词,是落后的、腐朽的、垂死的、挣扎的,是在否定的意义上运用这一概念;在指涉无产阶级时,意识形态则是一个科学的概念,是真理的展现形式,是进步的、科学的、光明的,是指导无产阶级革命的万能法宝。列宁对意识形态概念的运用和重新框定,特别是从肯定意义上将马克思主义视为科学的意识形态,对以后人们有关意识形态问题的运用和探讨起了决定性的作用,并成了最有影响的学说,"20 世纪的马克思主义者几乎都完全抛弃了意识形态一词所有的贬义含义,而把马克思主义本身也说成是一种意识形态"[①],像以卢卡奇、葛兰西等人为先导的"西马学说",就大大受益于列宁的意识形态学说;如果说在西方对意识形态概念的肯定性运用,整体上还局限于观念、学术和政治思想等领域,那么在苏联和中国等东方世界,这种肯定性运用则产生了巨大的现实实践效果。

之所以不厌其烦地解释、说明意识形态概念肯定性用法(特别是列宁有关理论)的形成,在于说明它为包括中国左翼文学运动在内的 20 世纪共产主义运动诸种形式,提供了一个问题框架和用法指南。从我们的研究对象——中国左翼文学的运动形态、理论形态、创作形态以及创作主体、社会效能来看,中国的左翼文人知识分子在列宁的理论基础上,将意识形态肯定性意义的运用发挥到了极致。当然,对中国左翼文人知识分子来说,马列原典的示范和启示作用远不如那些当时风靡苏俄、日本的马克思主义"二道贩子"更具有吸引力。正如一位研究者所说:"创造社、太阳社主要人物那些新颖而又幼稚的思想、鲜明而又简单的口号、革命却粗暴的批评,比如什么'意

---

① 《简明不列颠百科全书》第 9 卷,中国大百科全书出版社 1981 年版,第 102 页。

德沃罗基',什么'奥伏赫变',什么'辩证唯物论'和'否定之否定',什么'印贴利更追亚'和'普罗列塔利亚',什么'艺术的武器'和'武器的艺术',什么阿 Q 时代已经死去,鲁迅是'封建余孽'、'二重反革命'、'法西斯蒂',等等,统统都来自'拉普',来自日本,来自辛克莱。不用说,也来自中国共产党内部的错误路线。……'左联'是中国的,是中国文坛的产物。但其名称、指导思想、纲领、机构等等,又无一不是从'拉普'、日本那里借来的。"①确如这位学者所言,诸如"拉普"的"唯物辩证法创作法",福本和夫的"分离斗争"理论,青野季吉、藏原惟人的"目的意识"理论等等,都对中国左翼文学运动意识形态理论的建构与膨胀产生了巨大影响,影响程度可谓亦步亦趋。

二、肯定性运用的问题框架

中国左翼文人知识分子、特别是激进派,在肯定意义上运用意识形态概念并将之发挥到极致,可谓是 20 世纪共产主义运动中意识形态肯定性用法的典型。我以为,它站在所谓无产阶级的立场上,在强调维护无产阶级利益的价值坐标指引下,突出体现了左翼文学思潮意识形态问题的两个最为基本的特点:一是强调文艺作为意识形态的能动性作用;二是强调无产阶级的意识形态领导权问题。我们知道,每一种意识形态都有它的问题框架(或者说是思想基础),接受了某种意识形态的人总是把这种意识形态所蕴含的问题框架(或者说是思想基础)作为观察、分析和解决一切问题的出发点,所以只有正确理解了某一意识形态的问题框架,才能在最大的程度上理解这一意识形态的理论构成和现实效应。可以说,强调文艺作为意识形态的能动性、强调意识形态领导权,构成了左翼文学思潮意识形态的问题框架的两根支柱,而这两根支柱的奠基石则是所谓的无产阶级利益。或者换句话说,左翼阵营判断事物的最终标准在于是否有利于所谓的无产阶级利益(其代表自然是共产党),而强调文艺作为意识形态的能动性和意识形态领导权,则是在最大程度上体现了左翼文人知识分子在无产阶级斗争中发挥自身优势、维护无产阶级利益的价值取向,这个标准对左翼文人知识分子来说,即是实践的和政治的标准,又是学术的和理论的标准,更是规划未来发展前景

---

① 张大明:《左翼文学与国际左翼文学思潮》,载《纪念中国左翼作家联盟成立 70 周年文集》,上海文艺出版社 2000 年版。

的历史整体价值坐标。

众所周知,左翼文学运动者们所信奉的马克思主义意识形态文艺观,是左翼激进派在与一系列"对手"的论战中逐步完善发展起来的,这些"对手",既包括新月派文人集团、倡导"三民主义"和"民族主义"的国民党文人集团、语丝派、"自由人"和"第三种人"等等有着不同政治倾向和文学价值观的文人知识分子派别,又包括鲁迅、茅盾等左翼阵营内部具有独立倾向的人士,还包括像蒋光慈这样的左翼阵营中的另类左派,甚至激进派内部也是山头林立、派系纷争。所有与激进派政治意识形态价值取向不同的文人知识分子,都有可能成为无产阶级文学运动的假想敌,都会不分青红皂白地被激进派谥之以资产阶级反动文人的头衔,代表着没落的、腐朽的、垂死的、挣扎的资产阶级反动的历史潮流。正如左翼激进派猛烈批判当时文坛所说:"那些小资产阶级的文学家,没有真正的革命的认识时,他们只是自己所属的阶级的代言人。那么,他们历史的任务,不外一个忧愁的小丑",①他们的文学创作"是滥废的无意义的类似消遣的依附于资产阶级的滥废的文学",②因为"小资产阶级的根性太浓重了,所以一般的文学家大多数是反革命派"③,"而且在有产者意识事物化的现在,一切有产者的观念形态,事实上已经成了社会发展的障碍物,如果我们要企图全社会构成的变革,这些障碍物,是须得粉碎的"。④

左翼文人知识分子、尤其是激进派认为文艺是一种意识形态,所主要强调的,是文艺作为意识形态对社会基础与现实环境的能动性,而非文艺自身的独立性;是文学艺术对社会革命的促进作用,而非文学艺术作为一种独立的精神形式的自身建构与发展。因此在当时的历史情境中,几乎所有的对文学艺术的不同认识,在左翼激进派眼中都可以上升到政治意识形态批判的高度,曼海姆所谓"从拿破仑到马克思主义,意识形态概念的历史尽管在内容上有所改变,但却一直保存了同样的判断现实的政治标准"⑤的论断,在中国左翼文学运动中得到了淋漓尽致的体现。对胡适、徐志摩、梁实秋等新月派文人,对"民族主义"、"三民主义"等国民党御用文人的批判,是因为他

---

① 冯乃超:《艺术与社会生活》,载 1928 年 1 月 15 日《文化批判》创刊号。
② 钱杏邨:《死去了的阿 Q 时代》,载 1928 年 3 月 1 日《太阳月刊》3 月号。
③ 麦克昂:《桌子的跳舞》,载 1928 年 5 月 1 日《创造月刊》第 1 卷第 11 期。
④ 李初梨:《请看我们中国 Don Quixote 的乱舞》,载 1928 年 4 月《文化批判》第 4 号。
⑤ 曼海姆:《意识形态与理想》,商务印书馆 2000 年版,第 74 页。

们与资产阶级的反动政权沆瀣一气、穿一条裤子、一个鼻孔出气,即使他们对国民党有所批判,也是小骂大帮忙。这些文人知识分子是当时国民党政权体制的受益者,判定他们代表了资产阶级意识形态,对左翼激进派来说是有的放矢、师出有名,因为他们是"支配阶级的走狗","自告奋勇,卖力气,替支配阶级图挽既倒的狂澜"。①对鲁迅、茅盾、周作人、郁达夫等在"五四"文坛叱咤风云的人物的批判,是因为他们代表着封建阶级和资产阶级的个人主义、趣味主义、人道主义的意识形态。在激进派攻势凌厉的意识形态批判面前,鲁迅无奈地嘲讽说"似乎要将我挤进'资产阶级'去"②,茅盾也认为自己的小说悲观颓废,"说他们是革命小说,那我就觉得很惭愧,因为我不能积极的指引一些什么——姑且说是出路吧"。③"左联"之所以通过《开除蒋光慈党籍的通知》,除了认为他登报声明将原名光赤改为光慈是向国民党反动派妥协投降、未经党中央同意擅自去日本之外,一个最重大的原因就是"蒋光慈写的中篇小说《丽莎的哀怨》,同情上海白俄少女沦为妓女的悲惨生涯,丧失革命立场",④丧失了无产阶级文学意识形态的阶级倾向性。对于激进派创造社来说,自身的"方向转换",也是因为克服了小资产阶级的浪漫主义、感伤主义、个人主义,从而成为无产阶级文学的代表,用郭沫若的话来说,就是"我们同样的从小有产者意识的茧壳中蜕化了出来,在反动派的无耻的中伤者或许会说我们是投机,但这是我们光荣的奋斗过程,我们光荣的发展"。⑤这种"光荣的奋斗过程"自然造就了创造社在文学意识形态领域的一贯政治正确:"站在小有产者的立场,承继中国文学革命的正统,除了向封建遗制进攻之外,复执拗地反抗着官僚化了的新型资本,毅然崛起的,是当时的'创造社'。"⑥这自然引起了同样自诩为无产阶级文学运动首倡者和正统者的太阳社成员的强烈不满,钱杏邨就冷嘲热讽道:"只许创造社有转换方向的特权,那不是只许州官放火,不许民家点灯了么?"⑦(这是左翼激进派内部的政治意识形态领导权之争。)

---

① 彭康:《什么是"健康"和"尊严"》,载 1928 年 7 月 10 日《创造月刊》第 1 卷第 12 期。
② 鲁迅:《"醉眼"中的朦胧》,载 1928 年 3 月 12 日《语丝》第 4 卷第 11 期。
③ 茅盾:《从牯岭到东京》,载 1928 年 10 月 10 日《小说月报》第 19 卷第 10 期。
④ 马宁:《"左联"杂忆》,载《"左联"回忆录》,中国社会科学出版社 1982 年版。
⑤ 麦克昂:《留声机的回答》,载 1928 年 3 月 15 日《文化批判》第 3 号。
⑥ 李初梨:《怎样地建设革命文学》,载 1928 年 2 月 15 日《文化批判》第 2 号。
⑦ 钱杏邨:《关于〈现代中国文学〉》,载 1928 年 3 月 1 日《太阳月刊》3 月号。

三、政治判断标准引导意识形态实践

在左翼文人知识分子的政治意识形态批判视野中,强调文艺作为意识形态的能动性、反作用,与强调意识形态领导权是相辅相成、相互支撑的两翼。对社会身份是文学家、艺术家的左翼文人知识分子来说,强调文艺的能动性和反作用,为自身的社会价值和社会作用寻找到了一条恰如其分、合乎社会认同标准的自我确证之路。强调意识形态领导权,一方面自然是为党的文化政策和斗争策略服务,另一方面也包含着左翼文人知识分子确保在社会斗争中稳居权力话语中心位置的政治欲望。文学艺术既是文人知识分子得心应手、运用自如的独家文化资本,又是文人知识分子确证社会角色的有效手段,更是确保文人知识分子稳居社会进步激流潮头、引领思想文化时尚的强大工具。

左翼文人知识分子为确保在社会角色认同中的不可替代性、为在被视为进步潮流的无产阶级文学运动中的优位性,强调文艺的能动性与意识形态领导权,实在是出于一种生物生存本能和社会生存本能。当年的周扬说得很明白:"在剥削制度之下,受着帝国主义和封建势力的重重压迫的中国劳苦群众是完全浸在没有'艺术的价值'的反动的,封建的大众文艺的毒液里。因此,他们对于生活的认识,对于社会现象的观察,总之,他们的世界观,差不多大部分是从这种反动的大众文艺里得来的。这些反动的封建的毒害可以阻碍劳苦群众的革命意识的生长。所以,我们要用文学这个武器在群众中向反动意识开火,揭穿一切假面具,肃清对于现实的错误的观念,以获得对于现实的正确认识,而在这个认识的基础上去革命地改变现实。无产阶级文学是无产阶级斗争中的有力的武器。无产阶级作家就是用这个武器来服务于革命的目的的战士。"① 左翼文人特别是激进派的这种"理性"主义态度,是一种典型的实用主义和功利主义态度,正如李泽厚在剖析中国古代理性精神时所说的:"这种理性具有极端重视现实实用的特点。即它不在理论上去探求讨论、争辩难以解决的哲学课题,并认为不必要去进行这种纯思辨的抽象。重要的是在现实生活中如何妥善地处理它。"② 很显然,中国

---

① 周起应:《到底谁不要真理,不要文艺?》,载 1932 年 10 月《现代》第 1 卷第 6 期。
② 李泽厚:《中国古代思想史论》,安徽文艺出版社 1994 年版,第 34 页。

左翼文学运动以当时最为现代的文化形式,复活了最为传统的实用理性主义精神,并将之发扬光大到极限。这种态度就其自身利益追求来说,当然无可厚非。但由己推诸人则产生了麻烦。孔老夫子说"己所不欲,勿施于人",反过来看,己所欲,亦勿施于人,否则就如古代那个没见过世面的乡下人,第一次吃到芹菜时,以为天下第一美食,遂献于当地豪绅,惹得豪绅既恼怒又鄙夷。左翼文学运动中的历次论争,就是这一麻烦的典型再现。

当年创造社和太阳社对鲁迅的围剿,是因为以"进步的"的眼光看来,"无论鲁迅著作的量增加到任何地步,无论一部分读者对鲁迅是怎样的崇拜,无论《阿Q正传》中的造句是如何的俏皮刻毒,在事实上看来,鲁迅终竟不是这个时代的表现者,他的著作内含的思想,也不足以代表十年来的中国文艺思潮"。[①]不但如此,鲁迅在左翼激进派眼中更是一个老态龙钟的乱舞的堂吉诃德,是一个专写黑暗面的文艺战线上的封建余孽、二重的反革命人物,"鲁迅对于革命文学的冷讥热嘲,是举不胜举"。[②]对急于推广无产阶级意识形态和价值观念的左翼激进派来说,拥有文坛显赫位置的鲁迅就注定成为他们首先需要克服和粉碎的障碍,用郑伯奇的话来说,就是他们认为"老的作家都不行了,只有把老的统统打倒,才能建立新的普罗文学"。[③]但是正如鲁迅所看到的那样:"中国现在的社会情状,只有实地的革命战争,一首诗吓不走孙传芳,一炮就把孙传芳轰走了。"[④]同理,还没有掌握国家暴力机器的激进派口头上的"打打杀杀"并不能真的"除掉"鲁迅,其效果最多也不过就是如鲁迅所讥讽的那样,编一本《围剿集》。况且在激进派眼中,"鲁迅只是任性,一切的行动是没有集体化的,虽然他并不反对劳动阶级的革命。……我们是诚恳的最后希望他抛弃了他的死去了的阿Q时代,来参加革命文艺的战线,我们对他依旧表示热烈的欢迎"。[⑤]更为重要的是,尽管鲁迅和共产党在根本价值追求上不能"同心同德",但至少还可以算作革命的"同路人",对他的猛烈批判不符合共产党的政治利益和斗争目的。正是在共产党高层领导(一说是李富春,一说是周恩来,一说是李立三)的干预下,左翼激进派才停止论战,准备联合鲁迅成立"左联"。当然,投之以桃、报之以李,据

---

① 钱杏邨:《死去了的阿Q时代》,载1928年3月1日《太阳月刊》3月号。
② 钱杏邨:《"朦胧"以后——三论鲁迅》,载1928年5月20日《我们月刊》创刊号。
③ 郑伯奇:《创造社后期的革命文学活动》,载《郑伯奇文集》,陕西人民出版社1988年版。
④ 鲁迅:《革命时代的文学》,载《鲁迅全集》第3卷,人民文学出版社1981年版。
⑤ 钱杏邨:《"朦胧"以后——三论鲁迅》,载1928年5月20日《我们月刊》创刊号。

夏衍回忆:"我当时对潘汉年提出:'假如我们的建议鲁迅不同意怎么办?'他说:'你放心,这件事已酝酿了很久,中央负责人已经和鲁迅谈过,得到了他的同意。'"①对于鲁迅"弃暗投明"的历史,周扬在半个世纪后总结说:"鲁迅开始的时候曾经对他们(指创造社、太阳社成员——笔者注)的这种革命作用估计不足,后来却做出了全面的正确的评价。"②这当然并不意味着鲁迅平息了"退进野草里,自己舐尽了伤口的血痕,决不烦别人傅药"③时的愤怒,而是执著于对"簇新的,真正空前的社会制度"④的希冀,在价值表层上认同了共产党政治革命和意识形态斗争的合理性,承认无产阶级文学运动是"无产阶级解放斗争底一翼"⑤,并以自己在思想文化界的巨大威望和号召力加入到这一运动的行列中,尽管冒着被"奴隶总管"发号施令与鞭挞的危险。

1930年代的"文艺自由论辩",是整个左翼文学运动中最有理论深度的一场论战。需要指出的是,此前左派的对手所依据的,多是建构在资产阶级意识形态基础上的自由主义、形式主义文艺观(或曰资产阶级意识形态文学观),而胡秋原、苏汶则首次运用马克思主义话语为文艺自由辩护,并且胡秋原自居为中国最了解马克思主义的第一人,苏汶也曾是"左联"成员。胡秋原在1931年底发表了《阿狗文艺论》,激烈批判国民党御用文人的民族主义文艺理论,捎带着刺了一下左翼阵营:"在资产阶级颓废,阶级斗争尖锐的时代,急进的社会主义者与极端反动主义者都要求功利的艺术。这只要看苏俄的无产者文学与意大利棒喝主义文学就可以明白了。"⑥不想,没等民族主义论者有所反应,先惹恼了左翼人士,遂群起而攻之。胡秋原自恃真理在手,"死不认罪",坚持认为文学艺术至死也是自由的、民主的。

当双方论战进入白热化的时候,苏汶又以"第三种人"的身份出来"蹚浑水",但明显偏袒胡秋原。双方都赤膊上阵,唾液横飞,一场混战,直到1936年还余波未平。今天对于这场论战的是是非非,方家自是心知肚明。问题的关键在于,左派从来就没有站在纯粹的学术立场看待文艺自由问题,而是从阶级斗争立场出发,十分准确地看到,否认文艺对革命的巨大推动作用、

---

① 夏衍:《"左联"成立前后》,载《"左联"回忆录》,中国社会科学出版社1982年版。
② 周扬:《继承和发扬左翼文化运动的革命传统》,载1980年4月2日《人民日报》。
③ 鲁迅:《答杨邨人先生公开信的公开信》,载《鲁迅全集》第4卷,人民文学出版社1981年版。
④ 鲁迅:《林克多〈苏联闻见录〉序》,载《鲁迅全集》第4卷,人民文学出版社1981年版。
⑤ 鲁迅:《对于左翼作家联盟的意见》,载1930年4月1日《萌芽月刊》第1卷第4期。
⑥ 胡秋原:《阿狗文艺论》,载1931年12月25日《文化评论》创刊号。

强调文艺自由势必危害自己在文坛的意识形态领导权。面对胡秋原咄咄逼人的攻势，兼具才华横溢的文人和共产党高级干部双重角色的瞿秋白，一针见血地点明了问题的要害："现在要答复的正是，究竟是谁担负着反封建的文化革命——'是智识阶级的自由人'，还是工农大众，究竟是谁领导着这新的文化革命，是资产阶级，还是无产阶级？……到现在，已经过了三四年，已经在许多地方创造着新式的生活，新式的文化。难道这是'自由人'负起的使命吗!？难道这是资产阶级的智识分子——文化运动专家领导的吗!？这种真正伟大的群众的文化革命，肃清中国式的中世纪茅坑，而开辟革命转变前途的反封建反帝国主义的革命，正是胡先生所认为'不自由的，有党派的'阶级所领导的。"①苏汶在双方吵得不亦乐乎的时候，却旁观者清："左翼文坛的一切主张都无非是行动，并且一切行动都是活的。而胡秋原先生不明白。左翼文坛已经屡次向胡先生暗示了，甚至说明了，叫他不要空谈理论，离开行动是没有什么真理的。而胡先生还是不明白。胡先生固然会说，行动没有真理是不正确的行动；但左翼文坛也会说，真理没有行动便不是正确的真理。那么，这场论战会有什么结果呢？……从这里，我们看出两个绝对不同的立场了。一方面重实践，另一方面只要书本；一方面负着政治的使命，另一方面却背着真理的招牌。于是这两种马克斯主义是愈趋愈远，几乎背道而驰了。"②

　　中共党的领导人张闻天从政治斗争的全局出发，明确指出："试翻阅最近文艺杂志上关于文艺性质与文学的大众化等问题的讨论，我们立刻可以看到在我们同志中所存在着的非常严重的'左'的关门主义。这种关门主义不克服，我们决没有法子使左翼文艺运动变为广大的群众运动。"③这意味着在政治斗争策略上，"左联"的"关门主义"危害了共产党在文艺领域掌握意识形态领导权所需要的广泛群众基础。原因很简单，革命需要众多信徒的支持才能成功，你不能只做一个光杆革命家吧？出于在更大范围树立革命意识形态领导权的需要，"左联"向胡秋原、苏汶等人摇起了橄榄枝，欢迎他们加入到"革命"队伍中，但是，胡、苏毫不领情，可能是道不同不相谋吧。

　　关于解散"左联"以及"两个口号"之争，实际上也蕴含着鲁迅派与周扬

① 瞿秋白：《"自由人"的文化运动》，载 1932 年 5 月 23 日《文艺新闻》第 56 号。
② 苏汶：《关于〈文新〉与胡秋原的文艺论辩》，载 1932 年 7 月《现代》第 1 卷第 3 期。
③ 科德：《文艺战线上的关门主义》，载 1933 年 1 月 15 日《世界文化》第 2 期。

派对意识形态领导权问题的重大分歧。在这场论争中,周扬及其追随者显然受到了重创,沙汀回忆说:"在文委其他同志同中央的代表接上关系不久,周扬同志便没有管工作了。而他给我的印象是:有些苦恼、消沉。当时身体也不大好,我记得他双脚有些浮肿。他显然被撤了职,因为当我先他离开上海回转四川,动身前要他为我转党的关系的时候,他却要我找夏衍同志。"①但是失意的周扬到达延安后,不但没有受到严厉批评,反而受到毛泽东和党的器重,出任边区政府教育厅长、鲁艺院长和延大校长等职。周扬由上海到延安再到建国,俨然树立了中共文艺界领导人的形象,被视为毛泽东文艺思想的权威阐释者。失意者再度春风得意,可是当年挟鲁迅余威风光显赫的胡风,却在不久的日后沦为阶下囚,个中原因自是耐人寻味。宗派主义、关门主义固然是极为深刻的人事原因,但是双方对意识形态领导权、尤其是对党"灵活"处理意识形态问题的理解,似乎是更为深刻的原因。周扬在答赵浩生问时强调:"所谓'左',就是宗派的教条主义。这个我应负责任。鲁迅答徐懋庸的信,你很可以再看一看,全篇都不是批评我右,而是批评我'左',批评我'左'的可怕。我现在觉得解散'左联'的事应该跟鲁迅先生商量商量。"②事情起因真的是周扬所说的"左"吗?

不应忘记鲁迅在《对于左翼作家联盟的意见》的演讲中早就说过:"'左翼'作家是很容易成为'右翼'作家的。"③不幸的是,鲁迅的告诫屡应不爽,杜衡、杨邨人之类的事情就不必说了,当"国防文学"的口号铺天盖地、迎面而来时,鲁迅担心和强调的是:"民族危机到了现在这样的地步,联合战线这口号的提出,当然也是必要的,但我始终认为,在民族解放斗争这条联合战线上,对于那些狭义的不正确的国民主义者,尤其是翻来覆去的投机主义者,却望他们能够改正他们的心思。"④这时的鲁迅更上升到政治意识形态的高度看待"两个口号"论争:"'左翼作家联盟'五六年来领导和战斗过来的,是无产阶级革命文学的运动。……民族革命战争的大众文学,是无产阶级革命文学的一发展,是无产阶级革命文学在现在时候的真实的更广大的内容。……新的口号的提出,不能看作革命文学活动的停止,或者说'此路不通'

① 沙汀:《一个"左联"盟员的回忆琐记》,载《"左联"回忆录》,中国社会科学出版社1982年版。
② 赵浩生:《周扬笑谈历史功过》,载1979年2月《新文学史料》第2辑。
③ 鲁迅:《对于左翼作家联盟的意见》,载1930年4月1日《萌芽月刊》第1卷第4期。
④ 鲁迅:《几个重要问题》,载1939年6月15日《夜莺》第1卷第4期。

了。……决非革命文学要放弃它的阶级的领导的责任,而是将它的责任更加重,更放大,重到和大到要使全民族,不分阶级和党派,一致去对外。这个民族的立场,才真是阶级的立场。"①鲁迅的眼光是深刻的,"国防文学"口号一经大肆渲染,"关门主义"者将大门打开了,却是泥沙俱下、鱼龙混杂,遮蔽了无产阶级革命文学的意识形态领导权问题。但周扬是坚定地执行来自党中央的指示,遵循的是党的政治斗争策略,此时不但不"左",反而有点"右"的色彩,正如周扬自己所说:"主要的错误在什么地方呢? 一个是在解释'国防文学'的文章里面确实有右的东西。"②反倒是鲁迅因为是"党外的布尔什维克",不能"正确"领会党在意识形态问题上的斗争策略,一味以理想主义的眼光看待"将来"的"大时代",显得有点"左"倾色彩。

　　蓝棣之在《毛泽东心中的鲁迅》一文中,对这一事件的分析颇有见地:"据萧三后来回忆,萧三回国后在延安枣园同毛泽东聊天时无意中谈起1935年他在莫斯科给'左联'写了封长信,谈解散'左联'的问题,并说主张解散'左联'的信是中共驻共产国际代表团团长王明逼他、另一个代表康生和他长谈,给了他理论基础后写回上海的。毛泽东听了之后说:这封信还是你写的呀,那是要和解散共产党差不多,……就是中联、右联一起搞了! 又说反帝而没有无产阶级领导,那就反帝也不会有了。这样说来,毛泽东的考虑是比较清楚了,他的政治家的清醒的智能表现在:他把别人看似二而合一的问题严格加以区别,他赞成提出'国防文学'的口号,以'广泛联系群众',但不赞成解散'左联'的做法,鲁迅不同意解散'左联'是正确的,'民族革命战争的大众文学'也在这个意义上应该受到尊重。或许可以说,在毛泽东看来,王明只要统一战线,而且要一切通过统一战线,甚至不惜解散'左联',那是右倾机会主义。而鲁迅看到了'左联'领导权不可放弃,但看不到统一战线的重要性,脱离现实,大概可谓多少有些列宁讲的左派幼稚病吧。"③今天看来,当年高举"左"翼大旗的周扬等人,在坚决遵循党的路线、执行党的指示时变"右"了,放松了党在意识形态领域控制和掌握领导权的标准;而被左派一贯视为"落后"的鲁迅,反倒变得"左"了,不过却"扰乱"了党在更大范围内建构更为广泛的群众基础的现实需要和斗争策略。更重要的是双方都没有

---

① 鲁迅:《论我们现在的文学行动》,载 1936 年 7 月 1 日《现实文学》第 1 号。
② 赵浩生:《周扬笑谈历史功过》,载 1979 年 2 月《新文学史料》第 2 辑。
③ 蓝棣之:《毛泽东心中的鲁迅》,载《南方文坛》2001 年第 2 期。

深刻领会党内的路线斗争,以至于在理解党"灵活"处理意识形态问题上产生重大分歧。使党不得不以不同的形式和需要安抚双方,降低"内讧"造成的影响,先达到使之和党"同心同德"的目的,问题的最终解决留待日后根据形势处理。

当然,无人敢公开打倒鲁迅这位领袖树立的文化偶像,但其"大弟子"胡风却长期遭受牢狱之灾,三次平反才摘掉"帽子"。周扬建国后也没过多少好日子,被称为"文艺黑线祖师爷"的他,被"文革"中的实权派江青等谥以"自由化"的头衔时,在"两个口号"论争中的"右"倾错误,就是重要罪状之一,甚至包括粉碎"四人帮"后倡言异化问题受到冷落,原因大概也在于"右"。文学家毕竟没有政治家看问题时所具有的清醒、实用和理智,古人云:"天下熙熙,皆为利来;天下攘攘,皆为利往",党以自身利益为最终标准处理意识形态问题,是"讲政治"的最高表现,是"求仁得仁"无所憾。反而是文人知识分子的理想主义显出几许浪漫和天真。"文革"时海外流传"倘若鲁迅依然在,天安门前等杀头"的诗句,彼时周扬们正挂着大牌子受批判。历史的沧桑恩怨和翻云覆雨,真是令人感到可笑、可悲、可叹。

四、政治与文艺:两种职能的失衡

文学、艺术、以及相关的知识和思想等精神形式,是文人知识分子表明社会角色和社会身份的天赋职责,是文人知识分子得以确立自身社会角色的独享资源和价值标尺。简单说来,社会价值系统裁定一个人是否是文人知识分子,关键在于他(她)是否创造出符合文艺及相关知识思想自身形式和本质要求的、又得到社会惯例认可的文本,同时具有关怀社会公众权利的价值取向。换句话说,文人知识分子有两项天职:一是创造出符合职业规律的文本,一是凭借这些文本获得社会认可,进而影响和改变社会。

人们常说文人知识分子是"社会的良心",认为文人知识分子是社会基本价值诸如自由、平等、公正、进步等观念的捍卫者,并根据这些价值观念批判社会不合理现象,推动社会向至善至美的境界迈进。人们之所以形成这样的评判文人知识分子的常识性标准和认知惯例,正是在认同文人知识分子首先是掌握知识、思想和特殊技能的职业者外,献身专业的同时还需超越职业范围和私利,关注社会、人生、国家、民族等公共事业,关怀人类和世界的命运,具有宗教般的承担精神。正如鲍曼所强调的:"'成为一个知识分子'的意向性意义在于,超越对自身所属专业或所属艺术门类的局部性关怀,参与到对真理、判断和时代之趣味等这样一些全球性问题的探讨中来。是否决定参与到这种特定的实践模式中,永远是判断'知识分子'与'非知识分子'的尺度。"①

显然,左翼文人知识分子在介绍、宣传和推广马克思主义意识形态文艺观的过程中,特别是在对意识形态的肯定性运用中,并没有违背社会裁定机制对文人知识分子的职业要求。他们提倡革命文学、发起无产阶级文学运动,推广新写实主义、革命现实主义,热衷于报告文学、通讯等新体裁的试验,以小说、诗歌、散文、戏剧、评论等文本形式为社会人生理想的实现摇旗呐喊,首先所依据的就是自己的社会角色定位,以作家、知识者和文化人的身份获得社会评价系统的承认,并在此基础上鼓吹社会革命,宣传马克思主义,从而获得了社会发言权。在左翼文人知识分子的形象定位过程中,他们基本遵循了以文学文本赢得社会认可、又以文本的创造性社会功能影响社会的社会认同机制和逻辑理路。但是,左翼文人知识分子、特别是激进派,由于全力以赴强调文艺的社会能动性和意识形态领导权,强调文艺为具体的政治目的服务,因此在协调和整合自身的两项社会职能时,无限夸大了文艺的意识形态功能,使文人知识分子的整体社会功能明显处于失衡状态。政治职能的发扬光大使之得到广泛社会认同,但是,更为基础性的艺术职能的创造性实践却成为薄弱环节。

究其原因是多方面的。其中,强调文艺为政治斗争服务、以政治意识形态的价值评判标准来规范和引导自律性、独立性极强的文艺创作,不能不说是造成左翼文人知识分子政治职能膨胀、艺术职能衰减的一个极为重要的原因。这主要表现在"左联"及其大部分盟员不断强化自身的政治职能等文学实践行为方面。当时担任"左联"重要领导职务的夏衍回忆说:"尽管'左联'是党与非党作家联合组织的群众性团体,但实质上还是一个'没有掩护的''第二党式的所谓赤色群众团体'。……'左联'成立后不到一年的时间,由于'左'倾路线的错误,经常举行无准备的飞行集会,以至组织罢工、罢市等不适当的工作,盟员受到很大损失,被捕的人不少,其他各盟也是一样,如

---

① 鲍曼:《立法者与阐释者——论现代性、后现代性与知识分子》,上海人民出版社 2000 年版,第 2 页。

'剧联'第一个牺牲的是宗晖同志,这是戏剧工作者永远不能忘记的。"①曾经担任"左联"组织部长的老盟员王尧山也回忆说:"'左联'那时一项重要任务是发动盟员到工人中间去,培养工人作家,支持罢工斗争。另外就是组织盟员贴'反蒋拥共'的标语,组织'飞行集会'(游行示威)等。"②且不论文人知识分子参加这些政治行为是否合理与恰当,也不论这些政治行为对文艺创作的影响是积极还是消极,仅仅是这些政治行为带来的危险,就不仅使左翼文人知识分子丧失自由,而且要以生命为代价。从社会整体来看,为崇高的社会政治理想献身,是死得其所、重于泰山;但从个体创作角度而言,生命权的失去也就意味着文艺创造的终止;对一个革命团体来说,死了一个还有后来人,但对个体生命则是百分之百的损失,就不仅是重于泰山的问题。

　　"左联"五烈士就是最为惨烈的例子。今天许多人慨叹说,假如殷夫与柔石不死,世上又会多出两个杰出的作家,但随着他们生命的丧失,只能遗存下历史的叹息。他们之所以被国民党反动派杀害,不是因为他们是左翼作家,而是职业革命家。固然人世多了为革命理想抛头颅、洒热血的楷模,为革命史增添了壮丽华章,值得后世敬仰与仿效,但如果看到他们是因为秘密集会反对党内的错误路线,而被王明一派故意出卖惨遭杀戮,你会作何感想?你是否会因历史与人性的黑暗而悲伤和感慨?难道革命创造行为就能代替文艺创造行为、文艺必然就是革命的附属品么?至善至美的政治理想固然崇高无比,但谁能保证参与实现这种政治理想行列的每一个人都是崇高无比的?谁能保证每一项具体的政治行为都是崇高无比的?以至善至美境界为目的的政治理想,并不必然导致具体政治行为的合乎理性,合乎社会最基本、最底线的价值原则。老盟员杨纤如反思当年的政治行为时就说:"当年'左'倾机会主义路线搞的示威运动,普通群众固然参加,基层党团员、外围革命团体成员当然也必须参加。连做领导工作的和左翼作家也得参加。在巡捕、包打听、警棒、马刀、手枪面前,赤手空拳的危险性是可想而知的。但必须得去!蒋光慈就是因为多次不去而构成他后来被开除党籍的因素之一。……我们青年学生对示威这件事,当时认识得简单:认为这是新的革命高潮到来之前的信号,因怀念北伐大革命时期的盛景,坚决勇敢地参加

---

① 夏衍:《"左联"成立前后》,载《"左联"回忆录》,中国社会科学出版社1982年版。
② 王尧山:《鲁迅·周扬·胡风》,载《"左联"纪念集》,百家出版社1990年版。

了。认为是党的号召,必须执行而毫无顾虑地参加了。"①"左联"掌权者和大部分盟员热衷于政治行为,在一定程度上是陷入了一种非理性因素和情感色彩浓重的政治盲动主义与集体狂热。

从另一个角度看,对以文艺创作为第一本职工作、依赖文本完成后的创造性成果影响社会为后续职能的文人知识分子来说,直接的政治行为只能判定他(她)是否是一个合格的革命者,不能证明是否是一个合格的文艺创造者。相反,只有创造出优秀的文学文本、并藉此达到影响和改造社会之目的,既出色地完成了本职工作又弘扬了知识分子的人文关怀,才能证明他是一个合格的文人知识分子。鲁迅就是这样一个出色的文人知识分子。他的文学创作上的业绩成为现代中国文学的巅峰,这无论在朋友还是敌人、赞同者还是诋毁者,都是首先必须承认的事实。否认这点,不是无知就是别有所图。但鲁迅又不仅仅是一个职业文人知识分子,他不仅以丰硕的文学创作改变和引领了现代中国文学的发展路向,构成了现代中国文学的半壁江山,而且他产生的社会影响不仅震撼当时,而且泽被后世。他对权势者、劣根性者的激烈而彻底的批判,使一代又一代的现代中国人不断矫正着人性的形象塑造。别的不说,从当时国民党政权对他的几次通缉;共产党领袖尊称他为现代社会的圣人、党外的布尔什维克,冠之以"伟大的文学家"、"伟大的思想家"和"伟大的革命家"头衔并奉为新文化运动的方向,从中可看出鲁迅是怎样以自己卓越的文学创作获得了社会权威裁定系统的重视。无论这些政治权威系统出于何种目的对鲁迅进行贬抑或褒扬,但都是建立在鲁迅作品的巨大社会影响力基础上的。同样在具体政治行为和策略的选择上,鲁迅深深懂得怎样以适当的方式达到有效的目的,这就是他以最清醒的现实主义孕育出来的"韧"的战斗精神。鲁迅对革命行为的认同、对政治策略的选择,充分展示了他是怎样去履行一个文人知识分子的全部职能。如果说一个文人知识分子不是立足于本职工作进而达到影响和改造社会的目的,在其位不谋其政,或者在其位谋别人之政,那么结果不但会顾此失彼,而且会丧失社会角色的定位,造成自我形象塑造的混乱与尴尬。最终不但不能种豆得豆、种瓜得瓜,还很可能不伦不类、适得其反。

---

① 杨纤如:《左翼作家在上海艺大》,载《"左联"回忆录》,中国社会科学出版社 1982 年版。

第七章 意识形态的历史
内涵与实践功能

1964 年春天的莫斯科依然寒气逼人。

被苏联当局指控为"社会寄生虫"的文学家布罗茨基正站在法庭上为自己的罪名辩护。他郑重宣布自己是一个诗人而非无业游民。法官轻蔑地问道：是谁把你列入诗人的行列？布罗茨基昂首反驳：没有谁。那么，是谁把我列入人类的行列？

23 年后，坦诚、正义和偏执的布罗茨基登上了诺贝尔文学奖奖台。诗歌的光芒，将他列入诗人的行列，并接受人类文学世界最高的荣誉。布罗茨基以诗人的尊严和政治、道德的勇气捍卫了文人知识分子的形象，他的姿态表明：文人知识分子首先是自我建构的，然后才是社会认可的；文人知识分子的社会形象一旦奠定，社会评价系统除了赞同或反对之外，根本无法取消文人知识分子角色与形象的社会功能和影响。

我们今天回首过去、直面现实、展望未来，面对左翼文人知识分子留下的精神遗产，无论是赞同或反对，谁都无法否认它对现代中国文学史、知识史、思想史和精神史的巨大影响，它的存在和影响决不以评判者的意志为转移，可以接受或抵制，但决不能无视它的存在和影响。不然，我们就无法理解作为现实基础的历史，无法理解那么多张扬个性解放的现代中国文人知识分子不惜以生命为代价义无反顾地卷入波澜壮阔的历史变革洪流。不能正当地理解历史也就无法校正文人知识分子在今天的正当价值定位和形象塑造，正如有的研究者在分析"左联"时所说："忽视这种影响的深远性同忽视'五四'新文化运动在中国文化史上的革新作用仍是中国当代知识分子陷入文化盲区的主要原因。"①

对文人知识分子历史和形象的描述与分析历来充斥着混乱和歧义,但大约可归纳出两种倾向:一种是将文人知识分子视为正义、公平、道德和良心的化身,是人类崇高价值的传播者和捍卫者;一种是视之为狂热的堂吉诃德,身后隐藏着无数实用主义的桑丘,高尚背后是偏见和私利,是社会动荡和精神混乱的意识根源。事实上,对文人知识分子的褒贬取决于评判者的价值立场。然而,今天我们的任务不是谴责或颂扬,既无需将这一群体视为人类基本价值的守护神,也没必要将之描绘成具有危险性和不负责任的害群之马(如:知识越多越反动)。文人知识分子除了在专业上具有高深的造诣外,在社会的其他诸多事务上,并不显得比其他人群高明和高尚,相反,还可能具有其他群体所没有的致命弱点和缺陷。不要将这一群体神圣化、纯粹化或者丑化、妖魔化。文人知识分子是在蹒跚中迈出自己有限的和稚拙的步伐的。

西里奈利在研究 20 世纪法国文人知识分子、尤其是左派时说过,文人知识分子的历史实质上是一部有着丰富的意识形态内涵的历史,研究者应当避免成为有意或无意的道德主义说教者,"研究者因为受到恫吓而不再对这些知识分子进行考察的时代已经结束了,那时,因为属于近代史并包含着意识形态的内容,这种研究几乎是一个忌讳的话题。"②今天我们研究中国左翼文人知识分子及其意识形态内涵,尽管还不具备西里奈利所说的文化语境和言说空间,但是我们也不能回避左翼文人知识分子在政治史、革命史、文学史、思想史等诸精神领域中的地位和作用,不能漠视它在这些领域造就的历史业绩或者说是历史危害。应当重新厘定左翼文人知识分子的意识形态取向与社会政治、思想文化和价值体系的关系,从政治、知识、思想、文化、精神和心理等等多种角度,探寻这一意识形态取向对现代中国文学史和精神史建构所造成的重大的和持续性的影响。

一、意识形态分析的学理逻辑

意识形态是什么? 这种古典哲学式的提问,自然不是为了建构一个所

---

① 王富仁:《"左联"的诞生和"左联"的历史功绩》,载《纪念中国左翼作家联盟成立 70 周年文集》,上海文艺出版社 2000 年版。

② 西里奈利:《知识分子与法兰西激情》前言,江苏人民出版社 2001 年版。

谓科学的、万能法宝式的意识形态定义，而是从这一基点上出发，探寻意识形态这一人类精神现象存在的基础、特点、功用和效能，并藉此描述和分析它在中国左翼文学运动乃至以后的文学和精神发展史中，形成的具体历史复杂样态和巨大历史实践能量。

"意识形态"是 20 世纪人类文明史上风光显赫、毁誉交加的精神现象。对于它的内涵和特点，《简明不列颠百科全书》以现代知识和话语方式作了简明界定："从广义上说，意识形态可以表示任何一种注重实践的理论，或者根据一种观念系统从事政治的企图。从狭义上说，意识形态有五个特点：1. 它包含一种关于人类经验和外部世界的解释性的综合理论；2. 它以概括、抽象的措辞提出一种社会政治组织的纲领；3. 它认定实现这个纲领需要斗争；4. 它不仅要说服，而且要吸收忠实的信徒，还要求人们承担义务；5. 它面向广大群众，但往往对知识分子授予某种特殊的领导地位。"①如何理解这种界定和阐释呢？阿尔都塞有一个著名的定义：人本质上是一个意识形态动物，意识形态代表了人与其真正的生存条件之间的假想的联系。这有助于我们理解作为精神现象的意识形态的真实性质。我们是否可以进一步引申：这意味着作为社会存在物的人，其主体性实质上是意识形态主体性，并在此基础上凭借自身的理性能力，建构起主体的欲望、意志、情感、理念与社会实存之间的想象性精神关联体系，这种关联体系融合、交织着实存性和虚拟性的双重特征，是人在运用理性能力认识、改造和建构世界过程中所产生的必然的逻辑实践结晶。简单来说，意识形态是人依赖理性指导，对世界进行描述与塑造的一种精神表述和观念体系，旨在解释、说明、维持或改变世界。或者说再简单一些，是否可以这样认为：意识形态就是主体的人凭借理性能力，在自己的思想精神产物与社会实存、尤其是政治状况之间建构的一种总体性想象关系呢？

问题的关键在于，意识形态所建构的这种想象性关系，是否完全符合人与世界的真实状态？是否就是人与世界真实关系的可靠表述呢？我们已经知道，马克思、恩格斯、列宁等马克思主义经典作家，都在否定意义上认识和理解社会主义、共产主义意识形态之前的一切统治阶级的意识形态，认为它们都是以虚假的观念系统来维护统治阶级的利益，为维持统治阶级的长治久安服务。这已经成为延续至今的常识性认识。我们同样也已经知道，马

---

① 《简明不列颠百科全书》第 9 卷，中国大百科全书出版社 1981 年版，第 102 页。

克思主义经典作家及其追随者,特别是列宁及其之后的许多马克思主义者,在论述和阐发无产阶级的意识形态时,又总是强调它是"科学的"意识形态,认为它揭示了人类社会发展的根本规律,能够促进人类社会面向未来的至善至美的自我建构与塑造,体现了人与世界和社会之间的一种真实、可靠的想象关系,因而是科学的、正确的和万能的,正如列宁所强调的:"一句话,任何意识形态都是受历史条件制约的,可是,任何科学的意识形态(例如不同于宗教的意识形态)和客观真理,绝对自然相符合,这是无条件的。"[①]

但是,我们更应该知道马克思对意识形态问题的那段经典性论述:"人们在自己生活的社会生产中发生一定的、必然的、不以他们的意志为转移的关系,即同他们的物质生产力的一定发展阶段相适合的生产关系。这些生产关系的总和构成社会的经济结构,即有法律的和政治的上层建筑竖立其上并有一定的社会意识形式与之相适应的现实基础。物质生活的生产方式制约着整个社会生活、政治生活和精神生活的过程。不是人们的意识决定人们的存在,相反,是人们的社会存在决定人们的意识。社会的物质生产发展到一定阶段,便同它们一直在其中活动的现存生产关系或财产关系(这只是生产关系的法律用语)发生矛盾。于是这些生产关系便由生产力的发展形式变成生产力的桎梏。那时社会革命的时代就要到来了。随着经济基础的变更,全部庞大的上层建筑也或快或慢地发生变革。在考察这些变革时,必须时刻把下面两者区别开来:一种是生产的经济条件方面所发生的物质的、可以用自然科学的精确性指明的变革,一种是人们借以意识到这个冲突并力求把它克服的那些法律的、政治的、宗教的、艺术的或者哲学的,简言之,意识形态的形式。我们判断一个人不能以他对自己的看法为根据,同样,我们判断这样一个变革时代也不能以它的意识为根据;相反,这个意识必须从物质生活的矛盾中,从社会生产力和生产关系之间的现存冲突中去解释。"[②]马克思说得非常清楚,判定一种意识形态是否科学、是否合理、是否正确,并不能在它所建构的人与社会实存的想象性关系中进行判定,不能以它所具有的自我意识和价值尺度以及对人与世界想象性关系的阐说为标准,而是应当根据社会生产力和生产关系的真实冲突、人与世界的真实矛盾状态进行评判。那么,对20世纪人类实践史上产生过举足轻重影响的马克

---

① 列宁:《唯物主义和经验批判主义》,载《列宁选集》第2卷,1972年版。
② 《〈政治经济学批判〉序言》,载《马克思恩格斯选集》第2卷,人民出版社1972年版。

思主义意识形态进行评判，是否也应当依据马克思本人对意识形态的评判标准呢？

假如马克思依然在世，相信他本人会同意"从物质生活的矛盾中，从社会生产力和生产关系之间的现存冲突中去解释"他身后的马克思主义意识形态。也就是说，马克思主义意识形态所建构的人与社会实存的想象性关系真实和正确与否，也必须看它是否符合人与实存世界的实际状态。对于在 20 世纪人类实践史上发挥巨大作用的马克思主义意识形态的评价，当今世界依然是众说纷纭、褒贬不一。从苏联和东欧巨变来看，他们所推行的社会主义意识形态实践无疑是失败的。当然这并不能完全证明马克思主义本身是错误和荒谬的，人们很容易从理论和实践的诸多方面指出，正是那些推行社会主义制度和意识形态的人，违背了马克思主义的精神实质，加之打着马克思主义的旗号胡作非为，混淆了人民群众的视线，使马克思主义在人民的信仰系统中的可信程度大为降低，物质生产、精神生产的劣绩更从根本上使人心涣散，从而葬送了马克思主义在这些国家和地区的实践。

从学理和逻辑的角度来看，如果着眼于过去、现在和未来之间的关系，我们大概应当清楚和明白，马克思主义意识形态是一种着眼于人类社会未来发展趋势的学说，旨在建构一个从未在人类历史上出现过的公平、正义、平等、自由、民主、合理的社会制度："代替那存在着阶级和阶级对立的资产阶级旧社会的，将是这样一个联合体，在那里，每个人的自由发展是一切人的自由发展的条件。"[1]这种社会理想因其理论合理性和现实实践的可行性，远远超过人类历史上的任何社会制度设计，因而在 20 世纪人类史上掀起了波澜壮阔的制度革命和社会实验。但是从学理上看，任何一种学说是否具有科学性、合理性和正确性，是否符合社会实存的真实要求，是否具有现实操作性，只有实践的后果才能回答。因此，只有未来共产主义社会的真正、全面实现，才能最终证明它的正确性、合理性。

所以，马克思主义被称为科学的意识形态，其真理性和科学性不能仅仅由其所言说的理论的正确性加以证明，还需由其现实实践和未来实践的成就加以事实印证，因为"当你阅读一段宣称是真理的论述，并突然相信其中确有真理时，只是证明有一种语言效果"[2]，并不能说明它就是真理和事实本

① 《共产党宣言》，载《马克思恩格斯选集》第 1 卷，人民出版社 1972 年版。
② 杰姆逊：《后现代主义文化理论》，陕西师范大学出版社 1987 年版，第 33 页。

身,只能由它产生的实践效果进行判断。从逻辑推论的角度看,尚未完成的社会主义、共产主义实践,无论是成功或者失败,也不具备以充分必要条件的资格,来证明马克思主义学说的最终正确性。目前我们所看到的现实实践后果,只能说明它在过去和现在的成败得失,只能说明它的发展趋势是否具有生命力,只能证明它的发展趋势所具有的最大可能性,而发展趋势和可能性属于预测的范畴,不具有实践效力的证明能力。或者说目前我们所看到的实践后果,只是提供了以后如何发展的可行性与否和引以为鉴的范例。因此从最终的学理和逻辑角度看,在共产主义社会真正全面地实现之前,马克思主义学说的最终真理性只受未来的检验,不受自我言说和现实实践的束缚。当然,这也为马、恩之后的马克思主义学说的变异提供了充足的理论和实践空间。

我们不应忘记的是,马、恩在《共产党宣言》的《1872 年德文版序言》、《1888 年英文版序言》中,针对马克思主义原理在以往实践中产生的实际效果,反复强调了这样一个思想:"这些基本原理的实际运用,正如《宣言》中所说的,随时随地都要以当时的历史条件为转移。"①这说明,马、恩从来没有把马克思主义奉为绝对真理、具有绝对正确性与合理性,而是视为一种不断战胜挫折、扬弃谬误、趋向真理的学说。

二、信仰的系统化与理性化

通俗一些来说,意识形态就是指人的意识和思想的形式与样态,只是随着理论和实践的膨胀,逐渐演绎成和政治密切相关的社会言说系统。众所周知,中国社会从古典向现代转换过程中,存在这样一个清晰的主流思维逻辑脉络,即物质变革→制度变革→精神变革→物质变革。从洋务运动迷信坚船利炮、维新变法迷恋议会宪政、"五四"运动倡导精神变革为一切变革之先声,到左翼文化运动宣扬马克思主义之伟力,再到文化大革命灵魂深处爆发革命的言说,直到今天的以经济建设为中心,历史仿佛走了一个逻辑怪圈,从起点出发又回到了起点。当然人们可以辩解称之为螺旋式上升。

社会的变革是一个系统工程,存在着难以为人们所全部洞悉和掌握的发展规律与张力,很难与人们的理论思想预设相一致。人们往往非议"五

---

① 《共产党宣言》,载《马克思恩格斯选集》第 1 卷,人民出版社 1972 年版。

四"新文化运动以来"借思想文化作为解决问题途径"的唯意志论色彩,其实以物质为中心,仿佛物质文明一旦大功告成,一切皆鸡犬升天,又何尝不是出于人们的思维想象和理论预设?有的学者曾将中国当代史归结为"理想"与"实用主义"两个阶段,认为两者尽管在表象上截然相反,但在本质上却异曲同工:"二者的共同学理基础就是经验论立场。前30年主要是以假象的方式折射着经验的理解方式,而后20年则主要是以直观的方式体现着这种理解方式而已。"①且不说经验论的判断是否准确,问题的关键在于凸现了理解当代史乃至现代史的一个重要视角:人以何种理解方式作为历史实践的哲学思维基础。

我们知道,人与世界不能直接发生对话与实践关系,"使人们行动起来的一切,都必然要经过他们的头脑"②,必然有赖于人的意识作为中介环节,之所以说人的主体性是意识形态主体性,在于意识形态作为意识的系统化和理性化,是人的意识的高级发展阶段,蕴含着人与社会实存之间的诸种可能与不可能关系。因此,即使不考虑一种意识形态所持有的价值尺度与伦理趋向如何,仅仅是它所具有的理论与思维特性就有可能影响它判断世界的真伪程度。或者换句话说,一种意识形态的实践后果,既取决于它的伦理、道德和价值追求又受制于它的纯粹形式主义的理论和逻辑局限,也就是说还受制于意识作为中介物所具有的先天的、自身形式的不足。因此研究中国左翼文学运动的意识形态问题,不但要重视它的内容的取向,还要注重它的形式的功过得失。

海外学者林毓生曾这样引介意识形态问题:"意识形态是对人、社会及与人和社会有关的宇宙的认知与道德信念的通盘形态。它与'看法'、'教义'与'思想系统'不同。不过,这些不同往往是程度的不同。意识形态的特色是:它对与它有关的各种事务都有高度而明显的'系统性'意见(此处'系统性'并不蕴含'正确性');它往往要把系统中的其他成分整合于一个或几个显着的价值(如平等、解放、种族纯粹性等)之下。就这样,它往往是一个封闭系统,对外界不同意见采取排斥态度。从内部来看,它一方面拒绝自我革新,另一方面要求追随者绝对服从,并使追随者觉得绝对服从是具有道德

① 何中华:《"理想"与实用主义》,载《青年思想家》1999年第2期。
② 《路德维希·费尔巴哈和德国古典哲学的终结》,载《马克思恩格斯选集》第4卷,人民出版社1972年版。

情操的表现。"①他还以此为学理出发点,判定"中国自五四以来最大的难局之一是:种种危机迫使人们急切地找寻解决之道,这种急切的心情导使人们轻易接受强势意识形态的指引,在它涵盖性极大极宽的指引与支配下,一切思想与行动都变成了它的工具。然而,人们还以为这是为理想奋斗。这样的强势意识形态就如此地浪费了人们的精力并带来了灾难。重大的灾难又产生了重大的危机,重大的危机又迫使人们急切地找寻解决之道。这种急切的心情又导使人们很容易接受另一强势意识形态的指引。"②这种看法很有见地,较为深刻地道出了意识形态作为一种系统的、封闭的人与社会实存的假想关系对实践的制约和危害。今天,人们回顾和研究左翼文学运动,批判的矛头往往指向左倾路线、教条主义、关门主义、宗派主义等等,这固然不无道理,但是却将问题的实质局限于表面现象,遮蔽了这些弊端所赖以生存的精神根源。除了信仰目标、道德修养、人性善恶、政治策略、人事纠纷等因素外,意识形态作为独立于个体的精神系统的形式特征的局限也是一个重要精神源头。

恩格斯早就指出过意识形态作为一种精神形式的先天性缺陷:"意识形态是由所谓的思想家有意识地、但是以虚假的意识完成的过程。推动他的真正动力是他所不知道的,否则这就不是意识形态的过程了。因此,他想象出虚假的或表面的动力。因为这是思维过程,所以它的内容和形式都是从纯粹的思维中——不是从他自己的思维中,就是从他的先辈的思维中得出的。他只和思维材料打交道,他直率地认为这些材料是由思维产生的,而不去研究任何其他的、比较疏远的、不从属于思维的根源。而且这在他看来是不言而喻的,因为在他看来,任何人的行动既然都是通过思维进行的,最终似乎都是以思维为基础了。"③这就意味着,一种意识形态一经产生并进入实践领域,就同现有的观念材料和实践材料相结合,并对这些材料作进一步的加工和想象,往往把意识形态所建构的人与社会实存的想象关系,当作独立地发展的、仅仅服从自身规律的独立本质来处理,并误以为这种想象关系就是人与社会实存的真实关系,或至少认为是一种真实的反映。更为严重的是,当意识形态作为一种独立的精神形式运作时,特别是当它把信仰作为最

---

① 林毓生:《热烈与冷静》,上海文艺出版社 1998 年版,第 108 页。
② 同上,第 121~122 页。
③ 《恩格斯致弗·梅林》,载《马克思恩格斯选集》第 4 卷,人民出版社 1972 年版。

终价值目标时,它的整合性、系统性和封闭性等形式特征就开始发挥更大的作用,往往以理性化的力量根除理论和逻辑上的不一致性,消除与之相抵牾的信仰和观念,批判和否定不由自己统御的其他观念力量,增强自身的理论广度、深度和逻辑概括性,将所有参差不齐的个体案例减化到一般种类的水平,根除不能归属于自身价值理念指导下的更一般性的判断。不用说,中国左翼文学思潮的意识形态想象,提供和演绎了生动的悲剧式案例。

当年的左翼文人知识分子相当自负,自诩为文艺领域的意识形态导师和舵手:"在现在这样——社会的条件已经尖锐化而表现的方法才渐入固定的过程的时分,我们应该由批判的努力,将布尔乔亚意德沃罗基与旧的表现样式奥伏赫变。这是作者与读者同样不可少的努力。作者没有这种努力,便不能向上发展;读者没有这种努力,便不能完全接受。替作者与读者充当向导的,就是从事文艺理论的研究的人。"①这种自负不仅是人性和信仰的自负,也体现出意识形态作为一种思想基础和思维方式的自负。以左翼哲学家身份涉足文艺领域的彭康,曾经这样规划意识形态与文艺的"明了的预图":"所谓意识形态,自然,是受制约于社会底经济的基础,而它自身也有它自身底法则发展而将在这经济基础上面的社会生活组织化。……因对于生产的同样的关系更能成为一个有意识的阶级,这样的统一的及组织的效能是意识形态所能有的,因为意识形态虽然是社会底多样复杂的现象的反映,但不但是反映,这反映自身即成为社会的势力旗帜及口号。……这是意识形态底实践性。文艺是它底一种,当然也是这样。……文艺为意识形态的一部门,当然也是思想的组织化,但它为特殊的一部门,同时也是感情的组织化。……文艺与别的意识形态一样,虽然也是现实社会底反映,但以与内容相适合的音调、色彩、形态、言语表现出来格外使得文艺是感情的,强有力的。文艺是思想的组织化,同时又是感情的组织化。文艺不仅是现实社会底热烈的直接的认识机关,还是文艺家对于现实社会的一定的见解及最期望的态度之宣传机关。……在阶级立场及阶级意识之下,思想的组织化使读者得到旧社会的认识及新社会的预图,感情的组织化使读者引起对于敌人的厌恶,对于同志的团结,激发斗争的意志,提起努力的精神,这是革命文艺的根本精神,也是它的根本任务。"②

---

① 成仿吾:《全部的批判之必要》,载 1928 年 3 月 1 日《创造月刊》第 1 卷第 10 期。
② 彭康:《革命文艺与大众文艺》,载 1928 年 11 月 10 日《创造月刊》第 2 卷第 4 期。

这种"预图"固然明了清晰、极富逻辑性,但是如果套用左派的术语来看,这种从意识形态角度审视文艺的问题框架,是建构在"目的意识"的基础上的,是为了无产阶级解放而建构的思想与感情的"组织化",并没有顾虑到文艺作为"自然生长性"的产物的独立性品格。这种"组织化"背负崇高的社会道德和伦理使命,要求与之同心同德还来不及呢,哪里容许异己力量的存在?"哪里有这样一种革命,允许人们对于他所要推翻的东西做有力的辩护,或者允许发表任何不是大体上同当时占优势的意见相协调的文章或议论的呢?"①出于信仰的力量、道德的热忱和意识形态的整合性要求,左翼文人知识分子就自觉不自觉地把意识形态想象等同于社会复杂关系的真实状况,进而将这种想象视为一种改造社会的力量。马克思主义意识形态学说以简单、明了、有力和极富逻辑感染力的方式,说明了社会的现状与未来走势,说明了文学在社会价值系统中的地位和作用。尽管这些说明是建立在经验归纳和逻辑筛选的基础上,是一个删繁就简、将多样性归于一致性的理性化思维过程,还有待于实践的最终证明,但左翼文人知识分子已经迫不及待地将它视为真理的现实显现了。这样,在意识形态包孕的伦理、道德和价值取向的鼓动下,在意识形态形式独立性的束缚下,左派不知不觉就陷入了意识形态自身的历史叙事圈套,真的是"以思维为基础",视之为独立的本质来进行现实运作了。

这种因意识形态信仰要求和形式特点限制造成的理解和运用的谬误,在文艺领域的极端体现就是文艺的"党派性"要求以及这种要求的普泛化与体制化。且不论列宁等马克思主义经典作家如何阐述文学与党派的关系,当年的周扬就已将这个问题理解和解释得非常清楚:"'党派性'云者,实际就是'阶级性'的更发展了的,更深化了的思想和实践。列宁对于文学的党派性的规定,可以说是对于文学的阶级性的更完全的认识,也可以说是关于阶级社会中意识形态的阶级的性质的马克思、恩格斯的命题之更进一步的发展和具体化。……文学的真理和政治的真理是一个,其差别,只是前者是通过形象去反映真理的。所以,政治的正确就是文学的正确。不能代表政治的正确的作品,也就不会有完全的文学的真实。在广泛的意义上讲,文学自身就是政治的一定的形式,关于政治和文学的二元论的看法是不能够存在的。……恩格斯在《德国农民战争》中指示了无产阶级的阶级斗争的三个

---

① 葛德文:《政治正义论》,商务印书馆 1982 年版,第 181 页。

形态——经济的、政治的、理论的形态。而成为这三个形态之中心，之枢纽的，是政治斗争。所以，作为理论斗争之一部的文学斗争，就非从属于政治斗争的目的，服务于政治斗争的任务之解决不可。同时，要真实地反映客观的现实，即阶级斗争的客观的进行，也有彻底地把握无产阶级的政治的观点的必要。对于文学之政治的指导地位，就在于此。"①这种文学"党派性"的规定和要求，视文学内在的"自然生长性"为次要性和从属性问题，并且"目的意识性"非常鲜明：为无产阶级解放斗争服务，因为党是无产阶级的先锋队和代表，就必须为党的利益服务。其现实效果用左派的敌人的话来说："就因为马克思主义要以文艺当作武器去做政争的工具，去达到他们获得政权的目的，所以无产阶级文艺论便高唱入云了。……在这样的情景之下，所谓文化斗争，和所谓无产阶级文艺运动，完全是马克思主义者的一种革命政策，一种企图获得政权的运动了。"②

文艺的"党派性"要求出于政党的利益需要，自然是无可厚非。但是它的普泛化和体制化要求，在推广过程中却遭遇到两种截然相反的接受态度："自愿的"、还是"强制的"。"自愿的"如左翼文人知识分子尤其是激进派，自恃道义和真理在手，当然对它的现实实践和未来前景信心百倍，言说铿锵有力、不容置疑，否则打翻在地、踏上一万只脚。如果是"强制的"，自然会对它的武断和霸道产生强烈反弹，正如胡秋原所讥讽的："我承认普罗文学存在的权力；独占也行的，如果有莎士比亚、哥德、托尔斯泰等那样的作品。"③还是苏汶的辩驳最有理论深度："官方批评家们好用意识正确不正确这论点来评衡一般的作品，他们是很少从真实不真实这方面去探讨的。实际上，不折不扣的正确意识在中国现在是并不存在；不用说一般作家没有，就连无产阶级的阵线里也未必有。这绝对的正确意识，并不是真正作为社会组织的上层建筑而出现，而是一般理论家所塑造出来的。他们预言着将来的无产阶级的意识是如此，于是便向作家买预约券：这就是要求作家写理想，不要写现实。……我当然不反对文学作品有政治目的，但我反对因这政治目的而牺牲真实。更重要的是，这政治目的要出于作者自身的对生活的认识和体验，而不是出于指导大纲。简单说，这些作品不是由政治的干涉主义来塑定

---

① 周起应：《文学的真实性》，载 1933 年 5 月《现代》第 3 卷第 1 期。
② 尹若：《无产阶级文艺运动的谬误》，载 1928 年 8 月 1 日《现代文化》创刊号。
③ 胡秋原：《浪费的争论》，载 1932 年 12 月《现代》第 2 卷第 2 期。

的;即使政治毫不干涉文学,它们也照样地会产生。……他们左一个意识形态,右一个意识形态,以要求作家创造一些事实出来迁就他们理想中的正确。"①苏汶的反驳可谓一针见血,击中了左派理论的致命弱点和命门,即使在今天,仍具有现实针对性。问题的关键在于,意识形态与文艺之间并不是决定与被决定的关系,特别是当意识形态缩小为政治意识形态时,它与文艺的本质联系更为疏远,甚至可以说是风马牛不相及的精神存在形式。有了"正确"的意识形态导向并不一定能创造出优秀的文艺作品,没有"正确"的意识形态指引也照样可能创造出文艺的非凡之作。这已被古今中外大量的文学史事实所证明。以在我国学界备受推崇的巴尔扎克为例,这个政治上的保皇派显然受"错误"的意识形态指导,但马、恩并不以此为忌,反而盛赞他在艺术上的创造。在现代中国文学史上,像周作人、梁实秋、沈从文、张爱玲等作家,曾因为"错误"的政治意识形态观念备受指责与批判,但今天人们无法否认他们在文学上的创造性贡献,而且贡献要远远超出那些所谓"政治正确"的批判者。

曼海姆在探讨意识形态问题时曾说,政党及其意识形态的出现,把理性论证和科学论证结合进了其思想体系,不仅把自己的集体行动建立在对信仰的坦率表白上,更建立在可以进行理性论证的观念系统之上,"各个政党由于是被组织起来的,它们既不能维持它们思想方法的弹性,也不准备接受任何可能产生于它们所要求的解答。从结构上说,它们是公开的组合和战斗的组织。这一事实本身已经迫使他们具有了教条主义的偏向。知识分子愈是成为党派的工作人员,他们便愈是失去了他们从他们原先的不稳定状况所带来的理解力和弹性的优点"。②此话用在中国左翼文人知识分子身上可谓恰如其分,他们对马克思主义意识形态文艺观的自觉认同和积极推广,是以文艺创作自由的丧失和文人知识分子独立品格的丧失为代价的,党的政治意识形态必然要求文艺创作为自身的政治利益、社会信仰和价值理念服务,所有越雷池一步者都可能被视为"敌人",即使政党意识形态允许自由,也是一种有政治限度的自由。胡秋原曾经想象:"我所谓'自由人'者,是指一种态度而言,即是在文艺或哲学的领域。根据马克斯主义的理论来研究,但不一定在政党的领导之下,根据党的当前实际政纲和迫切的需要来判

---

① 苏汶:《论文学上的干涉主义》,载 1932 年 11 月《现代》第 2 卷第 1 期。
② 曼海姆:《意识形态与理想》,商务印书馆 2000 年版,第 38~39 页。

断一切。"①不要说在当时政治斗争极为残酷的情境中显得浪漫幼稚,即使在今天也存在很大的障碍。

从左翼十年间人们对文艺与意识形态关系的建构与辩驳中,可以看出意识形态与社会实存关系的真实状态(不是左派言说的关系状态),与曼海姆的判断是相符合的,即"'意识形态'概念反映了来自政治冲突的一个发现,即统治集团可以在思维中变得如此强烈地把利益与形势密切联系在一起,以致它们不再能看清某些事实,这些事实可能削弱它们的支配感。在'意识形态'一词中内含着一种洞悉,即在一定条件下,某些群体的集体无意识即对其本身,也对其他方面遮蔽了真实的社会状况,从而使集体无意识得到稳定"。②这种意识形态想象的遮蔽性,即使它的宣传者和推广者也可能意识不到,还以为自己是为理想而奋斗;就是它的敌对者也可能因为落入它的话语圈套而产生对立的但逻辑思维同质的意识形态要求(早就有人指出过国共两党在文艺政策的意识形态诉说方面极大的相似性)。理性固然在意识形态的建构过程中举足轻重,但无意识等非理性因素也不能等闲视之。如果不能理解意识形态作为一种信仰的系统化和理性化所带来的先天性精神缺陷(既可以由内容的超验性、也可以由形式的封闭性、更可以由实用主义态度引发),即使在今天也照样产生当年苏汶式的疑惑:"我这样说,并不是怪左翼文坛不该这样霸占文学。他们这样办是对的,为革命,为阶级。不过他们有一点不爽快,不肯干脆说一声文学现在是不需要,至少暂时不需要。他们有时候也会掬出艺术的价值来给所谓作者们尝一点甜头,可以让他安心地来陪嫁。其实,这样一来,却反把作者弄得手足无措了。为文学呢,为革命? 还是两者都为? 还是有时候为文学,有时候为革命?"③

三、普遍性、合理性形象的现实化

意识形态对人的控制既是公开的也是隐蔽的,既需要外部的灌输也需要个体的内化,既是有意识的也是无意识的。意识形态作为一种思想和理论架构,是人们凭借理性能力建构和塑造的一种关于自我和社会历史与现

---

① 胡秋原:《浪费的争论》,载1932年12月《现代》第2卷第2期。
② 曼海姆:《意识形态与理想》,商务印书馆2000年版,第41页。
③ 苏汶:《关于〈文新〉与胡秋原的文艺辩论》,载1932年7月《现代》第1卷第3期。

实关系的理念系统,并指引人们的实践动向。个人作为主体,可能觉得自己是独立自足的,觉得自己在直接、自由地把握现实,但实际上,其言行受一系列思想及再现体系的限定。意识形态从内外多个层面构筑了人的本质和自我,而这种本质和自我不过是意识形态的想象和虚构,它的实存对应物是一个拥有社会生产身份的社会存在。且不论一种意识形态是否科学正确、是虚假意识还是真实再现,问题的关键在于:为什么人们会接受意识形态,视之为解释世界和改造世界的思想纲领和行动指南,并把它作为自己的信念在实践中坚定不移地贯彻执行和推广呢?

　　这涉及意识形态与合理化的关系问题,与人的理性能力和意识形态宣称的真理形象有关。理性的至尊地位和形象构造,是启蒙运动“人为自然万物立法”信念的产物,正如康德所谓“一个被创造物的全部自然秉赋都注定了终究是要充分地并且合目的地发展出来的”,对于“作为大地之上唯一有理性的被创造物”人来说,“这些自然秉赋的宗旨就在于使用人的理性”。①理性精神是 20 世纪所接受的启蒙运动的最重要的思想遗产之一,人们普遍将合乎理性与否视为知识增长、社会进步与道德改善的首要条件,普遍将自由、民主、科学和进步的渴望建构在理行能力的拓展上,“现时代的自由主义者和激进主义者一般都相信:自由的个人以理性构建历史,以理性规划自己的生活历程”。②合理化的历史乐观主义假设,使人们普遍认为人的行为似乎都是受理性、道德和真理的动力所驱使,这就掩盖了一个基本事实,即产生行为的真实动机与一个人的合理化思维并不一定是相符合。合理化既可能是真实的也可能是虚假的。现代的科学研究业已证明,人们很难发现自己真实的情感、欲望、意志和合理化虚构之间的矛盾,特别是当合理化虚构是虚假的时候,人们就意识不到自己正在以不合理、不道德的方式行动。“理性通过自己对万物的理解,制造出技术工具和精神武器,从而制造了自己,并改造了自己;它在建立科学认识的不同范畴的同时,也建构了它自己”,③意识形态作为人类理性能力的最重要的精神产物之一,正是通过合理化的理性运作途径,被人们理解或想象为是合理的观念,在个体接受和内化的同时积极向更广泛的人群灌输和推广。这里应当注意的是,正如理性建构世

---

① 康德:《历史理性批判文集》,商务印书馆 1990 年版,第 3 页。
② 米尔斯:《社会学的想象力》,三联书店 2001 年版,第 181 页。
③ 韦尔南:《神话与政治之间》,三联书店 2001 年版,第 217 页。

界图像的同时也建构了自己,人们关于一种意识形态观念是否合理的依据,往往又是从意识形态范畴中衍生出来的。

在左翼文人知识分子的鼓吹下,马克思主义在中国上世纪二三十年代成为强势意识形态,苏俄社会主义革命固然树立了现实榜样,但是它的科学的、合理的、正确的自我真理形象塑造是更为内在的因素:首先断言历史唯物论和辩证唯物论是科学的社会和历史学说,能够将历史事实的真实内容及其实质描绘出来;其次从这种科学的认识论出发,设定描述历史规律的理论,让历史事实和发展符合这种理论;再次,合理的就应该是存在的,应使这种理论具体化为政治行动的力量。尽管马克思主义意识形态以马克思个人的言说为起点,但是它的演绎和变迁并不以马克思本人的意志为转移,马克思自己曾经就说过:"事情是这样,每一个企图代替旧统治阶级的地位的新阶级,为了达到自己的目的就不得不把自己的利益说成是社会全体成员的共同利益,抽象地讲,就是赋予自己的思想以普遍性的形式,把它们描绘成唯一合理的、有普遍意义的思想。进行革命的阶级,仅就它对抗另一个阶级这一点来说,从一开始就不是作为一个阶级,而是作为全社会的代表出现的;它俨然以社会全体群众的姿态反对唯一的统治阶级。它之所以能这样做,是因为它的利益在开始时的确同其余一切非统治阶级的共同利益还有更多的联系,在当时存在的那些关系的压力下还来不及发展为特殊阶级的特殊利益。"①在当时紧张的历史语境中,马克思主义意识形态正是以普遍性、合理性和追求人类共同利益的形象塑造,获得了中国思想文化界的话语霸权。

马克思主义意识形态在文艺领域的节节胜利就是生动鲜明的例证。马克思主义意识形态文艺观以"科学文艺论"的形象获得了左翼文人知识分子的顶礼膜拜。人们普遍将马克思主义理论视为最合理的社会科学,渴望运用它阐释和发展中国现代文学的生存路向,并将文学的创造性发展寄托于这种"科学的文艺论",以写作社会剖析小说见长的茅盾当年就期望:"一个作家不但对于社会科学应有全部的透彻的知识,并且真能够懂得,并且运用那社会科学的生命素——唯物辩证法;并且以这辩证法为工具,去从繁复的社会现象中分析出它的动律和动向;并且最后,要用形象的言语、艺术的手

---

① 马克思:《德意志意识形态》,载《马克思恩格斯全集》第 3 卷,人民出版社 1960 年版。

腕来表现社会现象的各方面,从这些现象中指示出未来的途径。"①正是依据这种由普遍性、合理性带来的历史发展的绝对信念,左翼文化运动以豪迈的道义和理论的自负,使国民党的文化"围剿"一败涂地,批驳得自由主义文人知识分子陷入"秀才遇见兵,有理说不清"的境地。

中国左翼文人知识分子所承担的,就是马克思主义意识形态普遍性、合理性形象现实追求的功能和效用。他们的整体功能和价值就在于,运用自身所掌握的智力和道义资源,论证自己所属党派和集团代表着历史发展趋向的合理化、合法化,是追求真、善、美的化身。其实践目的,在于运用科学的、合理的方法,证明他们所属党派和集团的选择是正确的,而自己的敌人则是错误的;在于证明他们理想中的社会新秩序具有旧秩序无法比拟的绝对优越性。他们的论证方式也非常简洁明了,即二元对立的分类,黑与白、对与错、真理与谬误等等,正确的就是真理和进步的,是他们的党派和集团所代表的;错误的东西就是谬论和反动的,是其敌人所维护的。正如杰姆逊(又译为詹明信)所说"只要出现一个二项对立的形式的东西,就出现了意识形态,可以说二项对立是意识形态的主要形式",②左翼文人知识分子的主要思维形态正是体现为二元对立模式。在"正确"和"错误"两个基本思维假设的引导下,他们选择和引证大量符合普遍性、合理化要求的事实,并按照大前提的逻辑要求进行说明,从而在理论和实践两个层面来证明言说的有效性。批驳敌人比证明自己理论的正确性和真理性更为容易,因为一个反例即可。

当然雄心勃勃的左翼文人知识分子并不满足于此,因为他们的目的不仅是摧毁旧世界,而且要建立一个新世界。所以,左翼文人知识分子在马克思主义意识形态的规引下,更力图创造出比现存资产阶级的思想文化秩序更普遍、更合理、也更高级、更全面、更包罗万象的评价标准和行为规范。正是这些评价标准和行为规范,构成了马克思主义意识形态的现实理想、追求目标和公理系统,政治斗争和文学实践就应该被"组织"到这些标准和规范中,同时现实政治斗争和文学实践还应当参照这些标准和规范进行标准化和组织化,一切与之不协调的东西都属于清除之列。正因为马克思主义是真理和科学的化身,左翼文人知识分子是它的现实承载者,因此他们就具有

---

① 茅盾:《〈地泉〉读后感》,载《茅盾全集》第 19 卷,人民文学出版社 1991 年版。
② 杰姆逊:《后现代主义文化理论》,陕西师范大学出版社 1987 年版,第 21 页。

了超越历史和现实束缚的先天资质,他们不但希望在理论和逻辑上取得胜利,而且力争他们所属党派和集团所代表的政治行动取得全面胜利。所以意识形态普遍性、合理性现实要求的具体行为就是,栽培广泛的接受者和追随者,将敌对者及其意识形态如成仿吾断言的那样,"打发他们去"。

这些虽然是理论总结,但是大凡读过左派文章的人,我相信会有所共鸣。这里无需再做翔实的引证和考释,来说明和分析他们的具体言行是多么切合这种理论总结,仅举一例:当年苏汶就对左派的那一套有切身的体会与感触。他在《"第三种人"的出路——论作家的不自由并答复易嘉先生》一文中,就将左派的具体言行概括为三种手段,"第一种手段是借革命来压服人,处处摆出一副'朕即革命'的架子来。……他们在每一篇文章里都要背出那'十八套',这就是在暗示说,能够背这'十八套'的人方才是'正确'的泉源,因此别人无论说得怎样振振有词都是'狗屁'了。你批评了他的一句话,他们不以为你是只有在这一句话上和他们不同意,他们要说你是侮辱了革命,因为他们是代表革命的。于是,一切和他们不同意的话都可以还原到'反动'这个大罪名上去,使你无开口的余地。……实际上,整个的革命都可能有错误。难道文艺的指导理论家们的话就一定百分之百地'正确',而旁人的话就一定百分之百地'不正确'吗?";"第二种手段是有意曲解别人的话。……譬如说,你讲起一句艺术价值,他们便说你是艺术至上主义者。艺术至上主义者是'万般皆下品,唯有艺术高'的观念;而文学作者之讲艺术价值,实在是和医生之讲医学,律师之讲法律一样的,是他们的本行,这里面决不是定要包含什么'看不起艺术之外的其他一切东西'这种意味的";"第三种手段是因曲解别人而起的诡辩和武断。……然而这种曲解,这种诡辩和武断,都是可以容许的,因为他们是为革命,而且他们即是革命"。

苏汶在罗列了左派的这三种手段之后,还是意犹未尽、愤愤不平:"我说作家不自由,易嘉先生又说:你们'尽管放胆去做作家好了。'好像这种不自由都是你们去自讨出来的,他们左翼文坛并没有来干涉。当然,在作家要动笔的时候,他们决不会来夺走你的笔;在作家要开口的时候,他们也决不会来掩住你的口。然而他们虽然这么说,实际上他们是要'肃清'的;即使不'肃清',至少也要用正如易嘉先生所谓'毒死'、'闷死'或'饿死'你们这种种方法。譬如他们规定了一种创作的方式,他们便'不但自己这样写,并且还要号召一切人应当这样写,还要攻击不这样写的人'。(这固然是我借用了史铁儿先生的论普罗大众文学的话来说,可是左翼文坛的态度,我敢相信向来就是这样的。)在这种做清一色的形势下,摸着筒子不要,摸着索子不要,甚至摸着发白都不要,你能说他真能够让你去自由地写作吗?"①

　　苏汶的话固然有些尖酸刻薄,但是从左派理论和实践的逻辑思路来看,即使今天许多人也未必比苏汶概括得准确。当然也切莫忘记,一个政治集团的意识形态实践的目的,就在于创造实践主体并使他们行动,将各种社会力量团结在新的世界观之下,完成夺取政治领导权的最重要的准备工作。

---

① 苏汶:《"第三种人"的出路》,载 1932 年 10 月《现代》第 1 卷第 6 期。

第八章　理性的僭妄：意识形态与理想

　　"生命诚可贵，爱情价更高；若为自由故，二者皆可抛。"这是"左联"乃至中国现代史上最优秀的革命诗人殷夫，用中国古典诗歌形式翻译的匈牙利革命党人裴多菲的一首名诗。尽管冯至等人曾经用更符合原诗的体裁形式翻译此诗，但都不如殷夫的译诗朗朗上口、传唱久远（从翻译角度来看孰优孰劣，我自然无权置喙）。殷译用最能引起中国人心灵和情感共鸣的音律、节奏和意境，传达出了两千多年饱受专制、独裁蹂躏的中国人灵魂深处压抑已久的呐喊，这或许是它历久弥香的原因。更为重要的是，它以诗歌艺术的魅力，吟唱出了对自由这一人类最隐秘天性的渴盼。

　　自由引导人民。自由是人类追求真、善、美境界的最崇高的旗帜，人需要信仰与存在的自由，更需要自由的信仰和存在。但人类又无法消除通往自由入口之前的黑暗。卢梭在《社会契约论》第一卷就强调："人是生而自由的，但却无往不在枷锁之中。自以为是其他一切的主人的人，反而比其他一切更是奴隶。"①人类的文明史才短短几千年，然而就在这"宇宙之须臾，沧海之一粟"的短暂历史中，人类用创造文明的双手，制造了多少肮脏苦难、血雨腥风。为了面包、私欲、理想等等，人们将自由的需求让渡给权威、让渡给领袖，以祈求上苍的恩赐。然而，"自由，多少罪恶假汝之名"，当大地上的精灵们率领人群造反，以革命的名义砸碎旧世界，在人间仿造天国的圣殿时，往往又将沉重的锁链套在自由的高贵头颅上，"本来，人寄期望于革命，渴慕革命把人从国家、强权、贵族、布尔乔亚的统治下解放出来，从虚幻的圣物和偶像下解放出来，从一切奴役下解放出来，但是不幸得很，新的偶像、圣物和暴

---

　　①　卢梭：《社会契约论》，商务印书馆 2003 年版，第 4 页。

君不断地被造出来,他们不断地奴役着人"。①

　　文学本是人类自由歌哭与吟唱的精神领地。在这方圣土上,人们寄托着太多的情与思、爱与恨、生与死。人们凭借自由的力量发泄着欲望和情感,塑造着意志和理念,鞭挞着假恶丑,讴歌着真善美。人们在文学的祭坛上追寻着灵魂和存在的自由。然而,文学又是懦弱的,它往往因为依附于肉体、物质和其他名目,受到依附物的诱惑而迷失自我,更可能因为沉醉于美丽的幻想而丧失本性。在滚滚红尘的追逐中,它往往以至善至美的幻象迈开自己的步伐,又往往以冷酷的铁血事实终结自己自由的选择。对于罪恶、丑陋、虚伪和残忍,它自然嗤之以鼻。但是,它却无法摆脱神圣、真理和美感的诱惑。当它将自由的权力让渡给那些美好的许诺时,往往在历史的宏大叙事中遭受奴役,在渺小和惊恐中垂下自己自由的头颅。

　　当人构造了有关社会人生的种种神话时,也就如影随形地产生了对这些神话的依附和迷恋。意识形态想象是人类迄今为止创造出的最为重要的神话形式之一。作为人类理性精神最重要的思维结晶之一,它就像一面模糊的镜子,往往让人将镜像当作实像,将自己的性质与实像的性质混淆起来,统统赋予世界的实存。为了听从神话的召唤,它不惜一切力量将涉足其中的一切精神形式统御起来,它不但自己依附于自己的创造物,也要求所有的统御物必须接受这个创造物的宰制。当文学能够意识到这种宰制时,或许能够与之保持距离。但是,当文学为它创造的神话热血沸腾时,却会不知不觉将自己的生命当作祭品奉上圣坛。更可怕的是,当你拼死反对它时,却往往又陷入它的另一种形式的陷阱。它所有的具体形式,都貌离神合地贯穿着它生命的本质追求。在意识形态的想象面前,文学在劫难逃吗?

一、文艺的自律性与意识形态的总体性

　　一般认为,意识形态是由各种各样的具体的(如政治思想、法律思想、经济思想、社会思想、教育思想、伦理道德、文学艺术、宗教、哲学等等)意识形式和样态构成的有机的、系统的思想整体体系。从历史唯物主义和辩证唯物主义视角考察,政治思想、法律思想、经济思想等领域与社会生产方式、经济基础关系最为密切和直接;宗教和哲学等意识形式,是离社会生产方式和

---

① 别尔嘉耶夫:《人的奴役与自由》,贵州人民出版社 1994 年版,第 167 页。

经济基础最远的层次,尽管抽象、晦涩,然而却是意识形态的灵魂和精神基础。至于社会思想、教育思想、伦理道德、文学艺术等意识形式,与社会生产方式、经济基础关系虽远且较为曲折,但对人们的日常生活影响却很大,是意识形态总体的中间层次。值得注意的是,在这种知识分类和逻辑划分上文学艺术尽管隶属于意识形态,但是它是以自己独特的运作方式和功能与其他意识形态形式区别开来,以自己独特的存在形式从意识形态总体中脱颖而出获得了独立的自我言说权力。它作为社会意识的一个独立的子系统,作为"虚构文本"的创造与生产、传播与接受、分配与评价的过程,其自主性在于以其他意识形态形式所不具有的特殊审美内涵,达到自己存在的目的和意义。因此,文学艺术一旦从人类总体意识中独立出来,与意识形态总体形式及其他具体意识形式就不再是支配被支配、决定被决定的关系。

文学艺术内容和形式的演化,首先是服从自身的规律和本质要求。这体现在它的审美价值的展现上。文学艺术的独立性,首先在于以审美的方式满足人类诸如愉悦等方面的精神需求,在于对人类意识和精神能力的扩展和提高。简而言之,就是人类通过文学艺术这种精神形式获得意识与心灵的延伸、净化和升华。而它的实现方式,是意识形态总体形式以及其他意识形式所不能承载和代替的。文学艺术也正是通过自己独特的实现方式与其他精神形式区别开来,达到自己独立存在的本质确证。否则,它就失去了自我,成为意识形态总体形式以及其他意识形式的奴隶,也就丧失了存在的合理性和合法性,就会如黑格尔所说的:意味着自身生命的终结。之所以强调文学艺术独立存在的理由,并不意味着文学艺术是完全独立自足和封闭的系统,恰恰相反,文学艺术产生的母体是社会生活,它的生命之源促使它以积极的态势与生存境遇发生互动联系。它的存在和演化形式,与意识形态总体形式以及其他意识形式,在生存规律和逻辑上有某种相似性,并且相互影响和渗透。但是这种相似性、影响和渗透,既非支配、被支配关系,又非从属、被从属关系。相对于意识形态总体形式而言,文学艺术是一个亚系统,尽管它存在于意识诸种形态的互联关系网中,但是它必须首先遵循自身的演化规律和逻辑,遵循自身发展的原动力要求,成为独立的意识形式,才能与其他意识形式发生互动关系。它必须用自身的话语系统进行言说。唯有在此基础上,它才能以独立的身份与社会意识形态总体形式以及其他意识形态具体形式发生对话关系。从与意识形态总体形式以及其他意识形态具体形式的互动关系来看,它是半自律性的,但是从它存在的合理性、合法性理由来看,它拥有任何人都必须尊重的自律性。正是在这个意义上,必须首先承认和尊重文学艺术的自律性,才能保证它作为一种人类意识和精神形式的独立性,才能使它不泯灭自我、成为附属物。也只有在这个认识基础上,谈论它的半自律性或者它的社会作用和功能,才有可能和必要,也才有价值和意义。必须坚持这样一个观点,文学艺术作为人类精神的独立存在物和独特的具体展现形式,自律性是它存在的标志,是第一性的命题,半自律性或者说作用和功能是第二性的命题。不坚持文学艺术自律性这个第一命题,文学艺术的其他特点、作用和功能就无从谈起。道理很简单:皮之不存、毛将焉附?

中国左翼文学运动在意识形态方面所犯的最大的和最致命的错误,就在于严重颠倒了第一性命题和第二性命题的关系:极力强调文学艺术在实现意识形态总体目标过程中的社会作用和功能,有意无意地忽略文学艺术更为本质性的存在要求,以意识形态的总体性要求压抑了文学的自律性要求,使其独立性、主体性和创造性的存在形式,简单地、赤裸裸地退化为意识形态的附属物和奴隶。20世纪30年代中期,埃德加·斯诺和海伦·福斯特夫妇编选《活的中国》,向国外介绍现代中国文学。海伦·福斯特以研究现代中国文学艺术权威的身份写了《现代中国文学运动》,论述当时文艺发展概况,其中这样评价左翼文学:"从1927年到1932年这个期间,左翼文学有意地轻视'艺术性',它关心的几乎完全是宣传、理论分析和报刊文章,其影响很大,尽管作品的艺术生命短暂。"[1]的确,轻视文学作品的艺术性,将艺术性置于文学创造活动的次要位置,或者说将文艺的第一性要求附属于第二性的社会作用和功能,是整个左翼文学运动最为明显的追求之一。这一倾向在左翼文学运动前期,表现尤为突出。当时,左翼文人知识分子首先是以革命者和党派战士的身份要求,赋予文学艺术以崇高的社会使命,高度强调文学第二性的作用和功能:"无产阶级艺术,是有为无产阶级的宣传煽动的效果。宣传煽动的效果愈大,那么这无产阶级艺术价值亦愈高。无产阶级底艺术决不像有产阶级底艺术般底看起来是有趣味的东西,它是给人们底意欲以冲动,叫人们从生活的认识到实践行动革命去",[2]"我们的艺术是阶级解放的一种武器,又是新人生观新宇宙观的具体的立法者及司法官。革

---

① 尼姆·威尔士:《现代中国文学运动》,载《新文学史料》1978年第1辑。
② 忻启介:《无产阶级艺术论》,载1928年5月1日《流沙》半月刊第4期。

命的整个的成功,要求组织新社会的感情的我们的艺术的完成",①"无产阶级的文学是:为完成他主体阶级的历史的使命,不是以观照的——表现的态度,而以无产阶级的阶级意识,产生出来的一种斗争的文学".②类似这样"规定"文学艺术的属性和功能,在那时似乎是左翼文人知识分子的"共识",而且其话语基础是完全建立在意识形态支配欲冲动之上的。例如郭沫若在1930年对"五四"新文学运动的重新解释。他认为文学革命"第一义是意识的革命","第二义才是形式的革命",并进一步强调:"古人说'文以载道',在文学革命的当时虽曾尽力加以抨击,其实这个公式倒是一点也不错的。'道'就是时代的社会意识。在封建时代的社会意识是纲常伦理,所以那时的文所载的道便是忠孝节义的讴歌。近世资本制度时代的社会意识是尊重天赋人权,鼓励自由竞争,所以这时候的文便不能不来载这个自由平等的新道。这个道和封建社会的道是根本对立的,所以在这儿便不能不来一个划时期的文学革命。"③照此逻辑推论,无产阶级革命时代的"道"就是无产阶级的意识,此时文学艺术自然要讴歌最先进的无产阶级意识形态,因为它和资本制度时代的社会意识是根本对立的,文学艺术自然要从文学革命的时代转换到革命文学的时代,自然要载无产阶级的"道","在革命进展的过程中,意德沃罗基的战野是很重要的。我们要一方面打破旧意识形态在群众中的势力,他方面,我们要鼓励群众维持他们对于新的时代的信仰。"④正是这种坚信文学艺术促进社会革命进程之伟力作用的浪漫想象,将中国自古以来文学乃"经国之大业、不朽之盛事"的思想传统推向了现代巅峰。在古代文人知识分子眼中,诗词歌赋既可作为兼济天下的敲门砖,又可作为独善其身的把玩品;既可感叹苍生,又可吟咏性情,是文人知识分子在进退庙堂一江湖之间所保有的一块精神领地。如果说文学艺术在古典观念世界中尚具有一分独立的资格,那么在现代革命的观念世界中,这种独立的品性在革命伦理道德的庄严审视之下,只能泯然缺席。一个文人知识分子要么选择资产阶级的"道"、要么选择无产阶级的"道"。选择资产阶级的"道",自然要被历史的进步浪潮所打翻,选择无产阶级的"道",意味着在道义上要必须服从历

---

① 乃超:《怎样地克服艺术的危机》,载1928年9月10日《创造月刊》第2卷第2期。
② 李初梨:《怎样地建设革命文学》,载1928年2月15日《文化批判》第2号。
③ 郭沫若:《文学革命之回顾》,载《沫若文集》第10卷,人民文学出版社1957年版。
④ 《读者的回声·普罗列塔利亚特意识的问题》,载1928年3月《文化批判》第3号。

史进步潮流的要求。从左翼文学运动（可以追溯到"五四"时代、乃至晚清时代）以来的 20 世纪，文学艺术的政治身价达到了它梦寐以求但是从来没有达到过的历史巅峰，真正变成了经世治国的方略、政治斗争的晴雨表，文学艺术也从来没有像在 20 世纪那样成为社会政治斗争的弄潮儿。在历史的长河中载浮载沉。

如果说左翼激进派没有看到或完全否认文学艺术的自律性，这或许是不客观的。当年成仿吾在《全部的批判之必要——如何才能转换方向的考察》一文中就谈道："文学变革的过程应由意识形态与表现方法两方面联合说明。……但是除了这种文艺＝意识形态的批判之外，我们也要顾到文艺的特殊性——表现手段与表现样式等；这些当然也是社会的关系，所以也是物质的生产力所决定的，不过在一定的范围内它们是有自己的发展的法则的。"然而，像绝大部分左翼激进文人知识分子一样，成仿吾的话语逻辑在于最终要说明："批判指出一种文艺的必然的发展与必然的没落，并且阐明它的内在特质。由这种批判的努力的结果，我们可以把握它的历史的必然的发展，认识它的必然性；我们可以自由地走向我们的目的（'必然'向'自由'的辩证法的转换）。由这种努力，文艺可以脱离'自然生长'的发展样式而有意识地——革命。"①可是，以革命的"目的意识"为坐标，让文学艺术脱离"自然生长"的状态，只能导致急功近利的拔苗助长。甘人对激进派的逻辑和作派早就冷嘲热讽过："他们竟可以从自悲自叹的浪漫诗人一跃而成了革命家，昨天还在表现自己，今天就写第四阶级的文学，他们的态度也未尝不诚恳，但是他们的识见太高，理论太多，往往在事前已经定下了文艺应走的方向，与应负的使命。"②这种不顾文学艺术生产的实际状态和生长规律，以"目的意识"规范和强制文学艺术的生成走向，其最终结果只能使文学艺术丧失主体性和自律性，成为"目的意识"的奴隶，就像胡秋原所说的是艺术之否定："一将这目的意识应用到艺术作品上，遂成为'政治暴露'及'进军喇叭'之理论，遂至抹杀艺术之条件及机能，事实上达到艺术之否定。……而这'目的意识论'一反映到具体的作品活动之上，即为单纯的概念的政论要素所充满，表现为观念的作品了。换言之，'目的意识'者，就是作品上露骨的

---

① 成仿吾：《全部的批判之必要》，载 1928 年 3 月 1 日《创造月刊》第 1 卷第 10 期。
② 甘人：《中国新文艺的将来与其自己的认识》，载 1927 年 11 月《北新》第 2 卷第 1 期。

第八章　理性的僭妄：意识形态与理想　▶▶▶　129

政治口号乃至政论底结论之意,极模糊的政治理论之机械底适用之意。"①

　　胡秋原所没有注意到的是,这种将文学艺术的社会作用和功能置于最高位置的价值系统,不但不是"极模糊的政治理论"之适用,反而是一整套纲领清晰、目的明确、论证严密且极富道义力量的意识形态理论,是它在内容和形式等所有方面实现统摄力的必然逻辑实践后果。别尔嘉耶夫在反思和解析苏俄革命时,就已经看到:"革命抛弃了压抑人的个性的社会,但它又以自己的新的'普遍性'、以要求人完全服从自己的社会性来压抑个性,这是一种革命的社会主义和无神论思想发展中致命的辩证法。"②意识形态作为社会进步途中最为理性化的革命想象,以推翻压抑人性的旧世界为己任,但是它同样要求以自己预设的理想蓝图的普遍性和总体性,来召唤和规范所有加入到革命行列中的人与物。以新的幻想取代旧的幻想,要么反对革命,成为革命的敌人;要么成为革命人,服从革命的需要。革命的意识形态在实现理想的途中,同样存在致命和自我解构的辩证法。

　　意识形态作为各种意识的总和,往往不是以独立的姿态和身份进入实践领域,而是将自己的理论架构和总体目标贯穿、渗透到各种具体的意识形式中,通过各种具体意识形式的言说影响和作用于人们的生活世界。在各种具体意识形式中,政治是意识形态最能体现自己意志的领域,"在政治演变中,最重大的事件之一是接连创造了许多新的道德实体,如正义、自由和权利等理想",③意识形态为政治实践提供坚实的意义架构和思想基础,政治为意识形态想象的实现提供强有力的实践保证。意识形态与政治具有最强的亲和力,以至于二者在现实实践中极难分清彼此,所以人们通常称之为政治意识形态。政治意识形态一旦成形,不仅继承了意识形态固有的理论强制力,而且又将具体政治目标的实现与否作为一个重要的衡量标准。这样,政治意识形态就开始以理论和实践的双重保证力量,在人们的所有精神领域进行扩张,文学艺术领域自然是它的重点试验区。

　　当然,不能否认文学艺术可能具有的意识形态色彩。但是必须清楚,意识形态在文学艺术领域的渗透和扩张,或者说文学艺术对意识形态的展现,

---

① 胡秋原:《钱杏邨理论之清算与民族文学理论之批评》,载 1932 年 1 月《读书杂志》第 2 卷第 1 期。

② 别尔嘉耶夫:《俄罗斯思想的宗教阐释》,东方出版社 1998 年版,第 40 页。

③ 沃拉斯:《政治中的人性》,商务印书馆 1995 年版,第 46 页。

并非是一个直接的过程,而是一个曲折的转化过程。这一转化过程需要通过诸如人的性格结构、心理结构、情感结构、经验结构、意识和无意识结构等等一定形式的中介物进行。左翼激进派一味强调用文学艺术来帮助革命之成功、强调文学艺术的能动性,却恰恰忽略和回避了这种能动性实现的中介环节。然而正是这些中介环节的运作和实现过程,为文学艺术的创造性实践提供了广阔的生长空间。

对于这一问题,左派内部曾经发生过重大的争论,像"标语口号"问题、"文艺宣传"问题、"留声机"问题等等。也正是在诸如此类的这些问题上,鲁迅、茅盾等人和激进派发生了重大分歧。正如鲁迅当年所说的"但我以为一切文艺固是宣传,而一切宣传却并非全是文艺,这正如一切花皆有颜色(我将白也算作色),而凡颜色未必都是花一样。革命之所以于口号、标语、布告、电报、教科书⋯⋯之外,要用文艺者,就因为它是文艺"①,鲁迅、茅盾等人深谙文艺创作之个中三昧,不过是在承认文艺的意识形态功能的前提下,为文艺创作争取独立的、更富活力的言说空间。然而这一涉及文艺创作生命力的问题,却被激进派简单地视为无产阶级文学运动一个必然经历的阶段,"在无产阶级文艺运动的初期,作家由于技巧修养的缺乏,只把核心的意义写了出来,只把要求的笼统具体的写了出来,多少免不了带着浓重的口号标语色彩的技巧幼稚的作品,遂被他们目为'口号标语文学'",但"这种标语口号集合体的创作正是普罗'新文学的奠基石'",这种现象"是向上的过程,是历史的必然的过程"②。在激进派眼中,这些问题不过是技术问题、附属问题,甚至是可以忽略不计的问题,根本无法与文艺的意识形态本质相提并论。

但是,激进派不屑一顾的意识形态与文学艺术发生关系的中间地带,正是文学艺术作为自律性的精神形式,与外部世界发生联系、迸发出生命火花的创造领域。也正是在这个领域,文学艺术才能以独立的、自足的话语言说方式实现自己的社会功能和作用,才能在确保第一性命题实现的基础上致力于第二性命题的实现。正如当年胡秋原在反驳左派意识形态霸权时所看到的那样,"艺术底武器,本来是通过心理及借助于形象来表现的,只是一种间接的补助的观念的武器","为精神文化形态之一的艺术,固然可以影响下

---

① 鲁迅:《文艺与革命》,载 1928 年 4 月 16 日《语丝》第 4 卷第 16 期。
② 钱杏邨:《幻灭动摇的时代推动论》,1929 年 4 月 21 日《海风周报》。

层建筑,然而这影响是有条件有限度的。艺术之社会机能只在他作为阶级心理意识形态之传达手段组织手段,与教育手段中,"唯物辩证法武装了阶级的知识,而光杆的阶级论却足以阻碍文学之完全认识","研究意识形态固不可忽略阶级性,然而亦不可将阶级性之反映看成简单之公式,不可忽略阶级性因种种复杂阶级心理之错综的推动,由社会传统及他国他阶级文化传统之影响,通过种种三棱镜和媒体而发生曲折"。①忽视意识形态与文学艺术之间这个最为重要的中间地带,或者认为随着意识形态的胜利,文学艺术也随之大放异彩,不啻于无知和愚昧。正如文学艺术体现意识形态的能力有限,意识形态渗透和干涉文学艺术的程度也应该是有限的,"从政治立场来指导文学,是未必能帮助文学对真实的把握的;反之,如果这指导而带干涉的意味,那么往往会消灭文学的真实性,或甚至会使它陷入'奉天承运,皇帝诏曰'式的文学的覆辙"。②如果文学艺术陷入"奉天承运,皇帝诏曰"的模式,那就只能是意识形态的复制品、政治的传声筒。而这正是马克思主义创始人所极力批判和反对的。

左派意识形态话语的失当之处在于,把相对性意义上的意识形态论述的无产阶级价值理念,视为历史绝对的普遍性诉求,并以此为前提,贯穿、渗透到所有领域和人群之中,把这些领域内部的所有问题都置于它的总体要求和制约之下。以文学艺术为例,就是用意识形态的话语要求,取代文学艺术自然生长的要求,将文学艺术的价值追求置于意识形态的监控之下。所有文学艺术自身维度的命题都化约为意识形态分析,所有的分歧都变成你死我活的意识形态之争,所有强调文学艺术自律性的观点,都可能被视为"以一面在艺术的根本认识上,抹杀艺术的阶级性、党派性,抹杀艺术的积极作用和对于艺术的政治的优位性,来破坏普洛文学的能动性,革命性,一面以普洛文化否定论作理论基础,来根本否认普洛文学的存在,在意识形态领域的文学上解除普洛列塔利亚特的武装"。③这种曲解不但扼杀了文学艺术的自律性要求,实际上也窒息了文学艺术在社会作用和功能上所应当发挥的能动性。当年梁实秋就反复申明:"纯粹以文学为革命的工具,革命终结的时候,工具的效用也就截止。假如'革命的文学'解释做以文学为革命的

---

① 胡秋原:《关于文艺之阶级性》,载 1932 年《读书月刊》第 3 卷第 5 期。
② 苏汶:《论文艺上的干涉主义》,载 1933 年《现代》第 2 卷第 1 期。
③ 绮影:《自由人文学理论检讨》,载 1932 年 12 月 15 日《文学月报》第 5、6 号合刊。

工具,那便是小看了文学的价值。革命运动本是暂时的变态的,以文学的性质而限于'革命的',是不啻以文学的固定的永久的价值缩减至暂时的变态的程度。"①且不论文学艺术是否具有固定的永久的价值,将文学艺术缩小为意识形态之一种、简化为革命的工具,这本身就是马、恩所痛心疾首的把马克思主义意识形态当作公式来剪裁各种历史事实的又一例证,结果只能是转变为自己的对立物。

二、实用主义姿态与理想想象

革命与文学(政治与文学,或者意识形态与文学),之所以成为困扰 20 世纪文人知识分子特别是左派的命题,或者说是二律背反式的世界性命题,与共产主义运动的兴衰有着极为密切的直接关联。人类历史上还没有一种学说和主义像马克思主义学说那样,让信仰之舟载着人类未来大同世界的梦想,在浩渺无涯的实践海洋中掀起狂风巨澜,驶往永无尽头的历史彼岸。人类历史上也还没有哪一个阶级、政党和集团,像无产阶级及其政党集团那样,以神圣的未来召唤文学艺术踏入革命的洪流,以铁血律令召唤文学艺术成为革命的鼓手。任何一种主义、一种学说、一种信仰,如果企图从想象领域跨入实践领域,如果企图将对历史和未来的设计变为可见的社会实存,必然在预设宏伟远景蓝图的同时制定具体的行动纲领、手段和目标,以未来和现实的双重诱惑招募信徒和追随者,使之献身于创世神话般的革命浪潮中。或者说它必须以终极价值意义和现实利益要求的双重支撑,来展示自己的永恒性和真实性,来满足人类的未来畅想和现世欲望。

一位研究者曾这样引述弗莱对神话原型和意识形态关系的看法:"任何一种意识形态一开始总是提供在自己看来是恰当的传统神话形式,然后才将其应用于形成和加强社会契约。由此,意识形态是一种经过应用的神话,而且它对神话的改编,就是我们在处于一个意识形态结构内部是必须相信或声称我们相信的神话。"这位学者进一步引申说:"马克思主义首先是真正的神话或想象性叙述的表达——一种人类自由的现代神话——然后才成为

---

① 梁实秋:《文学与革命》,载 1928 年 8 月 1 日《新月》第 1 卷第 4 期。

一门科学理论或一个与政治集团或社会相联系的占统治地位的信仰体系。"①的确，唯有高悬终极理想，才能使人保持追逐理想的热忱和永久动力；唯有立足现世关怀，才能使人以实用主义姿态将信仰转化为现实实践。

马克思主义对人类社会终极价值目标的预设，旨在以超验的最高价值尺度引导人们不断实现自我超越，"一切有生命的事物都趋向于越过自身、超越自身。一旦它不再这样做，一旦它为了内部或外部的安全而为自身所束缚，一旦它不再寻求亲身经历生命的试验，它也就丧失了生命。生命只有敢于自我冒险、自我拼搏、自担风险地尽可能超越自身时，它才赢得生命。这一普遍原则，存在本身的这一普遍的根本法则或本体结构，即生命在力求保存自身的同时又超越自身，生命在自身之中同时又力图在它的超越过程中保护自身，也是对理想适用的一种结构、一个原则"，②共产主义理想作为悬浮在可能性和不可能性之间的未来想象，其积极意义就在于使人不再屈从于现存的不合理秩序，打碎旨在维护现有不合理制度的锁链，实现一定程度的自我超越。

恩格斯在《共产党宣言》的《1883年德文版序言》、《1888年英文版序言》中一再强调"《宣言》是一个历史文件"，并一再强调实现《宣言》基本思想的事实尺度："每一个历史时代的经济生产以及必然由此产生的社会结构，是该时代政治的和精神的历史的基础；因此（从原始土地公有制解体以来）全部历史都是阶级斗争的历史，即社会发展各个阶段上被剥削阶级和剥削阶级之间、被统治阶级和统治阶级之间斗争的历史；而这个斗争现在已经达到这样一个阶段，即被剥削被压迫的阶级（无产阶级），如果不同时使整个社会永远摆脱剥削、压迫和阶级斗争，就不再能使自己从剥削它压迫它的那个阶级（资产阶级）下解放出来。"③请注意恩格斯所用的限定语："同时"、"永远"、"不再能"。

事实上，正如"人创造了宗教，而不是宗教创造了人"一样，理想想象只不过是以彼岸世界的真理形象，表达人们摆脱现世困境的欲望。当人在理想世界寻找真实性和此岸性的时候，找到的不过是自己本身的反映。当人

---

① 阿丹姆森：《弗莱与意识形态》，载《弗莱研究：中国与西方》，中国社会科学出版社1996年版。

② 蒂里希：《政治期望》，四川人民出版社1989年版，第221页。

③ 《共产党宣言》，载《马克思恩格斯选集》第1卷，人民出版社1972年版。

憧憬最浪漫主义的理想时,所期待的不过是最现实主义的尘世欲望。在以往的历史时代,人们建构了各种类型的理想,期待着它降临到现世。其实,理想对于现世的积极意义在于,以自身蕴含着的生气勃勃的动力,凝聚和增强人们的战斗精神力,打碎更为僵死、更为陈腐的观念形态及现实对应物,激励人们打碎不合理的为反动、落后阶级服务的社会秩序。理想的激情和狂热,在达到巅峰状态的时候,往往开始展现它的奴役力量。人可能意识不到自己真正和最终的目的,但是能够将理想的蛊惑化为实用主义的力量,从而获得现实的胜利,不过这种胜利因为人的实用主义本能,却不断消解和腐蚀着理想对人的积极意义。人不能不追求至善至美,不能不向往彼岸世界、世外桃源,但人所追求和所向往的理想在美感眩晕中付诸实践时,往往以完美、自由、合人性等幻象,重演人间历史不曾间歇的真实悲剧。理想激情和狂热本来是指向无限的、理想的彼岸世界,但是实践要求往往混淆理想与现实、有限与无限、此岸与彼岸的界限,却又永远匮乏二者相互转换的对等条件。理想的天性在于追求观念和事物的无限性,但实践力量又使它委身于自己的对立面——有限性本身。当人们以为无限的、理想的彼岸世界能够驻足于尘世的时候,人的实用主义天性就开始承担起攫取的要求。此时,理想思想和信念就要求转化为实际的政治行动,人们的政治权力欲望膨胀,以各种手段攫取实际的政治权力,就像古往今来一切宗教战争打着圣战的旗号一样,人们自以为是为全人类的解放而奋斗。理想假定社会绝对和谐自由,所以保持信仰和实践纯洁性的唯一办法是让所有人都有同样的看法。

左翼文人知识分子那种自封革命资格的合理性、合法性依据,不过是建立在主体人的自我想象和自我建构基础上。别尔嘉耶夫就对这种"革命创造新人"的自我言说曾倍感焦虑:"马克思在青年时的论著中曾说,劳工不具有人的高质,他们是更加非人性、更加丧失人的本性的生存。但后来,在马克思主义的历史中却产出关于无产阶级的神话,其影响甚大。这种弥赛亚论认为,劳工群众比有产者群众更优秀,更少堕落,更赢得同情。其实,劳工也一样被依赖感、仇恨和嫉妒所支配,一旦胜利,他们也会成为压迫者、剥削者。这在人类历史上已一再重演,甚至人类历史就是这么一出荒诞剧,即富人盘剥穷人,尔后,穷人去杀富人。……马克思的无产阶级缺乏经验的真实,仅是知识分子构想的一项观念和神话而已。就经验真实来说,无产者彼此就有差异，又可以类分，而无产者自身并不具有圆满的人性。"①无产阶级在伦理道德本性（或人性）上并不具有优位性，所具有的革命正当性的唯一理由，就是他们是被剥削者、被压迫者和牺牲品。弗洛伊德在《文明及其不满》中就认为："共产主义者确信他们找到了一条从我们的罪恶中解脱出来的途径。……废除私有制，我们就剥夺了人类喜爱的进攻性的手段之一，当然这是一种强有力的手段，但是，我们绝没有改变力量和影响被进攻性所滥用的差别，也没有改变人类天性中的任何东西。"②他强调："人类命运问题在我看来是，其文化发展是否并在多大程度上成功地控制因人类进攻本能和自我破坏本能造成的群体生活的混乱。"③所以就人之本性而言，革命的资格和权力的有无，往往取决于一个人在现实社会所遭受压抑的程度和对理想状态的渴望强度，革命的正当理由，在于一个人心灵和肉体所遭受的非人道的奴役。正如许多革命领袖和积极分子是背叛了所从属的反动阶级，许多反动阶级的爪牙和打手正是出身于流氓无产阶级。

那么，谁才有资格成为革命的代言人和理想的实现者呢？左翼激进派这样认为：不管他是第几阶级的人，只要具有了革命动机，就可以参加到无产阶级革命运动中，而所谓革命动机的有无，取决于是否掌握了无产阶级的革命意识形态。革命的起源和动力问题，最终落脚于人的意识形态想象，革命的进程也在最浪漫的理想和最实用的政治行动中摇摆。理想想象在理想状态的映衬下，往往使革命者专注于那些否定不合理现实的因素，制造和呼唤那些摧毁和改变陈腐现状的力量。一旦遇到现实的巨大阻力，理想想象就开始转化为意识形态专政，以实用主义姿态背叛自己理想的方式。或者说，意识形态为了实现自己的现实使命，不但向自身提出挑战，而且往往违背理想的理想主义指向。意识形态想象从理想理想滑入实用主义泥潭，并不以自身的意志为转移。拉萨尔就非常清楚革命的历史悖论："革命的力量是在于革命的狂热，在于观念对自己本身的强力和无限性的这种直接信赖。但是狂热——作为对观念的全能的直接的确信——首先是抽象地忽视有限的实行手段和现实的错综复杂的困难。"④但是这并没有使他在创作《弗兰

---

① 别尔嘉耶夫：《人的奴役与自由》，贵州人民出版社1994年版，第187页。
② 弗洛伊德《论文明》，国际文化出版公司2007年版，第104页。
③ 同上，第133页。
④ 《拉萨尔附在1859年3月6日的信中关于悲剧观念的手稿》，载《马克思恩格斯论艺术》第1卷，中国社会科学出版社1982年版。

茨·冯·济金根》时艺术地表现这一矛盾。马克思批评他"最大的缺点就是席勒式地把个人变成时代精神的单纯的传声筒",①恩格斯也认为"不应该为了观念的东西而忘掉现实主义的东西,为了席勒而忘掉莎士比亚"。②马、恩都一再强调,只有将较大的思想深度和意识到的历史内容同文学艺术自身的丰富性、生动性完美融合起来,才是文学艺术的未来。但是革命实践不但没有弥合意识形态想象与文学艺术创作之间的矛盾,反而一而再、再而三地重新演示这一难题。不用说,中国左翼文学运动对于文学艺术服从于革命想象的要求,就在于对意识形态观念无限力量的信赖,就在于将文学艺术与意识形态的错综复杂关系简化为传声筒模式。

如果说拉萨尔清楚地意识到这一矛盾,尚无法避免在创作中落入意识形态观念的陷阱,那么中国左翼文人知识分子特别是激进派,不但意识不到这一问题的致命之处,反而有意识地强化意识形态观念对文学艺术创作的束缚,其结果是可想而知的。抽象的意识形态性总是贫乏的、枯燥的和无诗意的,不可能直接转化为活生生的文学艺术生命,正如卢卡契所看到的,左派或许出于善良的意图,想使文学艺术迅速服务于一个才规定不久的目标,但是一方面过低估计了革命者灵魂深处旧的残余,另一方面又过高地估计了观念的力量,从而在实质上歪曲了意识形态想象与文学艺术的真实关系,"人的思维是否具有客观的真理性,这并不是一个理论的问题,而是一个实践的问题。人应该在实践中证明自己思维的真理性,即自己思维的现实性和力量,亦即自己思维的此岸性"。③卢卡契在阐释文学的远景问题时更加强调,文学的公式主义等弊端存在的根源,就在于不正确的塑造远景和表现远景,"马克思说,真正地向前迈了一步比任何一个措辞漂亮的纲领都要有意义。文学也唯有这样才能有意义,有非常大的意义,要是它能够通过形象把这一步表现出来的话。如果在我们的文学中只是把一种纲领性的要求表现为现实——这是我们的远景和现实问题——,那末我们就完全忽视了文学的现实任务。"④然而当左派将意识形态想象与文学艺术的关系,确立为真理

---

① 《马克思致斐·拉萨尔,1859年4月9日》,载《马克思恩格斯论艺术》第1卷,中国社会科学出版社1982年版。

② 《恩格斯致斐·拉萨尔,1859年5月18日》,载《马克思恩格斯论艺术》第1卷,中国社会科学出版社1982年版。

③ 《关于费尔巴哈的提纲》,载《马克思恩格斯选集》第1卷,人民出版社1972年版。

④ 《卢卡契文学论文集(一)》,中国社会科学出版社1980年版,第459页。

和真理的形象表达之后,却完全抛弃了重新接受实践检验的可能。它愈来愈要求把它对文学艺术与意识形态关系的解释,作为一种特权和一种惯例。当年胡秋原对此极为反感:"左翼批评家尽可站在马克斯主义观点,分析他们的作品,但是,作家(自然要真正算得一个作家)有表现他的情思之自由,而批评家不当拿一个法典去限制他们。……文学上阶级性之流露,常是通过极复杂的阶级心理,社会心理,并在其中发生'屈折'的。……因为一个艺术家,他没有锐利的眼光,观察生动的现实,只有做政治的留声机的本领,就是刀锯在前我也要说他是一个比较低能的艺术家。……要知道高尔基等之所以伟大,在他是革命的春燕,不是革命的鹦鹉啊。……阶级性检定所所长舒月先生判定我是'小资产阶级',这判决,我并不抗议。但即在苏联,恐怕也不禁止这一阶级的存在。而除非社会组织根本改变了百年以上,这阶级也不会绝迹的。尤其在中国,舒月先生和我,乃至其他革命家,恐怕谁也不能说是'百分之百'把握了无产阶级的意识;那差异,恐怕也不过半斤八两而已。……天天叫他人'克服',而自己以为无须'克服'了,这是最无希望的态度,而不是一个革命者所应有的。……不要以为自信是革命的阶级的观点,就什么都完了。"[①]

意识形态不过是一种思想描述形式,它的目的是使人的社会实践变得有意识、有活力,为的是克服社会存在的冲突。它以直接的必然的方式从实践中产生的同时,又必须时刻接受实践的进一步验证。忽视了这一必要的进一步验证,意识形态异化就会在相当大的程度上泛滥于人的精神领域,进而侵蚀和奴役人的精神和生活世界。无视和简化文学艺术自身结构和生产要求、夸大意识形态观念的地位和作用的态度,不是沦为实用主义的急功近利,就是陷入以激进口号否定现存一切的理想狂热。这种状态下的意识形态想象不可能成功地实现自己所设计的内容,虽然它们对于个人主观行为来说常常是善意的动机,但在实际体现它们的实践中,其含义却经常被歪曲,并且往往变异为思想的专制和精神的独裁。当年的韩侍桁就说:"现今左翼文坛的横暴,只是口头上的横暴,是多少伴着理论斗争的一种横暴,若比起现统治阶级对于左翼作家们的压迫、禁锢与杀戮,还是有天渊之别的,因为他们现在没有权力来禁锢与杀戮;一旦有了之后,是否怎样,这也就难

---

① 胡秋原:《浪费的争论》,载 1932 年 12 月《现代》第 2 卷第 2 期。

说了。"①

三、理性的僭妄与期待

葛兰西曾经说过,知识分子是上层建筑体系中的"公务员",是统治集团的"代理人"。②其职能就是为一定的社会集团掌握和行使社会领导权提供知识、思想、道义的支持,以理性化的言说系统论证该社会集团统治的合法性、合理性。中国左翼文人知识分子在马克思主义意识形态获取和行使社会领导权过程中所起的作用是不言而喻的。没有左翼十年间左派文人知识分子的鼓吹呐喊,很难想象马克思主义意识形态会以风卷残云之势迅速占领中国人的精神世界。理解政治意识形态对中国社会发展的影响,不能不追溯到左翼文人知识分子那里。通过对左翼文学思潮意识形态问题的梳理、考察、分析和批判,我们已经能够清晰地看到,意识形态想象是如何以实现理想的方式背叛了自己,是如何以实用主义态度剥夺了自由的生存空间,是如何以悲剧事实扭曲了自己的初衷、蜕化为意识形态专政。

对意识形态专政不能简单地斥之为谬误就一了百了,当然也不能以左翼文人知识分子的致命错误来说明批判者自身的正确。假如我们生存在那样一个"白色恐怖"的历史语境中,假如我们每一个人都有良知和正义感,假如我们每一个人都要行使自己正当的社会使命,那么我们在历史的风云际会面前会如何抉择? 在光明与黑暗、正义与邪恶、真理与谬误的抉择中,我们所作所为的正当性、合理性或许还不如他们。不可否认,革命进程中有难以计数的投机家、阴谋家成为时代英雄,在历史舞台上叱咤风云、大显身手,但是不可否认的是,和平年代的投机家、阴谋家更是如过江之鲫,数不胜数。革命的谬误与罪恶,只不过是在革命圣洁的光环映衬下愈发引人瞩目。革命的消极意义在于打开了潘多拉的盒子,让人们在狂热中自相残杀。革命的积极意义在于它代表着人类追求至善至美的理想精神的永不衰竭。因革命的消极影响而全盘否定革命,与无限夸大革命的积极影响而无视血的代价同样都是不可取的。告别革命,告别的应当是革命的异化形式,而不是那些鼓舞人追求超越的生命动力。我们应当追寻历史事件背后更为深层的那

---

① 韩侍桁:《论"第三种人"》,载侍桁著《文学评论集》,上海现代书局1934年版。
② 葛兰西:《狱中札记》,中国社会科学出版社2000年版,第7页。

些人类共有的精神因素,不然历史还将持续不断地上演同一出悲剧。

众所周知,在 20 世纪的中国,思想、知识和文化界逐渐摆脱传统的话语思想资源,运用西方启蒙运动以来的精神文化资源来论证社会制度、社会生活、价值追求的正当性与合理性。从整体上来看,20 世纪是人类社会追求现代化的时代。人们延续和发扬了启蒙运动以来"人的解放"观念,将理性精神定位为"人的解放"的旗帜,"现代的意味着理性的和'理性化的'"。[①]合理性是区别现代社会与古典社会的根本标志,是现代社会自我定义和自我确证的历史尺度。人们将理性化理解为一个使社会事务和状态日趋合理、清晰、连贯、统一和全面的过程,合理性的规范也要求将本来建立在经验观察基础上的理性,扩展到人类生活的所有领域,"人们以为,通过把理性理解运用到科学和技术领域以及人的社会生活中,人的活动就会从先前存在的束缚中解脱出来",[②]人们认为无所不能的理性化理想本身就是实现人类社会理性化的最佳工具,"达到理性化理想的那个过程的名称本身就相当重要:人们给它起了'现代化'这一名称"。[③]在追求"人的解放"过程中,理性化的目的和功能就在于把先前决定人的生存的社会与自然世界置于人的控制之下。理性化的追求带来的是解放政治的兴起。从广义视角来看,据吉登斯的概括,解放政治涵盖着三种整体视角:激进主义(主要指马克思主义),自由主义和保守主义。激进主义政治和自由主义政治,都追求使个人和群体从先前产生的社会不合理状态中解脱出来,自由主义希望通过个体不断解放和自由国家的建构相结合实现理性化理想,激进主义则寄希望革命性的巨变来实现个人和社会的理性化整体规划,而保守主义只是对上述两种思想的拒斥和批判得以发展。[④]

不用说,先觉觉后觉,这种理性化浪潮以普遍主义的、先进的面貌,东移到 19 世纪末 20 世纪初的前现代中国并开始持续展示力量。崇尚理性精神在社会事务中发挥的巨大作用,成为思想、知识和文化精英们借鉴和推广的最重要的思想主题。解放政治的三种基本面貌也呈现在中国追求现代化的历史舞台上。可以说,马克思主义是解放政治中最为旗帜鲜明的激进式理

---

① 希尔斯:《论传统》,上海人民出版社 1991 年版,第 386 页。
② 吉登斯:《现代性与自我认同》,三联书店 1998 年版,第 247 页。
③ 希尔斯:《论传统》,上海人民出版社 1991 年版,第 385 页。
④ 参见吉登斯:《现代性与自我认同》第 247 页的有关论述,三联书店 1998 年版。

性化理想。它的激进,不仅体现在具体的革命实践上,而且从更为深层的原因来说,还主要体现在对理性的期待和对理性精神的运用上,正如曼海姆所强调的:"社会主义——共产主义理论,就是直观论和以极端理性的方式去理解现象的确定愿望的综合。这种理论中有直观论,因为它否认在事件发生之前对它们进行精确预计的可能性。理性主义倾向是它在任何时候都使无论什么新奇的东西适应于理性的框架。……尤其是革命,创造了一种更有价值的知识类型。这就构成了人们可能进行的综合,当人们生活在非理性之中,而且意识到了这一点,但他们并不绝望,仍然试图对非理性做出理性的解释。"[①]中国马克思主义意识形态的崛起并逐渐成为全社会的统治思想,在很大程度上就是依靠它的直观论色彩和极端理性主义理解方式,获得了急于建构富强文明的现代化国家的文人知识分子的青睐。马克思主义意识形态作为理性精神在 20 世纪中国社会实践中的具体演练和展现,构成了20 世纪中国解放政治最为高亢、最为激进和最有影响的一翼。解放政治在总体上关心的是克服剥削、不平等和压迫的社会关系,追求正义、平等和公正的社会人生理念。正如吉登斯所强调的,解放政治的实质,在于把"拯救"看作是个体或群体摆脱社会既定结构压抑和束缚、发展人的全面理性能力的手段[②]。中国的马克思主义者们将理性化理想中追求的社会状态赋予了具体形式,为马克思主义解放政治建构了历史舞台,同时也赋予自己肩负实现理性化理想的"拯救"使命。马克思主义意识形态作为解放政治,正是以打碎过去枷锁、面向未来的改造态度,获得了强有力的现实实践形式。

从马克思主义意识形态解放政治的表现形式来看,中国左翼文学(化)运动是一个重要的"战野"。当时左翼文人知识分子、尤其是激进派,曾经这样诉说"革命"追求:"真正的无产阶级革命乃是唤起民众自发地将国家权力从统治阶级夺来,组织半国家。在这种半阶级底政权底下,消灭敌方阶级,使社会组织更进于高级阶级,一切人民才能获得真正的自由平等,社会才没有剥削者与被剥削者。"[③]但是这种理想所希冀的"半国家"、"自由平等"状态,无论当时还是现在都没有真正实现过。左翼文人知识分子们通过文学艺术的意识形态化帮助革命成功的愿望,不过是一种为社会急剧变革而奋

---

① 曼海姆:《意识形态与理想》,商务印书馆 2000 年版,第 130 页。
② 参见吉登斯:《现代性与自我认同》第 250 页的有关论述,三联书店 1998 年版。
③ 《革命》,载 1928 年 5 月 15 日《文化批判》第 5 号。

斗的理性化想象在社会运动和社会心理上的焦灼反映。但是这种理性化想象一旦成为现实社会意识,便成为群众运动极其重要的驱动力。理性化理想也从思想精神领域转入实践领域,并开始主宰人的行为。这一方面是对其行为的肯定,是革命阶级群体确认的形式,另一方面带来的是对事物的扭曲和变形,强调了马克思主义意识形态理性化想象的功能性,却忽视了这种理性化理想的认识局限。周扬曾经这样回忆实现无产阶级理性化理想的"革命"状态:"左翼文化运动是党所领导的整个革命运动的一个组成部分。要是你不懂党怎么从错误路线中发展过来,你就没办法解释很多问题。……'左联'是在这场论战结束以后成立的。二八年的'创造社'、'太阳社',不但反对鲁迅,他们自己内部也打,就像文化大革命期间的派性斗争一样(众大笑)。自己斗起来,比斗敌人还厉害。这个我有体验。派性这个东西很反动,但它开始的时候是革命的。派性斗争,打自己人打得厉害,甚至敌人也不打了,就是你一派,我一派,我专门对付你,你专门对付我。根本的敌人反而不打了。……不过那时候没有实权,你扣帽子也不怕。……什么叫'左'呢?就是提出目前还不能实行的方针,超过了现实的革命阶段。"①这种令人啼笑皆非的"革命"状态的产生,其根源与其说是因为"左",毋宁说是因为理性化想象极端膨胀之后走向了自己的反面,所谓"错误路线"只不过是它在政治领域的具体体现。

事实上"现代社会远远不是由理性统治者全盘理性化的社会",②人类灵魂深处的诸多欲望、冲动和情感并不一定服从理性的节制,崇尚发挥理性能力的心理和思维倾向,也并不必然要求将所有事物完全理性化。但是当这种理性化的心理倾向进入公共话语空间后,却很容易成为思想教条、产生独立的功能,特别是它在表层上的鼓动和阐述,更容易引导人进入理性的僭妄状态。中国左翼文学运动以来所形成的意识形态与文学艺术关系的理论框架,从根本上来说,就是理性僭妄的结果。当年就有许多人极力反对左派在意识形态与文艺之间乱点鸳鸯谱,郁达夫就说过:"虽然中国政治上的德谟克拉西是没有的,但文艺却不能和政治来比。倘不加研求而即混混然说中国的文艺和中国的政治一样,那是不对的。"③被视为"狂人"的高长虹对政治

---

① 赵浩生:《周扬笑谈历史功过》,载1979年2月《新文学史料》第2辑。
② 希尔斯:《论传统》,上海人民出版社1991年版,第388页。
③ 郁达夫:《复爱吾先生》,载1928年11月20日《大众文艺》第3期。

与文艺的认识不但不张狂,反而较为理智:"文艺与政治,也许不能够脱离了相互的关系,但它们终是两件事。什么文艺是不是革命文艺,不必要问它合不合于什么政治理论。革命不是政治所能专有的。革命可以解作这一个时代对于那一个时代的革命,不止是政治的,而也是经济的,教育的,艺术的,两性的,而是全个生活的。这一种政治上的革命理论也许不同于那一种政治上的革命理论,但艺术上自有它自己的独立的革命理论,不必受政治上的理论的支配。讲革命文艺,而要借助于政治上的理论,即便不使这所谓革命文艺做成借的文艺,至少也缩小了文艺的范围,减少了他的生命。"①左翼文人知识分子、尤其是激进派,由于极力强调意识形态理想,却反而陷入理性的张狂状态,就只能"从错误路线中发展过来",当年韩侍桁就取笑说:"'左联'认错的态度,以我私人的经验看来(因为我一度曾是参加过其组织的),可以列成这样的公式:有了某种错误,若被一个较不重要的本身的分子提出来,必定不能得到公认,这错误仍要尽量地维持其存续,非要到了社会环境不能再允许,而指摘的人日见增多起来,这错误是不被接受的。……像这样'认错'的态度,我们可以预定,左翼团体在将来——在现今也罢——还必定是隐藏着错误,固执着错误,进行着错误的路,然后再来修正错误。"②

中国左翼文学运动所建构的意识形态与文艺的关系框架,毫无疑问的确在共产党政治革命和巩固政权方面发挥了巨大的作用。但是毋庸讳言,这不但是以文艺的自律性生命为代价,而且是以胜利的果实巩固和强化了理性的僭妄。其是是非非、风风雨雨人们都有目共睹。今天人们对理性化理想的质疑早就提上了议事日程,人们普遍认识到把思想和观念当成事实本身、把关于世界的模式当成世界本身的理性化想象有多么可笑,人们已经认识到"意识并不真正是统率一切的主人,有更为深刻的诸种因素在直接有意识的经验和思考这一表象的背后起作用;也就是说,人们逐渐相信,正如太阳系中的情形一样,现实世界并不围绕着人类理智或意识运作,而是后者遵循着地球引力及其他规律"③,认为一切社会领域和社会生活都服从于理性化理想的宰制,不过是一种典型的现代理性错觉。尽管人类的社会生活似乎已变得理性化,但迄今为止发生的所有理性化都只是部分性的、区域性

---

① 高长虹:《大众文艺与革命文艺》,载 1928 年 12 月 1 日《长虹周刊》第 8 期。
② 韩侍桁:《论"第三种人"》,载《文学评论集》(侍桁著),上海现代书局 1934 年版。
③ 杰姆逊:《后现代主义文化理论》,陕西师范大学出版社 1987 年版,第 198 页。

的,我们社会生活许多最重要的领域,比如情感、欲望、意志等,迄今为止可能依然滞留在非理性之中而难以理性化。

理性的霸权和僭妄,无视主宰人与他的世界之关系的基本的非理性机制。对人类本质上具有的理性的信仰和无限度的运用理性的能力,使人们忽视了那些更深一层的、无意识或非理性的力量,而正是这种无意识、非理性的力量驱使着大量人群的"盲目"的存在。理性化理想的自我神圣化,带来的是理性对人的整体力量的僭妄,一厢情愿地把人类历史过程置于自动控制之下的愿望,只能导致后患无穷的灾难。理性的无限度扩张,最终使自己从理性走向非理性、从有意识走向无意识,自己成为自己的敌人。

人类所处的历史和发展困境,在于人们自身都陷身于理性化想象之中,包括反对理性扩张的人,也必须依仗理性化的自我调节能力,进行理性霸权的祛魅。我们无法想象一种没有理性想象参与的社会状态。排除理性化想象的参与无异于饮鸩止渴,其灾难性后果更为可怕。祛除理性的霸权和理性的僭妄,不但要限制理性的越位和泛滥,还需依靠理性的自我革新能力,"一旦人们拒绝一种绝对理念的虚构来解释人是如何随着各种科学的进步而建构了它的理性的,这时,人们便会明白,理性思想的进步的法则,就是充满危机的运动,甚至是充满巨大危机的运动,在理性的历史中,同样有革命",①因此,理性化想象必须同时具有自我分析、自我意识、自我批判和自我革新的形式和力量。

文人知识分子由于掌握知识权力和文化资本而自恃为理性的代言人,所以文人知识分子的自我反思就成为理性革新的重要主体环节。我们应当仔细品味约翰逊研究文人知识分子得出的结论:"在我们这个悲剧的世纪,千百万无辜的生命牺牲于改善全部人性的那些计划——最主要的教训之一是提防知识分子,不但要把他们同权力杠杆隔离开来,而且当他们试图集体提供劝告时,他们应当成为特别怀疑的对象。……任何时候我们必须首先记住知识分子惯常忘记的东西:人比概念更重要,人必须处于第一位,一切专制中最坏的就是残酷的思想专制。"②理性的僭妄是异化在意识或思想领域内所采取的形式,是异化了的思想和意识形态。而思想或精神专制,恰恰就是理性的无限度泛滥、膨胀和越位之后产生的必然结果,"我们所做的是,

---

① 韦尔南:《神话与政治之间》,三联书店2001年版,第218页。
② 约翰逊:《知识分子》,江苏人民出版社1999年版,第470页。

我们向理性本身要求它所是的理性。为了理解理性思想的本质和作用，我们在某种意义上用它的武器反过来对准它自己"。①因此，理性的革新必须永远含有一种争取自身解放的努力，必须为怀疑和批判精神保留一块领地，这是理性自身的解放政治。

四、战胜精神专制的，正是精神的革命

康德在《答复这个问题："什么是启蒙运动？"》中，区别了理性的公开运用和私下运用（理性的公开运用是指任何人像学者那样在全部听众面前所能做的那种运用，私下运用是指一个人在其公职岗位或职务上所能运用的自己的理性，理性在其公开运用中必须是自由的，在其私下运用中必须是服从的），并立言："必须永远有公开运用自己理性的自由，并且唯有它才能带来人类的启蒙。"② 20 世纪后半叶最伟大的思想家福科，继续阐述和发挥了康德的伟大命题，他在《什么是启蒙？》中写到："康德把启蒙描述为人类运用自己的理性而不臣属于任何权威的时刻；就在这个时刻，批判是必要的，因为它的作用是规定理性运用的合法性条件，目的是决定什么是可知的，什么是必须做的，什么是可期望的。理性的非法运用导致教条主义和它治状态，并伴随着幻觉。另一方面，正是在理性的合法运用按它自己的原则被清楚规定的时候，它的自主性得到保障。在某个意义上，批判是在启蒙运动中成长起来的理性的手册，反过来，启蒙运动是批判的运动。"③今天，当我们力图超越理性的霸权和理性的僭妄的时候，这两位大哲先贤关于理性运用的告诫，依然是震古烁今的旷世希声。人类从启蒙时代到革命时代，乃至今天所谓的后现代（或后后现代），理性的自我拷问依然是一个未完成的历史主题。正如福科所叹息的那样："我不知道是否我们将达到成熟的成年。我们经验中的许多事情使我们相信，启蒙的历史事件没有使我们成为成熟的成人，我们还没有达到那个阶段。"④不但启蒙运动没有使人类达到成熟阶段，20 世纪的革命运动没有做到这一点，后革命时代依然没有完成人类成熟的使命。

---

① 韦尔南：《神话与政治之间》，三联书店 2001 年版，第 215 页。
② 康德：《历史理性批判文集》，商务印书馆 1990 年版，第 24 页。
③ 福科：《什么是启蒙？》，载《文化与公共性》，三联书店 1998 年版。
④ 同上。

而且，人类由于对理性能力的自我崇拜，使理性在无限扩张的惯性机制中滑向深渊，往往在每一个时代都以血的惨痛代价换来自身的警醒。

恩格斯曾经强调："人们通过每一个人追求他自己的、自觉期望的目的而创造自己的历史，却不管这种历史的结局如何，而这许多按不同方向活动的愿望及其对外部世界的各种各样影响所产生的结果，就是历史。……在历史上活动的许多个别愿望在大多数场合下所得到的完全不是预期的结果，往往是恰恰相反的结果，因而它们的动机对全部结果来说同样地只有从属的意义。……探讨那些作为自觉的动机明显地或不明显地、直接地或以思想的形式、甚至以幻想的形式反映在行动着的群众及其领袖即所谓伟大人物的头脑中的动因，——这是可以引导我们去探索那些在整个历史中以及个别时期和个别国家的历史中起支配作用的规律的唯一途径。"[1]对理性化理想及其具体形式意识形态想象的分析，目的在于寻求对理性化理想内在结构和外在功能的理解，获取衡量现实选择和未来趋向的准绳。理性的霸权和僭妄所蕴含的人类历史本身的痼疾，充分展示了历史发展和人类意志的对抗。人们相信可以依靠自己独有的理性光芒就可以重新塑造世界的革命梦想，已经随着20世纪那些悲剧事实的出现而日渐式微，但理性霸权依然以其他形式左右人的精神世界。

马克思在《评普鲁士最近的书报检查令》中说："精神的普遍谦逊就是理性，即思想的普遍独立性，这种独立性按照事物本质的要求去对待各种事物。"[2]但理性的运用又往往独尊其大，将独立性演绎为普遍性，以理性的专制和独裁，控制人的精神世界的方方面面。对于一切形式的专制和独裁，马克思满怀激情地大声申辩："你们赞美大自然悦人心目的千变万化和无穷无尽的丰富宝藏，你们并不要求玫瑰花和紫罗兰散发出同样的芳香，但你们为什么却要求世界上最丰富的东西——精神只能有一种形式呢？……每一滴露水在太阳的照耀下都闪耀着无穷无尽的色彩。但是精神的太阳，无论它照耀着多少个体，无论它照耀着什么事物，却只准产生一种色彩，就是官方的色彩！精神的最主要的表现形式是欢乐、光明，但你们却要使阴暗成为精神的唯一合法的表现形式；精神只准披着黑色的衣服，可是自然界却没有一

---

[1] 《路德维希·费尔巴哈和德国古典哲学的终结》，载《马克思恩格斯选集》第4卷，人民出版社1972年版。

[2] 《评普鲁士最近的书报检查令》，载《马克思恩格斯全集》第1卷，人民出版社1956年版。

枝黑色的花朵。"①精神的专制和独裁,往往就是让五彩缤纷的世界只有一种颜色,让精神的诸种形式都披上黑色的衣服,让"阴暗"成为精神的唯一合法的形式。这种专制和独裁的普遍性的可怕之处,就在于它在人类精神的诸种形式中都能找到合理、合法的体现者和代言人,让一切自由的精神形式都成为它的奴仆,让一切都围绕着它独享的"自由"运转(中国左翼文学运动就身不由己地遵循了理性专制和独裁的召唤)。面对理性自我膨胀形成的专制与独裁,只有精神的革命才能摧毁它,才能重建理性的尊严。我们对理性的期待,不但是要遵循并坚守理性运用的合法性条件,而且仍然必须坚信理性正在逐渐摆脱不成熟状态,因为人类不断朝着改善前进!让我们相信明天太阳照常升起,因为世界在太阳的照耀下将会更加色彩斑斓、悦人心目。

如果让我说:中国左翼文学运动最值得我们纪念的是什么?我会毫不犹豫地说:正是那些文人知识分子不屈不挠反抗一切形式的专制、独裁和黑暗的大无畏革命精神!每当遥想七十多年前那场轰轰烈烈的左翼文化(学)运动,总是忍不住想起托克维尔对法国大革命的评价:

这是青春、热情、慷慨、真诚的时代,尽管它有各种错误,人们将千秋万代纪念它,而且在长时期内,它还将使所有想腐蚀或奴役别人的那类人不得安眠!②

---

① 《评普鲁士最近的书报检查令》,载《马克思恩格斯全集》第1卷,人民出版社1956年版。
② 托克维尔:《旧制度与大革命》,商务印书馆1992年版,第32页。

下 篇

理性与审美：
　　左翼文学创作的优劣得失

第九章　审美观念再阐释与
左翼文学的政治移情

　　在最近二十多年人们的文学观念世界中,有一种主导倾向左右着人们对文学的认识和理解。简单来说,就是认为艺术性、文学性或者说审美价值是文学的本质特征。因此,它也成为文学史阐释系统的一个非常重要的价值支点和评价尺度。然而人们在运用这一尺度进行文学史释义的时候,却很少对这一尺度本身进行思考。在人们的阐释视野中,艺术性、文学性或者说审美价值似乎成了一个不证自明、先天正确甚至是不容置疑的概念,在文学史释义和评价的过程中具有了先天的合理性与合法性。可是在问题的"原点"之处,不可抑制的怀疑精神往往会穿透不容置疑的概念的外壳,解构仿佛已经成为常识的那些理念和思维方式。特别是当我们面对中国左翼文学这样一个虽然粗糙稚嫩、但丰富广阔的文学世界之时,解构的蛊惑更会悄然滋生暗长。"偶像"的黄昏来临时,密涅瓦的猫头鹰就会悄悄起飞。

一、审美尺度与述史秩序

　　选择茅盾作为理解审美概念以及中国左翼文学审美阐释的研究个案,应该说是一个较为恰当的切入点。茅盾是左翼文学巨匠,由于他的文学创作代表了左翼文学创作的最高水准,对他的作品的审美意蕴的重新揭示与理解,对于今天我们重新理解和解读左翼作家和文学作品,乃至在我们的文学史述史秩序和版图中重新定位,都具有典范作用和示范效应。

　　但是,长期以来人们受一元政治意识形态观念(或者说是二元对立思维模式)的影响,往往不容置疑地首先将茅盾定位于革命作家,而不是首先认定茅盾作为一个文学家的资格。从这样一个单一视角出发,只能是要么维护茅盾的崇高形象,要么贬低茅盾的作品世界和人生选择,看不到茅盾作为现代中国文人知识分子的一种类型的意义,看不到茅盾作品在展现现代中国文学精神价值追求方面所具有的丰富文化内涵和艺术张力,从而无视茅盾作品世界和人生选择中那些被遮蔽的艺术和精神资源。于是人们大谈茅盾的"矛盾"现象、"两个茅盾现象"等等,仿佛从此一了百了。一方面这是被研究对象的复杂构成所迷惑,另一方面是被研究主体自身的视野所局现,无法最大程度地还原茅盾作为一个杰出文学家的那个复杂的本真面目。

在近20年茅盾研究史上,有两个学术事件曾引起人们的广泛讨论,其影响更令人深思。一是王一川编辑20世纪中国文学大师文库,颠覆了长期以来现代中国文学鲁、郭、茅、巴、老、曹格局,不但将通俗武侠小说家金庸列入现代文学大师的行列,更将茅盾逐出现代文学大师的队伍;二是蓝棣之重评《子夜》,以审美标准对《子夜》文本重新阐释,颠覆了长期以来《子夜》的经典地位。一石激起千层浪,惹恼了众多茅盾研究者,解构了长期以来几代学人建构的有关茅盾及其作品的镜像世界。更为严重的是,若再依据现行的现代中国文学史教材,众多的现代中国文学教育者已经无法依据国家制定的教学大纲,顺利完成向学生传道、授业和解惑的职能。

这两个学术事件从文学系统的内外两个层面造成了传统茅盾研究的危机。重排大师座次从文学接受系统出发,以文学选本形式,在文学系统的外在层面,打破了人们对文学大师的经典性接受标准;重评《子夜》从作品的文本系统出发,以审美解读的形式,在文学系统的内在层面,动摇了人们对《子夜》作为经典的认知标准。如果说前者依赖的是现代出版界的商业运作,是现代传媒的巨大社会影响和功能,那么后者则是学术的釜底抽薪策略和颠覆性学术行为。两者手段不同,但理论武器同一,都以审美资源的匮乏,质疑茅盾文学作品的文学经典资格:如果一部作品没有雄厚的审美资质和美学价值,没有超越性的文学内涵,能被称之为经典吗?如果一个作家没有经典作品支持,能称之为文学大师吗?

且不论这两个学术事件本身的对与错,也不说它的质疑是否合理。问题是:茅盾作为文学大师、《子夜》作为经典作品的观念从何而来?是人们真正全面系统阅读茅盾作品后得出的结论,还是过去知识精英们的历史评定与政治意识形态系统制约下现代中国文学教学体系长期灌输的结果?答案似乎不难发现。暂且不说文学史上知识精英们那些定评,长期以来中小学语文教材选编的茅盾作品,使人们在人之初阶段就先入为主地限制了对茅盾文学作品的完整审美感受,制造了一个偏颇的、甚至是劣质的茅盾文学作品审美接受平台。长期以来的现代中国文学史教材系统,以强势话语权力将茅盾及其作品封闭起来,割断了思想活跃的大学生与茅盾作品丰富性之间的对话。

从中小学到大学时期,对茅盾作品的不合理选择和解读,误导了人们对茅盾作品的认识和理解。教材的权威地位,很可能使大、中、小学生认为他们读到的就是茅盾最好的作品。正是过去文学史观的独断与偏狭,使真实的茅盾及其作品的丰富性退隐了。《背影》等作品可以树立朱自清一流文学家的形象,可是《白杨礼赞》、《春蚕》能充分展现茅盾作为一个作家的才情和艺术风范吗?茅盾或许不具有郁达夫、徐志摩的潇洒飘逸、哀婉缠绵,但谁能否认他的艺术天赋和文学才情?他那些与文学史正统观念不尽一致的作品,是否更能展现茅盾作为文学艺术家的资质?过去的现代中国文学阐释系统,往往牵强附会地依据革命作家的社会角色和形象需要,生搬硬套地对作品系统进行肢解,这不仅存在于普通读者的阅读系统,在高等学府的三尺讲台上,政治意识形态诠释的阴影也是非常浓重的,现代中国文学专家和教师队伍中,对茅盾及其作品要么盲目捧煞、要么情绪化贬低现象依然比较普遍。这说明许多人评判茅盾及其作品的标准,并非建立在求真、求实、系统、全面和独立阅读的基础上。退一步说,作为独立自足的专业的学术研究者,我们不能因为一个人的政治选择而无视他的卓越的艺术创造,也不能因为一个人的艺术创造而美化他的政治选择。

这两个学术事件的要害在于,它们反馈了过去二十多年现代中国文学研究领域中盛行的一个重要学术思想和文学史观念:审美自治论。过去二十多年,一批令人尊敬的学者以审美自治论为理论和观念武器,抗衡政治意识形态对现代中国文学研究的束缚,为文学和学术的独立自足开辟了广阔的生成空间。它强调一部文学作品存在的最根本理由,就是作品蕴含的文学性和审美价值;评价文学作品,不能依赖文学和审美系统以外的任何标准,而在于它自身的文学品质和审美趣味,在于文学想象和审美理想的细腻性和丰富程度。

必须首先看到,审美自治论在过去的二十多年中之所以成为一种强势文学观念,是因为它为学人们禁锢已久的心灵打开了一扇自由的大门,为现代中国文学研究赢得了相对独立的学术自治的话语权力，为众多学者找到了一个安身立命的学术根基。正是在这一强势文学思潮和文学观念的支撑下，中国现代文学阐释系统开始摆脱政治意识形态阐释婢女的角色，开始建构一个新鲜的、富有生命力的文学史释义世界。我们看到的更多的"革命性"学术行为是，那些革命色彩浓郁的作家遭到了疏远，那些与政治意识形态旨向相近的作品遭到了鄙弃，与此形成鲜明对照的是，过去那些与革命保持距离、甚至政治上反动的作家迅速走红，那些具有解构政治意识形态倾向的作品大行其道。美籍华人夏志清的《中国现代小说史》，竟对现代中国文学史重构产生了巨大影响，过去为文学史阐释正统观念所排斥的许多作家如张爱玲、钱钟书、沈从文等，迅速成为大师级作家。夏氏对鲁迅、茅盾等作家的贬低，虽不能令内地研究者心悦诚服，可是对张爱玲、钱钟书、沈从文等作家进行的审美的和艺术的分析与阐释，却让人一见倾心，有意无意中成为学术研究的典范。

正是在审美自治论的引导下，现代中国文学主流阐释系统，摒弃了一元政治意识形态价值观念独尊的局面，悄悄地调整和扩充自身的价值评判坐标和学术判断标准。但是，新的问题和矛盾也随之而来。现代中国文学史经过近二十多年的不断丰富发展和重新书写，实质上在一部文学史述史结构中，往往形成两套明显不同的价值评判标准，一是原有国家政治意识形态所规定的价值取向，一是以审美自治论为观念主导的价值取向。这形成了近20年现代中国文学史述史秩序的一个奇特现象：一方面，那些与革命和国家政治意识形态价值取向保持一致的作家作品（特别是左翼文学作家作品），尽管在艺术和审美品位上受到责难，但因为是革命和国家政治意识形态构成的重要历史精神文化资源，为维护革命和国家政治意识形态的历史和现实权威，就反复强调作品与社会变革的关系，重点放在作品的社会影响和社会功能上，突出作品的外在价值；另一方面，对于政治上没有光荣革命履历甚至政治上反动、但写出优秀作品的作家，就强调作品的审美性、艺术性、超越性和永恒性，突出展现作品的内在价值，强调作品对文学艺术自身的贡献。现代中国文学史述史体系的二元价值评判模式，简单来说就是政治和艺术两种价值判断标准并存。两种截然对立的价值评判系统共存于一个述史秩序之内，不能不说是近20年现代中国文学书写史的一大特色：人们一面以文学史价值为理由，为那些在历史上产生影响但又不为现时代所青睐的作家作品寻找文学史位置，一面又以文学作品的内在审美价值为武器，论证那些为革命和国家政治意识形态洪流所淹没的作家作品的合理性。

审美自治论的出现与风行,有其社会时代背景:它既是对政治意识形态主导下僵化学术结构的反拨,又是文人知识分子为寻求精神独立而确立的价值基座;一方面向文学本体的回归,符合了文学和学术史发展的规律,另一方面学术的社会功能,又使它产生不可抑制的意识形态欲望,这可称之为美学意识形态;它不仅是一场学术史上的形式主义变革,而且是一场思想史和精神史上的观念革命;它既是学术观念自身的发展,又是社会政治意识的学术化显现。审美自治论最有力的话语表述可称之为"纯文学论"或"纯审美观"。它使现代中国文学及其研究获得了相对独立和相对广阔的发展空间,以丰富多彩的学术姿态和社会反响,成为近二十多年文学史观的主流,特别是在 20 世纪 90 年代以来的文学史研究中,成为基本学术理路、话语策略和评判标准。

随着社会和文学观念的变化与发展,对流行的"纯文学论"、"纯审美观"观念的反思和质疑,无疑应当进入人们对学术史的反思视野。一个基本前提是,经过近 20 年的不懈努力,学术界已经基本建立了相对自足的学术话语系统,审美自治论所指涉、所反对的对立物已成强弩之末,难以简单粗暴地干涉学术系统的运转和循环;学术的自身机制也不再允许自己只负有单一的功能;它产生意义和能量的社会条件和历史语境,都发生了重大变动;它对政治意识形态话语霸权的抗议性和批判性已开始淡化;纯形式主义的偏执凸现出来,使学术研究和文学创作很难适应当今社会文化语境的巨大变化,难以随时代的变化建立学术、文学和社会的新关系;学术研究和文学创作越来越边缘化,这既有外界因素的影响,也受自身观念的封闭性所束缚。

进入 21 世纪以来,当代中国在累积 1990 年代思想精神问题的基础上,孕育了许多新的复杂矛盾,产生了许多过去不曾有的尖锐问题,过去二十多年行之有效的价值尺度和思想范式,已渐渐失去阐释的合法性、权威性,已不能回答新形势下人们的思想和学术困惑。当社会各阶层在复杂的社会现实面前,进行激烈的、充满激情的思考时,现代中国文学研究对当前思想学术界的影响严重削弱了,介入社会的主动性降低了,在审美自治论的惯性思维下,难以与新的社会思想状况沟通、与社会现实进行精神互动,更不必说以崭新的学术成果和思想效力参与当前的社会变革。在商业文化、消费文化、庸俗文化日益泛滥、研究日益学院化和体制化的今天,它失去了以自身独有的方式介入巨大社会变革的能动性,既无法完成自身的学术职能,更不能充分发挥人文学术的现世关怀。当然,学术研究和文学创作的边缘化,更重要的因素是社会精神结构的自我适应和自我调整,是当前文化界、思想界和知识界共同面临的问题。政治和金融霸权的专横,媒体和文化掮客的喧嚣,掌权者和富人阶层的攫取和洋洋自得,使人文知识分子越来越不能承受生命的存在之轻。这刺激着文化界、思想界和知识界,引起了人们的警觉、自审和越来越热烈的讨论。

二、审美观念再理解

穷则变,变则通。现代中国文学研究面临优胜劣汰的境遇。工欲善其事,必先利其器。根据新的时代背景和思想精神状况,重审过去风光一时的学术理路和思想观念势在必行。现代中国文学研究越来越疏远社会真实思想精神状态,不但凭借历史精神资源解答当下问题的能力难以为继,而且解决自身疑难的学术生命力也日益衰竭和窘迫。近年学术界、思想界发生的许多争论,反馈着当前中国社会的精神变革,隐藏着时代精神的文化基因和生命密码,展示着学术研究和文学创作的新增长点。学者和作家可以拒绝政治意识形态的干涉,却不能逃脱须臾不离的社会政治文化语境。强调审美自治论,陶醉于形式主义的独立自足,很容易失去自身的使命和意义,游离于广阔、丰富的社会文化生态圈,会失去对社会、人群和历史言说的资格。

伊格尔顿认为:"马克思主义批评的目的是更充分地阐明文学作品;这意味着要敏锐地注意文学作品的形式、风格和含义。但是,它也意味着把这些形式、风格和含义作为特定历史下的产物来理解。画家亨利·马蒂斯曾经说过,一切艺术都带有它的历史时代的印记,而伟大的艺术是带有这种印记最深刻的艺术。大多数学文学的学生却受到另外一种教育:最伟大的艺术是超越时间、超越历史条件的艺术。……马克思主义批评的创造性不在于它对文学进行历史的探讨,而在于它对历史本身的革命的理解。"[①]这可以启示我们:第一,审美自治论所强调的纯粹的审美性、艺术性、超越性和永久性,从来就是一个不曾实现的真实谎言。如梁实秋、徐志摩、沈从文、周作人、张爱玲等人的作品,在 20 世纪 80 年代以前的当代阐释和接受史上,一直受到普遍拒斥,这种状况显然与那个时代人们的文艺观和审美观有密切关

---

① 伊格尔顿:《马克思主义与文学批评》,人民文学出版社 1980 年版,第 6～7 页。

系,很难说是强制性的。你能说现在的人比那时的人更富有艺术眼光吗?你能说现在人们的审美趣味就比过去人们的审美趣味高雅吗?再比如20世纪30年代左翼作家的作品,那么突出阶级性、政治性和功利性,却成为那个时代受欢迎的热点,许多人特别是青年人为之如醉如痴,从中得到至善至美的艺术想象和人生启迪,许多人,特别是青年人读着左翼作家的作品走上实现人生梦想的旅途,像国民党高级将领张治中,就是年轻时读了蒋光慈的《短裤党》《鸭绿江上》,才开始走上革命道路(当然此革命非彼革命也),你能说那些作品和受众是误入歧途、只有今天的人才看到了艺术的真谛?第二,所谓文学性、艺术性和审美性,从来就是一个历史性的概念,不同时代的人们,总是从所处时代的思想精神状况和审美趣味出发,给予符合时代想象的认定与界说。第三,对过去时代文学艺术和审美观念的追复,在很大程度上依赖于现时代人们自身的价值和观念,在于现时代人们能否做出合理、有效的阐释和说明,从而达到理论和审美期待的实现。

实质上审美自治论作为一种价值理念,简单说来可以从四个方面论述:第一,强调文学系统自身的审美自足性,强调文学展现形式的审美特征,强调审美体验作为文学系统的本质特征的作用。第二,强调文学作为一种历史意识和价值理念表达形式,具有社会感、历史感和价值方向,是人类精神的一种总体化言说方式,具有其他人类精神总体化言说方式无法代替的作用和功能。第三,强调文学作为一种独立的社会意识形式所具有的审美自律性,简而言之,文学就是文学,具有独立自主的姿态和作用,本身就具有某种意识形态表达欲望,以自身独具的形式发表对所处世界的言说,具有完整的自治性的概念、理解、意义和价值系统,无须依赖如政治、经济、宗教、文化等其他言说系统的支撑。第四,强调文学研究主体的主体性资格,强调研究者只对文学及其价值追求负责外,不承担其他义务,不能受政治意识形态等其他意义系统的束缚与箝制,文学研究者应具有自律性和自治性的主体意识。(审美自治论是一个复杂理论概念,上述仅是一种简化形式。)

自20世纪80年代末以来,以"20世纪中国文学史"和"重写文学史"为代表的中国现代文学史观的探讨与争鸣,正是在强调文学的审美自足性上获得了合法性资格和发展的远景,构成了我们建构中国现代文学阐释系统的理念基石之一。韦伯在著名的演说《以政治为业》中说过:"就像历史上以往的制度一样,国家是一种人支配人的关系,而这种关系是由正当的(或被视为正当的)暴力手段来支持的。要让国家存在,被支配者就必须服从权力宣称它所具有的权威。人们什么时候服从，为什么服从？这种支配权有什么内在的理据和外在手段？"①正是从"为什么服从"这样一个怀疑主义立场出发，同时为避免言说资格被剥夺，人们从权力机制的夹缝中祭出了"文学的审美自足性"这样一个退可守、进可攻的中国现代文学评价标准，其学术和社会贡献在于它坚定不移地将中国现代文学研究，从政治婢女和意识形态诠释学的位置上解放出来。从而使中国现代文学研究者具有了独立的阐释姿态和自足的知识系统。

西谚曰："恺撒的事归恺撒，上帝的事归上帝。"坚持"文学的审美自足性"的愿望是如此良好，然而实然状况未必可能。这是因为，"现代性产生明显不同的社会形式，其中最为显著的就是民族—国家。……作为社会实体，民族—国家与大多数传统的秩序形成有着根本性区别。其发展仅作为更为广泛的民族—国家体系的一部分（这种民族—国家体系在今天已具有全球化的特征），它具有特定形式的领土性和监控能力，并对暴力手段的有效控制实行垄断。……因为现代国家是反思性的监控体系，即使它们不是在'行动'的严格意义上去行动，它们也会在地缘政治的范围上遵循协调的政治和计划。……现代组织的特征不在于其规模或其科层制的品质，而在于受其认可和必须承担的集中式的反思性监控"。②从这个意义上说，以暴力威摄为象征的国家权力监控机制，为维护其统治的合法性与既得利益，规约着审美自治论不能越雷池半步。况且研究者强调"文学的审美自足性"和形式主义的审美自治论，从负面社会效应来看，势必形成两耳不闻窗外事、躲进小楼成一统的姿态，势必削弱学术胆识和理论勇气，要知道，很多学术命题单凭知识是无法解决的。如果泥足于审美自治的领地不前，不但使学术研究无法取得突破，而且也许是权力监控机制求之不得的事情。

僵守形式主义的"审美自治论"，表面上似乎维持了研究主体的自尊，实质上不仅顺从了权力监控机制的规范性要求，而且使自身的主体性和自由性遭到了根本性颠覆。从更为广阔的视野来看，形式主义的审美自治论不仅违背了文学的天性和存在的理由，而且违背了一个世纪以来中国现代文学发展的历史史实、思想倾向和价值追求的实际状况。具体到中国现代文学领域，如果以形式主义的审美自治论作为最高价值尺度，就无法理解在中

---

① 韦伯：《学术与政治》，三联书店 1998 年版，第 56 页。
② 吉登斯：《现代性与自我认同》，三联书店 1998 年版，第 16～17 页。

国现代民族国家建构过程中，大量中国现代文学作家所坚持的积极姿态和参与精神；就无法理解在启蒙运动、救亡运动、解放运动的巨大社会思潮的感召下，有那么多的作家和知识分子，心甘情愿扬弃个人主义精神，自觉地以集体主义的价值规范来改造自己（对中国左翼文学运动尤为重要）。依据形式主义的审美自治论，就只能将他（她）们创造的文本视为"工具论"的体现，仅仅看到他（她）们丰富的作品世界的这一个维度，抹煞了其作为文学现象的历史合理性与创造性、以及作品世界的丰富性和多元性，就无法对他（她）们的作品世界的无限可能性意义作出准确的判断与评价，从而形成中国现代文学阐释系统的另一种单调性和封闭性。这种学术局面的形成，实际上也违背了大多数中国现代文学史研究者的初衷与本意。

审美自治论由于过于强调文学的审美自律性和文学功能的自治性，过分强调"审美"的形式主义表现形态，使研究者陷入作茧自缚的态势，与人们对文学审美体验的内涵与外延产生的误读与误解，有着极为密切的关系。因此重新对审美观念进行理解和阐释，不但关乎左翼文学现象在我们的文学史版图中的定位，而且对现代中国文学史的整体建构和重新书写，都具有举足轻重的作用。

中国现代文学史不仅是文本形成的历史，还是一种包括文学生产、文学接受和审美效应产生与传播的文学实践史，而文学审美体验则是其特质和内核。这作为一种共识，人们应该没有异议。但是，以往人们在论述和分析文学审美体验时，没有或很少将审美体验视为一种综合的、整体性的人的精神体验形式。须知，审美体验是感觉、知觉、情感、意志和理性等人的各种精神能力在面对审美对象时的一种总体反应。过去，人们有意无意地强调审美体验过程中的感觉、知觉和情感成分，将审美体验降格为纯粹的感性体验、简单的知觉感应和美的情感体验，这不但忽视、排斥了审美实践过程中的不可或缺的认知功能、道德体验和理性判断作用，也无法阐释和说明当今世界越来越多的"审丑"现象。从发生学角度看，尽管审美体验最初应来源于感觉、知觉和情感的愉悦和快感，但毫无疑问的是，审美体验之所以高于这种愉悦和快感，就是因为这种体验还可以熔铸认知的满足、理性的判断、道德的评价和意志的扩展等因素。当然，审美体验中的这些构成要素与独立的认知、道德、理性、意志体验形式有本质的区别。在审美体验的大范畴中，这些因素与感觉、知觉、情感一起构成了丰富完整的一种人类精神体验形式。因此从知识学视角看，审美经验不是一维和单向度的，而是一个多维度多层次的复合型结构。

我们常识和印象中的文学审美体验,应该是美的快感和愉悦体验。这种愉悦和快感体验主要来源于感觉和知觉领域,是一切文艺实践活动的原初经验和基本层次,是文学审美体验的最底线的品质与特征。这一维度构成了审美体验的最基本的必要条件。从审美体验发生的视角看,创造者、接受者们通过审美体验活动,使真实世界和审美世界产生了间离效果,对于真实世界的体验升华为审美世界的重新建构,现实的感觉、体验脱去了庸常的色彩,上升为对虚幻的美的世界的体验与享受,从而使审美体验在对真实世界的众多体验中脱颖而出,具有了自己的本质特征。从审美体验的过程和效应来看,"体验—建构"作为基本的路径是一个互动的过程,创造者、接受者都可以在现实世界与虚构世界的互动中获得创造性的审美享受与体验。不同之处在于创造者是文本的规定者,而接受者是文本的欣赏者与评价者。创造者通过对庸常的现实世界的重新规划与设计,创造一个崭新的虚幻的世界,从而实现"自我本质的确定"。接受者除了面对既成文本外,也有创造的主动性,须知文本是一个不确定的"空白结构",接受者完全可以结合自己独特的体验对文本进行积极的再创造,以文本共同创造者的身份,依据文本提供的基本条件激活其潜在的或可能的艺术能量,从而获得高度的审美体验与享受。

但是必须看到,上述的审美体验活动基本上来源于感性、经验和情感的层面,并不构成审美体验的全部内涵。创造者与接受者通过文学审美体验所实现的享受或自我本质力量的确证,应该是人的全部力量在另一个虚幻世界的真实展现。对于真实世界而言它可能是虚幻的,但对于人的精神世界而言则是真实可靠的。这个虚幻的世界是一种创造,是真实世界的延伸、补偿或替代,在这个创造出来的虚幻世界中,体验者获得的是一种脱离日常规定的自由。在这样一个"心造的幻影"中,体验者最大的特点就是精神和审美的自由。体验者既可以沉湎于这样一个非实然的虚构世界中,放任在日常现实生活中遭受重重压抑的自我,也可以欣赏、留连于虚幻世界的美妙体验,还可以自由地依照自己的想法任精神天马行空,通俗来说就是可以肆意地嬉笑怒骂,从而赋予自己知识、感觉、情感、意志、道德体验和价值判断等等一系列范畴的体验自由。更为重要的是,通过文学审美体验活动,人们能够形成新的对于真实世界的感觉、知觉、情感、意志、道德评价和理性判断等方式,改变人们的心灵世界对于真实世界的感受和判断的标准,而且会促使人们为了"理想"的模型而改变现实世界。我以为,这是审美体验对于我们真实世界的最大的贡献,也是审美体验与人类其他精神形式在本质上的基本关联处。但必须指出,审美体验作为一种精神形式的独特性在于,以审美的方式向人们提出人类社会认可的其他精神形式所无法解答的命题,使人们以审美的体验和形式理解自身的存在以及存在的这个世界。

审美体验的多维内涵,体现了文学实践及其功能的全部可能性要求。它将感觉、知觉、情感、意志和理性等精神因素融入到审美的表达形式中,从而形成人类精神的基本展现方式之一。当然,在文学创造、文学接受和审美效应的产生与传播状态中,文学审美体验的多维内涵并不总是得到等量齐观的呈现,也不是产生均衡的审美效应。它往往随历史境遇的不同而有所侧重,往往因时代的特殊要求而强调某一维度的内涵,难以形成完整和谐的总体展现。同时,由于历史语境的变迁,对于文学审美经验的理解本身就处于一个动态过程,文学审美经验内涵的实质意义与可能意义有一种距离,这一距离因理解方式和阐释视野的差异而发生变迁,从而使文学审美经验获得历史性的体现方式与价值追求。实质意义与可能意义的可变距离,使文艺作品成为一个复杂、多维的张力系统。

恩格斯在 1859 年 5 月 18 日致斐·拉萨尔的信中曾有一个著名的论断:"我是从美学观点和历史观点,以非常高的、即最高的标准来衡量您的作品的。"①由于恩格斯的论断将美学维度与历史维度分离,将其视为等值并立的评论文学作品的尺度,遮蔽了文学的审美本质规定性和多维丰富性,这显然会造成把审美体验局限于单维度的内涵。以至于后世的阐释者依然保持着同层面的理解:"美学或艺术哲学总是停留在同样一些问题的圈子里——它所以解决不了这些问题,不是由于它本身有什么特别的过错,而是由于它的历史视野的局限性。"②事实上,对于审美体验的单维度理解,不仅存在于马克思主义的批评实践,在其他派别和形式的批语实践中也如出一辙。在过去对审美体验的理解视野中,由于常识性认知方式的遮蔽和理论的封闭性与惰性,人们往往强调纯粹感性体验维度的审美方式,忽略了它本身作为人类精神表达形式的丰富性、包孕性和兼容性。

---

① 《马克思恩格斯论艺术》第 1 卷,中国社会科学出版社 1982 年版,第 30 页。
② 里夫希茨:《〈马克思恩格斯论艺术〉序》,载《马克思恩格斯论艺术》第 1 卷,中国社会科学出版社 1982 年版。

强调和独尊纯粹感性维度的审美方式,往往会造成感觉至上的审美主义意念。"审美性的语义在古希腊语 aisthesis 即为感觉,审美学实为关系感觉的学说。……用感觉性来代替审美性这一术语,并非仅为了调整视域。……感觉性之语义还原,因此乃是深入审美现代性问题的一个必要步骤:描述现在生活感觉的结构品质。"①通过审美性语义还原调整视域后,我们能够看到,文学审美体验正是对现在全部生活感觉的整体性把握与升华,感觉性、情感性只构成其基础,而不是唯一。文学审美体验实际上是一种综合性的表达手段和体验方式,它所表达和体验的生活或生命内涵是极为复杂、极为深邃的。

因此,将审美诸观念的重新理解作为解读左翼文学作品和现象的一个重要理论前提,是非常必要的。

三、审美转换与政治移情

文学是整个社会意识整体系统的子系统之一,是历史和现实演进中的一种社会象征性行为,是一种想象和虚构的文本的生产、传播、接受和评价的过程,是人类精神和社会意识总体表达形态之一种。它进行生产、传播、接收和评价的功能,通过其特殊的本质性的内涵体现出来,这种特殊本质内涵人们一般称之为文学审美体验。文学审美体验作为文学特殊的本质内涵,是区别文学与其他人类意识和精神形式的最突出的标志,而且赋予文学以特殊的功能,显示出与其他社会意识子系统(如历史、宗教、政治、法律、经济、哲学、社会学及自然科学等等)迥然不同的对人生、社会和世界的体验、理解、阐释、说明、评估和改造方式。

以审美体验为本质属性的文学,是人类诸种整体性表达形态之一,与其他社会意识子系统的表达形式处于同等层次。它们之间不是对立关系,而是平等的精神形态和思维展现方式,并呈现出相互包容、相互渗透的交叉状态。文学审美体验使文学这种特殊形式的社会意识与其他形式的社会意识形态区别开来。它使文学以自己特殊的"话语"方式,一面维持着自身的生产,一面对其所处的世界产生能动性反应,从而确立了文学存在的理由,确证了它在人类精神领域的特殊位置。审美体验使共时性与历时性的社会意

① 刘小枫:《现代性社会理论绪论》,上海三联书店 1998 年版,第 330~331 页。

识以特殊方式展现出来，又使文学成为社会意识的一种特殊的价值与行为模式，向真实世界发出了自己的声音，即使是文学虚构的世界，也因为审美体验所生成的维系功能，形成对于人有意义、有价值的实然化精神景观。

简单来说，文学作为人类一种总体性精神的审美表达形式，其文学审美体验的功能，表现为自身的建构和对现实世界的反作用，既可以是感觉上的快感、情感上的愉悦，也可以是认知范围的扩大、伦理道德的净化、理性判断和价值评价的自由。姚斯在《走向接受美学》中谈道："如果文学史不仅是在对作品的一再反思中描述一般历史过程，而是在'文学演变'过程中发现准确的、唯属文学的社会构成功能；发现文学与其他艺术和社会力量一起同心协力将人类从自然、宗教和社会束缚中解放出来的功能，我们才能跨越文学与历史之间、美学知识与历史知识之间的鸿沟。文学研究者为了这一任务而摆脱非历史的阴影，如果这种努力值得的话，它也能回答这一问题：我们今天仍然——重新——研究文学史，目的何在？"①从这种意义来说，文学审美体验产生的文学的解放和社会构成功能，不仅体现于文学在历史过程中发生作用方面，也表现为它相对于真实世界的不朽性和永恒性。它可以超越时空限制，表达人性恒定的基本构成元素，将文学的功能和价值，在历时性与共时性的诸多交汇点上结合起来，将文学实践的历史显现，与其作为人类审美活动结晶的不朽性结合起来。也正是在这个意义上，中国现代文学阐释系统通过审美体验中感觉的调节、认知的变化和理性的判断的综合功能，能够形成一种文学化的现代中国社会意识的总体性审美表达方式。它不仅涵盖容纳当下的审美体验，也包容着历史的审美体验，以精神现象总体化表达的理性尺度和文学言说作为社会意识子系统的独立的价值功能。

在这样一个标准和语境中，由于它的动态性、开放性和多元性，我们就能够以兼容并包的胸怀，复活一个世纪以来中国现代文学遗留的体验和精神，使它能够为现今时代所感知，并从中汲取创造的动力。中国现代文学史研究也就会赢得其自足性、开放性存在的合法性理由与合理性依据。不但能满足其研究者摆脱权力监控机制的愿望，而且会获得崭新的方法论。它不仅关注文学自身的性质，也将历史、政治、文化和宗教等等诸范畴的体验，容纳进自己的阐释视野，以具有丰富包孕性的审美体验方式，发出对于这个世界的话语言说。它使文学本文不再简单地存在于特定历史语境中，而且

---

① 姚斯、霍拉勃：《接受美学与接受理论》，辽宁人民出版社 1987 年版，第 55～56 页。

以积极的姿态参与到当下境遇的创造之中。

"一部文学作品,并不是一个自身独立、向每一时代的每一读者均提供同样的观点的客体。它不是一尊纪念碑,形而上学地展示其超时代的本质。它更多的像一部管弦乐谱,在其演奏中不断获得读者新的反响,使文本从词的物质形态中解放出来,成为一种当代的存在。"①在对审美观念进行重新理解和阐发的基础上,我们将能够建构一个开放性、动态性、多维性和整体性的批评期待视野,使中国现代文学诸多复杂现象得到恰当的处理,许多困惑我们文学理念的矛盾冲突会得到合理的解释。也就是说,将中国现代文学建立在审美体验的重新阐释之上,不仅重建了形式主义审美自治论一度丧失的历史感和方向感,而且还拓展了文学审美体验的时间深度和空间广度,使人们能够认识到一部文学作品、一种文学现象的现存意义与实质意义之间的可变的距离。

这对于我们对中国左翼文学的理解与阐释,是一个崭新的理论参照系和坚实的审美度量衡。比如在中国现代文学传统阐释系统中,强调文学审美性的作家与强调文学功利性的作家构成了难以调和的矛盾,研究者无法以相同的标准进行合理阐释。在审美阐释学视野中,这种理论困境将得到消解。像沈从文、梁实秋、钱钟书、张爱玲、周作人等远离政治、倾向于人性和纯粹审美性的作家,不仅因为其作品能与我们当下的审美需求产生共鸣而受到关注,而且其作品因为在文化人类学意义上展现了对人的审视和解放功能,便可以在审美经验的层面上获得更为深化的理解。那些强调文学功利性的作家,像"左翼文学"作家,他们的文学创作和主张更为直接性地体现审美阐释学的规则,即:"左翼文学"遗留下来的文本,不仅证明了其创造者在当时历史境遇下通过文本创造而获得审美体验快感,而且使接受者当时"人们心中普遍蕴蓄的'政治焦虑'在对左翼和进步文艺作品的共鸣性阅读中得到了'审美性置换'。……左翼革命文学受到读者热烈欢迎,艺术并不是最重要的原因,而主要是由于其普遍的政治文化心理导致的文学需求所造成的。"②人们不仅在"左翼文学"营造的革命罗曼蒂克主义的艺术氛围中得到一种置换性的审美体验,而且从中发现了获得知识信念、道德体验、价值判断等理性活动的自由,进而形成看待社会历史的新经验、新方式。对

---

① 姚斯、霍拉勃:《接受美学与接受理论》,辽宁人民出版社1987年版,第26页。
② 朱晓进:《政治文化心理与三十年代文学》,载《文学评论》2000年第1期。

于中国左翼文学的创造与接受而言，审美活动实际上转化成了一种政治移情，由于审美是对于感觉、知觉、情感、意志和理性的整体表达形式，因此它与政治冲动在文学的幻想世界中实际上融为一体。

但是，由于它和当前国家权力机制的历史渊源、由于"革命"成为人们解构的对象，由于人们审美趣味的偏嗜，因而人们往往将文学创作和接受过程中的"政治移情"逐出审美经验的视野。事实上，它所生成的审美体验和审美幻想，与那些追求所谓艺术性、不朽性作品的审美经验处于同一界域和层次，都是在不同历史境遇展现出来的文学特质。它们是审美经验作为文学本性的不同维度的具象形态。正如今天人们欣赏具有审美性和超越性的作品、否定政治性和功利性的作品一样，在一个崇尚"革命"的时代，审美经验更容易体现为政治性和现实功利性的追求，对当时境遇中的创造者、接受者来说，政治的文学化或者说审美转化为政治移情，完全可以形成一种审美满足，而追求纯粹情感性审美体验或者说是艺术性的作品，则往往遭到贬抑，这也许就是时代使然。我们应当深刻地认识到，在不同历史时段和不同社会层面，审美经验表达都有其侧重的维度，但文学史研究者不能因自身的审美偏嗜而无视审美经验的丰富性、时代性和总体性。这对于理解中国左翼文学作品世界的审美性尤为重要。

第十章　革命激情与文学审美新时尚

　　马克思主义在"五四"时代就已经传入中国,并产生了一定影响。但是此时它只是作为西方诸多思潮中的一支,为部分"先进"的知识分子所倾慕,尚未上升到"独尊"的地位,也未产生"君临天下"的巨大思想统摄力和影响力。对于中国的广大文人知识分子而言,对马克思主义的广泛认同和接受,特别是在文学实践领域大显身手,是 20 世及 20 年代中后期以后、特别是左翼十年间的事情。这一时期,是中国 20 世纪上半叶最少纷争与震荡的"统一"时期,也是国民党统治史上"最稳固"的历史时段。恰恰就在这样一个相对平静的历史间隙中,中国出现了一个以马克思主义为精神指南的文人知识分子集团,在他们热诚的鼓吹、宣传下,马克思主义开始成为中国思想、文化和知识界,特别是文学界的主流思潮之一。

　　在 20 世纪 20 年代中后期,急剧恶化的国内政治状况和飞速变化的国际形势,使大批心灵敏感、感情脆弱、又往往"以天下为己任"自居的文人知识分子,转向马克思主义的接受和实践,以期在它的指导下寻找到国家、社会和个人的前途。在文学、文化等领域积极探索和实践马克思主义学说,成为流行在当时激进文人知识分子群落中的文化时尚。左翼文学以革命为兴奋点的创作实践,与大众政治关怀的普遍社会群众心理紧密结合起来,成为那个时代的先锋文学、实验文学、新潮和时尚文学。由此,左翼文学创造了现代文学发展的新潮流和新时尚,以富有震撼力和冲击力的革命美学、暴力美学,改变了以资产阶级意识形态为核心的美学趣味和美学理想一统天下的格局,拓展了现代文学的审美创造空间和审美理想的重塑。

一、政治对文学创作的理性要求

在一个社会结构中,当具体的政治运作和实践直接牵涉到社会上大多数人的命运和神经时,当大多数人都会怀着紧张的心理关注着这个社会的实际控制者是否会造成危害时,浓厚的政治情结和焦虑情绪就会不自觉地形成"恐怖"的社会文化心理氛围。正是在这样黑暗的一个现实境遇中,大多来自于社会中下层的左翼作家们,怀着沉重而惨痛的社会人生体验,绝不苟安于世,鄙夷资产阶级风花雪月的文学趣味,重新赋予革命以新的理论内涵和历史方向,将目光瞄向全社会的各个角落,特别是下层社会,力求深刻、全面、真实地反映时代的风貌,力图将中国现代文学创作推向新的历史发展阶段。他们在血雨腥风的黑暗残酷现实面前,以改造社会为己任,努力以文学反映社会的真实状况,自觉将文学创作摆在为劳苦大众摆脱阶级压迫争取自由而斗争的位置上,表现出以争取工农大众解放为旨归的革命人道主义精神。左翼作家们以笔为武器,将梦想融和进作品中,以昂扬的政治激情唱响了革命之歌。他们为追求民主、自由、平等的社会人生理想,不但将文学而且将自己的生命奉献上了历史和革命的祭坛。

正如许多学者们所看到的,政治与艺术双重主旋律的交织,是这一时期文学最为明显的特征。这也意味着对左翼文学的评价必须兼顾这两方面的要求。审视这一时期的文学创作,如果仅仅以政治内涵的有无或强弱作为评价尺度,无论是褒是贬,都无法准确地理解和判定它们在历史精神版图和文学版图上的地位与作用。在今天的历史境遇下,我们能够深刻地意识到文学与政治是两种形式不同但价值平等的人类精神形式,但在 20 世纪二三十年代的白色恐怖环境中,在当时许多左翼文人知识分子眼中,文学艺术行为很可能就等同于政治行为,文学艺术和政治在革命的耀眼光环下具有了共同的生命发展路向。恰恰是强烈的政治关怀意识和理性要求,使文人知识分子们走出"五四"时代以个性解放为本位的狭窄天地,将目光和激情转向广阔而剧烈的社会变动、转向民生疾苦、转向阶级斗争,用文学创作和文学行为来思考社会和人生,文学也因为深邃的政治理性精神的参与而寻找到了广阔、深厚的社会生活的生长沃土。这使文学创作的题材得到了规模空前的开拓,表现角度得到了深度开掘,叙事视野、叙事手段、小说结构、情节设置都具有了尖端性和前卫性的时代特点。短短的 10 年间,不但产生了茅盾这样的左翼文学巨匠,而且出现了蒋光慈、洪灵菲、柔石、殷夫、丁玲、张天翼、沙汀、艾芜、萧军、萧红等等一大批优秀的左翼文学作家。他们从各自的真实的现实体验和感受出发,在政治激情的引导下,特别是在新的文学题材和新的文学品种试验与开拓上,都始终站在当时文学创作的前沿,引领当时文学创作的时尚。反抗政治专制主义和反抗文化专制主义的政治理性要求,使他们所获得的文学成就是一般文人知识分子所达不到的,而且在最大程度上实现了文学的社会功能。

对这一问题的深入研究,应当先追溯一下中国左翼文学的兴起。

鲁迅在《上海文艺之一瞥——八月十二日在社会科学研究会讲》[①]这篇嬉笑怒骂、酣畅淋漓的文章中,对左翼文学的兴起曾有一段著名的分析:"革命文学之所以旺盛起来,自然是因为由于社会的背景,一般群众,青年有了这样的要求。当从广东开始北伐的时候,一般积极的青年都跑到实际工作去了,那时还没有什么显著的革命文学运动,到了政治环境突然改变,革命遭了挫折,阶级的分化非常显明,国民党以'清党'之名,大戮共产党及革命群众,而死剩的青年们再入于被压迫的境遇,于是革命文学在上海这才有了强烈的活动。所以这革命文学的旺盛起来,在表面上和别国不同,并非由于革命的高扬,而是因为革命的挫折;"同时他又认为,"但那时的革命文学运动,据我的意见,是未经好好的计划,很有错误之处的。例如,第一,他们对于中国社会,未曾加以细密的分析,便将在苏维埃政权之下才能运用的方法,来机械地运用了。再则他们,尤其是成仿吾先生,将革命使一般人理解为非常可怕的事,摆着一种极左倾的凶恶的面貌,好似革命一到,一切非革命者就都得死,令人对革命只抱着恐怖。其实,革命是并非教人死而是教人活的。这种令人'知道点革命的厉害',只图自己说得畅快的态度,也还是中了才子+流氓的毒。"接着他又借题发挥:"无论古今,凡是没有一定的理论,或主张的变化并无线索可寻,而随时拿了各种各派的理论来做武器的人,都可以称之为流氓。"尽管鲁迅的借题发挥掺杂着无法忍耐旧伤新痛的意气之词,但是,鲁迅对左翼文学兴起的社会语境、人员构成等等,乃至分析"计划"的致命错误之处,无疑都是相当精到的。

且不说左翼文学的提倡者们是否中了"才子+流氓"的毒,随意拿各派

---

① 载《鲁迅全集》第 4 卷,人民文学出版社 1981 年版。

的理论作武器，"从自悲自叹的浪漫诗人一跃而成了革命家"①，某些左翼文学运动参与者个体甚至是团体，的确也存在着如鲁迅所说的"突变过来"、"突变回去"现象。但是，抛开鲁迅和左翼激进派们的恩恩怨怨，这次的大规模"突变"，却有一整套思想理论体系和实践方略来支撑，并且"计划"着这些理论和文学的关系（可惜"计划"没有"变化"快，"政策"和"对策"也往往错位）。更为重要的是，这种"计划"对中国现代文学的影响是巨大和严重的，流风所及至今不衰，且其"细密"和"全能"程度，于今尤烈。也正是因为这些"计划"的提神打气，使中国左翼文学运动在中国革命遭受严重挫折的时候，反而呈现如鲁迅所说的与别国不同的"旺盛"景观。

这种"计划"的正式名称，就是人们常说的"放之四海而皆准"的马克思主义（请注意：这里的马克思主义并非是原典马克思主义，而是经过苏俄和日本以及国内左翼激进派知识分子权威虚构之后的马克思主义）成为左翼文学运动的精神指南。现代中国文学的发展航向就此改变。显然，在支撑这一文学思潮和流变的诸多因素中，理性、特别是政治理性的作用是非常突出的。

《简明不列颠百科全书》这样界定理性："哲学中进行逻辑推理的能力和过程。严格地说，理性是与感性、知觉、情感和欲望相对的能力（经验主义者否认它的存在），凭借这种能力，基本的真理被直观地把握。这些基本的真理是全部派生的事实的原因或'根据'。在康德那里，理性是通过统摄原则把知性提供的概念综合为统一体。康德把提供先天原则的理性称作纯粹理性，并将它和专门与行为活动相关的实践理性区别开来。在形式逻辑中，推理从亚里士多德起就分为演绎的（从一般到特殊）和归纳的（从特殊到一般）两种。在神学中，理性有别于信仰，它是或者以发现的方式，或者以解释的方式来对待宗教真理的人类理智。对理性的使用界限，不同的教会和思想的不同时期有不同的规定。总的来说，现代基督教，尤其是新教教会趋向于容许理性有广阔的范围。但是，仍把神学的终极（超自然的）真理保留在信仰的领域里。"②如果从一般的或者世俗的思想史角度来看，理性精神和能力是人类的一种普遍的精神与能力，它的最为集中、系统和明显的表述，毫无疑问当首推西方18世纪启蒙运动的诉求。正如卡西勒所强调的，如果用一

---

① 甘人：《中国新文艺的将来与其自己的认识》，载1927年11月《北新》第2卷第1期。
② 《简明不列颠百科全书》第5卷，中国大百科全书出版社1986年版，第239页。

个词来表达人类的这种精神和力量时,就称之为"理性",而且这种精神和力量"认为思维不仅有模仿的功能,而且具有塑造生活本身的力量和使命。思维的任务不仅在于分析和解剖它视为必然的那种事物的秩序,而且在于产生这种秩序,从而证明自己的现实性和真理"。①直到 20 世纪乃至今天,大多数人依然相信运用理性可以使人类获得关于自然和社会的各个方面的真理性认识,不但能够发现各领域的规律,而且能够指导人们在这些领域中向更完美的境界前进。理性作为人类进步的主要力量,已经成为人类思想认识的主流。马克思主义不但是这种思潮的集大成者之一,而且将理性思维实践变成一种声势浩大的社会实践——共产主义运动。这一运动作为一种(集体)人道主义的理性主义思潮,在 20 世纪的历史上是作为一种解放和进步的意识形态出现的,在这一思潮的势力范围所及之处,"理性变成了统一知识、伦理和政治的巨大的神奇力量"。②当然,在(中国)马克思主义话语内部,展现理性这种神奇力量的是所谓的马克思主义的理论、原则和方法。

事实上,马克思主义在中国由理性思维转化为社会实践,主要是以政治实践的形式实现的,而且涵盖和统摄了包括政治、经济、军事、文化、道德、伦理诸种精神领域,文学自然不能例外。由于政治实践的总体性、直接性和目的性,它的理论、原则和方法往往又以真理的面目成为最终和最高的评判尺度,它不但要求政治领域之内的人和事都服从于自己的目标,而且要求其他精神领域的发展方向也都必须符合自己的现实追求。中国左翼文学的产生、发展与变异,就是一个极为明显的例证。前文我们已经就政治理性与左翼文学的价值追求、左翼文人知识分子与政党政治的关系、中国马克思主义意识形态文学观念及审美观念的再理解等层面分析了政治理性在文学领域的转化。但是毫无疑问,文学领域的中心环节是文学文本,而文学文本的最没有争议的形态就是传统意义上人们所谓的作品,产生作品的过程和行为则是创作。下面就结合作品及作品的创作,来分析理性、特别是政治理性与左翼文学的关系。

很显然,政治理性在作品中的呈现、或者说作品对政治理性的表现,并不一定存在必然的因果关系,二者产生联系也是一个复杂的、曲折的甚至是偶然的过程。以政治价值坐标为取向的理性思维,对左翼文学文本的产生

---

① 卡西勒:《启蒙哲学》序,山东人民出版社 1988 年版。
② 莫兰:《复杂思想:自觉的科学》,北京大学出版社 2001 年版,第 121 页。

来说,只是可能起一种导向的作用,但并非是一种决定性的作用。当年左翼激进派极力强调,一个作家只要具有了无产阶级世界观、具有了无产阶级的阶级意识、掌握了唯物辩证法的创作方法,就能够写出革命的和无产阶级的作品。但结果却是公式化、模式化、脸谱化、概念化的标语口号文学的泛滥,面对反对者"拿出货色"的指责,连那些左翼激进派都不敢理直气壮地承认那是文学作品,只能对外说这是革命文学走向成熟过程中不可避免的现象;对内则相互批判、相互诘难。

说到家,一部真正成熟的文学作品的诞生,最为根本和直接的因素是作家对所描述对象的真切的、深厚的体验,是将感觉、情感、知性、理性和意志等等人所具有的感知、认识、判断、综合与解释能力融为一体的一个过程,是借助于符合文学创作自身规律的文学手段进行再创造的过程。鲁迅就曾经设想创作一部以红军斗争和苏区生活为题材的长篇小说,尽管搜集到不少素材,他自己也有这个主观意图,党的政治领导人和许多职业革命作家更希望有这样一部作品。但是,深谙文学创作规律的鲁迅最终因为缺乏真实的体验而作罢。到是为人们所诟病的"革命+恋爱"题材的流行与泛滥,在很大程度上却真实反映了大革命失败后,倾向革命的知识分子自我抉择过程中的一种真实和沉痛的心路历程的情绪化展现,它的出现是急剧变化的社会情境通过焦灼心理在文学上的反映。

但是不能轻视的是,文学作为人所具有的一种面对整个世界、社会和人生的综合的精神形式,除却情感的、经验的和生命的诸种因素之外,理性精神也是一种规约、引导文学行为的重要因素。特别是在一场声势浩大的文学运动中,理性的判断、分解和整合能力是相当强大的,它不但在意识层面有明确的表述,甚至能够构成潜意识的心理动力,与情绪、意志等人的非理性因素协同发挥作用。文学创作中,理性思维在作品的题材、体裁、主题、结构、情节、人物、语言等环节,都不可避免地发挥着重大作用。这种作用可能是直接的,更可能是无意识的,可能与文学理论行为层面的表述不尽一致,但文本中蕴含的理性精神经过文学内在规律和审美形式的包装,有时甚至比纯粹的理论言说更具现实效力。这正如有的学者在批判瞿秋白、周扬、冯雪峰、梁实秋、胡秋原等理论家在思想领域叫得最响却没有闪光的创作的同时,又认为上世纪"30年代一些最具创造力的作家——茅盾、老舍、吴组湘、张天翼、巴金、曹禺和闻一多都是左倾的",而这"主要是日益受到社会政治环境影响的个人良知与艺术敏感的一种表达"。①这种"左倾"的主要精神动力，显然与作家的政治理性判断和建构能力有着密不可分的直接关系。

应当看到，"理性主义的普遍原则和高扬人的观念相结合曾经是奴隶和被压迫者的解放、人人平等、公民权利、人民的自主权利等思想的酵素"。②它使人们（包括文学家们）观察社会、体验人生的眼光潜在地具有了一个价值框架。现在大多数学者都不能不承认，20 世纪 30 年代的作家们在继承"五四"文学遗产的同时，达到了"五四"新文学早期实践者们未能达到的观察深度和高超技巧，与此共生的是因社会和政治危机而出现的强烈的忧患意识。而这种忧患意识的产生与解决，毫无疑问与作家们的理性的政治判断与政治选择密切相关。理性的政治目标和政治原则，对那些自觉以政治的价值标准作为评判一切的首要尺度的作家文人知识分子来说，其影响和作用更为直接和明显，无论这个作家是倾向于国民党还是倾向于共产党。正如黄遵震的《黄人之血》是借文学图解国民党民族主义文学的政治意识形态追求一样，大部分左翼作家在自己的创作中也都自觉地贯彻着和渗透着倾向共产党的政治意识形态追求。尽管这种理性的政治追求在具体的作品中表现的程度不同，但是毋庸置疑的是，这种追求是左翼作家们一种理性的自觉的创作倾向。

在左翼文学史上，有两篇理论文献值得我们重视。这两篇文献不但比较全面系统地阐释了左翼文学的创作问题，而且比较集中体现了政治目标和政治理论、原则、方法对文学创作的要求，或者说政治对文学创作的理性要求（当然不是说在这两篇文献的指导下，左翼文学创作发生了什么样的变化，而只是说它们在政治理性影响文学创作的中间环节上具有典型意义）。

一篇是发表在 1931 年《文学导报》第 1 卷第 8 期的《中国无产阶级革命文学的新任务》。这是一篇以"左联"执委会决议形式出现的文献，它的第五部分直接论述了"创作问题——题材、方法及形式"，而且从这三个方面为左翼文学创作"提示最根本的原则"。就题材而言，这篇文献强调："作家必须注意中国现实社会生活中广大的题材，尤其是那些最能完成目前新任务的题材。"具体言之，就是"必须抓取反帝国主义的题材"、"必须抓取反对军阀地主资本家政权以及军阀混战的题材"、"必须抓取苏维埃运动、土地革命、

---

① 《剑桥中华民国史》下卷，中国社会科学出版社 1994 年版，第 506 页。
② 莫兰：《复杂思想：自觉的科学》，北京大学出版社 2001 年版，第 123 页。

苏维埃治下的民众生活、红军及工农群众的英勇的战斗的伟大的题材"、"必须描写白色军对'剿共'的杀人放火、飞机轰炸、毒瓦斯,到处不留一鸡一犬的大屠杀"、"还必须描写农村经济的动摇和变化,描写地主对于农民的剥削及地主阶级的崩溃,描写民族资产阶级的形成和没落,描写工人对于资本家的斗争,描写广大的失业,描写广大的贫民生活",而且强调,这些才是"中国无产阶级革命文学所必须取用的题材",并且要抛弃那些表现小资产阶级知识分子观念的虚伪题材。就方法来说,这篇文献强调"作家必须从无产阶级的观点,从无产阶级的世界观,来观察,来描写"。就作品形式来说,这篇文献强调:"作品的文字组织,必须简明易解,必须用工人农民所听的懂以及他们所接近的语言文字,在必要时容许使用方言。因此,作家必须竭力排除智识分子式的句法,而去研究工农大众言语的表现法。……作品的体裁也以简单明了,容易为工农大众所接受为原则。"

另一篇是瞿秋白发表在 1932 年《文学》第 1 卷第 1 期的《普洛大众文艺的现实问题》。这篇文章将文艺大众化与新文艺为谁服务的问题联系起来,指出建设中国普洛大众文艺是为了形成列宁所说的"为几百万几千万劳动者服务"的新文艺,"为着社会主义而斗争",应当"在思想上意识上情绪上一般文化问题上,去武装无产阶级和劳动群众"。作者围绕普洛大众文艺在实践过程中面临的"用什么话写"、"写什么东西"、"为着什么写"、"怎么样去写"、"要干些什么"等五个方面的问题,对普洛大众文艺的语言、体裁、题材内容、创作原则以及当时的具体任务,全面系统地阐释了自己的观点。作者认为普洛大众文艺不能用文言、"五四式"白话和章回体白话,而要用"现代话来写,要用读出来可以懂得的话来写"。体裁应当是"朴素的","和口头文学离得很近"。在内容上,应当是"鼓动作品","为着组织斗争而写","为着理解阶级制度之下的人生而写","是要在思想上武装群众,意识上无产阶级化,要开始一个极庞大的反对青天白日主义的斗争"。在创作方法上,"要从无产阶级观点去反映现实的人生,社会关系,社会斗争",反对资产阶级的"感情主义"、"个人主义"、"团圆主义"、"脸谱主义",必须用"普洛现实主义的方法来写"。当前的任务则是开始"俗话文学革命运动"、"街头文学运动"、"工农通信运动"、"自我批评的运动"。

这两篇文献较为集中和明确地表达了左翼文人知识分子对文学创作的理性诉求和理论设计。当然,我们还没有充足的实证材料来证明左翼作家们如何受这两篇文献的影响进行创作。我们所重视的,是这两篇文献集中体现了理性的政治原则对文学创作的具体要求,它们反映和代表了左翼理论家们和左翼作家创作中的一种认识的总体趋势。这种总体趋势除了较明显地存在于左翼理论家的理论言说和左翼作家早期那些打打杀杀、标语口号式的作品之外,在整个左翼十年间的左翼文学创作中,这种总体趋势对左翼文学的题材的选择、主题的建构、人物的塑造、结构的编排、情节的设置乃至篇幅的长短,都产生了不容忽视的影响。我们今天所看到和感受到的左翼文学的整体面貌,在相当程度上与左翼作家们自觉的、理性的政治追求有着直接和关键的作用。

毫无疑问,理性的政治目标在文学领域的最明显和最富逻辑性的表现,存在于文学思潮和文学理论的诉求之中,但文学思潮和文学理论的理性诉求绝不等同于文学作品对理性的政治追求的表达。马尔库塞对艺术与革命关系的论述是富有启发意义的:"艺术不能越俎代庖,它只有通过把政治内容在艺术中变成元政治的东西,也就是说,让政治内容受制于作为艺术内在必然性的审美形式时,艺术才能表现出革命。"[1]如果说艺术作品仅仅停留于观念形态的阶段,或者说以表现意识形态追求为直接的任务,而不是遵循政治内容服从于艺术内在的必然的审美形式的前提,那么作品就很容易流于浅薄和空洞的喊叫,沦落为宣传品和传声筒,很难称之为文学作品。这也是今天左翼作家的作品广受非议的一个重要方面。

鲁迅在《关于小说题材的通信》中就强调:"现在能写什么,就写什么,不必趋时,自然更不必硬造一个突变式的革命英雄,自称'革命文学';但也不可苟安于这一点,没有改革,以致沉没了自己——也就是消灭了对于时代的助力和贡献。"[2]鲁迅的回答是模棱两可和两难的,"趋时"容易使艺术丧失自我,"苟安"则易导致艺术社会功能的自我阉割。或许鲁迅对此也是无奈的,在那样一个社会文化环境中既不"趋时"又不"苟安",是难于上青天。事实上,这既是当时文学创作面临的困境,也是包括鲁迅在内的一大批独立自由的文人知识分子人生抉择的困境。如果我们从这个角度来考察左翼文学作品,不难发现,在整个左翼十年间,绝大部分左翼作家的作品或多或少都存在着"硬造"现象。但是,因为这一现象的较为普遍性,而全盘否定左翼作家对于文学自身的追求,看不到他(她)们追求文学内在审美性的努力,也是不

---

① 马尔库塞:《审美之维》,广西师范大学出版社 2001 年版,第 163 页。
② 《鲁迅全集》第 4 卷,人民文学出版社 1981 年版,第 369 页。

客观的。我们必须看到，为了实现"对于时代的助力和贡献"，在尊重文学艺术的自律性和自足性的前提下，左翼作家作品还是努力"把政治内容在艺术中变成元政治的东西"，因为即使那些最激进的左翼文人知识分子也对观念形态的作品和标语口号式的文学创作心怀不满。许多左翼作家比如"左联"五烈士，成为职业革命家也没有忘记自己作为文学家的身份和社会角色。或者说，许多左翼文人知识分子的定位是介于革命家和文学家之间，其言行同时受到这两个领域的双重角色的规定。

下面我们就左翼文学创作的诸多方面，来简单考查一下左翼作家如何在文学创作中将政治理想、政治判断等理性思索转换为文学的元话语，或者说如何依据艺术自身的原则和要求转换"元政治"冲动的理性企图，亦即政治理性精神和革命意识形态追求在作品中如何显现。

二、革命罗曼蒂克的社会政治文化心理探询

中国左翼文学的兴起，以普罗文学的倡导与实践为前锋。在早期普罗文学实践中最激动人心、令人血脉贲张的，或者说使早期普罗文学作家们声震文坛、领一时风骚的，大概莫过于革命罗曼蒂克小说创作潮流的崛起与风靡。

以"东亚革命的歌者"自居的蒋光慈，是中国普罗文学的先驱和开山，堪称是革命罗曼蒂克小说的先驱和巅峰。1925年1月，蒋光慈出版了诗歌集《新梦》，开创了无产阶级革命诗歌的滥觞，热情讴歌俄国十月革命和社会主义社会："十月革命，／又如通天火柱一般，／后面燃烧着过去的残物，前面照耀着将来的新途径。／哎，十月革命，／我将我的心灵贡献给你吧，／人类因你出世而重生。"另有诗集《哀中国》、《哭诉》、《战鼓》和《乡情集》。诗如其人，人如其诗，蒋光慈浪漫而短暂的一生，始终和他吟唱的革命理想相伴，与革命的恩怨纠葛也如影随形，比如：蒋光慈浪漫不羁的行为和革命组织的纪律性之间的冲突，革命罗曼蒂克情绪低迷之后蒋光慈对革命事业的再认识，高昂的革命情绪与消沉的革命意志之间的转换与影响，等等。

蒋光慈更为杰出的文学成就在小说领域，他的革命罗曼蒂克小说不但风靡一时，开创了一个时代的文学审美时尚，而且作为流行的文学审美趣味与审美理想，影响了一代青年的社会选择与人生追求。

蒋光慈的早期小说代表作是著名的《少年漂泊者》、《鸭绿江上》和《短裤

党》。《少年漂泊者》是一部书信体自叙传小说,主要角色是孤儿汪中,他在致诗人维嘉的长信中,倾吐了近10年的漂泊历程,表达了对社会黑暗的强烈控诉,抒发了内心对社会公正、对人生正义的强烈诉求。汪中最后在战场上献身革命理想。《少年漂泊者》在某种意义上是一部成长小说和教育小说,少年汪中历经坎坷和屈辱的漂泊,最终成长为一个献身革命理想的革命者,不但表明了革命对一个青少年成长的引导作用,而且对许多和汪中有着相同或相似人生体验的青少年来说,不啻于是人生的示范和教诲。这部小说洋溢着浓烈的反抗精神与革命鼓动性,在当时就激起了许多人、特别是底层青年人的强烈共鸣。《鸭绿江上》以"围炉夜话"的形式,讲述了朝鲜青年李孟汉和金云姑在家破国亡境遇中的恋爱史,小说写得沉痛悲壮、清丽哀婉,具有较高的艺术魅力。《短裤党》直接取材于现实的政治事件,以粗糙但充满激情的笔触叙述和描绘了中国革命史上轰轰烈烈的一幕,其意义正如他在该书序言中所说的:"本书是中国革命史上的一个证据,就是有点粗糙的地方,可是也自有其相当的意义。"人们常说:义愤出诗人!从发生学的视野和角度考诸革命罗曼蒂克小说的风行,显然政治理想遇挫之后的激情反弹,政治焦虑和政治关怀在文学领域的转移,是这一文学潮流产生并壮大的最源初的、最富生命力的社会心理和文化动因。

在1928年至1930年的普罗文学高潮中,蒋光慈的创作和影响也开始登上巅峰,正如郁达夫所指出的:"一九二八、一九二九以后,普罗文学执了中国文坛的牛耳,光赤的读者崇拜者,也在这两年里突然增加了起来。"[1]著名的作品有《野祭》、《菊芬》、《最后的微笑》、《丽莎的哀怨》和《冲出云围的月亮》。《野祭》开创了"革命+恋爱"小说创作模式的先河,以革命文人陈季侠凭吊"天使似的女战士"章淑君为叙事、抒情线索,讲述了彷徨中的文人知识分子的人生选择,将爱情的价值和革命的价值捆绑在一起,通过革命来解剖爱情,又通过爱情来展现革命的价值。"革命+爱情"作为人生最美好事物的象征,却遭到黑暗与专制的扼杀。小说写得如泣如诉、缠绵悱恻,读来令人痛心不已,让人感到无比愤怒与沉重。自此之后,革命罗曼蒂克小说成为左翼文学运动中最富精神冲击力和艺术蛊惑力的文学现象。在1930年代的许多小说中,人们仍然可以依稀辨出革命罗曼蒂克的味道和气息,甚至在小说叙事模式中这种痕迹依然十分浓重。

---

[1] 郁达夫:《光慈的晚年》,载1933年5月《现代》第3卷第1期。

蒋光慈的长篇《冲出云围的月亮》,是富有艺术生命力和感染力的革命罗曼蒂克小说的"标本"之作。小说的核心人物王曼英,最初怀着对社会改造、人生理想的无限憧憬,在大革命的激流中加入了革命队伍。但风云突变,打倒军阀、打倒土豪劣绅很快变成了革命阵营内部的清洗与屠杀,浪漫理想与革命热情转眼坠入血腥与污秽,代表着未来与希望的大革命失败了。惊愕、恐惧和惶惑使王曼英陷入了深深的精神危机、陷入了自我的怀疑与自暴自弃:"曼英对于伟大的事业是失望了,然而她并没有对她自己失望。她那时开始想到,世界大概是不可以改造的,人类大概是不可以向上的,如果想将光明实现出来,那大概是枉然的努力……然而世界是可以被破毁的,人类是可以被消灭的,不如消灭这人类。曼英虽然觉得自己是失败了,然而她还没有死,还仍可以奋斗下去,为着自己的新的思想而奋斗……",在思想的困顿和精神的痛苦中,不知前途与光明何在? 无路可走的王曼英走上了运用"肉体美的权威"进行复仇的道路。买办经理的儿子、资本家的小少爷、肉麻的诗人、官僚政客等等统治阶级、压迫阶级的各色人等都成为她的复仇对象,在这种扭曲的、病态的复仇中,王曼英得到了暂时的快意与满足,"从前曼英没有用刀枪的力量将敌人剿灭,现在曼英可以利用自己的肉体的美来将敌人捉弄"。但是,"复仇"之后暂时的快意与满足,却无法阻遏和填补她从心灵到肉体的沉沦,被她解救的小姑娘阿莲的"天真的微笑",使她"恍惚地忆起来一种什么神圣的、纯洁的、曾为她的心灵所追求着的憧憬……",病态的、疯狂的复仇信念,在仿佛遗忘已久的神圣的、纯洁的理想的恍惚记忆中开始动摇了。这时革命者李尚志出现了。在王曼英的命运之旅中,李尚志首先是一个伟大的救赎者。在王曼英"冲出云围"的过程中,李尚志不但是革命和爱情的神圣化身,而且是政治理性和浪漫激情的引渡者,"坚忍而忠勇"的李尚志身上"有一种什么力量,在隐隐地吸引着她",不但使她自惭堕落,更使她渐渐明白了光明与希望所在。在小说文本中,正是"伟大"的李尚志将革命与爱情、性欲与政治的价值旨归整合在一起:"历史命定我们是有希望的。我们虽然受了暂时的挫折,但最后的胜利终归是我们的。只有摇荡不定的阶级才会失望,才会悲观,但是我们……肩着历史的使命,是不会失望,不会悲观的。……革命的阶级,伟大的集体,所走着的路是生路,而不是死路……","群众的革命的浪潮还是在奔流着,不是今天,就是明天,迟早总会在这些寄生虫面前高歌着胜利的!"李尚志不但是坚定的和理性的政治信念的现实承担者,而且也将(王曼英的和自己的)爱情的追求纳入到政治理性的现实实践形式——革命的途中,革命不但拯救了爱情,也拯救了生命:"这月亮曾一度被阴云所遮掩住了,现在它冲出了重围,仍是这般地皎洁,仍是这般地明亮!……"政治理性与浪漫激情高度融合的革命,终于使王曼英重新获得了理性自我和感情寄托,"变成和李尚志同等的人了"。革命的拯救功能、解放功能,在小说中心人物王曼英经历的"革命——堕落——新生"的过程中大放异彩,爱情在炽热的革命烈火中涅槃再生,革命亦获得了来自生命和心灵深处的最直接、最坚定的动力。

《丽莎的哀怨》是蒋光慈最富探索性的作品。这部奇特的小说以哀伤深沉的笔调,叙述了白俄贵族少妇丽莎在十月革命洪流的冲击下,流落到中国,由贵妇沦落为妓女的悲惨经历。小说在描述丽莎的身世和经历的同时,其叙事、抒情仿佛是丽莎的自叙传,她的诸多疑问和不解成为这部小说的精彩之处,亦可视作作者对"革命"的拷问。此时的作者似乎已经不再沉湎于激进的革命情绪的抒发,而是更深刻地思索"革命"的里里外外和前前后后。就人性而言,丽莎同样有善良的品行和心灵,她唯一的"原罪"之处就是因为她是一个贵族,出身是丽莎遭到革命风暴的冲击并沦落流离遭人凌辱的唯一"正当"理由,然而出身却是丽莎自己无法选择的,难道丽莎的命运就因出身而不得不命中注定吗? 其实,这部作品以深沉的人道主义精神和人道主义情怀,开始审视和反思革命对人的冲击。作者借小说叙事所流露出的对丽莎的深切同情,至少寓示着作者已经超越了对革命的激越、粗砺的简单理解方式,进而转为对革命进行了辩证的怀疑、追问和深思。这在蒋光慈所处的那个疾风骤雨的革命年代显然是特立独行的,甚至可以说是超前的。蒋光慈非但没有猛烈抨击和丑化革命的当然对象——资产阶级,反而示之以同情和哀怜,这显然会使他的同志们感到不理解和愤怒。这部作品一经问世就遭到了左翼阵营内部的批判,成为蒋光慈被开除党籍的重要理由之一。

《咆哮了的土地》是蒋光慈的最后一部长篇小说(也是比丁玲的《水》更早的努力超越"革命+恋爱"模式之流弊的小说),展现了大革命失败的特定历史背景下,在革命理念叙事框架指引下的早期农村革命风暴。尽管这部小说也是以"革命+恋爱"为主要叙事模式,但已经改变了过去革命罗曼蒂克小说中的主观、空洞的情绪宣泄,更注重客观的、细致的具体描写,对人物形象塑造和人物性格构成也注意进行多维度的表现。值得注意的是,小说主人公之一的李杰作为一个知识分子类型的革命者,他的传播革命真理的热情、发动革命行动的决绝以及在真实的革命风暴面前的犹疑,特别是李杰火烧地主父亲的庄园一段的描写与叙事,值得人们深思。父亲代表着剥削与罪恶,烧与不烧似乎毋庸多少痛苦抉择,可是母亲与妹妹是无辜的,为什么也要葬身火海?革命与亲情的抉择、革命至上还是人道至上?这些令人痛心不已的问题,或许不但使小说人物李杰陷入痛苦的抉择中,可能也使作者陷入了痛苦的怀疑之中。这使小说具有了更纵深和广阔的阐释空间,在精神维度上显然远远超越了革命罗曼蒂克小说的单一化与面具化。小说中这一情节的设置,再结合《丽莎的哀怨》中丽莎的不解与追问,这是否意味着小说作者有意识地对革命的诸多矛盾性命题通过小说艺术进行探讨?而且对革命的反思与审视已经达到了相当的深度?这种反思与审视在那个狂风骤雨般的年代是否具有一定的普遍性?

无论如何,"革命+恋爱"是那个时代热血青年精神世界的主旋律。本是古代文学经典模式的英雄美人(或才子佳人),在 20 世纪 20 年代末期,在最前卫的无产阶级革命文学潮流中实现了现代复活,最古典的和最时尚的文学资源共同创造了现代中国文学史上革命罗曼蒂克小说的风行(这是否意味着"革命+恋爱"模式具有文化人类学的依据?)。

除了开创这一潮流的蒋光慈外,其他重要的作家还有洪灵菲和华汉等人。

洪灵菲的成名作和代表作是《流亡》。如果说《冲出云围的月亮》述说了政治理性与浪漫激情在革命这一最高主宰下使主人公获得了新生与复活,那么《流亡》则展现了政治理性与浪漫激情在革命激流中的昂扬与豪迈。一个薄寒、凄静和阴森的恐怖之夜,在沈之菲和黄曼曼的婚礼上,政治理性与浪漫激情在诗意与夸张中得到高度释放,小说主人公也得到了精神的巅峰体验:"让这里的臭味,做我们点缀着结婚的各种芬馥的花香;让这藏棺材的古屋,做我们结婚的拜堂;让这楼上的鼠声,做我们结婚的神父的祈祷;让这屋外的狗吠声,做我们结婚的来宾的汽车声;让这满城戒严的军警,做我们结婚时用以夸耀子民的卫队吧!这是再好没有的机会了,我们就是今晚结婚吧!"对沈之菲而言,支撑这位在社会专制与家庭礼教合围中四方漂泊的革命者灵魂的,是对于社会人生的理性认识、对于革命信仰的执著和"饮血而死终胜似为奴一生"的激情,"照他的见解,革命和恋爱都是生命之火的燃烧材料。把生命为革命,为恋爱而牺牲,真是多么有意义的啊!……因为恋爱和吃饭这两件大事,都被资本制度弄坏了,使得大家不能安心恋爱和安心吃饭,所以需要革命!"革命作为终极目的和手段,不但为理性的政治认知提供了一条实践之路,而且为浪漫的情感需要开辟了释放的渠道。在这部文采斐然、激情洋溢的小说中,革命是如此富有魅力、富有激情、富有诗意,不但鼓舞和激励革命者放弃名誉、家庭和地位,为着理想的生路"冲锋前进",而且为爱情指明了归宿,"革命和恋爱都是生命之火的燃烧材料",支撑着沈之菲和黄曼曼在流亡的征途中寻找光明。沈之菲的爱人黄曼曼"本来很不接近革命,但因为她的爱人是在干着革命的缘故,她便用着对待情人的心理去迎合革命",因为爱屋及乌,她"所爱的便唯有革命事业和我的哥哥",希望和亲爱的哥哥永远手携着手干革命去,亲爱的哥哥也因为她的情书愈加决定了"再上他的流亡的征途去",去寻找"光明的、伟大的、美丽的、到积极奋斗、积极求生的路去的!"《前线》和《转变》也是洪灵菲的革命罗曼蒂克小说中有分量的流光溢彩之品。洪灵菲这位才华横溢的作家,最终倒在国民党专制主义的枪口下,以年轻的生命为自己热烈向往的主义而殉身!

华汉(阳翰笙)的代表作,是1930年出版的《地泉》三部曲《深入》、《转换》和《复兴》。无论是小说艺术技巧还是艺术激情,这部有名的革命罗曼蒂克小说与蒋光慈、洪灵菲的作品相比,显然稍逊风骚。1932年再版时,瞿秋白、郑伯奇、茅盾、钱杏邨和华汉自己的五篇序言,使这部小说成为左翼理论家、左翼作家总结革命罗曼蒂克小说创作得失的典型,批评主要集中在风行一时革命罗曼蒂克小说的弊端,例如文学技术的幼稚和粗糙,内容的空虚与狂热,单一化、概念化、公式化的创作模式等等,似乎使"革命+爱情"成为文学创作的一个反面教材。当然,《地泉》三部曲成为"不应该这样写"的标本,而且在从此以后的文学评价机制之中,革命罗曼蒂克小说甚至成为左翼文学创作史上"教训"的代名词。

左翼批评家们以及今天的文学史评价机制中对革命罗曼蒂克小说创作缺陷的指责,显然是有的放矢、切中肯綮。显然这也是革命罗曼蒂克小说逐渐丧失生命力的重要原因(最不幸的是,最有才华的革命罗曼蒂克小说家蒋光慈、洪灵菲都是英年早亡,否则假以时日,左翼文学创作或许是另一种面貌,何况他们都已经意识到革命罗曼蒂克创作中的缺陷,而且在小说创作中已经有意识地开始进行矫正)。但这只是历史现象的一个方面,长期以来,我们的文学史研究存在着对这一文学现象的误读,至少没有走出左翼理论家们的误区,没有超出左翼理论家们的评判眼界和水平。

其实,如果我们对那个血雨腥风的时代能够设身处地、感同身受,那么革命罗曼蒂克小说的是与非、成与败、得与失就有可能在更为广阔的视野中得到解释与理解。为人们所诟病的"革命＋恋爱"题材的流行与泛滥，在很大程度上真实反映了"大革命"失败后，倾向革命的知识分子自我抉择过程中的一种真实和沉痛的心路历程和情绪化展现，它的出现是急剧变化的社会情境通过焦灼心理在文学上的反映。普实克在《中国文学随笔三篇》中认为："将刚发生的事件以文艺形式表现出来，其主要动机是要找到一种倾吐充斥于这一代人的心中的情感和感受的方式，不然的话，他会被逼得发疯的。"①普实克的见解不但是知人论世，而且符合心理学、发生学的阐释。

革命罗曼蒂克风潮的出现，将爱情与革命、性与政治这些青年最为敏感的、最易产生幻想的主题和题材聚焦于激越的文学想象空间与审美视野，以最为前卫的社会观念与美学观念，重新审视和观照现实，重新想象和塑造未来，不但颠覆了"五四"文学时代以来的美学范畴、美学标准和审美趣味、审美理想，而且以先锋文学的强烈震撼与冲击力，开辟和拓展了一个虽然粗糙、简陋但充满生命活力的现代审美精神新空间。早期的普罗小说家们用文学想象的形式进行情感宣泄与意念抒发，为心理焦灼与政治激情寻找到了一个大放异彩的释放空间，为个体与社会创造了一个充满了诅咒与憧憬的浪漫期待视野。浪漫激情与政治理性交相辉映，其艺术敏感，其艺术胆识，都达到了前无古人甚至是后无来者的艺术境界。（"避席畏闻文字狱，著书皆为稻粱谋"。仅就这点而言，后世作家们应当感到汗颜。其意义与价值已远远超出文学自身所能解决的范畴，而是一个涉及文学存在理由的道德哲学命题。）"革命的罗曼蒂克"，恰恰是一代青年真实心理状况的现实反映，恰恰是一代青年政治理性精神觉醒在文学上的曲折展现，恰恰是一代热血青年赤诚地追求真善美的愤激的表达。

以爱情和革命为最高象征的社会人生天地，自然成为有志青年宣泄浪漫的革命激情与政治理性的广阔天地，自然成为左翼小说家从事文学活动和创作的最原始的合理性资源。自称是"左翼文学运动中的一个小卒"的陈荒煤回忆说："说实话，对那些革命文学所宣传的所谓无产阶级的革命，我并不懂。但是又朦朦胧胧似乎懂得了四个字，那就是'革命'和'爱情'。……它至少启发了青年，倘使你要求美好的生活和幸福的爱情，你都得革命。它终于使我重新感到还是要面向人生，要革命。"②的确，革命和爱

---

① 载《中国当代文学研究资料·茅盾专集》第 2 卷下册，福建人民出版社 1985 年版。
② 陈荒煤：《伟大的历程和片断的回忆》，载《"左联"回忆录》，中国社会科学出版社 1982 年版。

情作为美好生活的象征,作为青年幻想和生存的精神动力,成为引导和激励青年奋力前行的精神灯塔。

浪漫激情和政治追求转换为革命和爱情等人生现实形态,革命与爱情成为连接幻想与真实、目标与手段的现实中间物。于是,古典的才子佳人、英雄美女在现代政治理性精神的烛照和包装之下,获得了现代的形态和现实的生命力,愤怒和敏感的左翼作家们自然要凭借自己职业的和最为熟悉与擅长的文学表达方式,将遭受压抑的浪漫情绪与政治理念转化到另一个虚构的世界,去奏响憧憬社会人生的激昂号角。在这样一个虚构的艺术世界中,政治理性与浪漫激情不但寻找到了一方纵横驰骋的精神栖居地,而且借助文学的现实功能和效力,表达了对黑暗社会和压抑人生的积极否定力量。

在绝大多数革命罗曼蒂克小说中,革命是统摄社会人生诸领域的第一要义。革命作为最高的价值能指和最终的意识形态,不但预言着黑暗、污秽世界的灭亡和光明、崭新世界的诞生,而且是展现个体现实生命能量的巨大的广阔场域。在革命与艺术相遇合生成的巨大想象空间中,不但作者的政治理想和浪漫激情得到释放、转移、升华,从而在艺术的想象氛围中使创作主体获得既是虚构的,也是真实的情感、意志与理性的满足;而且,小说中那些受革命驱使的主要人物:无论是用肉体报复旧社会而沦落的王曼英,还是在血雨腥风和陈腐礼教合围中的沈之菲;无论是陷入革命加恋爱旋涡、最终被捕却坚信普罗列塔利亚革命从此开始的霍之远,还是在施洵白革命言论和爱情驱使下"到莫斯科去"的贵妇人素裳;无论是在共产主义者刘希坚感化下走出无政府主义理想迷梦的白华,还是在女革命家寒梅点化下告别醇酒妇人、消沉颓废的林怀秋,等等,都是在政治理想和浪漫情怀的支撑下,在革命预设的耀眼光环中不断获得继续革命的精神动力,从而获得"复活"与"新生",成为革命的"新人",社会人生的崭新境界从此得以开辟,革命也重新获得了更为坚实的理由与更为广阔的舞台。

更为重要的是,正是在小说虚构的艺术世界中,作者、小说人物、读者获得了对话的舞台,革命作为尖端性和前卫性的话语,成为嫁接政治理性、浪漫情怀和现实社会的桥梁,从而获得否定黑暗专制社会的鼓动力量和强势心理。事实上,单纯的政治说教如果没有情感等其他因素的支持,很难获得巨大的现实效力和艺术感染力,文学的社会鼓动功能也难以实现。俗话说晓之以理、动之以情,正是左翼小说家们将政治理性与浪漫激情融为一体的艺术创造,让文学成为宣泄政治理性与浪漫激情的精神领地,不但使革命罗曼蒂克小说在当时掀起巨大的风潮,而且产生了不同凡响的巨大社会效力,"文学确实成了引导我向往一个光明前途的灯火",①许多热血青年正是因为革命罗曼蒂克小说的鼓动,走向革命、走向创建新世界的征途。

不过我们今天重新阐释革命罗曼蒂克小说时,决不能因为它的存在的合理性就忽视它的弊端。瞿秋白等5人为《地泉》三部曲所作的序言中,大都使用了"路线"这个关键词,运用政治话语评判文学作品。显然,无论是作家的还是小说人物的革命浪漫激情,与当时党内狂热的政治路线和政治判断有关:中国革命的性质是所谓"不断革命",中国革命的形势是"不断高涨"。长期以来为人们所诟病的创作模式公式化、主题意蕴理念化、人物形象脸谱化的诸多弊端,使小说成为"时代精神的号筒",如果追根究底,错误的政治理论转化为错误的文学观念,不能不说是一个极为重要的因素。鲁迅曾经强调:"革命青年的血,却浇灌了革命文学的萌芽,在文学方面,倒比先前更其增加了革命性。"②所谓"成也萧何,败也萧何",作为政治理念与浪漫激情的中介物和现实形态,正是革命赋予革命罗曼蒂克小说以巨大的精神动力和信仰理念的心理支持,也正是因为对革命的狂热的理念化想象,使多数小说创作偏离艺术创造所首先应当遵循的自身规律,沦为政治理念的标语口号。

三、青年热血浇灌革命文学之花

中国左翼文学,是在青年热血浇灌中怒放的奇葩。

"左联"五烈士是最能展现革命激情与人生华彩的左翼文学作家。"左联"五烈士中的柔石、殷夫和胡也频是前期左翼作家中的佼佼者。

柔石最初的小说往往充溢着浪漫抒情色彩,主要有短篇小说集《疯人集》、长篇《旧时代之死》和中篇《三姊妹》。后期的《二月》和《为奴隶的母亲》往往被视为左翼文学的经典作品。鲁迅在《柔石作〈二月〉小引》③中说:"我从作者用了工妙的技术所写成的草稿上,看见了近代青年中的一种典型,周

---

① 陈荒煤:《伟大的历程和片断的回忆》,载《"左联"回忆录》,中国社会科学出版社1982年版。
② 鲁迅:《中国文坛上的鬼魅》,载《鲁迅全集》第6卷,人民文学出版社1981年版。
③ 载《鲁迅全集》第4卷,人民文学出版社1981年版。

遭的人物,也都生动",在大时代冲击下来芙蓉镇的萧涧秋,是一个"衣履尚整,徘徊海滨的人","他极想有为,怀有热爱,而有所顾惜,过于矜持",但他在"大齿轮的转动"中,"仅是外来的一粒石子",终究"被挤到女佛山——上海去了",重新追寻"光明之地"。《二月》所展现的正是主人公在江南小镇追寻"人类纯洁而天真的花"的理想遇挫后,被迫重归大时代洪流的人生抉择。《为奴隶的母亲》问世不久就获得了国际声誉,被斯诺夫妇编入《活的中国——现代中国短篇小说选》,据说也深深地感动了法国文豪罗曼·罗兰。小说叙述了春宝娘这个底层女性被"典妻"的经历,将人世间的残酷的血泪真相以沉痛凝重的笔触刻画出来,在揭露人间"恶"的故事中蕴含着深刻的社会批判性。有的学者认为,在潜结构上,小说"写的是一个贫农少妇被丈夫虐待,却与地主秀才在感情上互相安抚、互相留恋的故事",并解构了小说的显结构①(即阶级压迫与封建遗毒背景下的人物关系构成)。其实这个潜故事所解构的,只是人们长期以来对以阶级斗争为引导下所形成的所谓正统解读。事实上,过去的所谓正统解读也不能称之为误读,它同样是作品结构中所蕴含的不可或缺的文本意蕴之一,小说的显结构与潜结构相辅相成,共同构成了小说文本的丰富的包孕性和复杂性。

如果说蒋光慈是普罗诗歌的开山,那么职业革命家殷夫就是中国普罗诗歌的巅峰。殷夫的红色鼓动诗和红色抒情诗清新刚健、节奏明快、激情充溢、想象丰富,充分体现了昂扬向上、豪迈宏阔的普罗诗歌美学理念。其诗歌主题"典型地表征了 30 年代意识形态的巨大转型:从个人主义到集体主义,从宗法意识到阶级意识,表现了意识形态的结构力量。"②正如他的代表作《别了哥哥》一诗中吟唱的:

> 别了哥哥,我最亲爱的哥哥,
> 你的来函促成了我的决心,
> 恨的是不能握一握最后的手,
> 再独立地向前途踏进。
> ……
> 在你的一方,呦,哥哥,

---

① 蓝棣之:《现代文学经典:症候式分析》,清华大学出版社 1998 年版,第 150 页。
② 旷新年:《1928 革命文学》,山东教育出版社 1998 年版,第 119 页。

有的是,安逸,功业和名号,

……

但你的弟弟现在饥渴,

饥渴着的是永久的真理,

……

    殷夫的红色鼓动诗和红色抒情诗,既贯穿着崭新的政治理念,又洋溢着无法遏止的赤诚与激情,呼喊出了一代热血青年狂热的灵魂深处的渴求。是出于友情,也是出于对殷夫人生选择的理解,一贯"冷静"的鲁迅被殷夫的遗作深深地打动了,"收存亡友的遗文真如捏着一团火,常要觉得寝食不安,给它企图流布的",并以难得的富有诗意的笔触盛赞说:"这《孩儿塔》的出世并非要和一般的诗人争一日之长,是有别一种意义在。这是东方的微光,是林中的响箭,是冬末的萌芽,是进军的第一步,是对于前驱者的爱的大纛,也是对于摧残者的憎的丰碑。一切所谓圆熟简练,静穆悠远之作,都无须来做比方,因为这诗属于别一世界。"①

    胡也频前期的作品具有追求个性解放色彩的显著特征,1928 年后开始在作品中展现和表达无产阶级文学的价值理想。代表作是《到莫斯科去》和《光明在我们的前面》。《到莫斯科去》洋溢着温馨的革命浪漫主义情怀,以缠绵华美的篇章讲述了一个才华横溢的青年革命者和一个寂寞美丽贵妇的爱情悲剧:寂寞孤独的贵妇素裳,结识了年轻的共产党人施洵白,二人相互倾慕、相互吸引、引为知己。素裳的丈夫(反动官僚)偷看她的日记,知晓了这段恋情,并秘密侦查出施洵白的革命家身份,于是秘密处死了施洵白,在杀害革命者的同时也扼杀了一段纯真的爱情。素裳知道内情后,不但没有屈服于丈夫软硬兼施的淫威,反而坚定地皈依施洵白所描绘的社会人生理想,继承施洵白"到莫斯科去"的遗志,毅然出走。《光明在我们的前面》主要从民众运动和社会思潮发展的视角建构小说的主题:爱情和信仰的冲突,信仰最终引导了爱情。小说女主人公白华,凭着天真和梦想,坚信无政府主义,而这也成为她和共产主义者刘希坚爱情的重大障碍,所谓"道不同、不相与谋"。但严峻的社会危机和"志同道合"者的卑怯,终于使她对无政府主义感到幻灭,在刘希坚的帮助下转而走向革命、信仰共产主义,刘希坚在这个

---

① 鲁迅:《白莽作〈孩儿塔〉序》,载《鲁迅全集》第 6 卷,人民文学出版社 1981 年版。

"革命"引导爱情和信仰的过程中,不但获得了"同志"、更获得了白华的爱情。尽管小说充满了政治论战色彩,但是小说行文气势酣畅、眼界阔达,出版后产生了强烈的社会反响,有的认为是"近年来新兴文艺上少有的另开生面的特殊风格",甚至夸张地说它"在中国文坛上是一部划分时代的作品"①。建国后的丁玲评价说:"我以二十年后的对生活、对革命、对文艺的水平来读它,仍觉得心怦怦然,惊叹他在写作时的气魄与情感。"②

在 20 世纪 30 年代的左翼文坛,丁玲和张天翼是引人注目、盛名卓著的两位小说家。

丁玲以小说《梦珂》、《莎菲女士的日记》迅速驰名文坛。丁玲前期的小说是"满带着'五四'以来时代的烙印的",小说人物往往多是莎菲类型的"心灵上负着时代苦闷的创伤的青年女性的叛逆的绝叫者"③。或许当心灵的和时代的苦闷郁积到一定的程度、惯用的转移和发泄方式在反复中其势能化为鲁缟之末,就不得不寻找更刺激、更顺畅的渠道。革命思潮的盛行为激进者提供了一条快意之路,丁玲不久就"左"倾了。丁玲是和胡也频相伴"左"倾乃至成为革命作家的,高亢的政治热情使她的创作聚焦于社会焦点与时代主潮,从而成为 20 世纪 30 年代最为著名的女作家之一。左翼时期丁玲的主要作品有长篇《韦护》,中篇《1930 年春上海》之一、之二,短篇集《一个人的诞生》、《水》、《夜会》以及未竟长篇《母亲》。《韦护》和《1930 年春上海》都是沿用"革命+恋爱"的创作模式,尽管富有革命罗曼蒂克气息,但情绪之表达已不甚激烈,但仍可以归类到革命罗曼蒂克小说中,甚至可以说是革命罗曼蒂克小说的殿军之作。《水》则往往被人们视为普罗文学实现重大突破的标志。

有的专家认为:"丁玲在 30 年代前期的盛名,主要在于为左翼文学的发展尽了探索者和开拓者的历史责任,而不在于这种探索和开拓中贡献了多少精美的传世之作。"④这种看法是很有见地的。比如丁玲的小说《水》,向来被视为左翼小说创作潮流的分水岭,被誉为对"革命+恋爱"公式的清算和"新的小说"的诞生。它之所以得到人们的高度评价,主要在于改变了当时

① 张秀中:《读〈光明在我们的前面〉》,载 1932 年 7 月《新地月刊》第 6 期。
② 丁玲:《一个真实人的一生——记胡也频》,载《胡也频选集》,开明书店 1951 年版。
③ 茅盾:《女作家丁玲》,载 1933 年 7 月《文艺月报》第 2 号。
④ 杨义:《中国现代小说史》第 2 卷,人民文学出版社 1988 年版,第 258 页。

多数左翼作家热衷于个人主观感受和情绪的抒发与宣泄,相对忽略时代背景和社会环境的描写这样一种创作倾向。冯雪峰在《关于新小说的诞生——评丁玲的〈水〉》时,就从理念的角度勾划和"规定"了左翼文学创作的方向:"从观念论走到唯物辩证法,从阶级观点的朦胧走到阶级斗争的正确理解,特别是从蔑视大众的,个人的英雄的捏造走到大众的伟大的力量的把握,从罗曼蒂克走到现实主义,从旧的写实主义走到新的写实主义,从静死的心理的解剖走到全体中的活的个性的描写",并认为"《水》办到一些了"。①其实,由于丁玲在《水》中描写的是远离自己切身真实体验的社会现象,所谓的"重要的巨大的现实题材"、"对于阶级斗争的正确的坚定的理解"和"新的描写方法……集体的行动的开展",不过是以文学作品的形式表达了新的政治观念的要求,更符合当时人们的政治理念对文学的重新理解与阐释,更符合左翼文人知识分子的某些理论期待,是从一种观念论走向另一种观念论,并非是一部成功的艺术作品。这是今天我们在文学史书写过程中应当引以为戒的,绝不能因为权威的评价,而人云亦云、亦步亦趋,应当超越文学史叙事和文学史评价机制自身产生的话语圈套。

另外,我们必须注意:《水》发表于 1931 年 9 月,而早在 1930 年 1 月,也就是丁玲发表《韦护》的同时,蒋光慈的《咆哮了的土地》开始在《拓荒者》上发表,就已经以实际的创作纠正革命罗曼蒂克小说的弊端,比《咆哮了的土地》稍早发表的洪灵菲的《大海》也表明作者开始试图超越"革命＋恋爱"模式。诸多文学史事实表明,当丁玲依然沉浸在"革命＋恋爱"的创作模式时,那些早期的革命罗曼蒂克作家们已经开始进行新的探索与尝试,纠正和清算"革命＋恋爱"的弊端实际上在 20 年代末 30 年初就开始了,而非左翼批评家在理论上意识到的《水》的发表或者说对华汉《地泉》三部曲的批判。只不过由于历史的阴差阳错、风云际会,蒋光慈等人的努力并没有引起左翼理论家们和批评家们的重视,或许彼时他们缺乏这种理论敏感和艺术眼光,或许蒋光慈与党组织的关系纠葛使人们注意力不再(不屑)集中于他的小说探索。左翼理论家和左翼批评家在当时的评价对后世文学史述史秩序的影响极大,建国后的许多文学史学者往往沿用他们的看法。但是我们应当清醒地看到,文学史上的评论不能代替文学史本身,人们首先应该尊重文学史真相,这是检验过去文学史评价是否合适与准确的方法论基础。

---

① 丹仁:《关于新小说的诞生——评丁玲的〈水〉》,载《北斗》1932 年第 2 卷第 1 期。

    张天翼被视为"左联"最优秀的讽刺小说家之一,而且也是一个多产的
作家。从 1929 年开始发表作品到 1938 年的近 10 年间,先后写了短篇小说
近百篇,编为《从空虚到充实》、《小彼得》、《蜜蜂》、《反攻》、《移行》、《团圆》等
小说集 12 部,中篇《清明时节》,长篇《鬼土日记》、《齿轮》、《一年》等 6 部。
1930 年代前期张天翼主要致力于"革命文学"的创作,着眼点往往是那些生
活在社会底层的小人物,写他们的挣扎、痛苦、麻木、愚昧、庸俗……,在可
怜、可笑与可气的叙事中,表达出深切的同情与严厉的批判。1930 年代中
期,反虚伪、反庸俗、反彷徨成为他小说的基本讽刺主题,他的讽刺艺术风格
就此定型。张天翼登上文坛不久就受到各方重视,另外他当时在小说文体
上的实验和创新也受到广泛称道。冯乃超在《新人张天翼的作品》[①]中说:
"在两种意义上,他是新人,——在创造新的形式上,在他是新的作家上。"鲁
迅也将张天翼归入新文学运动以来"最好的作家"和"最优秀的左翼作家"
之列。

    1935 年鲁迅主持编辑"奴隶丛书",计有叶紫的《丰收》、萧红的《生死场》
和萧军的《八月的乡村》。这三位作家将自身真切的人生体验、政治敏感,融
会到小说艺术的创造行为中,取得了令人瞩目的艺术成就,从而跻身于 1930
年代最优秀的小说家行列。

    叶紫的小说是大革命失败前后洞庭湖畔农村民众苦难、觉醒与抗争的
艺术真实展现,是一个底层文学青年发自灵魂深处的愤怒呼号。叶紫小说
的政治倾向非常鲜明,洋溢着被压抑民众追求新生与革命的激情。但是,其
他众多作家作品中的概念化、公式化、标语口号化倾向似乎与他无缘。这是
因为他的小说艺术创造是建立在真实、痛切的人生体验与心理体验之上。
《丰收》的人物原型就是他的亲表叔与表弟,叶紫对他们的苦难有着真实而
天然的感同身受。这篇小说真实再现了中国农村老少两代农民的观念冲突
和心理差异,揭示了底层农民在社会重重压榨下只有反抗才有出路,更艺术
地表达了自己的政治理念和价值追求,"这就是作者已经尽了当前的任务,
也是对于压迫者的答复:文学是战斗的。"[②]中篇小说《星》是叶紫的杰作,艺
术再现了美丽善良的农村少妇梅春姐在革命激流的鼓动下觉醒、抗争与追
求的精神历程。这部小说细致、真切地营造和建构了一个底层女性不屈不

---

① 载 1931 年 9 月《北斗》创刊号。
② 鲁迅:《叶紫作〈丰收〉序》,载《鲁迅全集》第 6 卷,人民文学出版社 1981 年版。

挠寻求生理、心理和社会解放的故事,不但深化而且艺术地回答了"五四"以来女性解放和个性解放的现实出路——革命。更为重要的是,这部小说在逼真、细腻地展现革命风云激荡的同时,将革命进程中的人与事置放于真实、复杂的现实氛围中,以近乎原生态的艺术描写,展现了革命的复杂性、艰巨性,并且借小说人物之口以及小说的叙事,曲折委婉地表达了对于革命的疑惑与不解。

在现代中国文坛上,萧红是风雨飘摇中一朵凄恻的玫瑰,是一朵傲视风雨、永不凋谢的玫瑰。这位诗性飞扬、才华卓绝的抒情小说家的作品,就像她悲剧式的坎坷一生那样,充满了感伤、哀婉、辛酸和沉痛,显露着人间世的残忍、无情绝望和不公,充盈着悲剧艺术撼人灵魂的魅力。她的成名作和代表作是《生死场》。这部小说形散而神聚,将现实在精神和心理幻相中重构、重叠,富于象征意味和艺术神韵,那种撕裂人心的、残酷无情甚至是惨无人道的生生死死的真实境况,跨越了漫长的时空,依然让我们感到刻骨铭心的撕心裂肺般的精神痛楚。在 1935 年 11 月 14 日深夜的死寂里,鲁迅在《萧红作〈生死场〉序》[1]中评价道:"这自然不过是略图,叙事和写景,胜于人物的描写,然而北方人民的对于生的坚强,对于死的挣扎,却往往已经力透纸背;女性作者的细致的观察和越轨的笔致,又增加了不少明丽和新鲜。……她才会给你们以坚强和挣扎的力气。"《呼兰河传》被人们誉为萧红的圆润成熟之作。这部小说创作于萧红生命的最后几年,仿佛冥冥中命运之神将她拉回童年记忆,借小说抒发她对生命的悲悯、对苦难的承受和对事态百相的回味,抒情写意顺乎自然,描摹刻画栩栩如生,叙事写景历历在目,文笔幽婉动人,情感沉郁悲凉。茅盾在为这部小说写的序言中赞之为"一篇叙事诗,一幅多彩的风土画,一串凄婉的歌谣",这既是知人之论,更是不刊之论。

萧军 1930 年代的小说刚健质朴、粗犷有力、遒劲浑厚,代表作是《八月的乡村》。鲁迅在《田军作〈八月的乡村〉序》[2]中评价说:"虽然有些近乎短篇的连续,结构和描写人物的手段,也不能比法捷耶夫的《毁灭》,然而严肃,紧张,作者的心血和失去的天空,土地,受难的人民,以至失去的茂草,高粱,蝈蝈,蚊子,搅成一团,鲜红的在读者眼前展开,显示着中国的一份和全部,现在和未来,死路与活路。"这部小说叙事和结构多为粗线条,人物描写多属速写,然而激情澎湃、洋溢着浓郁的英雄主义气息。优长往往是短缺,这部小

---

①②载《鲁迅全集》第 6 卷,人民文学出版社 1981 年版。

说尚嫌粗糙、松散和急切,艺术和审美上尚有可开拓的空间。

加入"左联"的沙汀、艾芜和没有加入"左联"的吴组缃,因为小说艺术上的成就成为引人注目的优秀的左翼小说家。(加入或者不加入"左联",不是认定一个作家是否属于左翼作家的标准,比如萧红和萧军,鲁迅多次劝告他们不要加入"左联",但人们还是视之为左翼作家。)

沙汀的成名作是《法律外的航线》。小说通过对长江航线上一艘外国商船的一系列描写,既勾勒了帝国主义分子在中国国土上的"法外治权",又暗示了中国农村革命星火燎原的生动情景,茅盾评价说:"作者用了写实的手法,很精细地描写出社会现象,真实的社会图景"。[①] 1935 年至 1937 年,沙汀小说达到了新的艺术境界,为他成为三四十年代描绘中国宗法制农村的杰出作家奠定了基础,佳作有《丁跛公》、《代理县长》、《凶手》、《兽道》、《在祠堂里》等。1940 年代有长篇《淘金记》、《困兽》、《还乡》"三记"。短篇《在其香居茶馆里》,是沙汀小说讽刺艺术的巅峰之作。

在人们的心目中,艾芜是和沙汀并提的作家。异邦边陲的风光习俗和世态人情,造就了他作为一个流浪作家的独特清新的小说艺术风格。《南行记》既是他的成名作也是他的代表作。这部小说集主要以一个流浪知识青年的目光,审视和叙述边疆异域底层民众诸如盗贼、流浪汉、商贩的生存与挣扎,而且带有浓郁的自叙传色彩,《人生哲学的一课》、《山峡中》和《松岭上》等小说更是其中的杰作。这些小说不但在艺术风格上清新明丽、奇异自然,在小说内容上更是善于发掘社会最底层民众顽强的生命意志、藏污纳垢中人性的错综复杂。郭沫若对艾芜的小说深有感触:"我读过艾芜的《南行记》,这是一部满有将来的书。我最喜欢《松岭上》那篇中的一句名言:'同情和助力是应该放在年轻的一代身上的。'这句话深切地打动着我,使我始终不能忘记。"[②]

吴组缃尽管不是"左联"成员,但他的那些优秀小说无不浸润着左翼文学思潮的营养。他的代表作《一千八百担》是一篇具有深厚艺术功力的作品。在短短近 3 万字的布局中,通过对宋氏各房争夺祠堂积谷的"速写",作者举重若轻地描绘了中国农村宗法制社会崩溃的缩影,刻画和塑造的小说人物活灵活现、形象传神,小说结构严谨、舒畅,即传达了作者的政治取向,

---

① 茅盾:《〈法律外的航线〉读后感》,载 1933 年 12 月《文学月报》第 1 卷第 5、6 期合刊。
② 郭沫若:《痫》,载 1936 年 6 月《光明》第 1 卷第 2 期。

又有很高的艺术价值。《菉竹山房》是另一篇广为人称道的小说。它通过一对年轻夫妇探视二姑姑的经历，讲述了一个凄丽、幽婉的爱情遗事。小说以清幽的笔调、深切的同情，略带感伤地述说了一个幽闭的迟暮女性，对青春、爱情和欲望的渴求。小说富有古朴的传奇色彩和浓郁的神秘气息，更富有淡淡的诗意和轻轻的喟叹，读之令人在人性的光晕与感伤中久久不能平静。

在粗略回顾了左翼文学史上那些较为杰出的作家作品后，再反观文学史机制和述史秩序对他（她）们的评判，就会发现问题已经局限于否定与肯定的框架而无法得到恰当的解决。近二十多年来的文学史评价机制中，对左翼文学创作的评价可谓是两个极端。肯定者誉之为艺术珍品、对现代文学的贡献是辉煌的；否定者贬之为粗浅空洞、缺乏审美和艺术性。其实仔细分析就不难发现，褒贬评价的聚焦点和出发点，是左翼文学作品的政治内涵。这就切入了理性与审美、审美与政治或艺术与政治的关系的理解框架中。

马尔库塞对革命与艺术关系问题曾有一段富有启发性的阐释："革命与艺术之间的关系，是一种对立的统一，一种敌对的统一。艺术遵从必然性，然而又有其自身的自由，这种自由并非革命的自由。艺术与革命在'改造世界'即解放中，携起手来；但是，艺术在其实践中，并不放弃它自身的紧迫性，并不离开它自身的维度：艺术总是非操作性的东西。在艺术中，政治目标仅仅表现在审美形式的变形中。即便艺术家本人是'介入的'，是一个革命家，但革命在作品中也许会付诸阙如。"[①]从这个理论角度审视革命与文学或者政治内涵与艺术性的关系，左翼作品中存在的诸如人物形象的脸谱化、创作形式的公式化、主题意蕴的理念化和标语口号化，恰恰是因为急功近利的政治企图而违背和排斥了艺术遵从其必然性和自身自由的本质要求。

文学和革命联姻的最终目的是改造世界、解放人类，而不是文学服从于革命，可以说二者都是手段，都是不可相互替代的独立的手段，都具有各自的本质、特点、规律和形式要求，二者的联姻和相互渗透是有限的，必须是在保持各自存在形式的相对独立性的前提下，才能产生积极的效应。但是许多左翼文人知识分子在文学实践中自觉不自觉地将文学服从革命当作压倒一切的最终目的，以至于很多左翼作品不能较好地将政治要求表现在审美形式的变形中，反而破坏了文学的生态平衡。必须看到："艺术不能越俎代

---

① 马尔库塞：《审美之维》，广西师范大学出版社 2001 年版，第 164～165 页。

庖，它只有通过把政治内容在艺术中变成元政治的东西，也就是说，让政治内容受制于作为艺术内在必然性的审美形式时，艺术才能表现出革命。"①如果说艺术作品停留于观念形态的阶段，或者说以表现意识形态追求为鹄的，而不是遵循政治内容服从于艺术内在的必然的审美形式的前提，作品就很容易流于浅薄和空洞的喊叫。这也是今天左翼作家的作品广受非议的一个重要方面。

其实，无论是作为职业革命家还是职业文学家，左翼文人在追求文学服务于政治的过程中，都有一个不言而喻的前提，这就是文学终究是文学，没有否认文学是独立于政治实践的一种精神形式，没有违背社会评判系统对文学的惯例要求。当然，在追求文学为阶级斗争服务的过程中弱化或抹煞文学的独立性，这只是一个结果而非初衷和目的。正是这个长期以来为人们所忽略的不言而喻的前提，使左翼小说家们最终还是在文学这种精神形式的大航道上不断探索。事实上，尽管像钱杏邨等人视"口号标语文学"现象"是向上的过程，是历史的必然过程"，但也不得不承认这是"作家由于技巧修养的缺乏"。②那些优秀的左翼小说家在创作历程中也不断调整焦距、修正自己，尽可能地围绕小说艺术的维度进行探索与实验。左翼小说家们越来越注意人物性格和心理结构的把握，注意从社会和历史境遇中描写人物形象的丰富个性，注意描写"典型环境"中的"典型人物"、"典型性格"和"典型细节"，注意艺术地刻画人物心理，注意将社会结构的剖析与人物心理结构的剖析融合起来。总之，是更为艺术地把握社会革命，将文学与革命在阶级解放的大目标中实现最大可能的统一。事实上，这种探索早在"革命＋恋爱"风行的时候就开始了，丁玲的小说《水》并不能算一个标志。像蒋光慈的《冲出云围的月亮》和《丽莎的哀怨》、胡也频的《光明在我们的前面》、茅盾的《蚀》三部曲、柔石的《二月》和《为奴隶的母亲》等等，都比《水》更有理由表明左翼文学家们在不断探索中将革命与艺术统一起来的尝试与努力。

应该看到，那些优秀的左翼作品往往因为是作家真切人生体验的艺术展现从而直到今天依然打动我们，而一些受到文学史评价机制重视的作品，尽管在题材、人物、创作原则和创作手法上有所开拓和创新，但是由于表现内容与作家的切身体验往往存在隔膜，在摆脱政治理念束缚方面并没有前

---

① 马尔库塞：《审美之维》，广西师范大学出版社 2001 年版，第 163 页。
② 钱杏邨：《幻灭动摇的时代推动论》，载《海风周报》1929 年 4 月第 14、15 期合刊。

进多少,反而使创作的真实品格和艺术品位有所降低。仅仅从上述提到的左翼作家来看,即使仅仅从艺术的角度来审视,中国左翼文学的成就也是不能小觑的。而且这些作品既使仅仅在审美意蕴上,也堪称 20 世纪 30 年代中国现代文学的杰作。这些作品的价值是毋庸置疑的、需要重新审视的,倒是评判者的价值观念和审美理想在不断变化,并对这些作品进行合乎所处时代内在要求的阐释。努力将为革命的目的纳入到艺术创造的航向中,借艺术功能的实现表达革命的追求,恰恰是左翼作家政治理性精神日趋成熟的表现,不但表明了左翼作家革命意识的日渐理性化,也表现了左翼作家创作过程中理性驾驭能力的提高。那些优秀的左翼作家和作品,大都遵循了政治理性与文学创作的良性互动关系,反之那些失败之作就是明证。其最杰出的典型,当首推左翼文学大师茅盾。

四、茅盾:激情经验与理性想象之间

一代人有一代人的文学,一代人也有一代人的文学史,每一代人都有可能依据自身对文学和历史的理解,重构符合他们观念想象世界的文学史秩序和经典系列。在半个世纪以来的中国现代文学史撰写与研究中,以"鲁、郭、茅、巴、老、曹"为标志的经典作家、作品系列的形成,是一个重要学术事实和教育事实。但是在最近的十多年里,这一经典秩序和体系遭到了人们强有力的质疑,特别是茅盾,首当其冲地成为被颠覆的重要目标。最为重要的理由,就是茅盾的那些经典作品缺乏审美资质、美学价值和超越性的文学内涵,不能称其为经典作品,一个没有经典作品支撑的作家不能被称为文学大师。

问题的关键在于,过去我们是如何理解和阐释茅盾作品的。长期以来的文学史秩序和阐释系统,是将茅盾首先定位为革命作家来解读的,因此无论是誉之者还是毁之者,大多是从政治意识形态的视角来分析和阐释茅盾作品。正是在这种自觉或不自觉的独断论的规引下,政治意识形态这种强势话语模式和话语权力塑造了我们今天大多数人对茅盾作品的理解和认识。这种话语权利机制的独断和偏狭,遮蔽了茅盾作品丰富性和复杂性的展现。因此从这一角度看,颠覆茅盾的文学大师地位,其实并非是站在全面阅读和理解茅盾作品的基础上,所颠覆的不过是长期以来文学史述史秩序中有关茅盾的那个文学史叙事的镜像。

　　显著的政治价值理念色彩尽管是茅盾作品的突出特点,但丰富的艺术天赋和文学才情也是他作品中比比皆是的审美资质。事实胜于雄辩,我们应该抛却一切先人之见,走入茅盾的文学世界,在对茅盾作品、特别是小说的重新解读中,去探寻这一世界的独特艺术魅力。

　　茅盾生长于钟灵毓秀、地灵人杰的江南水乡乌镇。此地人文地理环境对年少的茅盾会产生多大影响尽管难以言之凿凿,但早在少年时代,茅盾就显露出超群的文学天赋,深得国文老师的赞许,如"行文之势,尤蓬蓬勃勃,真如釜上之气","慷慨而谈,旁若无人,气势雄伟,笔锋锐利","目光如炬,笔锐似剑,洋洋千言,宛若水银泻地,无孔不入",啧啧之声可谓不绝于耳,并断言"此子必成大器"。[①]日后的茅盾,果然也没有辜负国文老师当年的期许。文采斐然而且志在揽辔澄清的少年茅盾,也仿佛就此奠定和预示了此后人生的基本追求坐标:文学创作和政治关怀的高度融合。这可以说既是茅盾观察社会人生、又是他进行文学创作和文化活动的基本框架。

　　众所周知,茅盾是五四新文学运动的重要人物,他不但参与和主持了《小说月报》的改革,使之成为新文学运动的重镇,更是文学研究会的主要理论家。"五四"时代诸多著名的文学社会事件和文化社会活动中,大多能看到茅盾纵横捭阖的身影,可以说在建构早期中国现代文学的知识体系、审美尺度和观念系统等方面,茅盾起了不可忽视的作用。青年茅盾在走向社会不久,就在文学和文化领域做出了非凡的成就。但是让久有凌云志的茅盾更为心仪的,却是政治革命和社会活动。他是中国共产党最早的党员之一,在1921年至1927年的时间里,他将主要精力投入到社会事务和政治活动中,成为半职业的社会政治活动家。不过,这并没有妨碍他在为新文学进行知识储备和理论建构方面的创造。从他在这个时段写的《〈小说月报〉改革宣言》、《文学与政治社会》和《论无产阶级艺术》等著名文章来看,茅盾文学观念的基本底色,就是将文学创造与社会政治潮流相契合,他日后的文学创作也基本延续和反馈着这种基调。

　　1927年国共合作失败和国民党的清党政策,轰毁了沈雁冰作为一个政治活动家的梦想。但是一个署名茅盾的作家却就此出现在现代中国文坛上。多少年后他在接受采访时说:"因为我没有做成革命家,所以就做了作

---

　　① 　参见桐乡市茅盾纪念馆编:《茅盾文课墨迹》。

家。"①政治创伤和政治遇挫,使茅盾陷入了深深的苦闷和彷徨之中。在十字街头的血雨腥风中,在庐山牯岭的清风明月里,政治理想的破碎和政治斗争的残酷,成为他启动文学创造的精神源动力。文艺是苦闷灵魂的象征,茅盾的第一批文学作品既是政治创伤和政治遇挫的产物,也是他的生命意志和精神苦闷的转移与再生。正如有的学者所看到的:"沈政治上的失败,以及由此导致的他对政治现实内部复杂的张力(或矛盾)的领悟,在某种意义上解放了他的文学想象力。"②在痛苦咀嚼和反思大革命失败的过程中,在思索着知识青年和革命青年生生死死的苦痛中,在分辨、回忆着过往岁月的是是非非中,茅盾最早的也是最优秀的一批小说诞生了,其中的佼佼者非《蚀》三部曲(《幻灭》、《动摇》、《追求》)莫属。

在1928年茅盾东渡日本前后,在《蚀》三部曲这种另类"革命+恋爱"的小说叙事模式下,又创作了《创造》、《自杀》等小说,结集为《野蔷薇》,继续探索动荡时代苦闷灵魂的出路。当然,创作的宣泄并没有妨碍理智的思考,茅盾同时写了《从牯岭到东京》、《读〈倪焕之〉》等诸多文艺评论,回答来自左翼阵营指责的同时,开始形成自己独特的文艺理论和创作观念:善于从社会政治经济的宏观视角来建构自己的艺术想象空间和审美世界;善于从时代性的高度来赋予文学创作以重大的政治价值和社会使命。这些也成为人们评判茅盾作品的共识。

度过了政治创伤、政治遇挫后的艰难和困惑,内心日趋平静下来的茅盾,开始借文学来重塑自己的精神追求、重新营造自己的理想蓝图。小说《虹》即是展现他这一文艺理想、为"近十年的'壮剧'留一印痕"的佳作,正如他在写给郑振铎的信中所说:"'虹'是一座桥,便是春之女神由此以出冥国,重到世间的那一座桥;'虹'又常见于傍晚,是黑夜前的幻美,然而易散;虹有迷人的魅力,然而本身是虚空的幻想。这些便是《虹》的命意:一个象征主义的题目。从这点,你尚可以想见《虹》在题材上,在思想上,都是'三部曲'以后将移转到新方向的过渡。"③小说《虹》的成败得失,更加清楚地显示了政治的理性追求和文学的经验才情的相生相克的错综关系。

从常规和传统的阐释角度看,《虹》主要描写了一个时代女性追求出路

---

① 贝尔纳:《走访茅盾》,载《新文学史料》1979年第3辑。
② 安敏成:《现实主义的限制:革命时代的中国小说》,江苏人民出版社2001年版,第125页。
③ 茅盾:《亡命生涯》,载《新文学史料》1981年第2期。

和理想的故事。照茅盾自己的说法就是："梅女士，她在'生活的学校'中经历了许多惊涛骇浪，从一个娇生惯养的小姐的狷介的性格发展而成为坚强的反抗侮辱、压迫的性格，终于走上了革命的道路。"①今天如果我们不再从单一的"革命"的角度，而是从一个复杂的多维的艺术形象的视野观照小说主人公，从心理、性格、社会境遇、政治环境、爱情、欲望等多层面来看待和解读主人公梅女士，那么我们从小说中得到的启示将会非常丰富。梅女士的喜怒哀乐、狷介孤傲、独立不羁、对爱情的执著追求、欲望的流露，追求理想的不屈不挠，追求信仰的远大抱负，都是可圈可点的，具有丰富的可阐释的艺术空间。即使从"革命"的单一视角来看待这部小说也是别有意味的，正如茅盾自己所说："客观现实反映到作家的头脑，由作家加以形象化，这就是文学作品。作家尽管力求客观，然而他的思想情绪不能不在作品的人物身上留下烙印。梅女士思想情绪的复杂性和矛盾性，不能不说就是我写《虹》时的思想情绪。当时我又自知此种思想情绪之有害，而尚未能廓清之而更进于纯化，所以《虹》又只是一座桥。"②其实，恰恰是"此种思想情绪之有害"，比之几十年后的"纯化"认识，更真实地展示了作者的思想情绪的原生态，也更真实地展示了梅女士这一人物形象的艺术真实品格和内涵。这种"有害"的思想情绪不但是作者的，也是历史的，更是小说艺术本身的。或者说，这种"有害"的思想情绪，正是小说艺术创造的起点，小说正是在这样的心理和精神支点上，建构了一个具有丰富底蕴的艺术世界，塑造了一个气韵生动流畅、七情六欲皆备、性格狷介丰满的人物形象。这才是多少年后读起来让人仍感到津津有味的艺术隐秘。需要指出的是，《虹》的后半部分与前半部分相比颇为逊色，也就是在小说的叙事中，梅女士东出夔门之前在蜀中岁月的描写，要远胜于梅女士来到上海后逐渐"准备将身体交给第三个恋人——主义"的描写。究其原因，作者未能将思想信仰与艺术真实结合起来，或者说如何融会贯通审美与政治，是一个不可小觑的因素。当然，作者还计划要写续集《霞》，描写梅女士成为一个真正的革命战士。作者称因为"人事变迁"而未果，除了作者表述的这一原因外，作家的政治理念和艺术真实无法达成

---

①② 茅盾：《亡命生涯》，载《新文学史料》1981第2期。

高度契合,是否也是一个重要因素呢?①

在匆匆完成《虹》之后,茅盾又写了《宿莽》、《路》、《三人行》、《大泽乡》等小说,急于寻找适合自己价值理念的艺术表达方式。其实,在上世纪 30 年代的整个左翼文坛,大多数左翼作家都存在这种倾向,即努力将革命价值观念纳入到艺术创造的航向中,借艺术功能的实现表达革命的价值追求。这是左翼作家政治理性精神日趋成熟的表现,也表现了左翼作家创作过程中理性驾驭能力的提高。但是要创造出杰出的作品,作家必须遵循政治理性与文学创作的良性互动关系,反之就是失败之作。左翼文学大师茅盾在处理二者关系上是一个典型案例。

茅盾是现代中国文学史上理性意识最为强烈的作家之一,其小说也常常被人们称之为社会剖析小说。吴组缃曾这样评价茅盾:"中国自有新文学运动以来,小说方面有两位杰出的作家:鲁迅在前,茅盾在后,茅盾之所以被人重视,最大原故是在他能抓住巨大的题目来反映当时的时代与社会。他的最大的特点便是在此。有人这样说:'中国之有茅盾,犹如美国之有辛克莱,世界之有俄国文学。'这话在《子夜》出版以后说,是没有什么毛病的。"②这种评价一语道破茅盾创作的秘密。茅盾的小说观念,是建基于深层的科学理性主义世界观和客观实证的观察分析方法之上,以小说这种艺术形式来展现其对社会人生的理性思考和观察。

在他的小说中,复杂的社会现实、深刻的心理分析、细腻的人物形象塑造、宏伟的史诗结构、客观冷静的叙述、创造时代典型的气魄,都是建构在理性思考与艺术创造尽可能完美融合的基础之上的。他强调运用科学的态度分析社会、解剖社会、揭示社会的本质;强调运用科学的理论对社会现象进行理解与分析;强调理性思考在艺术创造中的作用;强调将社会科学精密的剖析与现实主义创造手法出色地融合起来;依靠理性分析来开拓形象思维的深度与广度;从典型环境出发来塑造典型人物形象;注重小说题材与主题的时代性与重大性;自觉追求小说创作的巨大思想深度和丰厚的历史内容。可以说,无论是题材选择还是主题提炼、无论是结构情节设置还是人物形象

---

① 茅盾的不少小说都是未竟之篇,许多独立成篇者,大都也是匆匆收尾,即使是长篇小说《子夜》,读之也有虎头蛇尾、头重脚轻之感。这是否也说明作家的价值理念和艺术创作之间存在不小的距离? 或者说理念先行妨碍了艺术真实?

② 吴组缃:《评茅盾〈子夜〉》,载 1936 年 6 月《文艺月报》创刊号。

塑造、无论是典型细节描写还是性格与心理刻画,理性思考和政治经验在茅盾的小说创作中都占有极为重要的分量。

用"巨大的题目来反映当时的时代与社会"成为茅盾创作观念的轴心。如果说早期的创作比如《蚀》三部曲,"是经验了人生才来做小说的",是为了在"迷乱灰色的人生内发一星微光",将"缠绵幽怨和激昂奋发"的"狂乱的混合物"抒发出来,那么之后的茅盾越来越侧重理性对创作的驾驭,正如他自己在《我的回顾》中强调的:"现在已经不是把小说当作消遣品的时代了。因而一个做小说的人不但须有广博的生活经验,以必须有一个训练过的头脑能够分析那复杂的社会现象,尤其是我们这转变中的社会,非得认真研究过社会科学的人每每不能把它分析得正确。而社会对于我们的作家的迫切要求,也就是那社会现象的正确而有为的反映。"① 茅盾运用"研究过社会科学"的"训练过的头脑"进行创作,并自觉贯穿了"大规模地描写中国社会现象的企图"。在他的小说艺术创造中,最为典型、影响最大的当首推《子夜》。

茅盾的目的意识非常明确,他将小说的主题定位于以下三个方面:"(一)民族工业在帝国主义经济侵略的压迫下,在世界经济恐慌的影响下,在农村破产的环境下,为要自保,使用更加残酷的手段加紧对工人阶级的剥削;(二)因此引起了工人阶级的经济的政治的斗争;(三)当时的南北大战,农村经济破产以及农民暴动又加深了民族工业的恐慌。"又适逢当时关于中国社会性质的论战,故茅盾创作的理性目标非常突出:"我打算从这里下手,给以形象的表现。……我所要回答的,只是一个问题,即是回答了托派:中国并没有走向资本主义发展的道路,中国在帝国主义的压迫下,是更加殖民地化了。中国民族资产阶级中虽有些如法兰西资产阶级性格的人,单是因为 1930 年半殖民地的中国不同于 18 世纪的法国,因此中国资产阶级的前途是非常暗淡的。在这样的基础上产生了中国民族资产阶级的动摇性。当时,他们的'出路'是两条:(一)投降帝国主义,走向买办化;(二)与封建势力妥协。他们终于走了这两条路。"② 创作意图固然不等同于文学作品,创作意图也不一定能够完全在作品中落实,但谁又能够否认《子夜》作为一部小说对这种理性企图的展现呢?且不说茅盾为实现自己的创作意图如何深入"基层"去摄取素材,仅就小说人物比如吴荪甫的塑造方面来讲,茅盾不但注

---

① 茅盾:《我的回顾》,载《茅盾全集》第 19 卷,人民文学出版社 1991 年版。
② 茅盾:《〈子夜〉是怎样写成的》,载《茅盾全集》第 22 卷,人民文学出版社 1993 年版。

重表现人物性格的多面性与复杂性,而且将人物的行为、情感、心理、个性等置放于错综复杂的的社会关系中加以描写,置放于社会政治经济剧烈变动的环境中加以塑造和审视。这种人物塑造方式,显然有着深厚的理性思考力量的支撑。

很显然,在《子夜》中,茅盾不但借小说艺术表现了"时代给予人们以怎样的影响",而且通过小说的表达功能,展现了"人们的集团的活力又怎样地将时代推进了新方向"①这样一种有目的、有意识的理性企盼。或许正是因为茅盾内心深处强烈的政治理性追求,使他的小说堪称时代的史诗,有的研究者就认为:"正是由于他把'五四'时期即已形成的文学与生活关系的坚确理解和执著追求,与30年代日益明晰化的社会阶级意识相结合,以其具有卓越表现力的文笔在中国大地上辛勤耕耘,他创作了一批堪称左翼文坛第一流实绩的小说。"②

《子夜》的出版在现代中国文学史上具有相当大的震撼力与影响力。茅盾在《〈子夜〉写作的前前后后》③中记述了一些相当有价值而且至今仍可以让人回味的评价:瞿秋白在《〈子夜〉与国货年》中认为"这是中国第一部写实主义的成功的长篇小说,带着很明显的左拉的影响。自然它有许多缺点,甚至于错误。然而应用真正的社会科学,在文艺上表现中国的社会阶级关系,这在《子夜》不能够说不是很大的成绩"。在《读子夜》中又说,"在中国,从文学革命后,就没有产生过表现社会的长篇小说,《子夜》可算第一部;它不但描写着企业家、买办阶级、投机分子、土豪、工人、共产党、帝国主义、军阀混战等等,它更提出许多问题,主要的如工业发展问题,工人斗争问题,它都很细心的描写与解决。从'文学是时代的反映'上看来,《子夜》的确是中国文坛上新的收获,这可说是值得夸耀的一件事"。同时也指出了一些值得注意的问题,如"《子夜》在社会史上的价值超越它在文学史上的价值",以及小说结构、人物描写、叙事风格等方面的问题。

不过,茅盾所特意斟酌记载的却是另一种独特的声音:或许令人奇怪的是,在人们对《子夜》议论纷纷的时候,学衡派的吴宓却赞赏有加:"吾人所为最激赏此书者,第一,以此书乃作者著作中结构最佳之书。盖作者善于表现

---

① 茅盾:《读〈倪焕之〉》,载1929年5月《文学周报》第8卷第20号。
② 杨义:《中国现代小说史》第2卷,人民文学出版社1988年版,第95页。
③ 载《新文学史料》1981年第4期。

现代中国之动摇,久为吾人所习知。其最初得名之'三部曲'即此类也。其灵思佳语,诚复动人,顾犹有结构零碎之憾。吾人至今回忆'三部曲'中之故事与人物,但觉有多数美丽飞动之碎片悬绕于意识,而无沛然一贯之观。此书则较之大进步,而表现时代动摇之力,犹为深刻。……此书写人物之典型性与个性皆极轩豁,而环境之配置亦殊入妙。……笔势具如火如荼之美,酣恣喷薄,不可控搏。而其微细处复能宛委多姿,殊为难能而可贵。尤可爱者,茅盾君之文字系一种可读可听近于口语之文字"。

仔细体会茅盾这段记载的弦外之音,可以想见,吴宓的这段评论似乎比之瞿秋白等人的评论更使茅盾有如遇知音之叹,以至于近半个世纪后在详细记述吴宓评论的同时得意地写道:"吴宓还是吴宓,他评小说只从技巧着眼,他评《子夜》亦复如此。但在《子夜》出版后半年内,评者极多,虽有亦及技巧者,都不如吴宓之能体会作者的匠心,故节录其要点如上。"可以想见茅盾对《子夜》的艺术性是很自负的,当然是借记载吴宓的评价流露出来的。

及至今天,人们在评论《子夜》时也多沿用半个世纪之前瞿秋白的批评模式,当然也往往忽略了瞿秋白那些简单提及的小说的艺术缺陷问题。从半个多世纪之前人们认为《子夜》的社会史价值大于其文学史价值,到今天许多人认为它的文学史价值大于文学价值,乃至判定它为一份高级社会文件,大多数人都从"文学是时代的反映"角度肯定了《子夜》的价值。甚至也有从小说结构、人物形象塑造角度肯定它的价值,但很少像吴宓那样从纯粹技巧的角度来评判,而且是从纯粹艺术的角度击节赞赏。而这个问题所涉及的核心,正是长期以来《子夜》所受毁誉褒贬的焦点所在。以吴宓的文学修养和美学理想,不能说他不懂得文学、不懂得审美,也不能认为他是在吹捧茅盾,最为可能的是吴宓在小说中感受到了巨大的艺术共鸣和感染。但是不能不承认的是,缺乏审美意蕴也是许多人在阅读过程中的突出感受。

对这一问题的争议,向来是仁者见仁、智者见智,与个人的立场、态度、审美理想、审美趣味等有关,不能一概而论。茅盾的《〈子夜〉写作的前前后后》记载:《子夜》初版为 3000 册,三个月内重版四次,每版 5000 册,实属罕见,读者除了新文学爱好者外,向来不看新文学作品的资本家少奶奶、大小姐,电影界中的人物乃至舞女也以读《子夜》为时尚。可见当时《子夜》的魅力所在。众所周知,人们在阅读接受一部作品时,都带有自己的潜在阅读期待视野,当作品的叙事焦点和这一期待视野契合时,就极易引发人们的兴趣,反之人们就会感到味同嚼蜡、索然无趣。这也是任何一部作品在历史变迁中不可避免遇到的问题。不但如此,"审美"也是一个可变的历史函数,不同时代人们关于美的观念是不同的,即使同时代的人,对于美的认识也是不同的。对于《子夜》的多元化理解是很正常的,任何一种权力话语(包括文学史话语)都不能代替读者自己的阅读体验。

茅盾在《子夜·跋》中披露过自己的创作计划:"我的原定计划比现在写成的还要大许多。例如农村的经济情形,小市民的意识形态(这绝不像某一班人所想象那样单纯),以及1930年的《新儒林外史》——我本来都打算连锁到现在这本书的总结构之内;又如书中已经描写到的几个小结构,本也打算还要发展得充分些;可是都因为今夏的酷热损害了我的健康,只好马马虎虎割弃了,因而就成为现在的样子——偏重都市生活的描写。"尽管茅盾的宏伟创作企图没有完全在《子夜》中实现,但失之东隅,收之桑榆,茅盾在30年代前、中期所写的大部分中短篇小说,基本上都是原来《子夜》所设想题材的延续和扩展,像农村三部曲《春蚕》、《秋收》、《残冬》,《林家铺子》、《多角关系》等小说,以农村和小城镇的下层民众为主人公,描绘了这一社会环境下的政治状况、阶级矛盾和社会心理,深刻展现了中国下层社会的悲欢离合、喜怒哀乐。其中常为人称道的是《春蚕》和《林家铺子》,与《子夜》一样往往被视为中国左翼文学的杰作。作者将深切的同情和深沉的政治理念注入到这些小说中,不但借小说这种艺术形式表达了自己的价值追求,而且为现代中国文学史创造出了老通宝、林老板等一流的人物形象,为我们留下了20世纪30年代中国底层社会的心灵和精神图像。

20世纪40年代茅盾的著名作品有《腐蚀》和《霜叶红似二月花》,是茅盾小说艺术的另一高峰。这些小说同样延续着将政治理念和艺术创造合流的创作意图。

《腐蚀》是一部暴露国民党政权特务统治的小说,将这一政权统治下社会的腐败、黑暗和龌龊淋漓尽致地展现出来。而且这部日记体的小说,更将饱受黑暗政治蹂躏以致堕落、但人性未泯的女特务赵惠明的痛苦灵魂的忏悔作为叙事中轴,为现代文学史创造了一个杰出的、独特的人物形象。笔者认为,《腐蚀》不但是茅盾小说的杰作,也堪称现代中国文学史上的杰作。这部小说将政治理念和审美想象的较为完美的结合,值得人们深入研究。

《霜叶红似二月花》主要写"五四"运动前后一个江南小城的社会变动以及活动于其间的各色人等。这部小说只完成了计划的三分之一,尽管如此,这部未竟之篇不但在展现时代性上有出色表现,而且非常富有艺术韵味,当时即被文坛认为是"中国文艺之巨大收获",今天更是受到许多专家学者的赞誉。

茅盾还写过不甚成功的《第一阶段的故事》和《走上岗位》,1948年完成了长篇《锻炼》。建国后的茅盾基本上不再从事创作,除了从事一些文艺批评和文艺组织活动外,主要从事社会政治活动,获得了很高的社会地位,担任过文化部长、政协副主席等高官。

由于坚持将政治理念贯穿到文艺创作中,这使茅盾小说具有一般人所不具有的宏大气魄等优长。同时,理念化痕迹浓重所造成的对艺术表现力的抑制,是茅盾小说在传播、接受和评价过程中遭到人们非议的一个焦点问题。实际上不但是茅盾小说,对大多数左翼作家来说,这一问题都是比较突出的。

这就需要我们首先要确立一个基本标准,即理性企图或政治理念要求,有没有逾越文学自身的限度和文学的艺术阈限。以辞害意不足取,以意害辞同样令人警惕。就中国左翼文学而言,这实际上涉及了文学与革命、文学与政治的关系问题。文学与政治的关系,既非必然联系的,也非必然分离的。二者分属两个不同的精神领域,联系与否,主要取决于作家本人的自主意愿,取决于作家融合二者的能力。文学与革命既然是在"改造世界、解放人类"这一目的上连接在一起,两者的相互倚重是难免的和可以理解的,但必须有清醒的认识,就是看你是以一个革命家的身份来要求文学,还是以一个文学家的身份来要求文学。如果是后者,那么必须尊重文学的独立性和自律性,在文学的限度内来抒发政治理性,"艺术与革命的联接点,存在于审美之维上,存在于艺术本身中。即使在政治内容(明显地)完全缺乏的地方,就是说,在只有诗歌存在的地方,都可能存在具有政治性的艺术。"①这是一条基本的原则,否则文学就不再是文学而是政治宣传品。

左翼作家作品的优势在于底层社会和人民的立场,以及对下层社会水深火热生存状况的真切了解和体验,但他们往往用一些政治教条来束缚、限制和改造自己的真实体验,将政治教条奉为最高价值尺度,这只能对他们的文学创作产生危害。尽管文学能够在一定程度上将革命理念灌输到群众头脑中,但这毕竟是有限度的和有选择的。可是革命却无法解决文学自身的问题,文学自身的问题还须文学家们自身的专业努力才能得到解决。从茅

---

① 马尔库塞:《审美之维》,广西师范大学出版社2001年版,第173页。

盾及其他左翼作家的创作来看,大凡优秀之作无不是在首先遵循艺术规律基础上来表达政治意念,拙劣之作是反其道而行之。茅盾之所以被誉为左翼文学大师,在于他在将政治理念和文学创造结合上做得要好一些。

第十一章　性与革命：作为主题与象征

一、"性与革命"的集体无意识

性，或者美其名曰"爱情"，向来是古今中外文学想象世界中的一个永恒主题，无论是压抑还是泛滥，它都能寻找到散播欲望之火的明渠或暗道。而"革命在人类社会的命运中是一桩永在的现象。……各个不同时代的一切受压迫的劳苦大众为反抗奴役和等级制，无不付诸革命。"[①]性与革命，以巨大的生命冲击力和心灵震撼力，给文学的想象空间往往遗留下许多纠缠不清的精神资源。革命与性，英雄与美人，以无比丰盈的诱惑和幻想，指涉着人们迈向自由与理性的理想之境的沉迷与超越。

多少年来，人们贬抑性而赞美革命。"只要一谈到性，回避沉默便成了人们的行为规范"，[②]性与邪恶、卑鄙、淫秽等诸如此类的语汇结下不解之缘，"性"成了道德与政治权力话语的一种禁忌，而掌握道德与政治权力裁断话语的人们，则因贯彻禁忌与压抑而被视为品行高尚、政治正确。革命因为向人们允诺"从必然王国飞跃到自由王国"，以革命之后无限幸福与无限繁荣的预设而赢得人们的拥护与喝彩，"革命的积极性总抓住人的情感"。[③]或许，正是在"情感"这一层次上，性与革命找到了共通的历史叙事话语，具有了共通的生命和美学原则，为文学的想象世界提供了一个激动人心的主题。

---

① 别尔嘉耶夫：《人的奴役与自由》，贵州人民出版社 1994 年版，第 166 页。
② 福柯：《性史》，青海人民出版社 1999 年版，第 3 页。
③ 别尔嘉耶夫：《人的奴役与自由》，贵州人民出版社 1994 年版，第 169 页。

如果说寻求自由与快感是性与革命的生命原动力,那么这不仅是一种修辞夸张,而是点明了性与革命的生理和社会基础。诚如马尔库塞指出的,当马克思说人的解放时,实际上也就是指爱欲的解放,换言之,"推动人们去塑造环境、改造自然的,将是解放了的而不是压抑着的生命本能"。[①]于是,"解放"便成为具有生物本能和社会本能的人的价值律令,诱惑着人们去释放被压抑的能量。然而激情过后往往是冷静,真实状态往往在性与革命爆发后的第二天降临人间。这时,人们才有时间去品味、反思性与革命爆发的前前后后。

茅盾的小说《蚀》三部曲《幻灭》、《动摇》和《追求》,正是作者目睹了性与革命的能量激情释放之后,"经验了动乱中国的最复杂的人生的一幕,终于感到了幻灭的悲哀,人生的矛盾,在消沉的心情下,孤寂的生活中,而尚受生活执著的支配,想要以我的生命力的余烬从别方面在这迷乱灰色的人生内发一星微光"。[②]在别人看到小资产阶级知识分子灰色软弱的地方,在别人贬斥的革命加恋爱的绯色漩涡中,茅盾却以小说这种艺术形式,营造了在动荡时代性与革命对人的生存的支持和溃败。

二、心路历程:追求—动摇—幻灭

茅盾在谈到创作意图时说过:"我那时早已决定要写现代青年在革命壮潮中所经过的三个时期:(1)革命前夕的亢昂兴奋与革命既到面前时的幻灭;(2)革命斗争剧烈时的动摇;(3)幻灭动摇后不甘寂寞尚思作最后之追求。"[③]革命固然是《蚀》三部曲应有的主题,并且始终是制约小说人物心理状态和生活境遇的无法抗拒的力量,但是另一种更为内在的力量则来自于"性"——一种展现和述说个体本质生存欲望的小说修辞形式。

《幻灭》中的静女士,在中学时代"领导同学反对顽固的校长",因目睹"恋爱"侵蚀了"闹风潮的正目的",愤而失望地来到上海,以"静心读书"作为虚拟的生存目的抚慰自己,但"她自己也不明白她的读书抱了什么目的"。实际上困惑静女士的,是作为个人隐秘的生命本能的性:"她对于两性关系,一向是躲在庄严,圣洁,温柔的锦幛后面,绝不曾挑开这锦幛的一角,看看里

---

① 马尔库塞:《爱欲与文明》1966 年政治序言,上海译文出版社 1987 年版。
②③茅盾:《从牯岭到东京》,载 1929 年 4 月 25 日《未名》第 2 卷第 8 期。

面是什么东西;她并且是不愿挑开,不敢挑开。"当慧女士以现身说法的方式进行性启蒙的述说后,惊讶"为什么自己失了常态"的静女士,自然将"事态"的原因归于"这多半是前天慧女士那番古怪闪烁的话引起的"。既恐惧又具有解密欲望的静女士,对于性如同革命一样,既涉足不深又幻想借此寻求希望与刺激。当她"一大半还是由于本能的驱使,和好奇心的催迫"而失身于帅座的暗探、女性猎逐者抱素("反革命"的能指符号)后,得到的却是"偿还加倍的惆怅"和"痛苦失败的纪录"。这痛苦当然要寻找转移和宣泄的机会。

这时,革命作为"热烈,光明,动的新生活"的象征,"张开了欢迎的臂膊等待她",革命的"一切印象——每一口号的呼喊,每一旗角的飘拂,每一传单的飞扬,都含着无限的鼓舞,静女士感动到落了眼泪来"。然而革命同样也不是庄严圣洁的处女梦,"一方面是紧张的革命空气,一方面却又有普遍的疲倦和烦闷","'要恋爱'成了流行病,人们疯狂地寻觅肉的享乐,新奇的性欲的刺激",闹恋爱是革命以外唯一的要件,"单身的女子若不和人恋爱,几乎罪同反革命——至少也是封建思想的余孽",更令静女士感到遗憾和嫌恶的,是"革命的人生观,非普及于人人不可"。静女士不能不追问:"在这样的矛盾中革命就前进了么?"

在静女士对革命产生厌倦和困惑的时候,强连长这个崇尚战争与未来主义的人物走入静女士的世界。这个"追求强烈的刺激,赞美炸弹、大炮、革命"的人物,带给静女士的却是远离革命尘嚣的"庐山恋"。革命缺席之后性或者说恋爱的出场,让静女士终于盼到了"梦想的生活","她要审慎地尽量地享受这久盼的快乐。她决不能再让它草草过去,徒留事后的惆怅"。然而,以强烈的刺激为生命动力的未来主义者强连长,在恋爱这种刺激已经太多而渐觉麻木的时候,又转而寻求"强烈的刺激,破坏,变化,疯狂的杀,威力的崇拜,一应俱全"的战争未来主义。作为"美满的预想"的性或者爱情经历,对于静女士"简直是做了一场大梦"。

静女士经历了"革命——性——革命——性"循环式的诱惑和追求,得到的却是性与革命的激情沦为庸常之后的厌倦与困顿,亲身经验之后的结果只是希望的幻灭。作为生命本能和追求象征的性与革命,终究抵挡不住命运的无常:"人们都是命运的玩具,谁能逃避命运的捉弄?谁敢说今天依你自己的愿望安排定的计划,不会在明天被命运的毒手轻轻地一下就全部推翻了呢?"《幻灭》讲述的有关性与革命的故事,带给人的只是幻灭与困惑:"一切好听的话,好看的名词,甚至看来是好的事,全都靠得住么?"性与革命所象征的生命本能冲动和生存理想的追求,在《幻灭》中具有了某种形而上意味的叙事功能。

约翰·伯宁豪森在《茅盾早期小说的中心矛盾》一文中认为:"运用两分法来设置搞革命与寻求个性完成这样一种中心矛盾,对于个性解放的追求,摆脱经济上的不稳定,异化感,摆脱没落的社会状态和传统文化的束缚(尤其是在家庭或社会上对于妇女的压迫),以挽救个性的自我同时又积极地投身于革命斗争以建成更为公正的社会,挽救民族,这就是茅盾早期绝大多数作品的中心主题。"①这里所说的搞革命与寻求个性完成的两分法设置,其深层内涵实质上就是性与革命之于小说人物的心理支撑。在小说文本中,个性解放和政治伦理冲动具象化为性与革命的激情展现,或者说个性完成与搞革命不过是性与革命的冠冕堂皇的说法而已。"时代女性"的苦闷追求本身,就是革命的产物,同时又构成整体革命的有机组成部分;她们的身体与心灵,因革命的风起云涌而鼓起解放的翅膀,同时又因革命规则和残酷现实而呈现光怪陆离的景观。

性与革命的原动力都是源自于生存本体对个性、自由和快感的憧憬,都是以激情爆发的形式获得身体、心灵和意志的满足。在黑格尔看来,激情"不是本身独立出现的,而是活跃在人心中,使人的心情在最深刻处受到感动的普遍力量",②但是作为普遍力量的激情瞬间爆发后,依然将人抛向客体化的世界,将人置于外在的而非内在的必然性统治之下,并使之体验激情爆发所带来的诸种外在的和负面的效应。因此,性与革命围绕自身建构了一个充满紧张和焦灼的张力场,形而上的和形而下的所有一切都须臾不分地搅和在一起,一切的矛盾也就由此而萌生。

如果说《幻灭》展现的是性与革命对激情的追求和幻灭感,那么《动摇》则述说了激情爆发过程中心灵、情感和意志的复杂体验。性心理与革命心理描写成为《动摇》的精彩之笔。连当时激进左翼批评家钱杏邨都认为"全书当然是以解剖投机分子的心理和动态见长"。他一方面在政治上予以严厉批判,另一方面又赞赏茅盾对"恋爱心理"的高超描写,"表现了两性方面的妒嫉,变态性欲,说明了性的关系,恋爱的技巧,无论是哪一方面,作者都

---

① 载《中国当代文学研究资料·茅盾专集》第二卷下册,福建人民出版社 1985 年版。
② 黑格尔:《美学》,商务印书馆 1981 年版,第 271 页。

精细的解剖到了"。①

"动摇"一词,恰如其分地展现了小说人物在性与革命的过程中进退失据的心理和情感状态。作为"动摇"象征的小说人物方罗兰,在性和情感方面,时时动摇于妻子陆梅丽和情人孙舞阳之间:一方面是对漂亮然而具有传统意味的妻子的忠实情感,另一方面又倾慕艳丽迷人的现代革命女性孙舞阳;一方面掩饰不住隐秘的情感,发出内心的独白:"舞阳,你是希望的光,我不自觉地要跟着你跑",另一方面为稳定自己内心的动摇,在醉醺醺的情绪中重新体认出太太的人体美的焦点,从而获得心理和生理的平衡。在革命方面,各派政治力量的搏斗你死我活,方罗兰却游移动摇于左右之间,极力调停、弥合,"总想办成两边都不吃亏",对于革命的情感与态度,总是模棱两可,可谓是"命固不可不革,但亦不可太革"。动摇的结果,是方罗兰陷入了性与革命方面的矛盾、迷惘和错乱,终至于最后一切都无可挽回地分崩离析。

且不说孙舞阳的艳影如何对方罗兰的"可怜的灵魂,施行韧性的逆袭",使他"革命"时难以忘怀"恋爱",总是处于混杂纷乱的动摇心理状态。性伴随着革命一道袭来产生的巨大能量,使整个社会结构和心理都发生了动摇。如果说要"共产",作为革命同盟军的贫苦农民尚能欢欣鼓舞,因为"产"本不多,"共"了说不定"产"更多,可是"公妻"却成了农民反对的最低防线:"但是你硬说不公妻,农民也不肯相信你,明明有个共产党,则产之必共,当无疑义,妻也是产,则妻之竟不必公,在质朴的农民看来,就是不合理,就是骗人。"那些粗野的备受压抑的妇女们,则借革命激情的宣泄,抒展性的畅想:"打到亲丈夫!拥护野男人!"反革命投机分子的胡国光更是借革命的名义混水摸鱼,垂涎着女性的肉体,将"解放妇女保管所"变成"淫妇保管所",打着革命的幌子名正言顺地发泄肮脏的性欲。至于外边人的议论"孙舞阳,公妻榜样",不能仅仅视作是单纯的街头谣言,更体现了包括革命者在内的广大人群的内心秘密欲望和猎逐快感的企盼。

钱杏邨曾批判说:"孙舞阳的人生哲学建筑在性与恋上,没有事业。"②这主要是因为孙舞阳基本上是作为一个性的能指符号活跃于小说场景中的。小说不惜浓彩重笔描写孙舞阳的艳丽和性感,而且不惜让小说中绝大部分男性角色都对她垂涎三尺,欲"公妻"之而后快。性作为革命的一个巨大场

---

①② 钱杏邨:《茅盾与现实》,载《现代中国文学作家》第2卷,泰东书局1930年版。

域,与革命行为一道带给人光怪陆离的兴奋、迷乱、怪异和怅惘。性与革命所企盼的"黄金世界",竟然如此令人啼笑皆非,慌乱不堪,性与革命的景观是如此令人焦灼、疯狂和变态。"小说的功效原来在借部分以暗示全体,既不是新闻纸的有闻必录,也不同于历史的不能放过巨奸大憝",①性与革命作为生存本体释放冲动、追逐理想的巨大历史能指符号,在激情与欲望展现过程中,带给人的心理体验真如方太太陆梅丽的喟叹:"实在这世界变得太快,太复杂,太矛盾,我真真的迷失在那里头了。"

《追求》作为"缠绵幽怨和激昂奋发的调子同在"的"狂乱的混合物"②,所展现的是性与革命遭受失败后,带给挣扎着的生存本体的巨大挫折感和精神危机。茅盾几十年后虽然巧妙修饰了他的创作动机:"《追求》原来是想写一群青年知识分子,在经历了大革命失败的幻灭和动摇后,现在又重新点燃希望的火炬,去追求光明了。"但同时他又不能不尊重逝去经验的真实:"可是,在写作的过程中,我却又一次深深地陷入了悲观失望中。"③小说具有的浓重悲观色彩,当然已是不争的历史和文本事实,即使作者本人也无法轻易掩盖和抹煞。

如果说后结构主义的"文本之外无他物"(德里达语),强调的是社会历史的全部内容都汇集在文本的内在组织结构中,强调个人主体和集体实践的隐密全部都通过文本得以展现,那么不论茅盾事后如何强调创作动机中的革命性,《追求》文本中给人最深刻的印象却是:"全部的人物都似乎被残酷的命运之神宰割着,他们虽有各自的个性,有的努力于事业,有的追求强烈的生活的乐趣,但结果,都被命运之神引向了幻灭死亡的道路。"④《追求》所展现的,是小说人物的诸种追求都遭遇到各种无法克服的矛盾而遭受精神创伤的历史命运。

看清了时代病的悲观的张曼青,"虽然倦于探索人生的意义,但亦何尝甘心寂寞地走进了坟墓;热血尚在他血管中奔流,他还要追求最后的一个憧憬",当他将最后的憧憬寄托于教育和爱情,得到的却是更大的苦闷:"现在是事业和恋爱两方面的理想都破碎了,是自己的能力不足呢? 抑是理想的本身原来就有缺点?"他得不到结论,只能以"正是永远是这样的!"弥补幻灭

---

① ② 茅盾:《从牯岭到东京》,载 1929 年 4 月 25 日《未名》第 2 卷第 8 期。
③ 茅盾:《创作生涯的开始——回忆录[十]》,载《新文学史料》1981 年第 1 期。
④ 贺玉波:《茅盾创作的考察》,载 1933 年 1 月 23 日《大公报》。

第十一章 性与革命:作为主题与象征 ◆◆◆◆ 209

的虚空和悲哀。

试图以肉体挽救怀疑主义者史循自杀的浪漫女性章秋柳,亦曾是慷慨激昂:"我们终天无聊,纳闷。到这里同学会来混过半天,到那边跳舞场去消磨一个黄昏。在极顶苦闷的时候,我们大笑大叫,我们拥抱,我们亲嘴。我们含着眼泪、浪漫、颓废。但是我们何尝甘心这样浪费了我们的一生!我们还是要向前进。"然而史循暴病而死,她身染梅毒。渴望"用群的力量约束自己、推进自己"的章秋柳,在一个月内思想就发生了转变:"一个月前,我还想到五年六年甚至十年以后的我,还有一般人所谓想好好活下去的正则的思想,但是现在我没有了。"

"半步主义"者王仲昭,"以为与其不度德不量力地好高骛远而弄到失望以后终于一动不动,还不如把理想放得极低,却孜孜不倦地追求着,非到实现不止"。但当他"撇开了失望的他们,想到自己的得意事件","沉醉于已经到手的可靠的幸福"时,一纸"俊卿遇险伤颊,甚危,速来"的电报却给他最后致命的一击:"你追求的憧憬虽然到了手,却在到手的一刹那间改变了面目!"

《追求》中的三个最主要人物最终都幻灭了,"刹那间再起一回'寻求光明'的念头"①都再一次遭到重创。当时就有人强调:"依笔者的感觉,《追求》应改为'颓废'。虽然该书的人物,各有所追求,但追求的结果,只更增加他和她的颓废。这样悲哀的表现,既是《动摇》之后的必然,又是历史逻辑的应有结果。"②这历史逻辑的结果即是:性与革命尽管隶属于理性的意识形态的管辖,但是性与革命一旦达到高热状态,将人的心理负荷推向极限,对人的精神状态的破坏力和负面效应,就会如影随形浮现出来,人的非理性的本能与不可控制的外部力量就会结合起来,各种压抑力量会重新袭来,历史的辩证法就会开始启动:革命成功了,"自由消逝,王国矗立";③革命失败了,留给人的总是精神上的巨大创伤和心理体验上的挫败感、恐惧感、乖异感和颓废感。

性与革命激情释放后因外部力量打击而产生的幻灭感,不仅使小说人

---

① 钱杏邨:《从东京回到武汉——读了茅盾〈从牯岭到东京〉以后》,载伏志英编《茅盾评传》,现代书局1931年版。
② 郑学稼:《茅盾论》,载《文艺青年》第2卷第4、5期合刊。
③ 别尔嘉耶夫:《人的奴役与自由》,贵州人民出版社1994年版,第171页。

物遭受更大的压抑以致苦闷不堪乃至疯狂,也使"经验了人生以后才来做小说"的作者陷入悲观颓唐的境地:"我很抱歉,我竟做了这样颓唐的小说,我是越说越不成话了。但是请恕我,我实在排遣不开。"①这沉痛的夫子自道,又何尝不是小说人物苦闷灵魂的写照?还是普实克知人论世,他在《中国文学随笔三篇》中谈到:"我认为,将刚发生的事件以文艺形式表现出来,其主要动机是要找到一种倾吐充斥于这一代人的心中的情感和感受的方式,不然的话,他会被逼得发疯的。"②作者固然可借艺术创造来缓解、转移和升华苦闷的心灵体验,但是小说人物又何尝不是在寻求一切可能的形式,来抒解苦闷灵魂的巨大挫败感?

同《幻灭》、《动摇》一样,如果说革命作为社会价值目标追求的象征,是《追求》中小说人物生存和超越的支点,那么以性为象征的个体价值目标,就是支撑小说人物生活世界的另一个生理和心理支点。沉醉于政治批判快感的钱杏邨,都禁不住赞叹小说对"性"的描写:"在恋爱心理描写方面,作者的技巧最令人感叹的地方,却是中年人对于青春恋的回忆的叙述,是那么的沉痛,是那么动人。"③然而钱杏邨所没有看到和理解的,却是小说人物所展现的一次次的追求与憧憬,都"没有留神到脚边就个陷坑在着",小说人物除了"灰色,满眼的灰色"外,还能追求什么呢?

三、另类革命罗曼蒂克

以"性"与"革命"作为艺术中介和叙事焦点,《蚀》三部曲诉说了大革命时代人(主要是知识者)的内心矛盾和精神危机:人与环境的冲突,个人与革命的矛盾,人的自我精神矛盾,深刻展现了生存本体在其所处的社会困境中的困惑、彷徨和苦闷。性与革命,作为生存本体迈向超越之境的功能性符号,作为生存本体追求快感与自由的实体性象征,在小说文本中成为对实际社会矛盾的想象性的同时,也是实践性的解决手段。然而性与革命从来就不是自足的实体,而是受环境的制约与压抑,同时自身又存在着诱惑与奴役的二重精神结构。

---

① 茅盾:《从牯岭到东京》,载 1929 年 4 月 25 日《未名》第 2 卷第 8 期。
② 载《中国当代研究资料·茅盾专集》第二卷下册,福建人民出版社 1985 年版。
③ 钱杏邨:《茅盾与现实》,载《现代中国文学作家》第 2 卷,泰东书局 1930 年版。

性与革命在激情爆发升入天国的刹那,同时也意味着沉沦的地狱之门的开启:"革命未到的时候,是多少渴望,将到的时候是如何的兴奋,仿佛明天就是黄金世界,可是明天来了,并且过去了,后天也过去了,大后天也过去了,一切理想中的幸福都成了废票,而新的痛苦却一点一点加上来了,那时候每个人心里都不禁叹一口气:'哦,原来是这么一回事!'这就来了幻灭。"① 性与革命作为摆脱奴役和压制的一种解放力量,不可避免地同环境及诸种固有规范构成难以调和的矛盾,自身也存在着悖论式的冲突和内在不足。所有这一切都形成了一个庞大的网络式的历史矛盾结构场,将生存本体的一切欲望和追求,都纳入无往不在的存在枷锁中。性与革命既是小说人物寻求解放的象征,同时也导致了解放失败所引发的心理危机,颓废和悲观自然而然成为小说文本所创造的艺术想象世界的思想征兆和精神向度。

所以,性与革命是揭示《蚀》三部曲蕴含的有关生存本体和历史本体的隐秘的关键所在。无论是当时还是后世的批评家或研究者,将革命性价值追求在小说文本中的在场或缺席,作为衡量作品成败得失的依据,作为作品先进或落后的标准,实在是从左和右两个方面简化和扭曲了文本内在的指涉意义;将革命性价值的有无赋予小说文本,实在是左右两方面的政治意识形态化的阐释增殖和意义阉割。同样,将《幻灭》、《动摇》和《追求》以《蚀》命名,固然是"意谓一九二七年大革命的失败只是暂时的,而革命的胜利是必然的,譬如日月之蚀,过后即见光明;同时也表示我个人的悲观消极也是暂时的",②但是这不过是文本之外作者意愿的延伸和附加,是作者在新的时空条件下对逝去经验的重新判断,是作者为当下的政治选择和价值追求寻找合理的历史阐释。③

当然,文本一旦诞生,就面临着阐释的意义增殖或缩减,这取决于阐释者的价值立场、政治态度和情感意愿。《蚀》三部曲展现的性与革命对生存本体的支撑与溃败这样一个主题,同样面临着阐释学这种不可避免的过程。

"在作者过去的三部创作之中,我感到的,作者是一个长于恋爱心理描

① 茅盾:《从牯岭到东京》,载 1929 年 4 月 25 日《未名》第 2 卷第 8 期。
② 茅盾:《补充几句》,载《茅盾全集》第 1 卷,人民文学出版社 1984 年版。
③ 据作者在《从牯岭到东京》中自述:"《幻灭》是在 1927 年中旬至 10 月底写的,《动摇》是 11 月初至 12 月初写的,《追求》在 1928 年的 4 月至 6 月间。"到了 1930 年由开明书店出版时,才合为一册,总名为《蚀》,所以"蚀"的隐喻,是文本完成之后的追认。

写的作家,对于革命只把握得幻灭与动摇",①以钱杏邨为代表的左翼激进批评家站在继续革命的立场,自然要作出如上判断,质疑生存个体和创作主体对革命的态度、立场和动机,将革命失败归罪于小资产阶级的阶级根性和革命意志的薄弱,为重塑革命的形象寻找批判的靶子。

"虽然我们无法知道茅盾在写这三部曲时,有没有体会到以下两点真理——其一是:单凭意志干一番事业,一个人免不了会腐败;其二是:除非私欲能够及时制止,否则一切追求空泛理想的政治手腕都是罪恶的——可是我们感觉到,在《蚀》这本小说里透露出来的悲观色彩,好像作者已经体验到这些问题的端倪了"。②夏志清站在"反共"立场,自然要质疑革命自身的内在缺陷和内在矛盾,对革命有无必要性产生疑问,从中判断出小说作者对当时流行的革命信条的不信任,从而质疑革命的历史合理性。

作为继续革命的历史精神资源,尽管小说作者不赞成左翼激进批评家的论调,但是出于良知和信念,作者也不断修正自己的价值追求旨向:"我希望以后能够振作,不再颓唐;我相信我是一定能的,我看见北欧运命女神中间的一个很庄严地在我面前,督促我引导我向前!"③所以,在文本完成后的这种追复,乃至以后将"蚀"的隐喻意义赋予小说文本,其实是在修正自己在写作小说时的"颓废"体验。这也可以从作者在建国后对小说的删改,比如一些性描写的删除,对一些叙述语汇进行革命化的置换与修饰,看出作者对革命体认的心路历程。④

同样,今天我们也可以追问:在那个时代,革命为什么要和性结合起来?它们之间光怪陆离的纠合究竟反映了生存本体的什么隐密?作为时代潮流它反映了什么样的历史底蕴?性与革命如何成为生存个体和历史本体的功能性象征?性与革命所追求的理想冲动是现实主义的还是未来主义的?是彼岸的信仰慰藉还是此岸的世俗实践?等等,诸如此类的问题,都将引导我们去探究作为"这一个"的《蚀》和作为整体的左翼文学的存在与兴衰之谜,以及背后更深层的人及社会的本性。

《蚀》的小说文本对性与革命的悲观色彩的叙事,与同一时期蒋光慈、洪

---

① 钱杏邨:《茅盾与现实》,载《现代中国文学作家》第 2 卷,泰东书局 1930 年版。
② 夏志清:《中国现代小说史》,华东师范大学出版社 2005 年版,第 102 页。
③ 茅盾:《从牯岭到东京》,载《未名》1929 年 4 月 25 日第 2 卷第 8 期。
④ 请参阅《蚀》初版本(或《小说月报》第 18 卷 9、10 号,第 19 卷 1 至 3 号和 6 至 9 号小说原文)和建国后修订本的异同。

灵菲、胡也频等人创造的以"革命＋恋爱"为主题的革命罗曼蒂克小说展现的"革命积极性"①，形成鲜明对照。

夏志清在他的《中国现代小说史》中认为："虽然《蚀》的文字稍嫌浓艳，趣味有时流于低级，然而在中国现代小说中，能真正反映出当代历史，洞察社会实况的，《蚀》可算是第一部。尤其难能可贵的是它超越了一般说教主义的陈腔滥调。在这本作品里，我们处处看到作者认识到人力无法胜天这回事。"②这一评说展现了《蚀》三部曲作为艺术创造，超出一般革命罗曼蒂克小说文本的原因。它以对性与革命的悲观色彩的文本叙事，展现了与当时左翼文学"革命＋恋爱"流行模式不同的历史叙事方式。它对当时人们尤其是知识者生存困境和精神危机的艺术性描述，展示和契合了生存个体和历史精神的另一维度的本真状态。

《蚀》三部曲与其他左翼文学文本（尤其是其他革命罗曼蒂克小说），以对革命的不同观察思索和不同精神旨向的文本叙事，共同构筑了左翼文学多维的历史性格和精神面貌。同时它及左翼文学的文本叙事，也是对"五四"以来中国现代文学发展的创造性的时代贡献，尽管这种贡献显得粗疏与幼稚。但它及它们，终究是历史精神的艺术结晶，后人正是通过对它及它们的反复研读与阐释，去追复那一时代的人、文学和历史精神运作的存在轨迹。人们为历史建构合理的阐释系统的同时，也会从中为自身的生存与发展寻找历史经验的借鉴和精神资源的支撑。

---

① 胡也频的小说《光明在我们的前面》的题目的象征意味，就颇能寓示出对革命的主观积极情绪。

② 夏志清：《中国现代小说史》，华东师范大学出版社2005年版，第104页。

第十二章　当审美遭遇政治，
当娜拉遭遇革命

一、政治理性与审美意识能否和谐共生

　　20 世纪 30 年代，中国左翼文学家们在马克思主义革命理性精神指引下，将文学的发展方向与政党的政治斗争方向紧密结合起来，选择激进的政治意识作为文学创造的核心理念，形成了意识形态化的文学观以及文学的党派性等文学的存在方式。这种创作态度和价值取向，对中国左翼文学作品样态的形成，产生了不可低估的影响。从某种负面影响看，这种激进的对文学功能的择取，挤压了文学的审美创造空间，弱化了文学创造的自律意识，使文学创作在很大程度上成为马、恩所说的时代意识的简单的传声筒。

　　众所周知，政治与艺术双重旋律的交织，是中国 20 世纪 30 年代文学的一个典型特征，尤其是对左翼文学创作而言。强烈的政治关怀意识，使文人知识分子们走出"五四"以个性解放为本位的狭窄天地，将目光和激情转向广阔而剧烈的社会变动、转向民生疾苦、转向阶级斗争，用文学创作和文学行为来思考社会和人生。这使文学创作的题材得到空前规模的开拓，表现角度得到深度开掘，叙事视野、叙事手段、作品结构、情节设置和人物塑造具有了尖端性和前卫性的时代特点，一大批优秀的左翼作家领文坛之风骚。他们从各自的实际体验和感受出发，在政治激情的引导下，特别是在新的文学题材和新的文学品种试验与开拓上，引领当时文学创作的时尚。但是，政治意识对文学创作是一面双刃剑，反抗政治和文化专制主义的政治理性要

求,使左翼作家们在最大程度上实践了文学的社会价值和战斗功能,可是急切的政治诉求往往抑制文学自身内部的美学建构,淡化作品审美意蕴的营造。这使大多数左翼作家的作品直到今天依然受到人们的诟病。既然政治意识的鼓动与高涨是左翼文学创作的价值命脉,同时又以文学形式为载体,那么其存在的限度和展示自身的尺度何在?

应当清醒地认识的是,文学观念不等同于具体的文学作品,文学作品不是单纯的理念的表达,而是人的直觉、情感、意志和理性诉求等精神活动的全面艺术化展现;粗俗浅陋的文学作品不但毫无艺术性可言,甚至也不足以深入全面地表达政治理念;而有品位的文学作品不但具有丰富的艺术想象空间,而且可以借此使政治理念更富于生命力和感染力。詹明信曾经强调:"我历来主张从政治、社会、历史的角度阅读艺术作品,但我绝不认为这是着手点。相反,人们应从审美开始,关注纯粹美学的、形式的问题,然后在这些分析的终点与政治相遇。人们说在布莱希特的作品里,无论何处,要是你一开始碰到的是政治,那么在结尾你所面对的一定是审美;而如果你一开始看到的是审美,那么你后面遇到的一定是政治。我想这种分析的韵律更令人满意。"① 我们知道,文学与政治本来分属于人类不同的精神层面,二者既没有必然的逻辑从属联系,也绝非毫不相连,文学与政治发生关系,主要在于创造主体的自我意识和自我选择。因此问题的关键不在于文学从属于政治或者文学应当排斥政治,而在于如何将政治理念与审美意识高度融合在作品中,用作品所创造的艺术想象世界去展现人们的政治理念吁求。岂止是布莱希特的戏剧作品,古今中外有许多优秀的文学作品,不仅具有高超的艺术审美性,而且还洋溢着浓烈的、充满现实关怀的政治意识,达到艺术与政治的较为完美的融合。

左翼文学之所以今天仍然受到人们的深切关注,除了它所蕴含的文学与政治的不解之结之外,还在于它创造了不少既具有深沉的艺术底蕴又具有浓烈的政治激情的作品,叶紫就是其中的一个佼佼者。鲁迅曾经评价叶紫说:"作者还是一个青年,但他的经历,却抵得太平天下的顺民的一世纪的经历,在辗转生活中,要他为'艺术而艺术',是办不到的。……但我们却有作家写得出东西来,作品在摧残中也更加坚实。……这就是作者已经尽了

---

① 詹明信:《晚期资本主义的文化逻辑》,三联书店 1997 年版,第 7 页。

当前的任务,也是对于压迫者的答复:文学是战斗的!"①作为一个 1930 年代在上海从事左翼革命文艺运动的革命作家,叶紫的小说多取材于故乡湖南洞庭湖畔的农村生活,以生动的笔触和曲折的故事描绘了农民的苦难与抗争,总是回荡着呼唤农民革命的呐喊,具有鲜明的政治革命意识。与众不同之处在于,叶紫的小说既非口号式也非概念化,而是以浓郁悲愤的艺术氛围来展现政治革命的主题,在艺术创造上非但没有被左翼批评的"普洛克鲁思德斯之床"拉长或锯短,其艺术魅力反而因为深沉的政治革命意识而意味悠长,政治理念和革命吁求也借助于艺术的想象空间而变得合情合理,实现了文学的战斗的社会功能,既展现了左翼文学作家运用文学手段追求政治理想的理性要求,也表明了左翼文学在艺术创造上具有达到精湛高度的广阔空间。

笔者以为,除了为作者赢得广泛声誉的《丰收》外,叶紫的中篇小说《星》更是一篇富有包孕性的、政治理性精神与艺术审美意识高度融合的杰作。

二、革命引导下人性觉醒的生理、心理和社会角色的选择

在大多数人的印象中,个性解放与人性觉醒应该是"五四"时代的文学主题,"五四"之后思想启蒙的时代主题让位于政治救亡的呐喊,阶级解放和民族解放成为时代的最强音。但是必须看到,"五四"时代的个性解放和人性觉醒更多是属于知识者内心世界挣脱束缚的精神需要,而中国最广大的社会实体——农民很少真正走入这个知识者创造的文艺世界。然而在左翼十年间情况就完全不同了。尽管个性解放与人性觉醒成为从属于政治解放主题的次级主题,但是却不再像"五四"时代那样空泛和轻飘,而是和人间底层人民真实的生存状况、社会地位以及悲惨的命运连接起来,农民真正成为文学的反映主体,个性觉醒和人性解放获得了坚实的现实基础和实践路向,启蒙真正落到了实处,虚弱的思想转化为具体的坚定的政治实践,个性解放与人性觉醒也获得了血肉丰满的表现对象,和大多数的地之子们的灵魂与命运休戚相关,共同塑造了更为深沉和广阔的艺术创造空间。

叶紫的中篇小说《星》,就是一篇在政治理性精神和革命原则烛照下,个性解放与人性觉醒与时俱进的时代新篇章。其实准确地说,对于《星》的中

---

① 鲁迅:《叶紫作〈丰收〉序》,载《鲁迅全集》第 6 卷,人民文学出版社 1981 年版。

心人物梅春姐来说,个性解放与人性觉醒应该是女性的反抗与觉醒。但是,仅就这篇小说建构的艺术空间来看,并没有明显的自觉的女权主义精神迹象,因此在强烈的政治意识的辉映下,性别特征并不具有实质意义,反而更近似于具有普遍特征的个性解放与人性觉醒的内涵和本质。当然,小说对这一主题的表现是借助于女性命运展开的。这更能获取读者的同情,更能激发读者的悲悯之心。

　　小说开篇就营造了充溢着悲剧气息的场景。梅春姐在悲哀和怏怏的闺怨中,迎来了"初生太阳幸福的红光",但是幸福不属于梅春姐。梅春姐的闺怨不是单纯的少妇的思春,而是在生理、心理和社会角色诸多方面压抑下的"地火"。梅春姐是一个漂亮、多情和贤惠的青春女性。小说以富于诗意和爱怜的笔触描写她的外形和气质:"朝露扫湿了她的鞋袜和裤边,太阳从她的背面升上来,映出她那同柳枝般苗条与柔韧的阴影,长长的,使她显得更加清瘦。她的被太阳晒的微黑的脸颊上,还透露着一种少妇特有的红晕;弯弯的眉毛底下,闪动着一双含情的,扁桃形的,水溜溜的眼睛。"但是这样一个美丽的女性,非但得不到丈夫的呵护,反而只是一个"替他管理家务,陪伴泄欲的器具"。丈夫非但没有一个笑脸,反而折磨她,"常常凶恶地,无情地,在夜深人静的时候殴打她"。这不但使梅春姐生理和心理受到压抑和摧残,也使她的社会角色和社会形象受到损害,男人们"用各种各色的贪婪的视线和粗俗的调情话去包围,袭击那个年轻的妇人",女人们用窥视、讽刺、鄙夷和同情的语言嘲笑她。唯一值得梅春姐自己骄傲的,是"她用她自己的眼泪和遍体的伤痕来博得全村老迈人们的赞扬","尤其是对于那些浮荡的,不守家规的妇人的骄傲"。

　　但是对于梅春姐这样一个有爱有欲、珍视社会形象的青春少妇来说,生存境遇所带来的痛苦、悲哀、空虚和孤独,使她难以忍受无涯的黑暗的长夜,"有时候,她也会为着一种难解的理由的驱使从床上爬起来,推开窗口,去仰望那高处,那不可及的云片和闪烁着星光的夜天;去倾听那旷野的,浮荡儿的调情的歌曲,和向人悲诉的虫声"。她盼着丈夫有回心转意的一日,"然而这一日要到什么时候才来呢?"然而,是地火就要奔突,就要燃烧,梅春姐的生命活力在压抑中忍耐着,等待着命运星火的点燃。革命成了梅春姐的救世主,尽管她根本不知道什么是革命。因此当革命第一个事件剪头发降临时,所有女人都痛哭流涕,唯有梅春姐泰然地毫不犹豫的挺身迎接锐利的剪刀,但只不过是自认为是永远看不见太阳的人,剪发不剪发都一样。可是在梅春姐这一不自觉的举动背后,有没有在绝望中生发出的渴望"变"的希望呢?

　　革命终究来了。人们在紧张、好奇、恐惧和惶惑中适应着眼前的变化,连梅春姐那残暴、野蛮的无赖丈夫也要去参加什么会,因为这个会可以使他发财、打牌、赌钱。但是革命对梅春姐来说,却是一场从肉体到心灵的脱胎换骨的洗礼,她的世界和命运从此改观。对梅春姐来说,革命带给她的首先是情欲的解放,"那一个的白白的,微红的,丰润的面庞上,闪动着一双长着长长的,星一般的眼睛",搅乱了梅春姐本已绝望的心灵,"在她的脑际里,却盘桓着一种从未有过的,摇摆不定的想头"。尽管她觉得"不能让这些无聊的,漆一般的想头把她的洁白的身名涂坏",可是欲望、情感和希望的闸门一旦打开一点缝隙,就阻挡不住汹涌澎湃的解放潮水。当长着一双"长长睫毛的,撩人的,星一般眼睛"的黄副会长向她求欢求爱时,"她犹疑,焦虑着! 她的脚,会茫然地,像着魔般地不由她的主持了! 它踏着那茅丛丛的园中的小路,它把她发疯般地高高低低地载向那林子边前! ……"但是偷情被人知晓了,梅春姐面对的是村人的指指点点、丈夫的暴打、内心的悔恨以及那不曾熄灭的希望之光。当黄副会长决定依靠革命的力量解决问题时,梅春姐终于将身体、命运和革命捆绑在一起,情人黄副会长成了她生命中可以依靠的北斗星:"我初见你时,你那双鬼眼睛……你看:就像那星一般地照到我的心里。现在,唉! ……我假如不同你走……总之,随你吧! 横直我的命交了你的!"

　　革命让梅春姐饱经摧残的人性得以觉醒,压抑已久的情爱得以释放,更让梅春姐确立了新的社会角色和社会形象。在经历了偷情风波不久,"梅春姐非常幸福地又回到村中来了:她是奉了命令同黄一道回的"。她手中有了革命者的权威,有了革命者的价值资源,成了村中的妇女领袖,"她整天都在村子里奔波着:她学着,说着一些时髦的,开通的话语,她学着,讲着一些新奇的,好听的故事","这些话,梅春姐通统能说得非常的时髦、漂亮和有力量",尽管从前那班赞誉过她的老头子和老太婆们开始"卑视"和"痛恨"梅春姐,但是那些年轻的姑娘和妇人们却像疯了一般"全都信了梅春姐的话,心里乐起来,活动起来了"。更为重要的是,梅春姐白天高兴地活动着,获得参与和引导社会事务的满足之后,夜晚还能"名正言顺"地"像一头温柔的,春天小鸟般的,沉醉在被黄煽起来的情火里;无忧愁,无恐惧地饮着她自己青春地幸福!"革命给了梅春姐新生的机遇,梅春姐也毫不犹豫地将全副身心交给了其实她了解并不多的革命。

但是革命失败了。先是反革命的谣言"公妻"和"裸体游乡大会"之类动摇了革命的社会心理基础,而后梅春姐的情人黄被枪杀。怀孕的梅春姐在牢房中生下了她和黄的爱情结晶。在善良的乡亲们的劝说下,受到压力或者是人性未泯的丈夫将她保释出狱。但是革命停滞了、失败了,一切又都复原了,梅春姐仿佛具有了更深的罪孽,她的丈夫更加残酷地折磨她,"一切的生活,都重行坠入了那一年前的,不可拔的,乌黑的魔渊中,而且还比一年前更要乌黑,更加要悲苦些了!"但是,坚强的梅春姐以更大的毅力忍耐着,她怀念着黄,幻想着儿子长大能读书,写字,"甚至于同她那死去的爹爹一样"。

然而6年后,当丈夫陈德隆在旧石板上看到梅春姐写的两个歪歪斜斜的"黄"字,盛怒中将孩子抛向田野、最终致死后,梅春姐的幻想、希望、计划,6年来抚养孩子长大的愿望,全都被摧毁了。但是这一次梅春姐不再逆来顺受,"她渐渐地由悲哀而沉默,由沉默而又想起了她的那6年前的模糊而似乎又是非常清晰的路途来!"这次,"她没有留恋,没有悲哀,而且还没有目的地走着",也没有了启蒙者,没有了热恋的对象,然而她的信念渐渐明晰、坚定起来。在小说家叶紫极富象征和预言的诗意笔触下,梅春姐坚定而又自觉地选择了自己的前进方向,"北斗星拖着一条长长的尾巴,那两颗最大最大的上面长着一些睫毛。一个微红的,丰润的,带笑的面容,在那上方浮动!⋯⋯在它的下面,还闪烁着两颗小的,也长着一些睫毛的星光,一个小的带笑的面容浮动⋯⋯并且还似乎在说:'妈妈!你去罢!⋯⋯我已经找到我的爹爹啦!⋯⋯走吧!你向那东方走吧!⋯⋯那里明天就有太阳了!'。"梅春姐义无反顾地选择了北斗星闪烁的前进方向,因为那里将会出现"太阳幸福的红光",这种幸福将属于梅春姐,她(和黄)在革命岁月时所感受的幸福体验,将会更加灿烂地降临。

这样,通过梅春姐坎坷和悲惨的经历,通过梅春姐痛苦但是坚定的人生选择,通过梅春姐由爱欲追求到革命精神爆发,一个颇富艺术张力、颇富象征意味的革命故事和革命预言就诞生了。革命理念在艺术情感和想象世界中获得了充足的生命力,而且也似乎预示了革命是唯一的选择和最高原则,不然就是奴役和死亡。

三、革命启蒙的统摄性、包孕性与复杂性的艺术展现

值得人们珍视的是,《星》所建构的有关革命的艺术想象世界,首先遵循和完成的是文学的自律性要求,它所创造的想象空间升华了革命理念,而非革命政治理念的机械表达。虽然小说在尘埃落定后凸现了革命在社会存在和人生选择方面的终极价值意义,但是小说所展现的革命绝非单纯的政治革命和社会革命,而是将重点放在在政治革命和社会革命背景之下人的全面革命和整体革命,既包含人的社会地位、社会身份的外部世界的革命,更包括人的生理、心理、情感和理性的内在精神世界的革命。或者说,不但强调了政治理性和革命精神的统摄作用和指导意义,而且更为细致、更为敏锐地展现了革命的复杂性和包孕性。

"五四"时期文学所塑造的人性觉醒与个性解放主题,尤其是女性的人性觉醒与个性解放,是没有现实出路的。面对汹涌澎湃的个性解放潮流,面对挣脱枷锁纷纷夺门而出的中国娜拉们,当年的鲁迅就清醒而深刻地发出了"娜拉走后怎样?"的疑问,而且现实社会环境也只有鲁迅所预言的两条道路:不是堕落,就是回来。"五四"时期的个性解放和人性觉醒更富于理想化和浪漫色彩,也正是因为想象的绚烂与超脱,却缺乏坚实的现实支点,梦境固然美妙,但梦醒时分依然是风雨如磐的现实环境。可是这些到了左翼十年间就完全不同了,无论是男人还是女人,个性解放和人性觉醒有了明确的现实价值坐标,在"堕落"和"回来"两条路之外,有了选择革命之路的可能。

叶紫的小说《星》就以敏锐的艺术笔触,将"五四"时期像云霓一般飘浮在天上的个性解放和人性觉醒拉回到坚实的大地之上,以革命与反革命的角逐,来规划地之子们的命运和选择。尽管生活在社会的最底层,但是就生理、心理和生存状态而言,梅春姐和"五四"时期中国的娜拉们是一样的,只不过是一个最底层的娜拉,可是却是一个有了明确现实追求目标的娜拉,一个革命的娜拉。鲁迅在《娜拉走后怎样》的演讲中指出,娜拉们要么堕落、要么回去,因为没有出路。但是梅春姐却在革命的星光灿烂中寻找到人生的航道,去追求生理、心理和社会地位的解放。"革命"成了最高的人生价值律令。

更令人们感兴趣的是,叶紫的小说《星》对革命的想象和描绘,又完全不同于早期左翼小说的浮躁、浪漫和激情。早期的左翼小说尤其是革命罗曼

蒂克小说,大多侧重于愤懑的革命情绪的宣泄,侧重于革命政治理念的宣传,急于使理想获得传播、获得认可、获得群众,作者的主观意图没有很好地通过艺术的途径进行传达,反而由于宣传革命理念的主观意图过于强烈,不但使革命理念没有很好地经过艺术转化,反而以意害辞,强烈的主观理念意图严重妨碍了艺术创造的生长空间。这不仅损害了文学艺术的自然生长性,也使革命理念的传播和接受大打折扣。到了叶紫走上文坛的时代,这一切悄悄发生了变化,宣传革命的热诚、喧嚣与浮躁,开始转换为冷静的思索,左翼作家们在反对者"拿出货色"的质疑下,开始深入细致地探索革命和艺术的关系,开始认识到革命与艺术绝非简单的从属与被从属的关系,而是蕴含着复杂的辩证内涵。在尊重艺术规律的前提下来表现革命和政治的理念,开始得到左翼阵营的理论家、批评家和作家们的重视。

叶紫的小说《星》可视为这一文学背景下的一篇有代表性的杰作,突出表现了左翼作家在艺术创造上的努力。在小说中,将梅春姐和革命维系起来的中介,是她的情人黄,革命的最根本的基础和动机是欲望和爱情受到压抑与摧残以及由此带来的社会地位和社会角色的损害。其小说主题的营造基本上是"革命+恋爱"模式,仿佛这个早期左翼革命罗曼蒂克小说的主题又艺术地复活在叶紫的小说中,但是已完全脱去了概念化、公式化、模式化的弊端,也使早期左翼小说家们浮躁的浪漫的革命激情获得了时间的沉淀,变得更为深沉、真挚、丰满,更富于艺术感染力,更为有血有肉,也更能打动读者,尤其是通过革命暴力争取社会解放和阶级解放的宗旨,已具体化于人性解放与个性解放之中,从而使作品能发挥更大的社会功能,在整体上提高了左翼小说的艺术品位。

毫无疑问,小说最主要的主旨即在于表现革命的统摄性和必然性,这在梅春姐的人生选择中已经非常明显地表现出来,革命在小说的人物命运和社会前景的描写与塑造上,是至高无上的、唯一的生之路。但是作品的高超之处是超越了这一点(这一点大家都可以做到),艺术地再现了革命的包孕性和复杂性,以及在文本中作者不自觉流露出来的对革命的一丝忧郁、怀疑和茫然。

这首先表现在小说所叙述的革命,是整体的、全方位的革命,是从肉体、心灵、情感到社会角色选择和争取社会地位的全面革命,决非单纯的赤裸裸的政治革命和政治斗争。这在梅春姐突破封建伦理和礼教文化思想的束缚,首先挣脱了情欲的压抑获得生理和心理的解放,进而从事革命活动获得崭新的社会角色方面,有着细致和突出的表现,这是小说着力表现的。前文已有较多的讨论,不再赘述。需要注意的是,在小说其他人物、尤其是梅春姐的丈夫和乡亲的描绘上,似乎显示了作者提醒人们应该对精神革命给予更多的关注。作者在注意革命作为外来力量引起他们生存状况变化的同时,似乎更注重他们内在精神世界的变迁,更注重政治理念和革命思想能否内化为这些人的变革驱动力。毫无疑问,梅春姐是这样的典型,可是其他人呢? 在小说中,作者并没有拔高和夸大革命的伟力,反而以浓彩重墨来讲述革命的来去匆匆。革命犹如一阵风,风过树摇,风止树静,风波过后依然死水一潭,和鲁迅小说中对革命的疑问和反思有异曲同工之妙。这是不是作者在强调革命统摄性的前提下,将焦点移向了革命的包孕性、复杂性乃至脆弱性呢?

在小说中,除了简单提及的看守妇和狱卒之外,没有涉及具体的反革命人物。这意味着作者并不注重革命和反革命的对抗,而是将革命和反革命的对抗淡化为小说的背景故事。这意味着"革命如何启蒙群众"就成为小说的思考和表达重心。这里似乎运用了对比的写作手法。梅春姐自然是革命引导人性觉醒的成功范例,可是同样遭受压抑和剥削的其他人却似乎与梅春姐形成了鲜明对照。她的野蛮、粗俗、丑陋的丈夫就阶级地位而言,是属于贫下中农的范畴,然而却没有下层人民通常所具有的善良品行,反而是一个粗暴、蛮横的乡间无赖,对待革命是一个典型的实用主义者和机会主义者,他的革命理想、革命目标与阿Q一样。再看那些乡亲们,在革命降临时是那么惊慌失措,仿佛天塌地陷一般。年轻人在适应了革命的冲击后怀着好奇心理试探着加入了革命,在很大程度上是在革命作为外力的挟裹下的不自觉的选择,一旦外力失去作用,就会风消云散,缺乏理性主体的革命自觉性,在某种意义上是革命的盲从者,或者说是革命的乌合之众。他们以生存为第一要义,大多数不会为了革命的信念而抛头颅、洒热血。老年人在革命风起云涌面前,先是怀疑叹息,继之以抵制、暗骂和反对。

对于作为革命基础的这些大多数群众,作者借梅春姐之口道出了对革命进程和手段的疑惑:"我们也应该给老年人一些情面,这些老人家过去对我都蛮好的。……因为,我们不要来的太急! ……譬如人家带了七八年的'细媳妇',一下子就将她们的夺去,也实在太伤心了! ……我说……寡妇也是一样了! 说不定是她们自己真心不愿嫁呢? ……"小说通过对梅春姐的乡亲们的叙述与描写,让我们看到,革命理念世界中的无产阶级并非在人性上具有优越性,他们既有底层人民质朴善良的品性,又有民间社会藏污纳垢的精神和心理特点,正如别尔嘉耶夫从人格哲学高度对革命进行反思后所强调的那样:"马克思的无产阶级缺乏经验的真实,仅是知识分子构想的一项观念神话而已。就经验真实来说,无产者彼此既有差异,又可以类分,而无产者自身并不具有圆满的人性。"①这在反革命谣言的传播过程中表现尤为突出,所谓"公妻"、"裸体游乡大会"的津津乐道者,就是同属社会底层的老黄瓜之类的乡亲们。也同是这些乡亲们,在梅春姐身陷囹圄时没有幸灾乐祸,反而劝说她的丈夫,合力将梅春姐营救出来。

　　叶紫的小说《星》以近乎原生态般的艺术描绘,将中国乡村社会男男女女们沉重而又复杂的生存和精神状态,置放于革命带来的社会变动中,着重展现他们在突如其来的革命面前的复杂的心理状态和人生选择。《星》以小说艺术的含混和张力结构提醒人们:人性觉醒与否成为革命如何由外在力量转化为内在驱动力的关键中间环节。就此,革命的复杂性、包孕性乃至脆弱性就鲜活地凸现在小说世界中,而接受者往往在细读之后难免有更深入的思索。

　　小说对革命复杂性、包孕性乃至脆弱性的描绘,还表现在叙事主体的主观态度、叙事视角上。与早期左翼小说不同的是,小说的叙事主体不再直接充当革命的传声筒,而是隐藏在故事的背后,用小说世界来展现对于革命的复杂价值选择。这一方面说明了左翼小说在艺术建构上的成熟,也说明了作者对于革命本身的认识和体验进一步深化。作者不再像早期左翼小说家蒋光慈、洪灵菲、阳翰笙等人那样近乎歇斯底里的革命情绪的宣泄、那样狂热的革命宣传激情,而是变得冷静、甚至有一丝疑虑和不安。梅春姐的情人黄,在小说中应该是革命启蒙者的化身,然而作者并没有对他寄予多大的期望与热情,反而在小说的描述中显得单薄、软弱。在和梅春姐偷情被发觉后,只知道抱怨乡民的不开通,只知道依赖"上级";在梅春姐怀疑革命手段的激进时,嘲笑她心肠的软弱;在反革命势力反扑之时,缺乏冷静的应变能力,为革命献身的同时似乎也在表达着自身的无能。尽管小说没有明确说明,但从各种迹象判断,黄副会长似乎是一个知识分子类型的革命者,这个人物尽管小说着墨不多,但从他身上似乎寄托了小说作者对革命者的复杂思索。

---

① 别尔嘉耶夫:《人的奴役与自由》,贵州人民出版社 1994 年版,第 187 页。

总体来看,叶紫的小说《星》在政治理念与艺术塑造的结合上,是一个成功的典型文本。作者将自己对革命的理性思索艺术化地融合在小说世界的创造中,既表明了作者的政治态度,又成功地发扬了小说的社会功能。这也证明,政治与文学既非相互排斥,又非从属、被从属关系,关键在于创造主体如何理解二者的关系,并艺术地展现出来。

附录一

鲁迅生命尽处的自我理性审视与调整

人之将死，其言也善。有人却说鲁迅：人之将死，其言也恶。直接证据当然就是那句"让他们怨恨去，我也一个不宽恕"。指责鲁迅易，理解鲁迅难。研究历史人物，人们往往说要"感同身受、设身处地"，倘若对鲁迅如此，就会感受到"不宽恕"恰恰是他生命终点一个振聋发聩的绝响。或许每一个逝者在临终之际，都想用"宽恕"了却人间的恩恩怨怨，因为"哀荣备至"、"重于泰山"也是死亡的一种诱惑。人爱惜自己的历史，就像鸟儿爱惜自己的羽毛，谁不想让自己的历史装饰着耀眼的光环？可是鲁迅却说"不宽恕"，因为在"不宽恕"中，他看到了自己生命历程中作为"人之子"的那些最耀眼的光环、最珍视的羽毛。

一、"不宽恕"背后的内在多重动机

作为鲁迅生命最后岁月经常出现的一个意念，钱理群认为"不宽恕"构成了鲁迅生命最后一刻的"基本情结"之一，与"爱与美"的向往一起构成了"人间至爱者"鲁迅不可或缺的方面。[①]林贤治认为"在最后的日子里，他以最为强烈的欲望，表达着在所有作家中几乎为他所独有的饱浸个人情绪的一个主题：复仇。……如果鲁迅仅仅懂得复仇，懂得报复，他就会与那些嗜血的狂人无异。不，他充满着仁爱，充满着一种极其温柔细腻的感情。惟其有了这种人性的、人道主义的内容，他的报复行动，才富于如此魅人的力量。"[②]而王晓明评论《死》中的七条遗嘱时，认为"其中的几乎每一条，都散发出一

① 钱理群：《与鲁迅相遇》，三联书店 2003 年版，第 42 页。
② 林贤治：《人间鲁迅》，花城出版社 1998 年版，第 1141～1143 页。

种彻骨的冷意，一种对社会和人群的不信任，一种深刻的孤独和幻灭，一种忍不住要将一切动人的言辞都看成虚情和骗局的执拗，一种唯恐自己死后再被人利用的警觉，自然，也还有一种强烈的憎恨，一种极端的激愤和决绝"。①这些对鲁迅"不宽恕"意念的多重解读，可以从多维度触发人们透视鲁迅生命最后岁月内在精神结构的复杂性和独特性，即生与死、爱与憎、绝望与希望、理性与情感、欲望与意志甚至是潜意识和非理性等多层面的深刻悖论式灵魂辩证法。"不宽恕"，是鲁迅在"无声的中国"，以冷峻而热烈的生命意志，"为一切被侮辱和损害者悲哀，抗议，愤怒，斗争"，是鲁迅生命哲学中"向死而在"和"未知生，焉知死"两种价值取向碰撞出来的耀眼精神火花和高亢战斗音符。

在生命最后的岁月，面对时时袭来的死亡阴影，鲁迅的心灵之火异常独特，生命意志异常顽强。仿佛回光返照，他的文学生命迎来又一个情感高亢、斗志昂扬的巅峰时刻，《〈凯绥·珂勒惠支版画选集〉序目》、《我要骗人》、《白莽作〈孩儿塔〉序》、《写于深夜》、《三月的租界》、《我的第一个师傅》、《答徐懋庸并关于抗日统一战线问题》、《论我们现在的文学运动》、《半夏小集》、《"这也是生活"……》、《死》、《女吊》、《"立此存照"》七则、《关于太炎先生二三事》、《因太炎先生而想起的二三事》……这些来自灵魂深处的文章，仿佛是他丰富而细腻的精神火焰在生命终点爆发的冲天之耀。这些文章中，特别引发我感怀的是《关于太炎先生二三事》和《因太炎先生而想起的二三事》。我的问题是：鲁迅写这两篇文章的精神动机是什么？固然，1936年章太炎死后的寂寞和各界的褒贬是显在的精神动机，两文也大有为太炎先生辩诬之意。那么两文有没有更潜在的精神动机？是怎样的内在精神动力使鲁迅写完一篇还意犹未尽，以至于《因太炎先生而想起的二三事》成为他未竟的绝笔？我以为两文更潜在的精神动机在于：这是鲁迅借他人之酒杯浇自己胸中之块垒，在追述太炎先生风采的字里行间进行庄重的夫子自道，是他在生命最后时刻对政治人和社会人的自我形象的理性审视，是他珍爱自己政治形象、社会形象的一份动人魂魄的心灵备忘录，更是展示鲁迅政治哲学"我也一个不宽恕"的战斗檄文。这是鲁迅在生命尽处，借评价太炎先生，以灼热的笔触为自己写下的庄严而凝重的悼文。其中潜藏着他在濒死岁月为什么"不宽恕"的多重、深刻的内在精神动机。

---

① 王晓明：《无法直面的人生》，上海文艺出版社1993年版，第232～233页。

可以说太炎先生生前身后的际遇，引发了鲁迅对历史轰鸣的深深感触，仿佛让他也看到了自己百年之后的"悲哀"。鲁迅死后，不少人因为这两篇文章而大谈鲁迅与章太炎，或逸闻趣事、两相比照，或引为同道、借题发挥，不是同中见异，就是异中求同。在这些文章中，有一篇应该引起特别注意，这就是发表在 1942 年 8 月 9 日《中央导报》第 3 卷第 2 期上署名江上风的《鲁迅与章太炎》，其中一段可谓知音之叹："鲁迅住在上海施高塔路的时候，门下士济济一堂，章太炎亦在苏州倡办国学讲习会，绛帐高悬，颇不寂寞，韦丛芜、白莽、柔石死后，鲁迅哭之慕痛，黄季刚病殁，章太炎亦老泪纵横，悲悼至深。此种真切的师生情谊，鲁、章两人都表现弥遗，鲁迅的哭白莽，哭柔石，哭韦丛芜，和章太炎的哭黄季刚，并不全是为丧失人材而哭，大半倒是为个人的寂寞而哭，这一点我们不能给他们轻轻的瞒过。"①太炎先生"个人的寂寞"或可不论，鲁迅"个人的寂寞"究竟何在？这"寂寞"既潜藏在他的哭之慕痛中，也潜藏在他对章太炎的评价里。其微言大义，颇令人感慨。

一般的追念和评价逝者，往往要追述其人生风采和光辉业绩，无论大处着眼还是小处落笔，都应全面客观展示逝者的品德和成就，也即古人常说的道德文章。不同于通常的追忆和悼念文章，《关于太炎先生二三事》是一篇辩驳类型的文章，字里行间都充盈着作者"横站"的身影。文章一开篇，笔锋就指向太炎先生死后追悼会的寂寞和有人慨叹，以欲扬先抑的手法拈出太炎先生为大多数所忘却的根本原因："虽先前也以革命家现身，后来却退居于宁静的学者，用自己所手造的和别人所帮造的墙，和时代隔绝了。"而后笔锋陡转，以雄阔的历史眼光直奔主题："我以为先生的业绩，留在革命史上的，实在比在学术史上还要大。"随后以简约笔触怀人追往："我的知道中国有太炎先生，并非因为他的经学和小学，是为了他驳斥康有为和作邹容《革命军》序，竟被监禁于上海的西牢"，"前去听讲也在这时候，但并非因为他是学者，却为了他是有学问的革命家，所以直到现在，先生的音容笑貌，还在目前，而所讲的《说文解字》，却一句也不记得了。"忆及太炎先生当年论战的神采，鲁迅更是报之以"所向披靡，令人神旺"的慨叹。对太炎先生晚年"既离民众，渐入颓唐"，鲁迅亦设身处地为之同情式辩解，"不过白圭之玷，并非晚

① 　江上风：《鲁迅与章太炎》，载《1913—1983 鲁迅研究学术论著资料汇编》第 3 卷，中国文联出版公司 1987 年版，第 1061 页。鲁迅写过《韦素园墓记》和《忆韦素园君》，韦丛芜去世于 1978 年，所以该文提到鲁迅哭韦丛芜有误，应该是韦素园。

节不终"。文章至此，太炎先生的革命风采跃然纸上也就顺理成章："考其生平，以大勋章做扇坠，临总统府之门，大诟袁世凯的包藏祸心者，并世无第二人；其被追捕，三入牢狱，而革命之志，终不屈挠者，并世亦无第二人：这才是先哲的精神，后生的楷模。"

民国元年以后，尽管鲁迅对太炎先生始终恪守师弟之道、恭执弟子之礼，但毕竟道不相同难以马首是瞻，不但绝无唯命是从之意，时常还对太炎先生的落伍报以微词，代表性的公开言论当属那篇《名人和名言》，批评太炎先生攻击白话是"牛头不对马嘴"。可是文章一反鲁迅批评文章不留情面的特点，在文末为批评太炎先生感到歉意，并认为自己的批评无伤于先生的"日月之明"。考诸鲁迅留世的评价太炎先生的言论，鲁迅对事不对人，出发点始终立足于"白圭之玷"，既坚守自己的批判立场、价值原则，又表现出鲜明的情感取向、合度的理性判断。太炎先生一生功绩颇丰，乃现代中国的风云人物，鲁迅为何独尊太炎先生的革命精神而很少论及其他？为何屡屡从社会影响角度、传播接受视野而非学术贡献本身评论太炎先生？比如在《趋时与复古》中就说"清末，治朴学的不止太炎先生一个人，而他的声名，远在孙诒让之上者，其实是为了他提倡种族革命，趋时，而且还'造反'。"① 大凡文章，无非要情动于衷、发之为声，作不平之鸣、一抒块垒。鲁迅在章太炎丰富多彩的人生行径中，独独褒扬其趋时、革命、造反，显然是出于深刻、隐秘的心理动机基础上的同声相应、同气相求，正如鲁迅死后天津《益世报》社论所说："太炎先生与鲁迅先生两人的思想，或者相距甚远，但凭笔墨文字，做革命阵线的先锋，今日的鲁迅与三十年前的太炎先生又相仿佛，倔强的人格，奋斗的精神，这又是两位不同中的相同点。"②

文学研究中最难者，我以为乃是创作心理和创作动机的研究。很多作品，就是作者本人对自己的创作心理和动机也难了然于胸，又加之文本自身具有的含混、张力等因素，遑论研究者的隔岸观花了。但是创作心理和动机也并非不可揣测，我们总是可以根据作品的前尘今世寻踪觅迹。有不少作品的创作心理和动机基本可证实，可是也有很多作品的创作心理和动机，研究者即使心领神会也往往难以言之凿凿。鲁迅评价章太炎的两篇文章，揣

---

① 鲁迅：《趋时和复古》，载《鲁迅全集》第 5 卷，人民文学出版社 1981 年版，第 536 页。

② 天津《益世报》社论：《悼鲁迅先生》，载《1913—1983 鲁迅研究学术论著资料汇编》第 2 卷，中国文联出版公司 1986 年版，第 138 页。

测其潜在的创作心理和动机也就只可意会,因为没有鲁迅"自比"的直接证据。可是世界上没有无缘无故的爱,也没有无缘无故的恨,鲁迅以如此鲜明的态度和火热笔触高度褒扬太炎先生的革命风采,原因就不会止步于"吾爱吾师"。除了文章开头所说的"寂寞"、"慨叹",更有文界污浊让鲁迅骨鲠在喉、不吐不快:"近有文侩,勾结小报,竟也作文奚落先生以自鸣得意,真可谓'小人不欲成人之美',而且'蚍蜉撼大树,可笑不自量'了!"态度如此不屑、用语如此轻蔑,其爱憎可见一斑。这段话往往为研究者所忽视,但是我以为这恰恰是"不宽恕"情结的一个具体显现。当然创作心理和动机百般复杂、万般错综,除了上述原因,或许鲁迅内心深处还蕴涵着"自比"的期待情结:"战斗的文章,乃是先生一生中最大,最久的业绩,假使未备,我以为是应该一一辑录,校印,使先生和后生相印,活在战斗者的心中的。"

一般情况下,一个人的自我评价和评价别人,即使自我主体意识非常强大,也难免要受社会评价系统的介入性影响。如果说《关于太炎先生二三事》的写作不是空穴来风,那么《因太炎先生而想起的二三事》除了意犹未尽,"怕空话多于本文",更因为新的"刺激":"后来乱翻增刊,偶看见新作家的憎恶老人的文章,便如兜顶浇半瓢冷水。自己心里想:老人这东西,恐怕也真为青年所不耐烦的。"文章也不再专论太炎先生,而是大谈剪辫子、吴稚晖甚至是黄克强,大谈历史经验和教训。可惜时间之神未能允许鲁迅把话说完说透就带走了他的生命,否则他一定会借题发挥,倾泻心中之块垒。这块垒之基点,我以为就是鲁迅讽刺吴稚晖不忘30年前的旧账、依然怨毒之深时所引申的话:"先生力排清虏,而服膺于几个清儒,殆将希宗古贤,故不欲以此等文字自秽其著述——但由我看来,其实是吃亏,上当的,此种醇风,正使物能遁形,贻患千古。"这是太炎先生"用自己所手造的和别人所帮造的墙"隔绝的后果,也是鲁迅感叹"和现在的青年也是不能相通的"寂寞原因,更是促使鲁迅采取"不宽恕"姿态的历史经验和教训。

应该说,这两篇文章的内在主旨很隐晦又很清晰。再联系鲁迅生命最后时刻所处的险恶政治、思想、文化环境和鲁迅本人的处世哲学,不能不让人感到文章力透纸背的内蕴在于:通过太炎先生人生行径中最弥足珍贵的革命风采,观测自己生命历程中最耀眼的精神品格;通过批驳世人对太炎先生的诟病与误读,展示自己最为珍重的人生价值取向。

二、生命尽处的思想转变意向

在生命的最后一年，鲁迅涉及死的笔墨越来越多，语气显得随意、轻松、豁达，而且自称是死的"随便党"的一个。但真正的视死如归者古往今来究竟有几人？以鲁迅的性格和思维方式来看，内心世界深处也未必真的那么"随便"，他自己也说"回忆十余年前，对于死却还没有感到这么深切"。①当然这不是说鲁迅惧怕死。太炎先生的去世有没有引起鲁迅对死的想象或可不论，但是太炎先生死后的毁誉让鲁迅浮想联翩大概不会有人异议。去世的两年前他就说过："文人的遭殃，不在生前的被攻击和被冷落，一暝之后，言行两亡，于是无聊之徒，谬托知己，是非蜂起，既以自炫，又以卖钱，连死尸也成了他们的沽名获利之具，这倒是值得悲哀的。"②只有目睹和经历过太多的被"棒杀"和"捧杀"者，才会发出如此沉重的警世之言。在病至沉疴的最后岁月，即使不考虑死亡预感的有无，太炎先生死后形象的被扭曲和被误读、文界的卑劣与污浊，就足以激起鲁迅对自己死后"遭殃"的"恐惧"。活着，可以直面惨淡的人生，金刚怒目、以牙还牙；死后，即使再出离的愤怒，也只有任人宰割，又如何能睚眦必报？被攻击、被冷落倒也罢了，自古圣贤皆寂寞嘛，可是死后成为无聊之徒沽名获利的工具又何以堪？如果说悲哀和寂寞是鲁迅的无奈之叹，那么"不宽恕"就是鲁迅留给这个充满无聊看客和虚无党把戏的国度的最后的严正声明。所以在垂危之际，高度褒扬太炎先生的革命风采和战斗精神、痛斥文界的污浊和文侩之风，就成为鲁迅在生命尽处审视自己作为政治人和社会人形象的最后一个契机。那寂寞的无奈缘由、那"不宽恕"的深刻动机，也随之浮现在字里行间，为他那"横站"的身影平添了几多孤独和悲凉。

沈从文曾以"诗意"的笔触想象面临死亡的鲁迅："这战士，在疲倦苏息中用一双战胜敌人的眼与出奇制胜的心，睨视天的一方作一种忖度，忽然感到另外一个威严向他压迫，一团黑色的东西，一种不可抗拒的势力，向他挑衅；这敌人，就是衰老同死亡，像一只荒漠中以麋鹿做食料的巨鹰，盘旋到这略有了点年纪的人心头上，鲁迅吓怕了，软弱了。……他如一般有思想的人

---

① 鲁迅：《死》，载《鲁迅全集》第 6 卷，人民文学出版社 1981 年版，第 608 页。
② 鲁迅：《忆韦素园君》，载《鲁迅全集》第 6 卷，人民文学出版社 1981 年版，第 68 页。

一样,从那一个黑暗而感到黑暗的严肃;也如一般有思想的人一样,把希望付之于年青人,而以感慨度着剩余的每一个日子了。"①沈从文是否谬托知己、妄做解人不是本文要讨论的,但他说鲁迅"把希望付之于年青人"倒是一语中的。对从青年时代就相信进化论思想的鲁迅来说,青年这个词汇具有极为重要的意义,某种程度上可以说是鲁迅心目中最富活力的历史中间物、时代和社会的希望。即使 1927 年国共分裂后的大屠杀中,目睹了许多青年变虫豸,青年拿同类的鲜血邀功请赏、染红自己的顶子,鲁迅的相信进化论也只是"思路因此轰毁","将来必胜于过去,青年必胜于老人"的内在思维逻辑和历史认知逻辑并没有被摒弃,只不过"时常用了怀疑的眼光去看青年,不再无条件敬畏了"。即使以后又屡屡体验青年对老人的霸道与横暴,鲁迅也没有因为个别而否定一般。否则左翼十年间他明知青年的横暴、狡诈与卑污而又"甘做人梯"就难以解释了。

大凡文章的写作,其动机绝非空穴来风,总是源于现实的刺激或内心的感触,而且作者总有假想的特定受众或交流者,一言蔽之:文章总是写给人看的。细读鲁迅这两篇文章,不难发现"青年"正是他内心深处假想的主要受众,而文章中与之紧密相关的另一个关键词则是"落伍"。注意到这点就不难理解鲁迅写这两篇文章的动机是多么复杂、深刻和微妙。因为青年作为一个集合性概念,并不因为其中的败类而失去整体意义上的历史进化的杠杆作用,历史总是由后来者书写,也就是说老人的历史总是由青年书写。鲁迅 1936 年 3 月 26 日致曹白信中说:"人生现在实在苦痛,但我们总要战取光明,即使自己遇不到,也可以留给后来的。我们这样的活下去罢。"②明知前方是坟也要毅然前行,"绝望之为虚妄,正与希望相同",青年既是历史和社会进化最鲜活的动力,也是让鲁迅备感压抑和愤懑的现实根源之一,既要痛击"某一群"、"他们",又要"战取光明",鲁迅一贯的人生哲学姿态在生命最后时刻显得那么耀眼而悲壮。

钱理群在《人间至爱者为死亡所捕获——1936 年的鲁迅》文末感慨道:"鲁迅在最后为死亡所捕获时,仍然保持了一个完整的,始终如一的,独立的自我形象。而活着的人,以及后人将怎样看待他所作的选择,鲁迅不再关

---

① 沈从文:《鲁迅的战斗》,载《抽象的抒情》,复旦大学出版社 2004 年版。
② 《鲁迅全集》第 13 卷,人民文学出版社 1981 年版,第 337 页。

心:那已经与他无关了。"①对鲁迅形象完整、独立和始终如一的判断毋庸置疑,而鲁迅不再关心身后事的结论则似乎是善意的想象。因为鲁迅的真实心理状态未必如此,在生命最后时刻评论太炎先生的两篇文章所隐含的寂寞心境和不宽恕姿态,恰恰反衬出鲁迅对身后可能面临的文人"遭殃"和"悲哀"局面的某种焦灼的心理危机意识。寂寞,是忧虑青年的不耐烦和不能相通;不宽恕,则是对故意的诋毁和无意的歪曲的抗争。对死后被误读的担忧、被视为落伍的焦灼,以及猝不及防的"左联"解散……这一切都对鲁迅的精神世界构成了沉重挑战。这就进一步让我们在那两篇文章里,感受到他内心世界隐含的一个更为潜在的信息,也就是比寂寞和不宽恕更为隐曲的一个精神线索和创作动机:鲁迅在生命的终点,开始了一个精神界战士思想与信仰的自我调整和自我形象的价值定位。

李欧梵认为:"鲁迅在晚年发现自己掮着的是双重的闸门,他解决了面对革命阵营以外的黑暗势力的问题,但似乎并未解决在那阵营以内的问题。"②我以为未能解决的革命阵营以内的问题主要涉及鲁迅世界的两个层面:一是鲁迅晚年在革命阵营以内的精神动力和思想信仰问题,一是鲁迅晚年在革命阵营以内对作为政治人和社会人自我形象的定位。鲁迅评论章太炎的两篇文章已经透露出要解决这些问题的内在精神冲动,可惜生命之神未给鲁迅充足的言说时间,后人只能在历史深处和鲁迅的遭际中探寻。必须承认的是,这种内在的精神冲动源自于鲁迅在生命最后阶段所体验到的现实的压抑与横暴、内心的苦闷与惶惑。这关乎鲁迅研究中一个非常重要但又未得到恰切阐释的命题:鲁迅与"左联"的关系问题,再具体一些说就是鲁迅与"左联"掌权者的关系问题,以及鲁迅晚年的思想信仰和内在精神动力问题。

对鲁迅最后10年的思想转变和信仰问题,瞿秋白有一个经典结论:"鲁迅从进化论进到阶级论,从绅士阶级的逆子贰臣进到无产阶级和劳动群众的真正友人,以至于战士,他是经历了辛亥革命以前直到现在的四分之一世纪的战斗,从痛苦的经验和深刻的观察之中,带着宝贵的革命传统到新的阵

---

① 钱理群:《与鲁迅相遇》,三联书店 2003 年版,第 59 页。
② 李欧梵:《铁屋的呐喊》,岳麓书社 1999 年版,第 217~218 页。

营里来的。"①这个说法在以后的鲁迅研究中举足轻重,以至于大多数鲁迅研究者对晚年鲁迅思想转变和信仰问题形成了一个似乎不容置疑的定论:鲁迅放弃信仰进化论,进而信仰阶级论(马克思主义)。然而,这是一个经不住推敲的似是而非的定论。首先,进化论和阶级论根本不是同一个范畴和层面的概念、理论体系:进化论大致属于认识论范畴,阶级论大致属于价值论范畴;进化论是对人类历史和社会总体发展趋势的描述与判断,而阶级论则是对人类历史和社会结构的分析与判断;进化论的物竞天择、适者生存,是关于社会状态和历史法则的一种陈述,而阶级论的共产主义理想则是一种憧憬未来的理性设计;进化论描述的是历史和社会发展的铁血规律本身,而阶级论则强调公理、道义对人类社会发展的支撑。如果可以化用马克思那句名言,那么两者的根本区别在于:进化论在于解释这个世界,而阶级论则是要改变这个世界。其次,尽管鲁迅本人说"我明白我倒是错了"、"我的思路因此轰毁",但是他也说"此后也还为初初上阵的青年们呐喊几声",而且十分清楚马克思主义在自己精神世界所起的作用:"以救正我——还因我而及于别人——的只信进化论的偏颇。"②因此,从鲁迅本人对自己思想转变的认可与判断来看,进化论思想被轰毁的结论不符合鲁迅思想的自我评估。再次,从鲁迅思想和信仰发展的实际状态来看,阶级论不但没有代替进化论,反而与进化论一起构成了鲁迅思想世界的互补力量。由于进化论和阶级论所指涉的历史内涵和现实对象的不同,而且在思维逻辑上也不构成必然冲突、更不存在谁比谁更高级的问题,所以当大屠杀的血腥轰毁了自己的思路后,鲁迅亟需一种强有力且更富有道义魅力的理论来调整自己的精神世界,而进化论本身就是阶级论的重要理论基础之一,由此阶级论就成了他"救正"进化论致思模式和历史认知逻辑偏颇的灵丹妙药。从鲁迅思想本身的逻辑发展角度说,假设进化论理论本身可以作为一种信仰,那么它被阶级论所取代,也完全符合进化论的思维模式和历史认知逻辑,也就是说阶级论构成了"偏颇"被"救正"之后的鲁迅思想中进化论思维模式的更高层次的一个环节,而阶级论所指涉的那个依据理性设计出来的对象,也构成了鲁迅思想中人类历史和社会进化链条上的更高端。如果可以简单归结的话,进化

---

① 何凝:《〈鲁迅杂感选集〉序言》,载《1913—1983鲁迅研究学术论著资料汇编》第1卷,中国文联出版公司1985年版,第818页。
② 鲁迅:《三闲集·序言》,载《鲁迅全集》第4卷,人民文学出版社1981年版,第5～6页。

论和阶级论在鲁迅精神世界的关系，类似于人们常说的"体用不二"，具有主体间性或者互文性特点。

王任叔 1936 年写的《鲁迅先生的"转变"》就注意到了鲁迅精神世界的这个关系：鲁迅"始终随着历史的进化的法则，走着他的路。……同时进化论和阶层论，也绝无冲突之处。不用说，进化论里的突变说，有当于阶层论中的革命。……鲁迅先生自始至终是个历史的现实主义者"①特别值得注意的是，当他说鲁迅随历史进化的法则走自己的路、自始至终是个历史的现实主义者时，无意中触摸到了鲁迅思想的一个极为重要的特点：鲁迅精神世界中没有终极信仰。也就是说，正如当年进化论没有成为鲁迅思想世界的终极信仰，在进化论思路被"救正"之后的致思模式和历史认知逻辑框架中，阶级论（马克思主义）也无法成为鲁迅思想世界至高无上的终极信仰。这正是鲁迅晚年特别是在 1936 年遭遇现实的横暴与压抑并导致内在的精神困境后，意图重新进行思想与信仰的自我调整和自我形象价值定位的根本原因。他在上一次的"转变"中就说："我觉得革命以前，我是做奴隶；革命以后不多久，就受了奴隶的骗，变成了他们的奴隶了。……我觉得什么都要从新做过。"②命运仿佛真的轮回一般，就像吕纬甫眼中绕了一点小圈子又飞回原地点的蜂子或蝇子一样，鲁迅在生命的最后时刻又不得不"要从新做过"。

三、政治人、社会人形象的自我定位

鲁迅曾在 1927 年写的《答有恒先生》中感叹："我的一种妄想破灭了。我至今为止，时时有一种乐观，以为压迫、杀戮青年的，大概是老人。这种老人渐渐死去，中国总可比较地有生气。现在我知道不然了，杀戮青年的，似乎倒大概是青年，而且对于别个的不能再造的生命和青春，更无顾惜。……但事实是事实，血的游戏已经开头，而角色又是青年，并且有得意之色。我现在已经看不见这出戏的收场。"③再深刻、缜密、富有魅力的理论也抵挡不住血淋淋的现实教训，他迫不得已换一种眼光观察这个让他感到沉重而残酷

① 《1913—1983 鲁迅研究学术论著资料汇编》第 2 卷，中国文联出版公司 1986 年版，第 134～136 页。

② 鲁迅：《忽然想到》，载《鲁迅全集》第 3 卷，人民文学出版社 1981 年版，第 16 页。

③ 鲁迅：《答有恒先生》，载《鲁迅全集》第 3 卷，人民文学出版社 1981 年版，第 453～454 页。

的社会，于是在生命的最后 10 年，马克思主义走入了他的精神世界，并成为他理解社会人生的一个重要思想支点。思想归思想、事实归事实，结果怎样呢？1936 年 4 月 23 日致曹靖华信中他深深感叹："近十年来，为文艺的事，实已用去不少精力，而结果是受伤。"①如果单纯为了文艺倒也罢了，可惜文艺背后总是矗立着政治的阴影。这倒不是说马克思主义理论本身让他受伤，而是那些被鲁迅视之为流氓的"随时拿了各种各派的理论来作武器的人"，这种人又往往是青年，而且往往以"指导家"、"元帅"、"英雄"、"工头"、"奴隶总管"的面目招摇过市。旧戏还没有收场，新戏又不断鸣锣上演。

的确，鲁迅晚年解决了面对革命阵营以外黑暗势力的问题，昔日的所谓革命青年今日的秉政者们，不仅仅是他个人的"怨敌"而且已成为社会"公敌"，他可以毫无顾忌（尽管要讲究策略）地报之以投枪匕首，革命阵营以外的黑暗，已经很少能对他的内在精神世界造成伤害，因为他有强大的精神力量面对这些鬼魅魍魉。对鲁迅造成莫大内在精神伤害，让他惶惑不安、愤懑不已的，恰恰是革命阵营以内的问题："敌人不足惧，最令人寒心而且灰心的，是友军中的从背后来的暗箭；受伤之后，同一营垒中的快意的笑脸。因此，倘受了伤，就得躲入深林，自己舐干，扎好，给谁也不知道。我以为这境遇，是可怕的。"②细读鲁迅最后 10 年特别是最后两三年的书信、日记和文章，不难发现这个问题是多么严重而清晰。这可怕的境遇不但严重干扰了他的现实选择，而且置他的理论支撑和内在精神信仰于困境之中。这可怕的境遇他只能向友朋诉说："今之青年，似乎比我们青年时代的青年精明，而有些也更重目前之益，为了一点小利，而反噬构陷，真有大出于意料之外者，历来所身受之事，真是一言难尽，但我是总如野兽一样，受了伤，就回头钻入草莽，舐掉血迹，至多也不过呻吟几声的。"③尽管他说："我真想做一篇文章，至少五六万字，把历来所受的闷气，都说出来，这其实也是留给将来的一点遗产。"④但是数十年来"于自己保存之外，也时时想到中国，想到未来，愿为大家出一点微力"⑤的鲁迅，始终着眼于大处而隐忍不发。

但是隐忍终究敌不过造化的无常，在"左联"结成的前后，有些所谓革命

---

① 《鲁迅全集》第 13 卷，人民文学出版社 1981 年版，第 362 页。
② 同上，第 116 页。
③ 《鲁迅全集》第 12 卷，人民文学出版社 1981 年版，第 185 页。
④ 《鲁迅全集》第 13 卷，人民文学出版社 1981 年版，第 383 页。
⑤ 《鲁迅全集》第 12 卷，人民文学出版社 1981 年版，第 423 页。

作家，其实是破落户的飘零子弟。他也有不平，有反抗，有战斗，而往往不过是将败落家族的妇姑勃豀，叔嫂斗法的手段，移到文坛上。嘁嘁喳喳，招是生非，搬弄口舌，决不在大处着眼。"①这流传不绝的衣钵愈演愈烈，当"国防文学"的口号喧嚣一时，当"左联"的溃散不可避免，当群仙雄赳赳打上门来、大布围剿阵，生命尽处的鲁迅冒着破坏统一战线的罪名，终于在沉默中爆发，对摆出奴隶总管架子的鸣鞭者、扮着革命面孔的指导家们予以严厉的公开回击，这就是有名的《答徐懋庸并关于抗日统一战线问题》。直到去世的前几天，鲁迅的愤怒都没有平息："我鉴于世故，本拟少管闲事，专事翻译，藉以糊口，故本年作文殊不多，继婴大病，横卧数月，而以前以畏祸隐去之小丑，竟乘风潮，相率出现，乘我危难，大肆攻击，于是倚枕，稍稍报以数鞭，此悲虽猥劣，然实于人心有害，兄殆未见上海文风，近数年来，竟不复尚有人气也。"②

李欧梵在为《剑桥中华民国史》写的《文学趋势：通向革命之路，1927—1949》中论及这段公案时谈到："如已故的夏济安生动地概述鲁迅晚年时所说，'左联'的解散'引发了他生活中最后一场可怕的危机。不但要他重新阐明自己的立场，就连马克思主义，这么多年来他精神生活的支柱也岌岌可危了'。"左联"的解散，突然结束了反对右翼和中间势力的七年艰苦斗争，鲁迅现在被迫要与从前的论敌结盟。更有甚者，'国防文学'这个口号以其妥协性和专横性向他袭来，既表示他的马克思主义的信仰受挫，又表示他个人形象受辱。"③应该说，无论是夏济安还是李欧梵，他们的判断是谨慎的。约10年前鲁迅目睹青年投书告密、助官捕人的事实而导致进化论思路的轰毁，如今"某一群"青年的横暴与专横，或许又让他开始审视作为自己精神支柱的马克思主义及其实践（革命）的现实可能性。但是如果就此推断他的马克思主义信仰就此轰毁，也属无据之论，因为真理往前一步都可能成为谬误。问题的关键在于革命理想的实现总是要落实到具体的承担者身上，而自以为革命的大人物又手执皮鞭乱打苦工的脊背，可以成为中国脊梁的人实在是凤毛麟角，所以当历史以新的轮回正在和将要验证鲁迅对革命前景

① 鲁迅：《答徐懋庸并关于抗日统一战线问题》，载《鲁迅全集》第6卷，人民文学出版社1981年版，第537页。

② 《鲁迅全集》第13卷，人民文学出版社1981年版，第447页。

③ 《剑桥中华民国史》（下），中国社会科学出版社1994年1月版，第502页。

的忧虑时,他的深度思考与不宽恕姿态就显得那么意味深长。不是可以得出结论说鲁迅对革命幻灭了,对马克思主义失望了,恰恰是出于对革命主体的怀疑和对革命前景的忧虑,使他在寂寞的心境和不宽恕的姿态下,开始了一个精神界战士又一轮新的思想与信仰的自我调整和自我形象的价值定位。而这种自我调整和自我形象价值定位的支点,就是鲁迅面对黑暗势力所一贯采取的不宽恕的战斗姿态:"中国的邪鬼,是怕斩钉截铁,不能含糊的东西的。"①

正如王任叔所说,鲁迅是一个历史的现实主义者,预约的黄金国终究属于难以预卜的未来,他关注革命实践问题要远远超过革命理想问题。最初被"挤着"接受马克思主义的时候,深谙沉重历史教训的他就已开始表达担忧:"革命被头挂退的事是很少有的,革命的完结,大概只由于投机者的潜入。也就是内里蛀空。这并非指赤化,任何主义的革命都如此。但不是正因为黑暗,正因为没有出路,所以要革命的么?倘必须前面贴着'光明'和'出路'的包票,这才雄赳赳地去革命,那就不但不是革命者,简直连投机家都不如了。虽是投机,成败之数也不能预卜的。"②细读鲁迅文本特别是最后10年的文本,不难发现"投机者"是让鲁迅多么触目惊心又深恶痛绝的一个词汇。鲁迅是一个执著的真诚的文学家,文学不但是他生命存在的本质显现,而且是一种近乎天职的召唤,使他往往在文学的崇高价值和意义的框架中思考自己的政治承担和社会承担。这种建立在文学崇高价值和意义支点上的政治承担和社会承担,有别于职业革命家和社会活动家目标与手段的线性思维,饱含着浓郁的人文情怀和道德感情,这就使他特别无法容忍革命过程中屡见不鲜的卑劣的实用主义、无耻的权术和狡诈,也就是那些为了目的不择手段的政治行为。因为这不但逾越而且披着神圣的外衣践踏了人类社会基本价值规范的底线,最终会导致革命的完结。正是这种包含人文情怀和道德感情的政治承担和社会承担,才使他对革命阵营内的投机分子和黑暗问题特别敏感。从青年时代鄙夷吴稚晖之流的做秀到晚年的痛斥青皮式文学家,始终如一的不宽恕姿态显示出鲁迅对革命的历史、进程和未来的目光独具的思考。因为惨痛的历史经验和乌烟瘴气的现状,不但可以造就真知灼见,而且可以预示未来:今日革命青年的横暴只是口头上的,倘若成

① 鲁迅:《我的第一个师傅》,载《鲁迅全集》第6卷,人民文学出版社1981年版,第576页。
② 鲁迅:《铲共大观》,载《鲁迅全集》第4卷,人民文学出版社1981年版,第106页。

为明日的秉政者又该如何"实际解决"？"是充军，还是杀头呢？"当真相发生在革命第二天的时候，鲁迅的担忧就不是杞人忧天："你们到来时，我要逃亡，因为首先要杀的恐怕是我。"①

鲁迅之所以是鲁迅，在于他不会像太炎先生那样退居为宁静的学者或作家，在于他深深体味着现实苦痛的时候总是要战取光明："敌人是不足惧的，最可怕的是自己阵营里的蛀虫，许多事都败在他们手里。因此，就有时会使我寂寞。但我是还要照先前那样做事的，虽然现在精力不济先前了，也因学问所限，不能慰青年们的渴望，然而我毫无退缩之意。"②所以当他解释向周扬、徐懋庸等人施以重手的原因时说："写这信的虽是他一个，却代表着某一群，试一细读，看那口气，即可了然。因此我以为更有公开答复之必要。倘只我们彼此个人间事，无关大局，则何必在刊物上喋喋哉。先生虑此事'徒费精力'，实不尽然，投一光辉，可使伏在大蠹荫下的群魔嘴脸毕现，试看近日上海小报之类，此种效验，已极昭然，他们到底将在大家的眼前露出本相。"③而且，他一贯的痛打落水狗的精神在生命最后岁月愈发淋漓尽致："这里有一种文学家，其实就是天津之所谓青皮，他们就专用造谣、恫吓、播弄手段张网，以罗致不知底细的文学青年，给自己造地位；作品呢，却并没有。真是惟以嗡嗡营营为能事。如徐懋庸，他横暴到忘其所以，竟用'实际解决'来恐吓我了，则对于别的青年，可想而知。他们自有一伙，狼狈为奸，把持着文学界，弄得乌烟瘴气。我病倘稍愈，还要给以暴露的，那么，中国文艺的前途庶几有救。"④尽管是怨敌，却超越私仇，毫不妥协又大义凛然，这是鲁迅不宽恕姿态的魅力和真谛所在。

鲁迅不但是历史的现实主义者，而且是清醒地执著于"此在"的现实主义者。他在 1936 年 4 月 5 日致王冶秋信中说："我们×××里，我觉得实做的少，监督的太多，个个想做'工头'，所以苦工就更加吃苦。现此翼已经解散，别组什么协会之类，我是决不进去了。但一向做下来的事，自然还是要做的。"⑤应该说，鲁迅在生命的最后阶段基本解决了面对革命阵营以内的黑

---

① 李霁野：《忆鲁迅先生》，载 1913—1983 鲁迅研究学术论著资料汇编》第 2 卷，中国文联出版公司 1986 年版，第 115 页。

② 《鲁迅全集》第 12 卷，人民文学出版社 1981 年版，第 584 页。

③ 《鲁迅全集》第 13 卷，人民文学出版社 1981 年版，第 416 页。

④ 同上，第 426 页。

⑤ 同上，第 349～350 页。

暗问题,不惜与之决裂而公开发表《答徐懋庸并关于抗日统一战线问题》,就证明了他内心世界不再为此惶惑和痛苦。而且,他不但继续以深邃而冷峻的目光审视外部世界,也开始在寂寞的心境中审视自我。在鲁迅1936年的文稿中,有两类是他单独存放的,一是《半夏小集》、《这也是生活》、《死》、《女吊》,一是《关于太炎先生二三事》、《因太炎先生想起的二三事》。如果说前一类展示着鲁迅精神世界丰富情感和深邃哲理的层面,那么后一类则寓含着他对自己作为政治人和社会人形象的高傲而理性的自我审视和价值定位。鲁迅在《在现代中国的孔夫子》中曾说:"孔子这人,其实是自从死了以后,也总是当着'敲门砖'的差使的。"①这才是文人死后遭殃的最大的可悲之处。他在生命的尽处,在高度褒扬太炎先生战斗业绩的背后,在寂寞的心境下展示不宽恕的姿态,在对自我战斗者形象的理性审视和价值定位中,昭示着他对自己一贯的人生哲学和政治哲学有了更加坚定而深刻的体验和认识:战斗的精神,乃是自己一生中最大、最久的业绩,而且应该和后生相印、活在战斗者的心中。我以为,这是鲁迅之所以成为五四之魂、人民之魂和民族之魂的根本原因。

10年前,他"救正"了自己"只信进化论的偏颇",度过了虽然"横站"却是"所向披靡,令人神旺"的10年。如今在生命的尾声,他选择了不再和大蠹下的群魔们同流合污,也就意味着新一轮"从新做过"的开始。如果说上一次"从新做过"时尚需外在思想理论的支撑,那么这一次的独特之处在于"愈加看透了这些人面东西的秘密"②的鲁迅,绝意不再做自己人的奴隶,他不归属于任何的思想和势力,多么炫目的旗帜都无法迷惑他,假使他的血肉该喂动物,他情愿喂狮虎鹰隼而一点也不给癞皮狗们吃,他的内心世界已经到达了大无畏的境界而无需任何的支撑,他已经可以坦然面对一切黑暗和压迫并报之以快意的复仇。可惜上苍不假以时日,真的猛士敢于直面惨淡的人生,但反抗绝望的崭新乐章刚刚奏响,就广陵散绝矣。但是问题并没有因为鲁迅之死而终结:倘若鲁迅依旧在,他该怎样进行自我的理性审视?怎样调整自己的思想和信仰、重塑自我的精神动力?如何定位作为政治人和社会人的自我形象?

---

① 鲁迅:《在现代中国的孔夫子》,载《鲁迅全集》第6卷,人民文学出版社1981年版,第317页。
② 鲁迅:《女吊》,载《鲁迅全集》第6卷,人民文学出版社1981年版,第619页。

附录二

意识形态想象：文人郭沫若的史学研究

郭沫若曾在《名辩思潮的批判》中谈道："社会在比较固定的时候，一切事物和其关系的称谓，大体上是固定的。积久，这些固定的称谓被视为天经地义，具有很强大的束缚人的力量。但到社会制度发生了变革，各种事物起了质变，一切的关系都动摇了起来，甚至天翻地覆了，于是旧有的称谓不能适应新的内容，而新的内容还在纷纷尝试，没有得到一定的公认。在这儿便必然卷起新旧之争，即所谓'名实之相怨'。在我们现代，正是一个绝好的例证，封建秩序破坏了，通常日用的言语文字都发生了剧烈的变化，旧的名和旧的实已经'绝而无交'，虽然还有一部分顽固分子，在死守着旧的皮毛，然而大势所趋，聪明的人早知道新旧不能'两守'，而采取新化一途了。"①恰如郭沫若所判断的，20世纪的二三十年代"正是一个绝好的例证"，其史学言说在学术界的横空出世，适逢中国现代史上"名实之相怨"的剧变时代，顽固者守旧，聪明人逐新；更逢国共两大政治势力，为维护自身利益和获取社会合法性，不仅在政治、军事领域厮杀，而且在思想文化领域进行激烈的角逐。沧海横流，方显英雄本色，风云变幻的乱世，为郭沫若提供了一个大显身手的历史舞台。

一、作为问题框架的意识形态想象

众所周知，国民党南京政权的确立和运行，主要是依靠政治暴力来维持的。易劳逸在分析南京政权的意识形态、结构和职能的行使时认为："所有

---

① 《郭沫若全集》历史编第2卷，人民出版社1982年版，第252～253页。

强大的现代民族国家的一个特点是,人口相当大的部分被动员起来支持政府的政治目标。而国民党人在重视政治控制和社会秩序的同时,不信任民众运动和个人的首创精神;所以他们不能创造出那类基础广泛的民众拥护,在 20 世纪,民众拥护才能导致真正的政治权力。"①一个统治阶级在依靠暴力维持其统治的同时,还必须在精神和思想文化领域建立意识形态领导权,说服人们承认现政权的合理性与合法性,依靠人们某种形式的赞同来维持社会现状。这对主要以精神劳作为志业的文人知识分子尤为重要。国民党政权不但缺乏这样一套行之有效的说服体系,其政治专制和独裁反而加剧了社会整体、尤其是文人知识分子的政治紧张心理。新旧不能两"守","大革命"失败给中国知识分子造成严重精神创伤后,开明、稳定的社会政治秩序又没有建立。他们对国家政治进程的怀疑、对社会前景的苦闷与焦虑,得不到国家政治意识形态的合理解释与指导时,势必要寻求其他渠道来释放和排解。文人知识分子们被迫以新的眼光观察社会和革命,"革命不再是全民族的共同斗争,它只是阶级战争的一个方面而已。经过白色恐怖和他们自己的信心危机之后,思想家们开始对自己有了新的认识。"②中国左翼文化运动的兴起,就是在国民党政治意识形态不能够为社会政治进程提供恰当的形象和意义指导时,以一套完整的、能够激发人们想象力的说服体系——作为新的社会理想化身的马克思主义意识形态,向它提出挑战,解构和颠覆其合法性、合理性,以社会状态的科学认识论的先进形象,关注社会下层民生疾苦,追求建立平等、合理的社会政治秩序,强调社会的有目的、合规律的发展,对社会发展前景做出了崭新的说明和构想,满足了人们对社会政治意识形态说明的渴望。

我们知道,每一种意识形态都有其问题框架,接受了某种意识形态的人总是把它蕴含的问题框架作为观察、分析和解决问题的出发点。左翼文化运动期间,马克思主义意识形态理论在思想文化领域初步确立领导权,有两点原因不容忽视:第一,它建构了自身问题框架的真理形象,即强调资产阶级及一切剥削阶级的意识形态都是"虚假意识",而马克思主义意识形态是"科学的意识形态",是科学性与阶级性的辩证统一,既是无产阶级根本利益的体现又是社会发展规律的正确表达,只有运用"科学的意识形态"马克思

---

① 《剑桥中华民国史》(下),中国社会科学出版社 1994 年版,第 157~158 页。
② 施瓦之:《中国的启蒙运动》,山西人民出版社 1989 年版,第 222 页。

主义来指导革命斗争,才能推动社会的进步与发展。第二,在思想文化领域寻找这一真理形象的代言人和宣传者,使其在具体的思想文化层面论证和传播马克思主义意识形态,从而更广泛地获得社会各阶层尤其是文人知识分子的大力支持。文人知识分子加入本来并不从属的阶级之所以成为可能,是因为他们能在建构和宣传该阶级的意识形态追求上发挥重大作用;同时社会政治斗争对文人知识分子的争夺,又为他们稳居思想文化的话语权力中心、确保社会角色和功能的实现,提供了一条合乎社会认同标准的自我确证之路。马克思主义意识形态理论,既是左翼文人知识分子理论和自我确证的思想基础,又因为他们的宣传与传播而羽翼丰满。

具体言之,郭沫若史学研究产生重大影响的思想文化背景,或者说专业的学术文化语境,是从1928年开始的长达近10年之久的关于中国社会性质和中国社会史问题的大论战。这既是当时中国思想文化界关于中国社会发展前景问题和中国革命走向问题的大争论,也是当时主要的政治势力企图在思想文化界建立意识形态霸权的舆论战场。郭沫若在《中国古代社会研究》自序中宣称:"对于未来社会的待望逼迫着我们不能不生出清算过往社会的要求。古人说:'前事不忘,后世之师。'认清楚过往的来程也正好决定我们未来的去向。……目前虽然是'风雨如晦'之时,然而也正是我们'鸡鸣不已'的时候。"①郭沫若这种强烈关注社会现实的治史倾向,使他从没有将视野局限于纯粹的学术领域,而是"目的意识"非常明确地将学术层面的史学命题推进到政治实践层面。

他的《中国古代社会研究》,以马克思主义唯物史观为理论和方法指南,以中国历史存在过奴隶制为学术核心,认为中国从远古到近代经历了原始共产制、奴隶制、封建制和资本制诸种社会形态的更替,建构了在马克思主义问题框架观照下的中国历史和社会发展的阐释体系。这种对中国历史和社会发展体系的阐释,不仅是对当时鼓吹"中国国情特殊论"、反对马克思主义的"动力派"和"新生命派"等右翼思想文化派别的有力回击,而且是以中国历史发展体系为例证,确立了马克思主义理论关于人类社会发展规律的科学性、普适性和真理性判断。郭沫若关于中国历史分期和中国社会性质的论断,不仅"在中国社会科学界有划时代的贡献"②,"确为中国古史的研

---

① 《郭沫若全集》历史编第1卷,人民出版社1982年版,第6~10页。
② 何干之:《中国社会史问题论战》,生活书店1937年版,第95页。

究,开了一个新纪元"①,也不仅是"为我们的理性开辟了一条通到古代人类社会的大道……毫无疑义地成为一切后来者研究的出发点"②,更为重要的是在广泛的社会政治领域和社会价值评判系统中,为马克思主义指引下的社会政治革命提供了历史精神资源的合法性事实支撑,正如郭沫若在《中国古代社会研究》中所期望的:"瞻往可以察今,这是一切科学的豫言的根本。社会科学也必然地能够豫言着社会将来的进行。社会是要由最后的阶级无产者超克那资本家的阶级,同时也就超克了阶级的对立,超克了自己的阶级而成为无阶级的一个共同组织。这是明如观火的事情,而且事实上已经在着着地实现了。"③

以《中国古代社会研究》为代表的郭沫若史学研究,不仅在学术领域构成了当时中国史学革命的重要一环,而且在政治领域为马克思主义的普泛化提供了理念实证基础,成为政治意识形态斗争的现实承载物。显然,马克思主义意识形态问题框架,成为其史学研究本体和实现社会功能的价值中轴,并与郭沫若史学研究实现了双赢。当时一个认为郭沫若史学"著作的本身并无诺大价值"的批评者,就已经指出了郭沫若史学研究超出历史学范畴本身的政治实践价值:"全是因为此著作出世之时代关系和它应给了某种社会势力的待望。"④郭沫若史学研究之所以被誉为划时代的、破天荒的贡献,关键就在于它以马克思主义意识形态问题框架为指引,不但对中国古代史进行了重新阐释,开辟了中国史学研究的新格局,而且在史学这一现代学术领域证明了马克思主义意识形态想象的真理性,为现实政治斗争提供了合法性与合理性的历史前提,实现了学术与政治的高度融合。

二、党派圣哲的追求

文人知识分子是现代思想精神资源的布道者,在以党治为主要政治形式的现代中国,文人知识分子与现代革命的互动关系,对现代中国文化体系和学术体系的形成有着重要意义。政治革命成功的关键在于民心向背,一

① 何干之:《中国社会史问题论战》,生活书店 1937 年版,第 104 页。
② 李初梨:《我对郭沫若先生的认识》,载 1941 年 11 月 18 日《解放日报》(延安)。
③ 《郭沫若全集》历史编第 1 卷,人民出版社 1982 年版,第 17~18 页。
④ 李麦麦:《评郭沫若底〈中国古代社会研究〉》,载 1932 年 6 月《读书杂志》第 2 卷第 6 期。

个政党一个阶级不可能完全依靠暴力获得社会各阶层的广泛赞同，必须有一套宣传、说服机制向社会各阶层言说政治革命的合理性与合法性，获得理解与支持。文人知识分子是最有资格实践这一功能的社会力量。共产党政治革命依据列宁社会主义意识只能依靠知识分子从外部灌输进去的理论，高度重视和利用文人知识分子宣传马克思主义意识形态的作用。一旦文人知识分子支持社会政治革命，意味着他们将会在自己熟悉和擅长的领域，履行宣传、教育和说服的职能，以专业的权威身份，将他们所接受的信仰、学说和价值观念向社会各阶层广泛传播和推广。

这类文人知识分子兼具知识人和革命家的双重社会角色。郭沫若是最为叱咤风云的典型。成为这类文人知识分子，最为基本的条件是必须具有被社会评判系统所认可的知识和精神资源；其次是成为一个或多个专业领域的精英，具有向社会发言的权力；再次，自愿加入到政治斗争的行列，成为某一党派的工作人员，为该党派实现政治理想服务。化用兹纳涅茨基的社会学术语，这类文人知识分子可称之为"党派圣哲"[1]，即依赖一种或多种专业的精神和知识资源，为某一党派或集团的政治实践和目标，提供意识形态阐释和评判的人。在政治斗争激烈的社会中，党魁们通常缺乏时间或能力承担这一任务，而一个党派或集团传播和宣扬新的思想文化秩序时，又往往会遭遇到旧秩序拥护者的公开或潜在抗拒，党派圣哲的基本任务和职责就在于"证明"新秩序相对于旧秩序的绝对优越性，从而使该党派或集团的政治斗争合法化、合理化。

以郭沫若为代表的中国左翼文人知识分子在二三十年代政治斗争漩流中所承担的，就是实现马克思主义意识形态普遍性、合理性与合法性形象的现实功能，在思想文化领域论证共产党代表社会历史发展的大趋势，是追求人类真善美的化身。郭沫若的与众不同之处，在于他是在多个专业领域或者说更为广泛的思想文化领域，承担了党派圣哲的职能，最有影响的当然是文学和史学领域。王富仁曾这样评价郭沫若在文学领域的成就："以郭沫若为代表的创造社、太阳社的文学作家是以马克思主义理论为号召最早提出革命文学口号的左翼知识分子，他们其中的大多数更以自己政治上的先进性意识自己的先进性，从而忽视了对中国文化和意识形态的切近的感受和理解，他们在政治观点变化之后反而没有取得在文学创作上的更加自由的

---

① 参见兹纳涅茨基《知识人的社会角色》有关论述，译林出版社 2000 年版。

心态,也没有超过他们 20 年代文学创作的新的成就。"①如果说在文学领域
实践党派圣哲功能的郭沫若,遭到了人们的诟病和非议,至今不绝于耳,那
么郭沫若在史学领域以《中国古代社会研究》为代表的成就,则被誉为"马克
思主义史学的拓荒之作,开辟了'科学的中国历史学的前途'"。②诸如此类评
价,屡见不鲜。更为重要的是,它以学术资源为话语基石,淋漓尽致地展现
了郭沫若运用专业知识技能,实践意识形态阐释和评判的党派圣哲功能。

"没有革命的理论,就没有革命的行动",但革命理论转化为革命行动之
前必须获得信徒、掌握群众,这就需要党派圣哲类型的文人知识分子作为中
间环节进行渗透、沟通和指导,因为他们被赋予了对社会各界所持知识和信
念的可靠性、有效性与真理性进行裁判的权力。众所周知,马克思主义意识
形态学说在中国思想文化界初步确立话语权力,与以郭沫若为代表的创造
社、太阳社成员的大力鼓吹密不可分。但这种鼓吹如果仅仅停留在"标语口
号"阶段,是无法以情动人、以理服人的,更需要在社会惯例和常识所认可的
知识系统与价值系统获得切实的支持。正如后期创造社所宣称的雄心壮
志:"政治,经济,社会,哲学,科学,文艺及其余个个的分野皆将从《文化批
判》明了自己的意义,获得自己的方略。"③向来作为中国学术系统之显学的
史学,自然成马克思主义意识形态争夺的重要分野,成为获得话语领导权的
学术阵地。

关于中国社会性质和社会史问题的论战,就是这样一场有着强烈政治
关怀的学术大论争。郭沫若曾明确申述自己的治史目的:"要使这种新思想
真正地得到广泛的接受,必须熟练地善于使用这种方法,而使它中国化。使
得一般的、尤其有成见的中国人,要感觉着这并不是外来的异物,而是泛应
曲当的真理,在中国的传统思想中已经有着它的根蒂,中国历史的发展也正
是循着那样的规律而来。因而我的工作便主要地倾向到历史唯物论这一部
门来了。我主要是想运用辩证唯物论来研究中国思想的发展,中国社会的
发展,自然也就是中国历史的发展。反过来说,我也正是想就中国的思想,
中国的社会,中国的历史,来考验辩证唯物论的适应度。"④马克思主义关于

① 王富仁:《"左联"的诞生和"左联"的历史功绩》,载《纪念中国左翼作家联盟成立 70 周年文集》,上海文艺出版社 2000 年版。
② 侯外庐:《韧的追求》,三联书店 1985 年版,第 223 页。
③ 成仿吾:《祝词》,载 1928 年 1 月《文化批判》创刊号。
④ 《郭沫若全集》文学编第 13 卷,人民文学出版社 1992 年版,第 330~331 页。

社会发展的五阶段论，毕竟是针对西方历史文化系统所做出的历史辩证描述，要考验辩证唯物论的适应度，必须以中国历史的实证和论者自身的专业能力为话语基础。正如许华茨评价的那样："按照马克思主义的用语来确定中国当前的'生产方式'，事实证明却不是一件容易的事。这完全合乎逻辑地导致对中国悠久社会历史的周期性关注。在探讨所有这些问题当中，参加者不知不觉地只好从'理论是行动的指南'的讨论转向马克思主义学说当其应用于过去时的更具决定性质的方面。"①

以当时中国社会性质和社会史论战的三个焦点命题——"亚细亚的生产制"、"奴隶制"和"商业资本制"为例，陶希圣、李季、王礼锡、胡秋原等"思想界的骄子"，认为中国长期存在"亚细亚生产方式"，取消奴隶制，缩短封建制，夸大资本制，无异于否认马克思主义学说的真理性和有效性，更是抽空了共产党政治革命合理性与合法性的历史根基。郭沫若运用自身丰厚的历史知识资源和娴熟的专业技能，以马克思主义意识形态想象为价值支点和方法论，"诠索"马克思主义学说的真理性："他这儿所说的'亚细亚的'，是指古代的原始公社社会，'古典的'是指希腊、罗马的奴隶制，'封建的'是指欧洲中世纪经济上的行帮制，政治表现上的封建诸侯；'近世资产阶级的'那不用说就是现在的资本制度了。

这样的进化的阶段在中国的历史上也是很正确的存在着的。大抵在西周以前就是所谓'亚细亚的'原始公社社会，西周是与希腊、罗马的奴隶制时代相当，东周以后，特别是秦以后，才真正地进入了封建时代。"②这种评判除却其学术内涵，潜台词无非就是推导出他那夸张式的预言："现在是电气的时代。电气的生产力不能为目前的资本制所包容，现在已经是长江快流到崇明岛的时代了！"③

像大多数的党派圣哲一样，郭沫若包括史学研究在内的思想文化创造行为，并不仅仅局限于证明所属党派和集团政治斗争的合法化与合理化，而是以马克思主义的意识形态想象为指南，力图将历史与现实纳入到新的公理系统之中，创造出比旧有思想文化秩序更优越、更合理、更全面的价值标准和行动指南。如果说郭沫若的文学成就尚不足以使许多行家里手心悦诚

① 《剑桥中华民国史》（上），中国社会科学出版社 1994 年版，第 502 页。
② 《郭沫若全集》历史编第 1 卷，人民出版社 1982 年版，第 154 页。
③ 同上，第 18 页。

服,可是他的史学成就在学术界沉淀了政治因素之后,到了 1935 年以后,变成了"大家共同信奉的真知灼见,甚至许多从前反过他的人,也改变了态度。"①其实早在 1924 年,郭沫若在批判整理国故运动时就隐约表达了自己的学术志向:"整理的事业,充其量只是一种报告,是一种旧价值的重新估评,并不是一种新价值的重新创造,它在一个时代的文化的进展上,所效的贡献殊属微末。"②郭沫若包括史学在内的思想文化成就,在"一种新价值的创造"和"一个时代的文化的进展上",也就是中国马克思主义思想文化体系的充实和形成上,具有举足轻重的作用。1941 年 11 月 16 日《新华日报》发表了周恩来《我要说的话》一文,高度评价郭沫若在新的思想文化秩序创造上的成就:"鲁迅是新文化运动的导师,郭沫若便是新文化运动的主将。鲁迅如果是将没有的路开辟出来的先锋,郭沫若便是带着大家一道前进的向导。鲁迅先生已不在世了,他的遗范尚存,我们会愈感觉到在新文化战线上,郭先生带着我们一道奋斗的亲切,而且我们也永远祝福他带着我们奋斗到底的。"显然,这是一个政党领袖代表该党派,对充当党派圣哲的郭沫若思想文化创造绩效的认可、肯定与奖赏。

三、真理战士的限度

郭沫若在《韩非子的批判》中曾提及治学态度问题:"大约古时候研究学问的人也是有两种态度的,一种是为学习而研究,另一种是为反对而研究。"③其潜台词无非是说:自古已然,于今尤是。实际的治学状态固然不会如此界限分明,但主导倾向还是可以清析辨别的。就郭沫若这样一个成就卓然的史学大家来说,尽管他的意识形态冲动是如此强烈,但是其"为学习而研究"的态度也是绝对不能忽视的,这在他对史料的极度重视上可见一斑:"研究历史,和研究任何学问一样,是不允许轻率从事的。掌握正确的科学的历史观点非常必要,这是先决问题。但有了正确的历史观点,假使没有丰富的正确的材料,材料的时代性不明确,那也得不出正确的结论。"④且不

---

① 何干之:《中国社会史问题论战》,生活书店 1937 年版,第 49 页。
② 《郭沫若全集》文学编第 15 卷,人民文学出版社 1990 年版,第 162 页。
③ 《郭沫若全集》历史编第 2 卷,人民出版社 1982 年版,第 365 页。
④ 《郭沫若全集》历史编第 1 卷,人民出版社 1982 年版,第 4 页。

说他在史料的辑逸勾沉方面所下的学术苦功,仅是他在许多具体史学观点上敢于不断自我否定,"常常是今日之我在和昨日之我作斗争"①,就表明他治学态度上的严肃、认真和慎重。

这是一种真理战士的治学态度。如果说党派圣哲所需要的,是利用他对作为材料的思想文化世界进行研究后所获得的结果,来设计和论证新的思想文化秩序,是力图找到实证根据证明新思想文化秩序的真理性,从而雄辩地说明他所代表的党派或集团社会政治斗争的合理性与合法化,那么真理战士所重视的,是知识体系和学术系统自身的绝对客观性、绝对真理性和绝对超越性,必须遵守严格的、明确的逻辑秩序和学术规范,客观经验事实是至高无上的第一根据,并且"对真正的学者来说,真理与谬误问题无条件地高居一切实际冲突之上,绝对知识不应降低身份充当党派之争的工具"。②如果说街头巷尾任何一个对郭沫若略知一二的人都可以对他的文学创作指手画脚的话,那么可以相信,除了少数专业人士之外,很少有人敢于对他的史学成就置喙。他的史学成就之所以被今人誉为"中国旧史学的终结和新史学的开端",③最为关键的是他的"新见解、新史料",首先遵循的是学术系统自身严格、明确的逻辑规范和学理秩序,其意识形态冲动与想象也是首先遵循经验事实的制约和规定。仅就这点而言,他首先是一个真理战士,其次才是一个党派圣哲,或者说只有凭借真理战士所拥有的知识权威和文化资本,他才有资格成为一个政治目的明确的党派圣哲。

但是,承认郭沫若真理战士的治学态度,并不能否定他的党派圣哲的主导倾向。如果说真理战士是郭沫若的知识人角色,那么党派圣哲则是郭沫若的社会人角色,后者的集域和适用范围远远大于并包括前者。我们知道,党派圣哲的主要现实目的,在于证明所属党派或集团的选择是正确的,而对手则是错误的,因此其论证方法往往将问题纳入到正确与错误两大范畴之中。他总是选择和引证大量符合自身意识形态想象要求的"经验事实",从理论和事实两个层面论证言说的真理性和有效性。况且所谓的客观经验事实材料并不能充当"充分"的真理标准,对客观经验事实材料的归纳和概括,只有符合理论演绎和推导时才能说明材料的有效性,这正如郭沫若批评郭

---

① 《郭沫若全集》历史编第 1 卷,人民出版社 1982 年版,第 4 页。
② 兹纳涅茨基:《知识人的社会角色》,译林出版社 2000 年版,第 95 页。
③ 林甘泉、黄烈主编:《郭沫若与中国史学》,中国社会科学出版社 1992 年版,第 3 页。

宝钧"抱着一大堆奴隶社会的材料,却不敢下出奴隶社会的判断","是缺乏马克思列宁主义的掌握",①郭宝钧的史学研究因为缺乏有力的理论来阐释和说明已有材料,其史学判断和材料的有效性也就变得可疑。但是反过来看,由于人文社会科学研究所运用的往往是不完全归纳法,其演绎和推论缺乏绝对可靠性,丰富的材料本身也就只能"相对"充分地证明理论,因此党派圣哲在行使自己的职能时,"他只能使自己及其皈依者心满意足,因为在大量七零八落的文化资料中,总能找到事实,在对它进行'恰当'说明以后,能证明他接受为真的概括就是真的,而他斥之为假的东西就是假的"。②当然这种方式具有普遍性特征,对党派圣哲和其对手是同等的,正如有的学者对中国社会史问题论战所作的评价:"如果说这场争论有胜负,那也是靠认可而不是靠论证取胜的。"③

因此从严格的逻辑视角来看,郭沫若的史学言说与马克思主义意识形态想象之间,存在着潜在的循环论证:新材料的运用,论证了马克思主义理论的普遍性;而马克思主义理论的新视野,则阐释了新材料的有效性,二者构成了一个自足、自闭系统。从功能与效果来看,似乎是相得益彰,但是就纯粹的学术论证规则来看,因为都不具有"充分"的逻辑概括和逻辑推论上的完全性,二者产生难以消除和弥合的内在矛盾,就是难以避免的。就本文论题范围而言,这种论证所产生的真空地带和漏洞,是党派圣哲和真理战士两种角色所持的不同价值标准所造成的。进一步而言,对郭沫若史学研究来说,是党派圣哲的价值追求压倒了真理战士的价值追求,即如他对自己初期研究方法的反思,"是犯了公式主义的毛病","差不多死死地把唯物史观的公式,往古代的资料上套,而我所据的资料,又是那么有问题的东西"。④既要阐明自己的意识形态想象,又要尊重客观经验事实,要做到学术与政治的统一,此事难两全。他的诸多具体史学论断的几经变换,究其根源,主要就是由于两种价值取向的不同标准和内在矛盾所致,他以后的学术研究固然在努力消除这种矛盾,但是也只能是原有"秩序"内的修补和完善。真理战士的追求最终要以党派圣哲的价值取向为限度。

---

① 《郭沫若全集》历史编第 3 卷,人民出版社 1984 年版,第 83 页。
② 兹纳涅茨基:《知识人的社会角色》,译林出版社 2000 年版,第 52 页。
③ 《剑桥中华民国史》(上),中国社会科学出版社 1994 年版,第 503 页。
④ 《郭沫若全集》文学编第 13 卷,人民文学出版社 1992 年版,第 357 页。

任何人都有自主选择自己社会角色的权力和自由，郭沫若的政治倾向和社会角色选择无可厚非。仅就造成郭沫若作为知识人和社会人、或者说党派圣哲和真理战士内在冲突的精神根源而言，意识形态想象本身的遮蔽性和虚假性，是更为内在的思想精神源头。元典马克思主义向来将意识形态理解为虚假意识的代名词，强调"人们迄今总是为自己造出关于自己本身、关于自己是何物或应当成为何物的种种虚假的观念。他们按照自己关于神、关于模范人等等观念来建立自己的关系。他们头脑的产物就统治他们。他们这些创造者就屈从于自己的创造物。我们要把他们从幻想、观念、教条和想象的存在物中解放出来，使他们不再在这些东西的枷锁下呻吟喘息"①（当然马克思也认为意识形态有时可能是真实状况的反映）。但是，出于实际的政治斗争以及自我确证的需要，20世纪绝大多数马克思主义的追随者和实践者，抛弃了马克思主义创始人对待意识形态问题的谨慎态度，致力于建构一种引导人类行动的"真"的观念体系，将过去所有统治阶级的意识形态斥为虚假的，将马克思主义意识形态本身视为真理的化身，从而使自己处于"绝对正确"的位置上。

毫无疑问，意识形态想象是郭沫若史学研究的价值坐标和思想基石。马克思主义意识形态的真理性（郭沫若也为证明其真理性做出了贡献），规定了郭沫若史学研究所能达到的学术高度，并构成了评判郭沫若史学研究价值的大前提。意识形态研究权威曼海姆曾经说过，政党"是公开的组合和战斗的组织。这一事实本身已经迫使他们具有了教条主义的偏向。知识分子愈是成为党派的工作人员，他们便愈是失去了他们从他们原先的不稳定状况所带来的理解力和弹性的优点"。② 从郭沫若兼具党派圣哲和真理战士双重角色的实际状况来看，政党意识形态的局限于束缚是显而易见的，郭沫若既是受益者，也受到相当程度的限制，这在他的文学创作和史学研究中，表现得尤为突出。当郭沫若身上真理战士的色彩占优势时，他的史学研究便获得了充足的活力，其史学成就也在1930年代达到了学术的巅峰状态。反之，其史学研究则停滞不前。所以，在这种问题框架下，人们该如何评说郭沫若史学研究、或者说像郭沫若这样类型的文人知识分子呢？

---

① 马克思：《德意志意识形态》序言，载《马克思恩格斯全集》第3卷，人民出版社1960年版。
② 曼海姆：《意识形态与乌托邦》，商务印书馆2000年版，第39页。

后 记

当这本书终于要出版的时候,本来有很多话要说,可是却又不知从何说起。

这本书是在我的博士论文基础上扩充修改而成,绝大部分内容写于2000 年至 2002 年间,只有《鲁迅生命尽处的自我理性审视与调整》写于去年,因为延续了我对左翼文学的思考,就作为附录收入本书。

当年丁帆先生和我的导师朱德发先生为本书作序时,大概也没有想到他们的序要拖到今天才能问世,真是颇感歉意。感谢朱老师多年来对我的辛勤培养,感谢丁先生奖掖后学之德风,感谢人民出版社副编审李惠女士,感谢我的老师们、同事们和学界的同行朋友们,要感谢的人实在是很多很多,即使在这里没有写出他们的名字,一想起他们我心里就充满了暖意,我想他们也知道我的深深感念。感谢的话不多说了,但愿以后我能有机会用行动来表达对他们的谢意与敬意。

需要说明的是,本书的出版得到了多方的资助,所以本书系山东省社会科学规划研究重点项目成果、山东师范大学中国现当代文学国家级重点学科成果、山东师范大学中国现代文学史国家级精品课程成果、山东省泰山学者建设工程项目成果、山东省教育厅人文社科项目成果。在此表示感谢。

贾振勇

2009 年 3 月 20 日

责任编辑:李 惠 PPhLh@126.com
封面设计:王玉浩
版式设计:雅思雅特

图书在版编目(CIP)数据

理性与革命:中国左翼文学的文化阐释/贾振勇 著.
-北京:人民出版社,2009.7
ISBN 978-7-01-007988-2

Ⅰ.理… Ⅱ.贾… Ⅲ.左翼文化运动-文学史-研究 Ⅳ.I209.6

中国版本图书馆 CIP 数据核字(2009)第 094923 号

理性与革命
LIXING YU GEMING
中国左翼文学的文化阐释

贾振勇 著

人民出版社 出版发行
(100706 北京朝阳门内大街 166 号)

北京集惠印刷有限责任公司印刷 新华书店经销

2009 年 7 月第 1 版 2009 年 7 月北京第 1 次印刷
开本:710 毫米×1000 毫米 1/16 印张:16.75
字数:280 千字 印数:0,001-3,000 册

ISBN 978-7-01-007988-2 定价:35.00 元

邮购地址 100706 北京朝阳门内大街 166 号
人民东方图书销售中心 电话 (010)65250042 65289539